KB111741

악녀라서 편하고 좋은데요?

악녀라서 편하고 좋은데요? 3

망고킴 장편소설

초판 1쇄 찍은 날 | 2023년 1월 6일
초판 2쇄 펴낸 날 | 2024년 4월 12일

지은이 | 망고킴
발행인 | 이진수
펴낸이 | 황현수

기획 | 정수민
편집 | 윤수진

펴낸곳 | 주식회사 카카오엔터테인먼트
등록번호 | 제2015-000037호
등록일자 | 2010년 8월 16일
주소 | 경기도 성남시 분당구 판교역로 221 6(일부)층

제작·감수 | KW북스
E-mail | paperbook@kwbooks.co.kr

ISBN 979-11-385-8625-2 04810
979-11-385-8622-1 (set)

악녀라서
편하고
좋은데요?
망고킴 장편소설
3
Yeondam

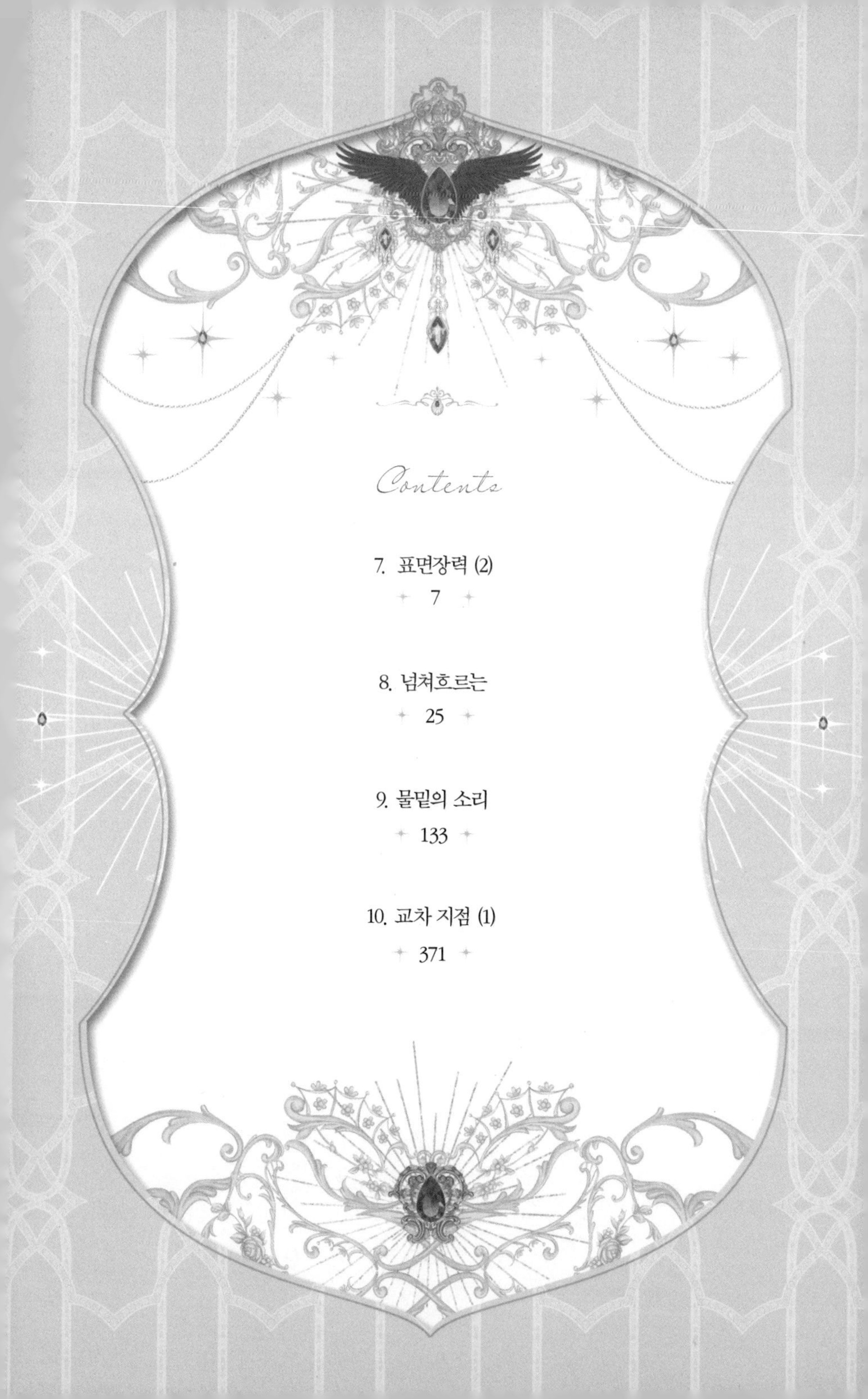

Contents

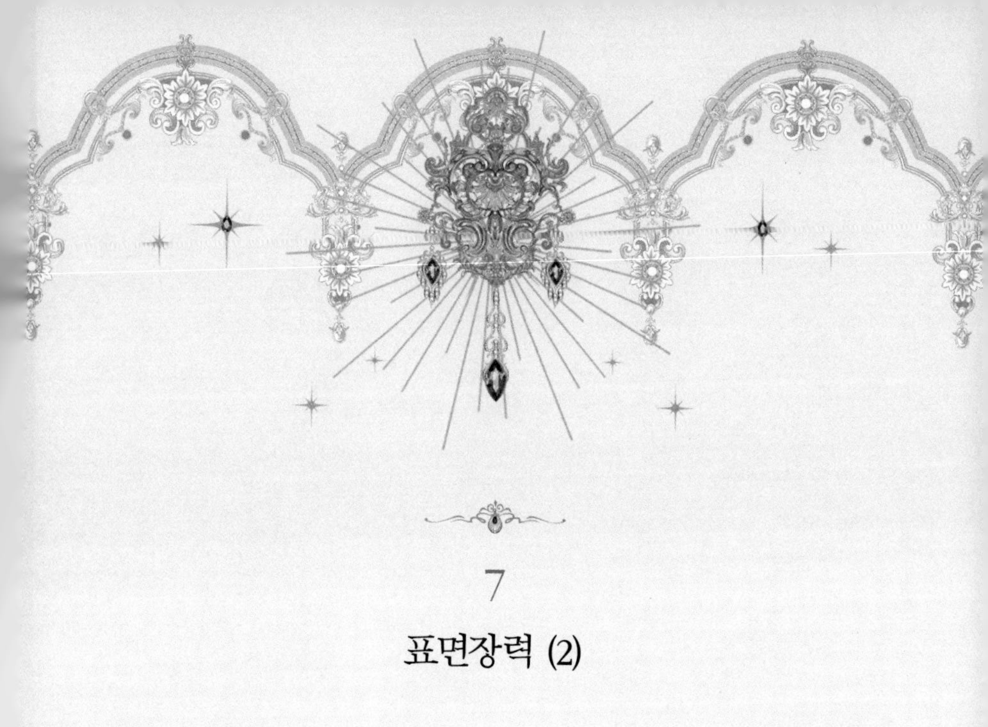

7
표면장력 (2)

"대체 누가 밀렸다는 거야."

필라프는 술에 잔뜩 취한 채로 쉼 없이 중얼거리다가 일그러진 얼굴로 이를 갈았다.

술을 마셔도 시궁창에 빠진 것 같은 비참한 기분에서 헤어 나올 수 없었다. 오히려 취하면 취할수록 더러운 기분은 점점 더 강해졌다.

하찮은 놈들이 뒤에서 자신을 가십거리로 씹어대며 조롱하고, 찼다가 차였다는 소문은 하루가 다르게 여기저기 퍼져 나가는 데다가, 아버지는 자신을 덜떨어진 반푼이 취급…….

가장 열 받는 건 자신을 이렇게 꼴사납고 우습게 만든 데보라가 이시도르와 어울린다는 것이다.

"하! 이시도르?"

날 내버리고 데보라 네가 택한 게 고작 그놈이야?

둘이 즐겁게 떠드는 모습을 상상하자 신경이 날카롭게 곤두섰다. 만일 시모어와 비스콘티의 결합이 성사된다면, 사교계에 큰 파란이 일어날 것도 알기에 더욱 속이 비틀렸다.

'여자에 관심 없는 척하더니 결국 실속은 챙기는군. 위선자 새끼.'

데보라도 그렇고, 모두가 이시도르의 그럴듯한 겉모습과 가식적인 태도에 속고 있다.

'그 새끼는 늘 나를 무시했지.'

필라프는 어릴 적부터 이시도르가 마음에 안 들었다.

그가 자신을 깔보고 경멸한다는 건 본능적으로 알 수 있었다. 필라프는 타고난 다혈질이라 마음에 안 드는 상황이 생길 경우 치밀어 오르는 울화를 주체하지 못했다. 감정을 잘 드러내지 않으면서 상황을 제 의도대로 교묘하게 끌고 나가는 이시도르는 필라프와 불과 얼음처럼 상극이었다.

'빌어먹을 물뱀 같은 놈.'

깊고 어두운 수면 밑에 도사리고 있던 열등감이 꿈틀거렸다.

이시도르가 나타나면 필라프의 존재감은 순식간에 흐려졌다. 불꽃이 아무리 맹렬하게 타올라도 작열하는 태양 아래에서는 별 볼 일 없듯이.

사람들은 잘 나타나지도 않는 이시도르를 시도 때도 없이 찾았다. 그리고 놈은 비싼 척하면서 등장해 자연스럽게 시선을 독차지하며 무리의 꼭대기에 군림했다.

게다가 황태자의 선택을 받아 〈입실론〉의 리더 자리를 이어받은 것도 이시도르다.

'입실론은 내가 갖고 싶었는데.'

〈아라크론〉 따위가 아니라.

필라프는 빈 술병을 잔에 털며 씩씩거리다가 발작적으로 집어 던졌다.

와장창-!

거친 파열음이 고막을 두드리고 돌연 심장이 터질 듯이 뛰었다. 불현듯 몬테스의 유일한 후계자인 자신이 이런 열등감을 곱씹고 있다는 것에 대한 분노가 치솟았다.

'나는 위대한 정령의 선택을 받은 타고난 존재야.'

황금이라는 어중간하고 애매한 수식어를 가진 비스콘티와는 근본적으로 달랐다.

"황금?! 제국에 있는 공작 가문 중에 금광 없는 곳이 어디 있어?!"

별 대단한 핏줄도 아닌 주제에.

으득, 어금니가 잘게 부스러질 정도로 이를 갈던 그는 충혈된 눈가를 문지르며 피식 웃었다.

'그래. 내가 더 탁월해.'

데보라는 내가 얼마나 대단한지 잘 모르기 때문에 그런 멍청한 결정을 내린 게 틀림없다.

'내가 분명히 후회하게 될 거라고 말했지?'

그깟 혼담 좀 거절당했다고 이대로 순순히 물러날 거라고 생각한 거면 오산이다.

'……당장은 화를 내겠지.'

그래도 분명 나중에는 데보라가 내게 고마워하게 될 것이다.

일회성으로 했던 수식 강의의 반응이 나쁘지 않아서 베르트 후작은 타 학부 학생까지 들을 수 있는 큰 규모의 강의를 잡아 주었다.

'젠장.'

수업을 빼 주지 않았다면 큰아버지고 뭐고 멱살부터 잡았을지도.

나는 새롭게 출시한 수식 서비스에 가입하라고 은근하게 협박한 뒤

강의실에서 나왔다. 복도를 걷던 중, 문득 내 이름이 귀에 들어와서 걸음을 멈췄다.

"데보라 공녀 때문에 필라프 경이 창피해서 잠수를 탔다면서……."

"데보라 공녀는 조신하지 않으면 고자를 만든다던데."

"흐음."

살벌한 소문이 가지를 치는 듯했지만, 필라프와 나를 엮는 분위기가 사라져서 새삼 기분이 좋아졌다.

'난 그런 다혈질 마초 타입은 진짜 취향이 아니라서.'

대체 얼마 만에 풀린 오해인지. 나는 가벼운 걸음으로 마차를 향해 걸어갔다. 집에 가서 빈둥거릴 생각에 몹시 신나 있었다.

"……!"

마차 앞에 시체처럼 널브러져 있는 시모어의 호위기사와 마부를 보기 전까지는.

내가 피폐 소설의 어장남 중 하나인 필라프 몬테스의 광기를 너무 얕본 것이다.

'미친놈. 대체 뒷일을 어떻게 감당하려고.'

나와 충돌하면 잃을 게 너무 많으니 함부로 움직이지 않을 줄 알았는데.

"데보라."

눈앞의 뜨거운 열기가 살갗을 얼얼하게 만든다.

지난번 이시도르의 등 뒤에 숨어 있어서 제대로 보지 못했던 불새 모양의 정령 셀레아나가 눈이 아플 정도로 새빨갛게 타오르고 있었다. 팔에 들어 있던 퍼플이 진동했지만 나는 팔을 꾹 움켜쥐며 절대 나오지 말라는 신호를 보냈다.

‘상급 정령사와 싸우게 되면 퍼플이는 십 초도 안 돼서 소멸할 거야.’
소중한 아이를 잃을 수는 없다.
‘최대한 대화로 풀어야 해.’
손에서 자꾸 진땀이 난다. 나는 떨리는 속을 다독이며 애써 침착하게 입을 열었다.
“필라프. 아카데미에서 함부로 학생에게 무력을 행사하면 징계야. 이는 황실에 대한 도전이고.”
“난 네게 무력을 행사할 생각이 없어. 널 좋아한다는 걸 이제야 깨달았는데 어떻게 그런 짓을 하겠어.”
“좋아해? 집착이겠지.”
그는 들은 척도 하지 않고, 태연하게 말을 이었다.
“아, 참고로 마차를 세워 두는 이곳은 아카데미에 속한 영역이 아니야. 저기 천것들이 감히 내 몸에 손을 대려 해서 잠시 기절시킨 것뿐이고.”
“미친놈.”
“피장파장이지. 데보라, 너도 나 좋다고 미친 짓 많이 했잖아.”
“지난 일에 너무 집착하면 매력 없어.”
‘조금만 더…….’
나는 그에게 대답하는 척하면서 가방에 든 이동 마법이 걸린 스크롤을 천천히 찢고 있었다.
그런데 손에 집히던 물건이 순간 감쪽같이 사라졌다. 필라프 놈이 가소롭다는 듯 내 소지품만 모조리 불태워 버린 것이다.
“내가 마법사를 한두 번 상대해 본 줄 알아?”
‘미치겠군.’

믿는 구석이 사라지자 심장이 덜컥 내려앉았다.

"이러는 목적이 뭐야?"

"데보라 너를 설득하러 왔어. 네가 사리 분별을 못 하는 것 같아서."

'아무래도 핀트가 나간 건 저쪽인 것 같은데.'

마주한 필라프의 흰자위는 붉게 충혈되어 있었고, 눈동자는 오기와 광기로 번들거렸다.

"넌 설득을 이런 식으로 위협적으로 해?"

"위협으로 느꼈다니 유감이네. 데보라, 너는 내가 정령을 다루는 모습이 신비하다면서 좋아했었잖아. 난 친절하게 네가 좋아하는 걸 보여 주는 것뿐이야."

'하, 미치겠네.'

"정령 잘 봤고 너 세다. 대단하다."

"네가 그런 식으로 비아냥거리면 화가 나서 견딜 수가 없단 말이지. 하지만 참아 줄게. 몬테스의 핏줄이 가진 진정한 힘을 보면 너도 곧 생각이 바뀔 테니까."

그가 돌연 품에서 육각형 모양의 물건을 꺼냈다.

"난 친절하게 설득할 테니, 넌 설득만 당하면 돼. 간단하지."

"그건, 뭐야?"

"환상적인 곳이지."

엄지손가락을 송곳니로 세게 깨문 그가 피를 수상한 물건에 떨어뜨리더니 마나를 불어넣었다. 각 면의 색이 다른 육각형의 기묘한 물건 위로, 지난번 낙찰받았던 검에서 봤던 것과 비슷한 형태의 문양이 새겨지기 시작했다.

'설마 고대 아티팩트인가?'

갑자기 주변 풍경이 기묘하게 왜곡되기 시작했다. 그때였다.

콰앙!

눈앞으로 금빛의 검기 수십 개가 날아들었다. 동시에 필라프의 손에 있던 아티팩트가 위로 튕겨 오르더니 바닥으로 굴러떨어졌다.

"젠장, 검기? 대체 어디서? 물의 장벽에는 침입의 낌새라곤 전혀 느껴지지 않았는데!"

필라프의 경악한 얼굴이 보인다.

"이 미친 새끼야!"

"이동 마법……. 이시도르 너, 마검사였어?!"

공간 이동 마법을 쓴 것처럼 갑자기 눈앞에 나타난 이시도르가 거칠게 욕을 하면서 다급히 나를 꽉 끌어안았다.

"당장 그거 멈춰!"

"이런!"

옅은 안도감도 잠시, 땅에 떨어진 아티팩트가 당장에라도 폭발할 것처럼 흔들렸고 주변 공간이 소용돌이치며 일그러졌다. 곧이어 블랙홀 같은 무언가에 몸이 훅 빨려 들어가는 느낌이 들었다.

"윽!"

구토감이 들 정도로 지독한 어지럼증이 밀려들었다. 나는 뜨거운 이시도르의 품 안에서 바르작거리다가 까무룩 정신을 잃었다.

'거대한 마나 파장으로 잠시 기절했군.'

데보라 공녀는 마나를 잘 못 받아들이는 체질이라서 그런지 고대 아티팩트가 폭주하자 쇼크가 온 모양이었다.

'그래도 다치지는 않았어.'

이시도르는 정신을 잃은 데보라 공녀를 꼼꼼하게 살피다가, 몸을 일으켜 주변을 느릿하게 둘러보았다.

마치 누가 인위적으로 만든 것처럼 이질적인 공간. 이시도르와 데보라가 자리하고 있는 푸른색의 석판을 제외하곤, 사방이 온통 새파란 물로 일렁거린다. 주변이 마나와 자연의 힘으로 가득한 것을 보니 정령계를 구현한 것 같았다.

'그 육각형의 아티팩트가 이 아공간과 통하는 문이겠지.'

몬테스 가문에는 독특한 폐관 수련법이 있다고 들었는데, 필라프가 그 아티팩트를 이용해 데보라 공녀를 납치하려 할 줄이야.

급한 마음에 필라프가 가져온 아티팩트를 검기로 고장 내 버렸다. 덕분에 그는 데보라 공녀와 단둘이 아공간으로 떠밀려 들어왔다.

태양에 그을린 거친 맨발이 하얀 모래 아래로 푹푹 꺼졌다. 나는 이것이 개꿈이라는 것을 직감적으로 알았다. 몸이 내 의지와는 상관없이 움직이고 있었으니까.

"너는 그 성질머리부터 죽여야 해!"

숨이 차올랐지만, 황량한 사막 위에 주저앉아 있는 붉은 머리의 남자를 보자마자 입이 저절로 움직였다.

남자가 벌떡 일어나 흥분한 얼굴로 화를 낸다. 하지만 주변이 웅웅거려서 무슨 말을 하는지는 정확하게 들리지 않았다.

'뭐라는 거지?'

"……왜?! ……ㅇ라!"

단어 하나가 겨우 포착되려는 순간, 강한 모래 폭풍이 불어닥치면서 사방이 흐릿해졌고 나는 텁텁한 열기 속에 빠르게 잠식되었다.

'괴로워.'

꿈인데도 누군가가 숨통을 조이는 것 같다. 입속으로 모래 알갱이가 파고들어 질식할 것 같았다. 이대로 숨이 막혀 죽는 건가 싶어 두려움이 엄습할 때, 서늘한 감각이 이마를 천천히 감쌌다.

다정한 손길이 닿자 악몽으로 인해 터질 듯이 거칠게 뛰던 심장 박동이 점차 누그러들었다.

'기분 좋아.'

내 속을 읽은 것처럼, 누군가가 이마를 다독거리고 가볍게 쓸어내렸다. 빠르게 안정을 되찾은 나는 다시 깊고 어두운 무의식 속으로 미끄러져 내려갔다.

"……!"

얼마나 지났을까, 수면 위로 몸이 떠오르는 감각에 나는 눈꺼풀을 번쩍 들어 올렸다.

"괜찮아요?"

익숙한 저음. 멍한 기분으로 눈을 깜빡이다가 날 내려다보는 이시도르와 정면으로 눈이 마주쳤다.

"뭐, 뭐야?!"

내 시신경이 카메라 플래시를 정면에서 맞은 것보다 더 큰 충격을 호소했다.

"……이렇게까지 놀랄 일인가요?"

이시도르가 당황한 얼굴로 중얼거렸다.

'근데 이 자세는 뭐지?'

시야에 보이는 각도로 유추했을 때, 내가 현재 베고 있는 물체가 이시도르의 허벅지라는 것을 깨달은 나는 몸을 벌떡 일으켰다.

"그렇게 갑자기 일어나면 어지러울 텐데."

이시도르가 걱정스럽게 말했다.

"……으으."

그의 말대로 사흘 내내 야작한 것처럼 머리가 핑 돌았다. 동시에 푸른 물만 넘실거리는 사방이 눈에 들어와 나는 아득한 공포와 두통을 함께 느꼈다.

'뭐야. 아직 꿈인가?'

이시도르는 휘청이는 나를 조심스레 끌어당겼다.

"일단 누워요. 근데 여기엔 머리에 댈 만한 게 아무것도 없어서……."

그가 약간 머뭇거리면서 허벅지를 두드린다. 이시도르의 롱코트는 이미 내 이불처럼 쓰이고 있었다. 결국, 나는 그의 허벅지를 다시 베개처럼 쓰게 되었다.

이 상황이 두려운 것과 별개로 민망해서 눈을 질끈 감자, 그가 물이 묻은 손수건을 이마에 올려 주었다.

"좀 안정되면 일어나요. 마나 파동에 휩쓸려서 아직 괴로울 거예요."

"……마나 파동?"

"내 추측엔 몬테스 가문의 가보가 망가지면서 폭주했고, 우린 가보와 연결된 아공간으로 빨려들어 온 것 같아요."

필라프 개자식!

몬테스가 가진 진정한 힘을 보여 준다더니, 날 이런 이상한 공간으로 끌고 올 작정이었나 보다.

"필라프, 이 쓰레기……."

기운이 없는 와중에도 울컥 분노가 치밀었다.

"이번 일은 아무리 몬테스의 후계자라 해도 그냥 넘어가지는 못할 겁니다."

이시도르가 날카로운 음성으로 말했다.

"그냥은 안 넘어가."

내 호위를 공격하고 시모어와 비스콘티의 직계를 말려들게 했으니 죄목이 너무 많다. 문제는 사방이 물로 둘러싸인 이 기이한 공간에서 어떻게 나가느냐였다.

"……나가는 방법이 존재할까?"

"없어도 만들게요."

"……."

"걱정하지 말고 일단 몸부터 추슬러요."

코끝이 찡해질 정도로 상냥한 음성이었다.

이번에도 내게 오지랖을 부린다. 게다가 그의 오지랖은 항상 타이밍까지 좋았다.

"또 신세를 졌네. ……고마워."

"……글쎄요. 내가 더 일찍 왔으면 이런 구역질 나는 공간에 갇혀 있을 이유도 없었겠죠. 필라프가 이런 짓까지 벌일 줄은……."

어딘가 억누르는 듯한 목소리에 나도 모르게 눈을 떴다. 보는 사람이 얼어붙을 것 같은, 차가운 표정을 짓고 있던 이시도르는 눈이 마주치자 손으로 내 눈을 가렸다.

"쉬라니까요."

잡힐 듯이 선명한 그의 감정을 엿보자 속이 울렁인다. 내게 공감해주는 그를 보니, 손이 닿은 눈가가 홧홧해졌다.

"……화내지 마. 오지랖 찢어져."

분위기가 자꾸 무거워지는 게 어색해서 나도 모르게 말장난을 쳤다. 오지랖이 사실 옷자락이라는 뜻이라서 한 농담인데 엄청 썰렁하다.

'하지 말걸.'

"오지랖 아니에요. 고작 그런 이유면 이런 기분이 들지 않았을 테니까."

그가 농담으로 돌려주지 않아서 기분이 더욱 이상해졌다.

'본인 오지랖은 오크 가죽보다 더 질기다고 받아칠 줄 알았는데.'

"오지랖, 아니에요."

거듭 말하며 손을 떼어낸 그가 손수건을 한 번 뒤집었다. 그리고 천천히 내 이마를 다독였다.

'그럼 뭔데.'

질문이 목 끝까지 올라왔지만 동시에 의문 하나가 떠올라서 멈칫 입술을 말아 물었다.

'나는 이시도르에게 무슨 대답을 듣고 싶은 거지?'

혼란스러움과 묘한 긴장감이 공존하는 상태로 시간이 흘러갔다.

"몸은 좀 괜찮아요?"

머리 무게 때문에 허벅지가 아플 텐데 이시도르는 힘든 기색 없이 다정하게 묻는다.

"두통은 좀 나아진 것 같아."

"천천히 일어나요."

나는 그의 도움을 받아 상체를 느릿하게 세웠다. 몸 상태가 나아져서 주변을 둘러보았다.

'정말 단순한 공간이군.'

물, 그리고 나와 이시도르가 앉아 있는 석판. 단 두 개로 이루어져 있었다.

나는 망망대해 가운데에 섬처럼 떠 있는 파란 석판을 가만히 바라보며 고개를 기울였다. 하필 모양이 정사각형이었다.

"필라프가 들고 있던 정육면체, 언뜻 봤을 때 각각의 면이 가진 색들이 다 달라 보였거든."

이시도르가 내 말을 진지하게 경청했다.

"이 석판이 그 육면체의 단면 중 파란색과 연결되어 있을 수도 있겠다는 생각이 들었어."

나는 매끈한 석판을 보며 말을 이었다.

"그리고 만일, 내 가정이 맞는다면 이시도르 경이 검기로 망가뜨린 단면 쪽 석판에 이변이 있을 수도 있지 않을까?"

"그 고대 아티팩트는 게이트가 아니라 아공간을 축소해 놓은 물건일 수도 있다는 거군요."

"응. 단순한 게이트라면 석판이 굳이 이런 형태일 이유가 없으니까."

그가 고개를 끄덕였다.

"또, 우리만 이 이상한 공간으로 빨려 들어왔고 맞은편에 서 있던 필라프는 없잖아."

나는 빠르게 말을 이었다.

"주사위처럼 각각의 면이 중요한 역할을 한다면 우리가 서 있던 방향의 단면에 문제가 생겼을지도 몰라."

"멋진 가설이네요. 단순한 게이트 오류라고 생각했는데 공녀의 추론이 훨씬 설득력 있군요."

"그리고 육면체니까 공간끼리 전개도처럼 서로 연결되어 있을 확률도 높지."

나는 망망대해를 바라보며 한숨을 내뱉었다.

"하지만 여길 헤엄쳐서 다른 곳으로 이동할 수도 없고……."

"플라이 마법, 캐스팅할 수 있어요."

"진짜…… 마검사였어?"

그가 이동 마법을 쓴 걸 얼핏 본 것 같긴 한데 도통 믿기지 않는다. 마검사는 수백 년에 한 명 나타날까 말까 할 정도로 희귀한 존재였다. 오러와 마나 서클 두 개를 동시에 다루는 건 불가능에 가까운 일이기 때문이다.

"그렇게 대단한 걸 왜 숨기는 거야?"

"귀찮으니까요."

음. 재수 없다.

'이런 사기급 먼치킨이 소설에는 전혀 등장하지 않은 이유가 대체 뭐야?'

그리고 마스터도 그가 마검사라는 정보는 몰랐는데.

'참 미스터리한 존재란 말이지.'

내가 눈을 가늘게 좁힌 채 그를 바라보자 이시도르가 피식 웃었다.

"거봐요. 다들 나를 재수 없어 하면 얼마나 귀찮겠어요."

"왠지 그 성격이 더 문제인 것 같은데."

"데보라 공녀한테는 착하게 굴잖아요. 자, 업혀요."

서글서글 웃은 그가 무릎을 꿇고 등을 내민다. 동글동글, 예쁜 두상을 바라보던 나는 넓은 등으로 시선을 내리며 손을 꼼지락거렸다.

막상 업히려니 막막했다. 나는 전 생애 통틀어 아주 어릴 때를 빼놓고는 누구 등에 업힌 적이 단 한 번도 없었다. 김한준 같은 양아치가 날 업어 줬을 리 만무하다. 그 자식은 도리어 취하면 내게 업어 달라고 주사를 부리는…….

하, 그냥 생각을 말자. 필라프와는 다른 의미로 열 받으니까.

"혹시 내 등에 무슨 문제 있어요?"

"업혀 본 적이 없어서……."

어색하게 중얼대는 나를 보며 그가 눈매를 휘었다.

"나도 사실 누구를 업어 본 적 없어요. 우리 둘 다 처음이니까, 좀 이상한 자세로 다녀도 아무도 모르겠네요."

"알았어. 그럼……."

내가 서툴게 그의 목을 끌어안자 이시도르가 잠시 멈칫했다.

"혹시 무거워?"

"아, 아뇨."

"경량화 마법을 거는 건 어때?"

나는 괜히 찔려서 이상한 제안을 했고, 이시도르는 팔을 잠시 허우적거리다가 내 몸을 추켜올렸다. 그의 동작도 어색해서 나는 조금 긴장을 풀었다.

이윽고 이시도르가 몸을 천천히 허공 위로 띄웠다. 몸이 밀착되자 그의 황금빛 머리카락이 뺨에 닿을 듯 말 듯이 살랑댄다.

'헉.'

얼마 지나지 않아, 시야 아래로 먹먹한 푸른 물결이 펼쳐졌다. 덜컥 겁이 나서 나도 모르게 그의 목을 더 세게 감싸 안았고, 순간 이시도르의 몸이 가볍게 흔들렸다.

"무슨 문제 있어?"

사실 잔뜩 쫄아붙어 있었지만 목소리만큼은 차가웠다.

"……괜찮아요."

그의 음성은 늪처럼 평소보다 훨씬 깊게 잠겨 있었다. 난 한 박자 늦게 이시도르의 목덜미가 새빨갛게 물든 것을 발견했다. 그의 목은 홍시처럼 붉어져서 당장에라도 터질 것 같았고, 나는 나도 모르게 황급히 위로 시선을 던졌다.

왠지 보면 안 되는 광경을 목격한 듯한 이상한 기분이 들었기 때문이다.

8
넘쳐흐르는

자신이 애도 아니고, 업는 것 정도는 그리 어렵지 않을 것으로 생각했다. 그것이 만용이었다는 것을 이시도르는 얼마 안 가서 깨달았다.

아까 전 그녀를 돌볼 때만 해도 그럭저럭 여유를 가장할 수 있었던 것 같은데 지금은 괜찮은 척하는 것조차 불가능했다. 부드러운 몸이 등에 겹쳐지는 순간, 순식간에 긴장감이 치솟으면서 목덜미에 열이 오르기 시작했다.

어깨와 목 근육이 단단하게 긴장하고, 몸이 점차 뻣뻣해진다. 빨라지는 심장 박동 때문에 시야까지 이리저리 흔들리는 것 같은 착각마저 일었다.

자신이 이토록 감각에 휘둘릴 수 있다는 걸, 그는 처음 알았다. 평소 무뚝뚝한 말투로 툭툭 말장난을 내뱉는 데보라 공녀가 유독 조용했지만 눈치챌 겨를도 없었다. 계속 집중력이 흩어졌기 때문이다.

간신히 캐스팅을 이어가던 이시도르는 한참 시간이 흐른 뒤에야 자신이 같은 자리를 계속 맴돌고 있다는 것을 깨달았다. 그는 천천히 반대 방향으로 몸을 틀자마자 내심 헛웃음을 머금었다. 한참 전에 출발했던 푸른 석판이 멀지 않은 거리에서 보였다.

'황당하군.'

평소 같았으면 플라잉 마법처럼 단순한 방법으로는 절대 빠져나가지 못한다는 걸 빠르게 깨달았을 것이다. 하지만 그는 목 뒤에만 정신이 팔려 있었다. 그녀의 규칙적이고 얕은 숨결이 목 뒤에서 흩어질 때마다 그곳에 신경이 쏠렸고 붉은 입술이 떠올랐다.

결국 원점으로 돌아왔지만, 그는 아까와는 달리 조금만 건드려도 흘러넘칠 것 같은 기분이 들었다. 유리컵 위의 볼록해진 물이 아슬아슬하게 넘치지 않고 버티는 모양과 흡사했다.

감정을 자각했다는 것이, 생각보다 훨씬 강력한 촉매제 역할을 한다고 이시도르는 생각했다. 그녀를 향해 피어올랐던 생소한 감정에 애정이라는 이름을 붙였을 뿐인데, 예전과 비교할 수 없을 만큼 못 견디게 사랑스러웠다.

그리고 그와 비례해 그녀에게 유일하고 특별한 사람이 되고 싶다는 갈망 또한 짙어졌다. 필라프 같은 놈이 감히 접근도 못 하게끔.

입술을 가볍게 말아 문 그는 일단 새로운 탈출 방법을 모색하기 위해 천천히 석판으로 내려갔다.

"하아."

데보라 공녀가 숨을 빠르게 몰아쉬며 그의 단단한 어깨에 두른 팔을 천천히 풀었다. 땅에 발을 딛자마자 그녀의 다리가 휘청여서 이시도르가 재빨리 낚아채 가볍게 부축했다.

"혹시 어디 안 좋아요?"

공녀의 안색이 썩 좋지 않다.

"……."

"약한 말 하기 싫어하고 참을성 좋은 편인 건 알지만 나한테까지 굳이 그럴 필요 없어요."

"……목이, 좀 말라서."

갈증이 심해진 듯 그녀가 인상을 설핏 찌푸렸다.

"왜 말 안 했어요?"

"……참을 수 있을 것 같아서. 밖에서도 우리를 찾는 중일 테고. 아직은 괜찮아."

"갈증을 어떻게 참아요? 얼마나 고통스러운데."

데보라 공녀는 이곳에 오기 직전 아카데미에서 강의를 했고, 마나 파동에 휩쓸려서 실신한 후엔 악몽까지 꾸면서 땀도 흘렸다. 마나로 컨디션을 유지하는 자신과 달리 목이 아플 정도로 갈증이 날 수밖에 없는 상황이었다.

"미안해요. 내가 신경을 못 썼어요."

이시도르가 다급히 장갑을 벗고 셔츠 소매를 걷어붙였다.

"위험한 물일지도 모르잖아. 그만해."

그녀가 아연실색했다.

"내 추측에 이곳은 정령계를 구현한 곳이니 괜찮을 거예요. 정령들은 오염된 환경에서는 살지 않으니까요."

"하지만…… 잠깐!"

말리기도 전에 허리를 숙인 그가 손을 뻗어 테스트하듯 물을 한 모금 마셨다.

"……별문제 없어요."

그는 다시금 긴 팔을 뻗어 깨끗하게 손을 닦고 물이 가득 고인 양손을 그녀의 입 근처로 내밀었다.

"마셔요."

"……이럴 필요까진 없는데. 경이 매너가 좋다는 걸 알긴 하지만……."

"굳이 손에 물을 묻힐 필요도 없잖아요."

공녀가 석판에서 떨어질 위험을 무릅쓰고 몸을 숙여 힘들게 물을 마시게 하기 싫었다. 더 빨리 오지 못해서 그녀가 이런 엿 같은 상황에 빠져 고생하는 것만으로도 충분히 열 받았다.

필라프를 생각하면 살의가 치솟을 정도로.

"응? 목마르잖아요."

그가 상냥하게 다독이며 물이 찰랑거리는 창백한 손을 느릿하게 내밀었다. 마치 독사과를 보는 것처럼, 왜인지 모르게 긴장하던 공녀가 천천히 고개를 숙였다.

이윽고 데보라 공녀의 긴 보라색 머리칼이 스르륵 커튼처럼 아래로 내려와 그의 하얀 손을 가볍게 간질였다.

"……."

꼴깍꼴깍, 목울대가 움직이는 소리가 났다. 달게 물을 마시는 모습이 새처럼 보여 귀엽다고 생각하던 찰나, 그녀가 점점 더 깊게 고개를 숙였다. 이윽고 물이 모두 사라지자, 손바닥에 부드러운 감촉이 느릿하게 문질러졌다.

입술이 손에 닿았다는 것을 깨닫는 데엔 오래 걸리지 않았다. 보랏빛 속눈썹을 길게 내리깔고 있던 데보라 공녀가 흠칫 놀라며 고개를 들어 올렸다. 당혹감이 담긴 새빨간 눈동자를 바라보는데, 그녀가 젖은 입술을 달싹였다.

"이시도르 경?"

입가에 고여 있던 물방울이 갸름한 턱을 타고 흘러내렸고, 이시도르는 그 모습에 더욱 강렬하게 시선을 빼앗겼다. 그는 사흘 정도는 물을 마시지 않고 버틸 수 있는데도 순간 참을 수 없는 지독한 갈증이 치솟았다.

“데보라.”

어느 순간, 거리를 바짝 좁힌 이시도르는 공녀의 붉어진 귓바퀴를 보며 이름을 읊조렸다.

그간은 원목 책상을 사이에 두고 마주해 오며 그 책상만큼의 거리를 유지했다. 그러나 더는 자랑하던 인내심을 발휘하지 못하고 욕심만큼 거리를 좁혔다. 이윽고 날렵한 공녀의 눈매가 크게 벌어졌다.

순간 자신의 노골적인 소유욕이 그녀의 새빨간 눈동자에 고스란히 비치는 듯한 착각이 들었다. 입술이 닿을락 말락 한 거리에서 뜨겁게 흩어지는 숨결을 느리게 머금던 그가 그녀의 입가에 맺힌 물방울을 스치듯이 입술로 훑었다.

“…… .”

설탕을 머금은 것 같은 달콤한 맛이 잇새로 스며든다.

“어떻게 생각해요?”

이시도르의 모양 좋은 입술이 둥근 귓바퀴에 닿았다.

“……?”

“나랑 정식 교제하는 거.”

……정식 교제?

사귀자는 뜻인가?

유혹적인 얼굴로 다가와 부드러운 입술로 입가를 훑고 간 그가 마치 비밀을 말하듯이 속삭였다. 엄밀히 말하면 키스도 아니고 입술끼리

닿은 것도 아닌데, 그의 낮은 목소리 탓에 농밀한 스킨십으로 느껴졌다.

근데, 이렇게 바로 사귀자고?!

멍하게 넋이 나가 있던 나는 한 박자 늦게 입술을 달싹였다.

"그, 사귀는 건 아직 너무 이른 것 같아."

그가 상상치 못한 방식으로 정면으로 부딪쳐 오자 나도 내 속내를 보일 수밖에 없었다.

다정하고, 젠틀하고, 심지어 아름답기까지 한 이시도르에게 끌리지 않는다고 하면 거짓말이다. 하지만 진지한 마음으로 교제할 정도의 호감, 그 이상인지는 아직 확신할 수 없었다.

"……싫은 게 아니라, 이르다고요?"

나는 고개를 끄덕였다.

"공녀는 곧 데뷔탕트를 앞두고 있고 나는 이미 성인인데…… 둘 다 나이는 충분하지 않나요?"

"정식으로 교제를 하기엔 우리 둘 사이에 서로에 대한 이해가 부족하다는 뜻이었어."

이전 생애, 미움받기 싫어하는 병에 걸려 있던 나는 누군가 좋다고 먼저 고백하면 보답해야 할 것 같다는 압박감을 느꼈기 때문에 수동적이고 한심한 연애를 했다. 연애한다는 허울 좋은 명분 아래 감정을 착취하고, 집착하면서 상처 주는 일이 얼마나 많은가.

"난 솔직히 경에게 관심이 있어. 그래서 당신이 어떤 사람인지, 내가 마음을 다할 수 있는 사람인지 더 알고 싶어."

"그렇네요. 공녀가 나에 대해 알 시간이 필요한데, 내가 마음이 앞서서 미처 고려를 못 했어요."

그는 나에 대해 잘 아는 것 같은 뉘앙스라서 고개를 갸웃했다.

'뭐지? 기분 탓이겠지.'

난 그가 여전히 마스터처럼, 무언가를 숨기고 있는 것 같다는 느낌이 들었다.

"서로 연락을 주고받고 종종 식사도 하면서 알아가는 과정을 갖고 싶은데……."

그가 먼저 솔직하게 나왔기 때문에 나는 최대한 신중하게 말을 이었다.

"사실 난 연애하고 싶다는 생각을 평소에 한 적이 없어서, 혹시 이시도르 경이 이런 지지부진한 관계가 싫으면……."

가문에 이익이 되는 결혼을 강요하는 이 세계에 친구와 연인 사이에서 탐색 기간을 갖는 썸이 있을 리가 없었다. 이시도르는 그런 애매한 관계가 이어지는 게 싫을 수도 있겠다는 생각이 들었고 강요하고 싶지 않았다.

"난 좋아요. 싫을 리가 있겠어요."

그런데 그가 곧장 내 말을 끊었다.

"……."

"나한테는 공녀의 생각이나 의견이 훨씬 더 중요해요."

그의 말에 심장이 둔중하게 아래로 떨어졌다.

"해 봐요. 서로 알아가는 단계."

그는 모양 좋은 입술을 옅게 끌어 올렸다.

데보라의 갑작스러운 실종에 시모어는 말 그대로 발칵 뒤집혔다.

실종 소식과 사건의 경위를 듣자마자 몸이 휘청거릴 정도로 충격을 받은 시모어 공작이 이내 집안의 가신을 모두 모아 놓고 명령했다.

"당장 데보라를 찾아. 수단과 방법 가리지 말고, 내일 아침 해가 뜨기 전에 무조건."

"시모어 직계에 위해를 가한 몬테스 역시 좌시할 수 없습니다."

로자드는 전열을 가다듬겠다며 나섰다. 명분이 있는 일이고, 시모어의 자존심이 걸린 일이기도 했다.

"아버지. 고대 아티팩트로 인해 일어난 사건이니 제가 직접 조사를 시작하겠습니다."

"필요한 인력은 모두 빌려주마."

벨렉은 조사단을 꾸려 현장을 다시 찾아갔다. 그의 표정은 차게 굳어 있었다. 사이좋은 남매 관계가 아님에도, 타인이 제 여동생을 건드리니 기분이 나빠졌다. 가족애는 유치가 빠지기도 전, 형과 서로를 짓밟아야 한다는 사실을 알게 된 뒤로 사라진 지 오래인데 이상한 노릇이었다.

'데보라는 뛰어난 아티팩트 설계자니까……. 난, 유능한 사람을 좋아하고.'

"벨렉 님. 공간 왜곡의 흔적이 보입니다."

미묘한 기분을 느끼던 그는 퍼뜩 정신을 차리고 주변을 면밀하게 훑었다.

'아무래도 아공간과 연동된 아티팩트가 폭주한 모양이군.'

그는 사고 현장을 조사할수록 사태가 심각하다는 것을 깨달았다. 왜곡장은 시간이 흘러서 이미 닫힌 상태고 아공간의 유일한 열쇠인 아티팩트 역시 코빼기도 보이지 않았기 때문이다.

'데보라가 얼마나 버틸 수 있을까? 몬테스의 가보니 정령계와 연관되어 있을 확률이 높을 텐데.'

그나마 다행인 건 정황상 이시도르 비스콘티도 함께 휘말려 들어갔다는 것이다.

'이시도르 경을 잘 협박해서 위기를 모면해야 할 텐데.'

벨렉이 그다지 않게 착잡한 기분으로 걱정하는 사이에, 엔리크까지 집안 분위기가 심상치 않음을 깨달았다.

"누나, 어디 있어?"

엔리크는 턱에 주름이 생길 정도로 입술을 꾹 깨물며 필사적으로 눈물을 참았다.

"도련님, 진정하세요. 공작님께서 반드시 해결해 주실……."

"말해!"

사용인에게 꼬치꼬치 캐물어 상황을 파악한 엔리크는 도서관을 뒤지면서 전전긍긍했다.

시모어는 역량을 총동원해서 데보라를 찾는 한편, 몬테스 가문을 압박했다.

"필라프를 당장 몬테스에서 끌어내. 내 딸이 돌아오면 바로 무릎부터 꿇릴 거니까."

시모어 공작은 필라프를 잡아 족치겠다며 단단히 벼르고 있었다. 고대 아티팩트가 망가지면서 생긴 독특한 파동과 각종 증언 덕분에 필라프가 이번 실종 사건의 범인이라는 것이 바로 드러났기 때문이다.

현재 필라프는 가문 내에 있는 지하 감옥에 구금되어 있었다. 가보를 몰래 빼돌린 그는 몬테스 사병에게 먼저 발각되었고, 시모어는 간발의 차로 필라프를 빼앗겼다.

"필라프. 네가 대체 무슨 짓을 한 줄 아느냐?"

몬테스 공작이 초췌한 얼굴로 나타나자마자 구속구를 차고 있던 필라프가 벌떡 일어났다. 이시도르가 마검사라는 사실에 충격을 받은 그는 바깥 상황이 얼마나 심각하게 돌아가는지 인지하지 못하고 있었다.

"아버지! 일단은 제 말을 좀 들어주세요."

"뭘 잘했다고 머리를 뻣뻣하게 쳐드는 게냐. 더는 네놈의 멍청한 낯짝을 봐줄 수가 없다."

반나절 내로 아공간에서 두 사람을 빼 낼 방법을 찾아내지 않으면 전쟁이라고 시모어가 엄포를 놓았다. 늘 고요하기만 했던 비스콘티의 움직임도 심상치 않았다.

"저는 그저 데보라와 대화를 하려 했을 뿐입니다. 엄밀히 말하면 이번 일은 아티팩트를 망가뜨린 이시도르 탓입니다."

"말 같지도 않은 소리 그만하거라! 대체 어느 누가 가보를 들고 대화하느냐?"

근신 중에 훈련이라도 열심히 해 보라고 가보에 접근하는 걸 허락했는데, 그것을 엉뚱한 목적으로 사용하려 할 줄이야.

"혼담을 거절한 데보라에게 몬테스의 힘을 보여 주고 싶어서……."

"필라프. 너는 두 개의 개국공신 가문을 적으로 돌렸고 가문의 비기를 잃어버렸어. 가장 큰 적은 내부에 있다더니……."

"……."

"그 고대 아티팩트는 네놈 목숨과도 비할 수 없는 가치가 있는 것이다. 아느냐?!"

"저는 유일한 후계자인데, 어찌 그런 말씀을 하십니까!"

몬테스 공작이 으득, 이를 갈았다.

정령의 힘을 키울 수 있는 물건은 그 아티팩트가 유일했다. 정령은 태생부터 하급, 중급, 상급이 정해져 있고, 인간계에 머물 수 있는 시간도 제한적이다. 그 때문에 계약한 정령을 성장시키는 것은 불가능했다.

하지만 몬테스 혈족은 정령계를 구현한 가보를 이용해 같은 급의 정령이라도 다른 정령사가 가진 정령보다 탁월하게 만들 수 있었다. 그들이 정령의 몬테스라고 불리는 진정한 이유였다.

'하필이면 그 물건을!'

철딱서니 없이 키운 아들 하나 때문에 유서 깊은 가문이 뿌리부터 흔들리고 있었다.

"해 봐요. 서로 알아가는 단계."

"……응."

이시도르는 부드럽게 미소 지은 채, 옥빛이 도는 깊은 눈으로 날 바라보다가 작게 중얼거렸다.

"왠지 당신다워."

"어?"

"공녀의 그런 점이 더 매력적이라고 생각했어요."

"왜, 왜 갑자기 그런 말을 해."

"……알고 싶다길래."

문득 이 상황이 아공간에 갇힌 것보다 더 위험한 거 아닐까, 그런 생각이 들었다.

"흠."

"종종 쑥스러워하는 것도 귀엽고. 처음엔 화가 난 줄 알았는데."

"그, 그만해!"

"알았어요."

그가 부드럽게 눈웃음을 친다. 나는 그런 그가 사람을 홀리는 여우 같다고 생각했다.

"이, 일단 여기서 나가야지. 지금 이러고 있을 때가 아닌데. 아버지께서 걱정하실 테고."

자꾸 얼굴이 뜨거워져서 나는 급히 다른 곳으로 시선을 돌렸다. 고개를 돌려봐야 사방이 온통 물뿐이었지만.

"……아까 경이 그랬지? 여기가 정령계를 구현한 곳이라서 저 물을 마셔도 괜찮은 거라고."

"네. 과거에 몬테스 가문만의 폐관 수련법이 있다고 들었는데, 나는 이곳이 그 수련장이라고 확신하고 있어요."

"흐음."

'성수도 반은 정령이니, 퍼플이가 나오면 뭔가 공간에서 반응이 있지 않을까?'

나는 퍼뜩 떠오른 생각에 팔에 문신 형태로 깃들어 있는 퍼플을 꺼냈다. 등딱지 속에 꽁꽁 숨어 있다가 천천히 고개를 내민 퍼플이 나를 촉촉한 눈으로 물끄러미 올려다보았다.

'왜 나를 마력석 보듯이 저렇게 열렬하게 쳐다보는 거지?'

감동한 것 같기도 하고?

'아아. 알겠다.'

내가 필라프의 상급 정령으로부터 퍼플을 보호해 줬기 때문인 것 같았다.

"데보라 공녀는 성수에게까지 인기가 많네요. ……나가면 긴장해야겠는데. 귀찮은 것들이 한둘이 아니라서."

이시도르가 뭐라 엉뚱한 소리를 중얼거렸고, 나는 고민에 잠겨 있다가 입을 열었다.

"퍼플아, 저 물을 공격해 봐."

결의에 찬 표정으로 고개를 끄덕인 퍼플이 흰 기운을 내뿜자 돌연 바닥 아래의 푸른 석판이 빛나더니 사방에서 물기둥이 치솟기 시작했다.

"이런."

역시나 정령의 힘에 반응하는 공간은 맞네.

다만 내 무모한 실험 정신이 상황을 악화시킨 것 같았다. 암담한 기분을 느끼던 나는 흠칫 놀랐다. 이시도르가 돌연 나를 바짝 끌어당겼기 때문이다.

등 뒤로 그의 뜨거운 체온과 숨결이 고스란히 느껴져서 나도 모르게 눈을 질끈 감을 뻔했다.

'미치겠다.'

이시도르가 하필이면 내 귓가에 대고 낮은 목소리로 마법 캐스팅을 했고, 맹렬한 기세로 쇄도하던 물기둥은 이시도르가 생성한 쉴드 마법에 막혀 밖으로 튕겨 나갔다.

"역시, 이 석판이 이 공간의 코어 역할을 하고 있었군. 공녀 덕분에 확신이 생겼어요."

그가 푸르게 빛나는 석판을 발로 툭툭 차며 씩 웃었다.

"데보라, 혹시 연극 보는 거 좋아해요?"

사방에 소용돌이가 생기는 와중에 그가 뜬금없는 질문을 건넸다.

"……왜?"

거친 파도가 우리를 집어삼킬 듯 접근해서 나는 입술을 꾹 깨물었고 그는 움츠러든 나를 달래듯 품으로 바짝 끌어안았다.

"이 다음 데이트 장소 고르는 데 참고하게요."

"이시도르 경. 여기는 데이트 장소가 아니고, 연극이든 오페라든 나가서 생각해 봐야 할 것 같은데."

"연극, 오페라…… 둘 다 보는 것도 괜찮겠네."

"……설마, 곧 나갈 수 있다는 뜻이야?"

"네. 확신이 생겼어요."

이시도르가 특유의 느긋한 음성으로 말했다.

"저 아이도 방금 방어벽을 완성했고요."

이시도르가 퍼플을 가리켰다.

몸을 지키는 등딱지가 있는 거북이답게 퍼플에게는 쉴드를 칠 수 있는 능력이 있었다. 퍼플의 등 패턴을 닮은 육각형 형상의 방어벽이 석판 주변을 둘러쌌다.

'내 성수지만 저렇게 능력이 많다니.'

감탄하는 중 이시도르가 말했다.

"아마, 저 아이. 이 공간에 있으면서 더 강해졌을 거예요. 여긴 자연의 힘으로 가득한 특이한 장소거든요."

퍼플이 만든 방어벽은 사방에서 쏟아지는 물의 공격을 제법 잘 막아내고 있었다. 안전하다는 것을 확인한 이시도르가 천천히 나를 품에서 떼어 놓고 검을 빼 들었다.

콰앙! 콰앙!

이윽고 그가 검으로 석판을 인정사정없이 내리찍기 시작했다.

"……."

"흐음. 더 세게 가야겠네."

그가 오러를 끌어올리자 롱소드에서 눈이 시릴 만큼 환한 금빛 기운이 치솟았다. 풍압이 일어날 정도로 강한 힘이었다. 그의 금사 같은 머리카락이 이리저리 나부꼈다.

이시도르가 내뿜는 오러가 점점 커지자 마치 작은 태양을 눈앞에 둔 것 같았다. 태양처럼 끝을 짐작할 수 없는 아득한 에너지가 느껴져서 경외감마저 치밀었다.

'황금의 비스콘티…….'

문득 '황금'이라는 수식이 단순히 금광이나 돈이 많다는 것만을 상징하지는 않을 것 같다는 느낌이 들었다. 돈은 세리그 가문만 해도 만만치 않게 많고, 이 세계 귀족들은 상업의 가치를 그리 높게 쳐 주지 않으니까.

'그러면 황금은 대체 뭘 상징하는 거지?'

의아함을 느끼고 있을 때, 칼이 깊숙하게 박힌 석판에 천천히 균열이 생기고 공간도 깨진 거울처럼 갈라지기 시작했다. 그리고 이곳에 들어오던 때처럼 거대한 마나 폭풍이 일어났다.

'어지러워.'

"조금만 참아요."

나는 이시도르의 뜨겁고 커다란 품 안에서 눈을 꾹 감았다. 제발 눈을 뜨면 익숙한 풍경이 보이길 바라면서.

'데보라가 걱정돼서 이러는 게 아니야. 이 몸은 지적 탐구심이 강하니까.'

벨렉은 조사단과 함께 새벽까지 집요하게 아카데미 근처 공간을 탐색했다.

걱정으로 날밤을 새운 시모어 공작이 나타나서 조사 진척 상황을 물었다. 공작이 인내할 수 있는 시간은 오늘 새벽, 동이 트기 전까지였다. 마력이 없는 데보라는 시간이 흐를수록 아공간에서 버티기 힘들어질 거라는 걸 알기 때문이다.

"벨렉. 내 눈치 보지 말고 객관적으로 말해 보거라."

"아공간 안에 있는 사람이 내부 핵을 파괴하는 게 현재로선 가장 빠르고 현실성 있습니다."

아버지가 원하는 대답이 아니란 걸 알아서 벨렉은 찜찜한 기분으로 말했다.

"외부에서 들어가는 방법은?"

"현재 공간 왜곡장은 흔적만 남은 상태입니다. 이를 근거로 아공간의 좌표를 탐색해 봤지만, 오차 범위가 너무 넓어서……."

외부에서 진입하는 게 위험하다는 얘기를 천천히 돌려 말하는 중, 벨렉은 이상한 낌새를 느꼈다. 시모어 공작의 눈동자에 이채가 돌았다.

"……고대 마나 파동이군."

마나 감응력이 좋은 시모어 부자는 작은 낌새에도 주변 마나의 흐름이 변하고 있다는 것을 눈치챌 수 있었다.
“이시도르가 오러로 핵을 파괴하는 데 성공한 모양이군요.”
“뇌에 근육만 들어찬 기사 놈도 가끔은 쓸데가 있군.”
“고대의 마나 핵은 밀도가 높은데, 이시도르 경은 적어도 소드 엑스퍼트 중에서도 상급은 되겠군요.”
“그래 봐야 검사 나부랭이지.”
“그래도 마법사보다 검사가 대체로 성격은 좀 낫죠.”
솔직히 벨렉은 매제로 마법사는 안 끌렸다.
“예민하고 까탈스러운 것들은 남편감으로 꽝입니다.”
“넌 대체 눈치는 언제 키울 거냐!”
둘이 대화하는 동안 흔적만 남아 있던 공간 왜곡장이 다시 형태를 갖추며 부피를 키우기 시작했다. 이윽고 무저갱 같은 어둠에서 비현실적인 외모의 아름다운 남자가 천천히 빠져나왔다.
‘동트는 타이밍 뭐지?’
여명이 스며드는 황금빛 머리칼과 수려한 사내의 옆선은 명화 한 폭을 보는 듯한 착각을 불러일으켰다. 남아 있는 조사단 인원 모두 그 광경에 넋을 놓을 정도였다.
“이시도르…… 어?”
어린놈 주제에 제법이라고 말하려고 했던 벨렉이 미묘한 얼굴로 멈칫거렸다.
“저놈 당장 끌어내.”
시모어 공작이 노기로 가득 찬 눈동자로 명령했다. 이시도르가 탈진한 채 잠들어 있는 데보라를 공주님 안듯 품에 꽉 안고 있었기 때문이다.

"……."

"……."

"으음."

하필 그때, 데보라 공녀가 미간을 찌푸리며 이시도르의 품에 더 깊게 파고들었다.

세 쌍의 눈동자가 공중에서 첨예하게 뒤얽혔다. 시모어 공작의 살기 어린 시선이 닿자 갑자기 목이 타서 이시도르는 목울대를 일렁였다.

'이렇게 갑자기 만날 줄은 몰랐는데.'

어쨌든 장인…… 아니, 공작님께 잘 보이고 싶었다.

"지혜와 공명을 떨치는 위대한 시모어의 가주님을 뵙습니다."

그는 사교계 귀부인들이 매력적이라고 극찬한 미소를 머금으면서 공손하게 인사했다.

"일단 내 동생은 내려놓고 인사하는 게 어떨까."

떨떠름한 얼굴을 한 벨렉이 말했다. 시모어 공작은 솟구치는 혈압으로 인해 제대로 말을 잇지 못하는 상태였다.

"이 자식이 감히 내 딸을…… 왜 그런 남세스러운 자세로……! 남녀가 유별하거늘!"

순식간에 파렴치한이 된 이시도르는 바짝 마르는 입술을 한번 축였다.

데보라 공녀를 여러 번 끌어안기는 했지만 맹세코 흑심이 있어서는 아니었다. 쉴드 마법은 물리적인 공격은 막을 수 있어도, 공간 왜곡에 의한 마나 파동을 차단할 수는 없었다. 데보라 공녀의 몸에 충격을 덜 주는 유일한 방법은, 오러를 두른 그의 몸으로 최대한 감싸는 것뿐이었다.

"저는 파동으로부터 공녀를 보호하려고……."

이시도르의 변명은 아무도 들으려 하지 않아서 말할수록 구차해 보였다.

"말 다 했나?!"

시모어 공작이 내뿜는 살벌한 기운에 결국 이시도르는 데보라 공녀를 조심스레 품에서 떨어뜨려 놓으며 사죄했다.

"죄송합니다. 제 생각이 짧았습니다."

"죄송한 걸 알면 하질 말아야지!"

"주의하겠습니다."

"그래. 자네, 모처럼 마음잡고 공부하는 내 딸 앞에서 괜히 얼쩡거리며 방해하지 않도록 주의하게. 알았나?!"

시모어 공작이 호통을 쳤다. 이시도르가 데보라 공녀를 아공간에서 구출한 것이 명백한 상황인데 그는 단호했다. 시모어는 예로부터 원한은 서너 배로 되돌려 줘도 은혜는 잘 갚지 않았다.

"제가 데보라 공녀를 방해하는 일은 결코 없을 겁니다. 어떤 상황에서든 최선을 다해 돕겠습니다, 공작님."

이시도르의 당돌한 대답에 시모어 공작의 날렵한 눈가가 경련했다. 놈은 그럴듯한 대사를 읊으면서도 얼쩡거리지 않을 거라는 대답은 피하고 있었고, 이번 일에 대한 도움까지 슬며시 상기시켰다.

'여우 같은 놈.'

공작은 이래저래 이시도르가 마음에 들지 않았다.

"이시도르 경."

"네, 공작님."

"이번 사건은 자네의 공이 없다고 말할 수 없겠지. 그 부분은 인정해. 잘했네."

"감사……."

"하지만! 마법에 문외한인 자네가 내 딸의 연구에 그리 큰 도움을 줄 것 같지는 않군."

"……저는."

이시도르가 뭔가 말하려는 듯 입을 달싹이자 시모어 공작이 재빨리 말을 끊었다.

"그래도 기사치곤 머리가 좋아 보이니 내 말 알아들었을 거라 믿고, 난 이만 딸의 안정을 위해 가 보겠네. 자네도 무리했으니 들어가 쉬게."

시모어 공작은 이시도르에게 축객령을 내리며, 세상모르고 자는 데보라를 살폈다.

"편히 쉬십시오. 회복에 좋은 차를 보내도록 하겠습니다."

공작의 눈썹이 꿈틀거렸다.

차를 선물하겠다는 말은 으레 작별 인사로 귀족 간에 오가는 말이었다. 하지만 이시도르가 방금 한 말은 자신의 경고에도 불구하고 데보라에게 계속해서 연락하겠다는 뜻으로 들렸다. 이 자리에 아무도 없었으면 너나 실컷 먹으라고 욕했을 텐데.

행동거지와 말투, 외양, 자세, 표정까지. 딱히 흠잡을 것 없는 이시도르를 보며 공작은 생각했다.

'어째 이놈은 인간미도 없어.'

공손하게 배웅하는 이시도르를 보며 공작은 속으로 혀를 차다가 몸을 획 돌렸다. 시모어들은 이동 스크롤을 통해 순식간에 사라졌다.

홀로 사고 현장에 남은 이시도르는 깊은 고민에 잠겼다.

'나…… 왠지 벌써 찍힌 것 같은데.'

데보라가 돌아오자마자 시모어 공작과 몬테스 공작이 회동했다. 사실상 피해 보상을 논하는 자리였다.

"무엇을 원하십니까?"

"한두 개로 끝날 일이 아니니 잘 받아 적어. 알았나?"

시모어 공작이 서기를 향해 으름장을 놓았다. 피해에 대한 실질적인 보상은 물론 시모어 쪽에선 그 이상의 정신적인 보상을 요구했다.

현재 몬테스는 시모어와 비스콘티 사이에 샌드위치처럼 끼어 있었고, 전쟁을 하면 두 가문과 싸워야 하므로 상대에게 맞춰 주며 급한 불을 끄는 수밖에 없었다. 게다가 이번 사건은 사교계에 보는 눈도 많아서 단순히 근신이나 내부적인 처벌로 끝내기도 힘들었다.

"필라프는 당분간 가장 분쟁이 심하고 후미진 외곽 지역에 보낼 겁니다. 이 정도면 눈감아 주실 수 있겠습니까?"

"왜 우리가 눈을 감아야 합니까? 몬테스 쪽에서 놈이 눈에 절대 안 띄도록 하십시오."

"어떻게……."

"계속 후계로 세울 생각이면, 향후 오 년간 내 귀에 그 이름 들리지 않게 하고, 그 얼굴은 절대 안 보이게 하라는 뜻입니다."

"……."

부당한데도 상황이 상황인지라, 몬테스 공작은 수치스러운 기분으로 입술만 짓이겼다.

가보부터 명예까지. 이미 너무 많은 것을 잃었고 이젠 자신의 자존심까지 실추되고 있었다. 그는 아들을 포기하고 방계 인물을 후계로 세우는 것까지 고려하고 있었다. 몬테스는 손이 귀한 편이라 아예 없는 사례도 아니었다.

"그리고, 하나 더."

시모어 공작은 필라프가 데보라 앞에 다시 나타나는 즉시 그의 신변을 시모어에 양도하라는 계약서를 내밀었다.

"이는 너무 과한 처사입니다……."

몬테스 공작이 턱을 잘게 떨며 쉰 음성으로 말했다. 아들의 신변을 양도하라니. 제 딸 앞에 한 번만 더 나타나면 시모어로 잡아가서 죽이겠다는 뜻 아닌가! 계약서는 언뜻 단순해 보이지만, 만일 사인을 한다면 필라프를 두 번 죽이는 일이었다.

기실 수도에서 데보라 시모어와 연관된 행사를 모두 피하는 건 불가능하다. 수도에서 가문에 도움이 될 만한 배우자를 구하고 인재들을 포섭한 뒤 견고한 관계를 쌓아야 하는데, 죽여서라도 사교계 활동을 막겠다니. 이는 정치적인 사형선고였다.

'지독한 독사 놈!'

모멸감과 분노로 가득한 몬테스 공작의 표정을 보며 시모어 공작이 눈동자를 서늘하게 빛냈다.

"방금 과한 처사라고 했습니까?"

"……."

"필라프 몬테스는 는 내 딸을 상대로 무도하고 끔찍한 죄를 저지르려 했습니다. 내 딸은 아공간에 영영 갇혀서 죽을 뻔했는데, 고작 수도에 출입을 막는 것이 그리도 과한 처사로 느껴진다면 시모어도 똑같이 돌려주겠습니다."

"……."

전쟁마저 불사하려는 듯한 시모어 공작의 살기에, 몬테스 공작은 오래도록 눈을 지그시 감고 있다가 결국 계약서에 사인했다.

"아버지! 저를 어디로 보내시려는 겁니까!"

듣도 보도 못한 지역에 내려가라는 명을 들은 필라프는 펄펄 날뛰며 발작했다.

"아무것도 없는 그 험하고 지저분한 외곽 지역으로 가라니! 싫습니다, 아버지! 못 합니다! 중앙 사교계 인맥을 쌓아야 할 시기인데 이건 말도 안 되는 처사입니다!"

필라프는 지하 감옥에서 구속구를 매단 채로 발작했지만, 이미 모든 게 결정된 상황이었다. 그는 화려한 수도 사교계에서 쫓겨나, 수도원과 다름없는 험준한 지역으로 내쫓길 수밖에 없었다.

나는 이상한 공간에서 나온 후로 무려 사흘을 앓아누워 있다가 방금 깨어났다. 그리 대단한 일을 하고 나온 것도 아닌데 사용인들은 나를 전보다 더욱 극진히 다뤘다.

'안에서 엄청난 일이 생기긴 했지만.'

현실로 돌아오자 그곳에서 있었던 일이 까마득하게 느껴졌다.

창밖을 멍하게 내다보는 중, 시모어 공작이 찾아왔다. 내가 정신을 차렸다는 소식을 들은 모양이었다.

"아버지."

나를 보자마자 눈에 띄게 안도하는 그를 보면서 코를 긁적였다.

"일어나지 말고 더 쉬어라, 데보라. 아카데미 총장에게 협박…… 아니, 이야기해 뒀으니 성적 걱정은 말고 며칠 더 집에서 요양하렴."

'……굳이 총장까지?'

권력 남용 사실을 당당하게 드러내며 평소보다 자못 다정한 말투로 말한 부친이 내 이마에 아주 조심스레 손을 댔다.

"다행히 열은 없구나."

"기운이 좀 없지만 특별히 아픈 곳은 없습니다. 걱정 마세……."

"뭐라? 기운이 없다고? 거기, 당장 몸보신에 좋은 음식을 대령해!"

돌연 사용인에게 보양식을 가져오라고 사납게 다그치는 공작을 보며 나는 식겁했다.

"정말 괜찮습니다."

"이상한 공간 안에서 마나도 없이 고생했는데 나 때문에 씩씩하게 굴지 않아도 된단다."

"진짜 멀쩡한데요."

"고운 얼굴이 반쪽이 됐는데."

공작이 안쓰러워하는 얼굴로 내 머리칼을 쓰다듬었다. 염려와 애정이 담긴 눈동자에 왠지 좀 멋쩍은 기분이 들었다.

"필요한 게 있으면 말하렴. 원하는 건 모두 가져다줄 테니."

"그…… 일단은 차를 마시고 싶습니다."

사고 직후라서 그런가, 유독 싸고도는 것 같다고 생각하면서 나는 자리에서 일어나 아버지와 티타임을 가졌다.

"필라프는 어떻게 되었습니까?"

"그런 쓰레기 같은 놈 이야기로 네 귀를 더럽힐 필요가 있겠느냐?"

"뭐, 궁금하긴 하니까요."

유수의 가문 두 개를 건드리고 뒷감당을 어떻게 하고 있을지.

"결과적으로 이름도 없는 시골 외곽 지역에 유배됐다. 혹여 네 앞에 나타나면 당장 신변을 양도받아 죽이…… 아니, 처리하는 거로 합의 봤고."

유배라니. 명색이 개국공신 가문 외아들인데, 소설 속 데보라만큼 나락으로 떨어져서 놀랐다.

"……그렇군요."

"그나저나 이 차는 뭐지? 향이 괜찮구나."

공작의 입술에 흐린 미소가 떠오르자 나도 무심코 마주 웃었다.

"맛있죠? 고원에서 극소량만 생산되는 홍차인데, 전에 이시도르 경이 준……."

돌연 부친의 눈썹이 사납게 꿈틀거린다.

"데보라."

그가 갑자기 차를 내려놓고 진지하게 나를 불렀다.

"네?"

"너는 학문에 정진하는 것에만 관심이 있으니 내 단순한 노파심이란 걸 안다만……. 이시도르 경은 썩 도움이 되는 인물은 아닌 것 같다. 가까이할 이유도 없고. 크흠! 그렇지?"

왜 아버지는 이시도르를 저렇게 못마땅해하지?

"사실 이번 일도 그렇고, 그간 이시도르 경에게는 도움을 많이 받았어요. 과하다 싶을 정도로요. 가까이할 이유가 충분히 많은 사람인데요."

"……."

"앞으로도 잘 지낼 예정이고요."

별말도 아닌데, 벼락이라도 맞은 듯 충격받은 얼굴로 앉아 있던 시모어 공작은 이내 얄팍한 입술을 잘게 떨며 작위적인 미소를 띠었다.

"내가 쓸데없는 소리를 했구나. 더 쉬어라. 필요한 게 있으면 편하게 말하고. 알겠지?"

"네. 감사해요."

어딘가 정신이 팔린 얼굴로 앉아 있던 그는 몸을 천천히 일으켰다. 뭐라 음산하게 중얼거리면서.

"그 노란 여우 놈, 아무래도 몰래 처리를……."

"문은 그쪽이 아닌데요."

"나도 안다!"

공작이 방향을 잘못 잡았다가 급히 몸을 틀어 빠른 걸음으로 나갔다.

'갑자기 왜 저러시지.'

"누나!"

의아한 기분을 느끼던 중 엔리크가 우다닥 안으로 뛰어 들어왔다. 아무래도 아버지가 나가기만을 기다리고 있었던 것 같다.

"누나, 71시간이나 안 일어나서 걱정 많이 했어요."

엔리크의 눈가는 발갛게 부어 있었다.

"오구, 걱정했어요? 나 보다시피 완전 튼튼한데?"

내가 팔을 뻗자 아이가 냉큼 품에 안기고는 나를 꼭 마주 안았다. 예전엔 망설이고 머뭇거렸는데, 이제 감정을 표현하는 것에 전보다 익숙해진 것 같다. 내게 아기 코알라처럼 매달려 있는 엔리크의 머리칼을 마구 쓰다듬자 아이가 품 안에서 코를 훌쩍이다가 갑자기 어깨를 들썩이며 대성통곡했다.

"엔리크. 누나 슬프게 왜 울어?"

"누나랑 많이 놀지도 못했고, 이야기도 많이 못 했는데, 고맙다는 말도 못 했는데 갑자기 사라져서 후회되고 슬퍼서……."

"앞으로 남은 시간이 더 많잖아. 그치? 그러니까 뚝."

서럽게 울면서도 야무지게 고개를 마구 끄덕인 엔리크는 오전 내내 내 옆에 찰싹 붙어 있었다.

"누나 몸은 괜찮아요?"

"응."

엔리크는 작은 손을 뻗어 이마에 열이 있나 체크하기도 하고, 심지어 병간호도 해 주었다. 엔리크가 조막만 한 손으로 어설프게 죽을 뜨더니 후후, 식혔다.

'여긴 왜 동영상 녹화 기능이 없는 거지? 쓸모없는 마법사들 같으니라고.'

게다가 엔리크는 지난번 내가 케이크 위의 딸기를 줬던 걸 기억하고 똑같이 흉내 냈다.

"누나, 아- 해요."

"어, 나 죽 떠 주는 거야? 어떡해. 세젤귀야."

나는 결국 귀여움에 견디지 못하고 관자놀이를 짚으며 중얼거렸다.

"세젤귀가 모예요?"

"세상에서 제일 귀엽다고. 근데 엔리크는 귀엽다는 말 싫어하는데. 삐질 거다, 그치?"

병아리처럼 입술을 내밀고 있던 엔리크가 온갖 귀한 재료가 든 죽을 휘적거리며 입술을 달싹였다.

"원래 엄청 싫은데 누나니까 쪼금 싫어요. 그리고 나는 누나가 세상에서 제일 멋지고 예쁘다고 생각해요."

아이가 하얗고 통통한 뺨을 발그레 물들이며 수줍게 말했다. 대단한 고백을 하는 것처럼 엔리크의 작은 귓바퀴가 점점 새빨개졌다.

"그리고 데보라 누나랑 같이 오래오래 같이 살 거예요. 헤헤."

"……윽!"

"왜 그래요?"

엔리크 때문에 심장이 아파서 숨이 잘 안 쉬어지는데. 나는 가슴께를 부여잡은 채로 침대 위로 쓰러졌다.

"누나, 더 쉬어요."

내 그런 한심한 모습에 휴식이 더 필요하다고 생각한 듯 엔리크는 이불을 당기고 내 몸을 양손으로 도닥이더니 방에서 나갔다.

'근데, 다들 설마 짰나?'

이제 슬슬 당황스럽다. 엔리크가 가고 얼마 지나지 않아 벨렉이 응접실로 찾아왔기 때문이다. 까칠하기로는 둘째가라면 서러운데다 평소에는 코빼기도 보기 힘들던 시모어 남자들이 하루에 셋씩이나 나를 찾아오다니.

게다가 릴레이 경주하는 것처럼 시간 간격도 별로 없었다.

"왜 왔어?"

내가 벨렉을 향해 퉁명스레 묻자 놈은 은테 안경을 산만하게 만지작거리며 더욱 불퉁하게 대꾸했다.

"병문안."

"이렇게 갑자기?"

"오다 뭘 주워서."

대뜸 그가 검은 상자를 던지듯이 내팽개쳤다. 느낌상 선물인 것 같은데 왜 저런 식으로 주는 건지. 뭘 하든 매를 버는 참 특이한 놈이었다.

나는 나뒹구는 상자를 애매한 기분으로 열어 보았다.

"이런 귀한 팔찌를 길에서 주웠다고? 오라버니는 운이 좋은 편이네."

상자 안에는 아티팩트로 추정되는 상급 마력석이 끼워진 팔찌가 들어 있었다.

"내 연구소엔 그런 게 남아 돌아서 굴러다닌다. 불만이야?"

"……."

"바빠 죽겠는데 왜 아프고 난리야. 귀찮게."

그는 곧 투덜거리면서 자리에서 일어났고 난 벨렉의 성난 뒷모습을 보며 눈을 가늘게 떴다.

'왜 저래? 누가 와 달랬나.'

황당함을 삼키는데 상자 안에 있던 종이가 바닥으로 툭 떨어졌다. 의아해하며 그것을 들어 올린 나는 기분이 묘해졌다.

아티팩트 사용 설명서였다.

"벨렉이 직접 쓴 거네."

노예 계약서 때문에 그의 독특한 필체를 기억하는 나는 의외라고 생각하며 팔찌를 손목에 걸어 보았다. 시모어 핏줄에만 반응하고, 매직 미사일이 들어 있는 공격용 아티팩트라 유용하긴 할 것 같았다.

'난 좋은 건 절대 거절 안 하는데.'

귀한 걸 얻어서 흡족해진 나는 방으로 걸음을 옮기며 입술을 꾹 말아 물었다. 처음엔 분명히 이곳의 쾌적한 인프라만 좋았는데, 왠지 다른 의미로 시모어가 자꾸 좋아질 것 같았다.

'이 오묘한 분위기는 대체 뭐지?'

아버지, 막내에 이어 벨렉까지 데보라를 찾아갔다는 말에 로자드의 표정이 심각해졌다.

'솔직히 아직도 적응이 잘 안 되는군.'

동부에 나가 있던 사이에 대체 무슨 일이 있었던 건지. 집안에 없던 가족애가 생기고, 개망나니 여동생이 갑자기 천재가 되질 않나, 심지어 벽창호였던 벨렉에게는 융통성이란 것이 생겼다.

'벨렉이 데보라에게 유도탄이 든 아티팩트를 넘길 줄이야.'

이 일은 단순하게 액면 그대로 해석하기 힘들었다. 그 팔찌는 수도에서 가장 유명한 세공사를 섭외해 만든, 제법 공들인 아티팩트라고 알고 있기 때문이다.

'역시, 벨렉은 데보라가 가진 특허권을 노리는 게 틀림없어.'

데보라에게 잘 보여 특허권을 양도받으면, 전투 마법사인 자신을 효과적으로 견제할 수 있다. 나름 괜찮은 한 수라고 생각하면서 로자드는 보석점으로 향했다.

처세술은 벨렉보다는 자신이 한 수 위다. 데보라는 심심한 디자인의 아티팩트보다는 화려한 보석을 더 좋아하겠지.

그날 밤.

데보라는 로자드에게서 수도에서 최근 가장 유행하는, 장미 장식이 매달린 루비 브로치를 선물받고 어리둥절했다.

[이시도르 비스콘티가 데보라 시모어에게]

아카데미를 당당하게 째고 집에서 백수처럼 늘어져 있을 때, 편지와 함께 커다란 장미 꽃다발이 내 앞으로 도착했다.

"어머나. 이시도르 님, 너무 낭만적이에요."

"아름다운 공녀님께 이보다 잘 어울리는 선물은 없을 거예요."

하녀들이 화려하게 만개한 장미를 보며 진심 어린 감탄사를 터뜨렸다. 제국 최고 미남이 보낸 꽃이라서 더욱 로맨틱하게 느껴지는지 그녀들의 뺨이 상기되어 있었다. 이시도르의 인기는 고용주의 무서움을 잠시 잊을 정도였다.

'솔직히 좀 과하지 않나?'

붉은 장미의 상징이 너무 노골적이라서 나는 내심 당혹스러웠다.

저 선물로 아공간에서 있었던 일을 다시금 뚜렷하게 상기시키려 하는 게 이시도르의 의도라면 성공했다. 꿈처럼 아득하게 느껴졌던 몇 가지 장면이 선명하게 떠올라서 머릿속을 거칠게 휘젓기 시작했으니까. 그 이상한 공간의 특수성 때문에 커다란 손바닥에 입술이 닿았던 장면이 떠오르자 얼굴이 저절로 화끈거렸다.

'벗기고 만지는 것도 모자라서 거기에 입술까지 박았어야 했니.'

멋쩍고 착잡한 기분으로 장미를 바라보던 나는 그가 보낸 편지 봉투를 열었다.

'이건 또 뭐야.'

그 안에는 이번 주 수도에서 열리는 연극이 일목요연하게 정리되어 있었다. 모든 연극의 로열석 표를 확보했으니 이 중에 가장 끌리는 것을 고르라는 다소 황당한 내용이 덧붙여진 채로.

'이곳 고위 귀족들은 원래 다들 이렇게 자기 스케일이 크다는 걸 자랑하고 다니나?'

시모어 공작 때문에 이미 경험하긴 했지만, 소시민이었던 나로서는 매번 적응이 안 되고 뜨악했다. 나는 아연한 기분으로 편지에 적힌 각종 연극들을 한동안 바라보다가, 느긋하게 그에게 답장을 썼다.

"이시도르 공자님. 솔직히 말씀드리면 무진장 잘생겨서 뭘 입어도 잘 어울리십니다. 스타일의 완성은 어차피 얼굴이라고 하셨으면서 갑자기 왜 이렇게 고민이 많아지신 겁니까?"

데보라 공녀와의 만남을 앞둔 주군의 유난스러운 패션쇼를 지켜보던 미겔이 참다 참다 지친 얼굴로 중얼거렸다.

'이게 몇 시간째냐고요, 대체.'

주군의 변덕은 오늘따라 죽 끓듯 했다. 분명 조금 전에는 저 군청색 프록코트로 결정했다고 단호하게 말했으면서, 이제 와서 내추럴한 스타일이 정답인 것 같다며 커프스부터 다시 고르고 있었다.

'그래, 다 좋은데 왜 날 끌어들여서 자꾸 의견을 묻냐고.'

더 억울한 건 미겔이 신중하게 낸 의견은 모조리 묵살되었고, 결국 주군은 자기 마음에 드는 옷만 입어 보고 있다는 것이다.

심각한 얼굴로 흑요석이 달린 커프스를 떼어 낸 이시도르가 마름모 모양의 백금 커프스로 교체하며 입을 열었다.

"미겔. 얼굴이 스타일의 완성이라는 내 믿음은 굳건해."

"……."

"다만, 최선이 뭘까 진지하게 고민하는 거지. 같은 다이아몬드를 박아도 링의 소재나 디자인에 따라서 반지의 느낌은 천차만별이잖아. 안 그래?"

스스로를 다이아몬드에 비유하는 뻔뻔함에 미겔이 치를 떨고 있을 때 드디어 그가 외투를 골랐다. 약속 시각 때문에 별수 없이 타협한 듯했다.

"카라 디자인이 좀 아쉽지만 어쩔 수 없지."

옷을 몇 벌 더 맞춰야겠다고 생각하며 이시도르는 습관적으로 옷에 어울리는 가죽 장갑을 들어 올렸다가, 굳이 끼지는 않고 주머니에만 넣었다.

'공녀가…… 좋아하니까.'

데보라 공녀가 자신의 맨손에 유독 관심이 많은 건 확실했다. 하지만 그것 외엔, 정보 조직을 운영하고 있음에도 그녀에 대해선 제대로 알고 있는 부분이 그리 많지 않았다.

술 마시면 굉장히 귀엽고, 크게 웃을 때는 더 사랑스럽고, 피아노 연주를 좋아하고, 종종 엉뚱한 소리를 한다는, 그런 중요한 정보들은 하나도 몰랐다. 데보라의 다양한 면모를 발견할 때마다 그는 물밑에서 모았던 정보가 얼마나 피상적이었는지 깨닫게 되었다.

그리고 점점 더 그녀의 다양한 모습을 자신만 알고 싶고, 보고 싶어서 욕심이 났다.

'공녀는 만나고 연락하면서 서로에 대해서 더 알아가자고 했지…….'

그 말을 듣는 순간, 왠지 모르게 이시도르는 데보라 공녀답다고 느꼈다. 허를 찔린 기분이 들었고, 아이러니하게도 그래서 더 매력 있다고 생각했다.

"알아가자고……."

그는 무방비하게 드러난 제 손을 펼쳤다. 장갑을 끼지 않으니 남의 것처럼 낯설게 느껴지는 손을 가만히 내려다보던 그는 약속 장소에 나가기 위해 자리에서 일어났다.

오늘, 거울 속 내 모습은 평소보다 두 배는 더 화려했다. 극장 드레스 코드에 맞는 옷을 가져오라고 말했을 뿐인데, 하녀들이 갑자기 모든 역량을 총동원했기 때문이다.

"여자 쪽에서 지면 안 돼요."

"그분은 너무도 막강하시지만 그래도 시모어의 자존심이 있죠."

그녀들은 비장함마저 감도는 얼굴로 뭐라 작게 쑥덕였다. 평소에는 내 눈치를 보면서 덜덜 떠는데, 갑자기 무슨 용기가 난 건지. 희한한 노릇이었다.

꾸미는 시간이 의외로 길어져서 나는 간신히 연극 시작 시간 직전에 도착했다. 다행히 약속 장소는 요네스 지구라서 타운 하우스에서 얼마 걸리지 않았다.

'저기 있네.'

마차에서 내린 나는 곧바로 이시도르를 발견했다. 그는 극장 앞에 서서 무표정한 얼굴로 팸플릿을 뒤적이고 있었다.

'저렇게 보면 엄청 차가워 보인단 말이지.'

홀로 서 있는 그는 함부로 말 걸기 어려운 분위기를 풍겼다. 생각해 보면 이시도르는 영애들에게 아이돌 수준으로 인기가 많은데도, 정작 그를 편하게 대하는 영애는 5황녀 빼고 아무도 없다.

'티에리나 기욤만 봐도 같은 클럽 영애들과 스스럼없이 친하던데.'

냉정하고 비밀스러운 분위기가 있기 때문에 그가 더욱 사람들의 눈길을 끄는 것 같다는 생각이 들었다.

"어……."

책자를 펄럭이던 이시도르가 문득 고개를 들어 올린 순간, 대여섯 걸음 떨어져 있는 나와 눈이 마주쳤다. 물 위에 떨어뜨린 물감처럼 자연스럽게 입술 위로 번지는 그의 미소에 나도 모르게 꾹 주먹을 움켜쥐었다.

'아, 큰일 났다. 잘생겼어.'

"왔어요?"

달콤한 웃음을 머금은 그가 내게 빠른 걸음으로 다가왔다.

"응. 보다시피."

이시도르가 긴 속눈썹을 느리게 깜빡이며 잠시 날 가만히 바라보았다.

"왜?"

"사실, 오늘따라 더 근사해서요. 동그랗게 말린 앞머리 스타일이 특히요."

그야 사용인들이 고데기처럼 달군 철막대기까지 동원하며 난리를 쳤으니까.

"경도 멋있어."

기껏 칭찬했는데 그의 표정은 어딘가 개운치 않았다.

"구체적으로 어디가 마음에 들어요? 그…… 다음에 참고하고 싶기도 해서."

"딱 꼬집어 말하긴 힘든데."

나는 잠시 고민하다가 입을 열었다.

"넓은 어깨?"

그의 얼굴에 살짝 황당함이 지나간 것 같은데 착각일 것이다.

"……흠, 일단, 들어갈까요? 타이밍 좋게 왔네요. 아마 지금 들어가면 바로 연극이 시작할 거예요."

"응."

"팔, 잡아요."

요네스 지구에서 가장 큰 번화가라 극장 앞 주변은 귀족들로 북적였고, 그가 사람들 사이에서 에스코트하려는 듯 팔을 내밀었다. 나는 머뭇거리다 그의 단단한 팔을 감싸 쥐고 극장 안으로 걸음을 옮겼다.

"이쪽으로 와요."

내가 고른 연극이 그리 인기 있지는 않은지 공연장 내부에는 의외로 사람이 많지 않았다. 특히 가장 비싼 로열석 주변은 깡그리 비어 있었다.

〈그 북부 대공의 비밀〉이라는, 호기심을 끄는 제목이라서 솔직히 사람이 많을 줄 알았는데.

"……일단 쾌적해서 좋네."

"그럴 줄 알았어요."

연극이 재미없다는 걸 이미 알고 있었다는 건가? 빨리 좀 말해 주지.

"……그래도 잘 보이긴 하겠다."

흥행에 실패한 연극으로 추정되지만 자리가 좋아서 배우의 모공까지 볼 수 있을 것 같았다. 지난 생애에 이런 사치를 누려 본 적 없던 나는 점차 기대감이 생기기 시작했다.

"데보라 공녀, 이거 본 다음엔 저녁 식사를 하러 가요. 어때요?"

"이시도르 경은 미리 계획하는 거 좋아하나 봐."

"공녀가 워낙 어디로 튈지 모르는 사람이라서요. 변수도 많고요."

"아무리 내가 문제아라도 저녁 식사는 안 걸러."

나와 그는 작게 속닥이다가 입을 다물었다. 곧 연극이 시작할 모양인 듯 오케스트라가 등장했고 사방이 점차 어두워졌기 때문이다.

이윽고 무대 중앙에 빛이 들어오면서 북부 대공 역할로 추정되는 배우가 나왔다. 배우의 발성과 연기가 모두 훌륭해서 나는 바로 연극에 몰입할 수 있었다.

'어? 꽤 재밌는데.'

관객이 많지 않은 것에 비해 연극은 상당히 볼만했고 내용도 흥미진진했다.

낮에는 예의 바른 신사지만, 밤에는 '렉스톤'이라는 밤의 제왕이 되어 이중생활을 하는 북부 대공이 연극의 남자 주인공이었다. 그리고 여자 주인공은 자신을 돌봐 주는 자상한 대공과 자연스럽게 사랑에 빠진다.

하지만 사실 대공은 여자 주인공이 잔인하다고 경멸하던 렉스톤과 동일 인물이며, 그는 자신을 상냥한 시선으로 바라보는 여자 주인공을 잃기 싫어서 계속 거짓말을 한다. 대공이 정체를 들킬지도 모른다는 위기감이 점점 고조되었고, 웅장한 오케스트라 연주와 함께 극은 점차 클라이맥스로 치달았다.

나는 손에 땀을 쥐며 연극에 정신없이 빠져들었다가 극의 막이 내리자마자 조금 흥분해서 이시도르를 바라보았다.

"이시도르 경, 정말 재밌었……."

이미 그가 내 쪽을 바라보고 있었기 때문에 나는 곧바로 그와 눈이 마주쳤다. 어둠 속에서 그의 푸르스름한 시선이 유독 따끔하게 느껴졌다.

나는 불에 덴 것처럼 흠칫하며 황급히 고개를 앞으로 돌렸다. 목에 깁스한 것처럼 뻣뻣한 자세로 관객에게 인사하는 배우들을 바라보다가 극장에 불이 들어오자마자 자리에서 벌떡 일어났다.

"가지."

"잡아요."

이시도르는 에스코트해 주려는 듯 태연하게 팔을 내밀었다. 나는 머쓱하게 부채를 만지작거렸다.

"괜찮아."

"여긴 계단이 많아서 넘어질 수도 있어요."

나만 그를 의식하는 것 같아서 오기로 덥석 팔을 움켜쥔 순간 그의 하얀 맨손을 발견하고 다시금 긴장했다.
'뭐야. 왜 아까는 못 봤지?'
갑자기 눈에 선명하게 들어오는 이유는 또 뭔데.
'이런 격식 있는 장소에서 한 번도 장갑을 벗은 적 없었으면서, 왜 지금.'
나는 시선 끄트머리에 걸리는 창백한 손에 정신이 팔려서, 이시도르의 예언대로 낮은 계단에 구두코를 부딪쳐서 비틀거렸다.
"조심해요."
그가 앞으로 쓰러질 뻔한 나를 황급히 감쌌고 내 몸이 그의 팔에 꾹 눌렸다.
"위험하게……."
그가 낮은 음성으로 뇌까린다.
"넘어져도 무릎만 가볍게 까지겠지. 위험할 것까지는……."
"……."
이시도르가 어딘가 복잡해 보이는 표정으로 천천히 몸을 떨어뜨렸다. 걷는 내내 이어지는 침묵이 어색해서 나는 헛기침하고 입을 열었다.
"사람이 많지 않아서 기대감이 없었는데, 연극이 꽤 재밌었어. 배우의 연기도 훌륭하고. 그치?"
"글쎄요. 플롯은 전체적으로 창의력이 느껴지지 않아서 별로였어요. 배우 연기는…… 공녀에게만 정신 팔려서 제대로 못 봤고."
"어? 왜? 그, 여자 배우 예뻤잖아."
거름망을 탑재 안 한 그의 화법에 당황한 나머지 나는 아무 말이나 내뱉었다.

"……공녀는 남자 배우가 잘생겼다고 생각했나 봐요?"

이시도르가 슬쩍 미간을 좁히며 말했다.

"뭐?"

"난 배우 얼굴 기억도 못 하는데. 아마 눈이 세 개 달렸어도 몰랐을 거예요."

거침없는 말에 낯뜨거워져서, 난 괜히 딴청을 부렸다.

"……흠. 그나저나 배고프다. 안 그래?"

"일부러 화제 돌리는 거 아니죠?"

"아니야. 난 여자 배우만 예쁘다고 생각했어. 이시도르 경의 외모에 비하면 남자 배우는 오징어 일곱 번째 다리 같아서 별로……."

근데 난 왜 이상한 변명을 주절대고 있는 거지?

뒤늦게 황당함을 느끼며, 어째 기분이 좋아진 듯한 이시도르와 함께 근처에 있는 레스토랑으로 걸음을 옮겼다.

도착하자마자 지배인이 직접 나와서 따로 홀과 분리된 공간으로 안내했다. 창밖으로 아름답게 조경된 정원이 보이는 자리에 앉자마자 음료와 가벼운 요깃거리가 나왔다. 내가 배고프다고 엄살을 부려서 그가 음식을 최대한 빠르게 준비해 달라고 요청한 것 같았다.

'굉장히 세심하단 말이지.'

이전 생애, 친구 때문에 떠밀려서 만났던 첫 소개팅 상대는 준비성 없는 사람이었어서 더 비교되었다. 사람이 바글거리는 시간에 번화가 한복판에서 만나서 식사할 식당이 없었다. 결국 빈자리를 찾아 삼만 리 하다가 갑자기 비가 와서 흐지부지 헤어졌었다.

과거가 떠올라 그를 빤히 보고 있는데 그가 문득 여우처럼 눈매를 휘었다.

'이번엔 대체 무슨 말을 하려고…….'

"혹시 싫어하는 식재료나 향신료 있어요? 빼 달라고 할게요."

"아, 딱히 없어."

"나도 그래요. 가리는 것 없이 다 잘 먹어요. 가장 좋아하는 메뉴는 뭐예요?"

"스테이크……."

의외로 평범하게 대화하던 중 웨이터가 다가와 식전주와 에피타이저를 서빙했다.

"음식은 입맛에 맞아요?"

"응. 괜찮아."

"다행이네요."

사실 괜찮은 정도가 아니라, 시모어 가문의 요리에 익숙해진 내가 정말 맛있다고 느낄 정도였다. 마침 출출했기 때문에 나는 평소 아버지 앞에서 하듯 야무지게 음식을 먹었다.

"이것도 더 먹어 봐요."

눈이 마주칠 때마다 그가 접시를 밀어 주면서 사람을 녹일 듯이 달콤하게 웃는다. 게다가 테이블 매너 역시 흠잡을 곳 없이 좋았다.

"썰어 줄게요."

스테이크가 나오자마자 기다렸다는 듯이 식기와 접시를 가져간 그는 신속하게 고기를 썰어서 다시 건네주었다.

'그나저나, 이 깔끔한 절단면 상태는 대체 뭐지?'

무슨 수를 쓴 건지, 그가 썰어 준 스테이크는 육즙이 그대로 살아 있어서 나는 감탄할 수밖에 없었다.

"기사 동료들도 가끔은 유용하긴 하군요."

이시도르가 중얼거렸다.

"뭐가?"

"가장 실용적이고 쓸 만한 오러 사용법이 데이트 때 고기 써는 거라길래 혹시나 해서 연습해 두길 잘했……."

"푸훗! 그건 아스테이아 기사식 농담이야?"

어깨를 떨며 웃는 나를 보면서 이시도르가 의아한 얼굴로 눈을 깜빡였다.

"어제 오러로 연습했어요. 초반엔 접시까지 잘려서 좀 고역이었지만."

농담인지 진담인지 슬슬 헷갈렸지만 나는 애써 웃음을 머금은 채 와인을 한 모금 마셨다.

코스 요리는 오랫동안 진행되어서 식사를 마쳤을 때는 이미 사방이 어두워져 있었다. 재밌는 연극을 보고, 맛있는 것을 먹고, 식사 중에 곁들인 다양한 술까지 가세해서 기분이 붕 뜨는 건 어쩔 수 없었다.

웃음기가 담긴 다정한 시선과 마주하자 입가에 맴도는 달콤함이 더 짙어진다.

"이시도르 경. 배불러서 좀 걷고 싶은데."

왠지 이대로 헤어지는 게 아쉬워서, 난 레스토랑 뒷문 쪽 잘 조경된 야외 정원을 보며 말했다. 그런데 내 제안에 그가 갑자기 스크롤을 꺼냈다.

"그건 또 뭐야?"

"좋은 산책로를 알아요."

"이동 스크롤을 자주 낭비하는 편인가 봐. 지난번 경매장에서도 쓰지 않았었나?"

공간 이동은 고위 클래스 마법으로 알고 있는데. 내 주변에 이동 마법을 밥 먹듯이 사용하는 사람이 둘씩이나 되다니.

"차고 넘치는데 남용 좀 하면 어때요?"

장난스러운 얼굴을 한 이시도르가 레스토랑 뒷문 쪽으로 앞장서더니 나를 아무도 없는 곳으로 가볍게 끌어당겼다. 그가 스크롤을 찢자마자 시야가 하얗게 점멸하더니 풍경이 서서히 뒤바뀌면서 긴 돌담길이 펼쳐졌다.

"어때요?"

나는 주위를 둘러보며 짧은 탄성을 내뱉었다.

길게 뻗어 있는 돌담길 주변은 나무가 우거져 있었고, 곳곳에 피어난 하얀 야생화 위로는 시린 달빛이 반사되어 신비스러운 분위기가 맴돌았다. 걷기 좋게끔 마침 시원한 바람도 적당하게 불고 있었다.

"여기, 멋지다."

"오늘따라 칭찬이 후하네요."

"그냥 거짓말을 안 하는 거야. 경이 좋은 곳만 데리고 다니니까."

나는 돌담 너머, 언덕 아래로 보이는 요네스 지구의 광경에 시선을 빼앗긴 채로 그와 함께 천천히 걸었다.

"여기, 담 위에 걸터앉아서 내려다보면 더 멋있어요."

담벼락이 제법 높아서 위로 올라가기 힘들겠다고 생각했을 때, 이시도르가 천천히 무릎을 꿇고 허벅지 위를 두드렸다.

"밟고 올라가요."

"……."

"응? 데보라. 올라가야 여기 온 보람이 있죠."

내가 머뭇거리자 그가 계속 나를 부추기면서 눈동자를 반짝였다.

솔직히 끌리는 제안이었기 때문에 결국 양쪽 구두를 벗고 천천히 그의 허벅지를 밟았다. 발에 닿은 단단한 허벅지 근육이 꽉 조여들면서 긴장하는 게 느껴졌다. 공연히 부끄러워져서, 팔에 힘을 줘서 급하게 담 위에 엉덩이를 걸쳤다.

내가 위에서 잘 자리 잡게 도와준 그가 이내 날렵한 동작으로 점프해 내 옆에 자리를 잡았다. 검사 아니랄까 봐 그는 운동 신경이 좋았다.

이시도르가 긴 속눈썹을 내리깔며 아래를 내려다본다. 나도 나란히 눈을 돌렸다. 시야에 요네스 지구의 시내 모습이 한눈에 들어왔고, 저 멀리, 강 너머에 있는 호룬 지구까지 보였다. 내가 맨발을 가볍게 위아래로 흔드는 것을 보며 이시도르가 슬쩍 웃었다.

"구두, 굳이 안 벗어도 되는데. 왜 벗었어요? 다시 신기 귀찮게."

"힐에 밟혔으면 아마 그런 말 안 나올걸."

"공녀는 다정하네요. 내 생각보다 훨씬 더."

"진짜 상냥하고 다정한 사람한테 그런 말을 들으니까 이상하네."

꽃다발을 보내며 정중하게 데이트를 신청하고, 연극에, 맛집에, 뷰가 끝내주는 장소까지 데려와 주었다. 그의 정제된 완벽함이 어딘가 수상해서 더 알아가고 싶었는데 오늘은 장점만 발견했다.

동선을 미리 짤 정도로 준비성 철저하고, 맛집도 많이 알고, 심지어 스테이크까지 잘 썰고. 누구든 그를 상냥하고 완벽하다고 할 것이다. 모든 게 물 흐르듯 너무나 완벽해서 비현실적으로 느껴질 정도였다. 눈을 뜨면 당장에라도 사라져 버릴 감미로운 꿈 같기도 했다.

나는 달빛이 흘러내리는 그의 다정한 옆모습을 눈에 아로새기듯 바라보았다. 금빛 속눈썹을 깜빡이면서 시내를 내려다보던 이시도르는 이내 하늘에 떠 있는 반달에 시선을 던지며 느릿하게 입을 열었다.

"글쎄요. 나 별로 다정한 편 아니에요. 누구한테 다정하다는 이야기 듣는 거 처음이네요."

"오늘 연극에 나온 대사랑 비슷하네."

내 중얼거림에 이시도르의 미간이 살짝 좁아졌다.

"그 북부 대공인지 뭔지가 그런 말을 했었어요? 내가 꼭 흉내 낸 것 같네. 기분 이상하게."

"나름대로 중요한 장면에서 나온 대사였어. 아까 줄거리는 기억한다면서."

"팸플릿으로 대충 훑어보긴 했으니까요."

'진짜 내 얼굴만 본 거야?'

그의 말투가 미묘하게 흐트러졌지만 나는 눈치채지 못하고 말을 이었다.

"난 오늘 봤던 연극 꽤 재미있었어."

"……어떤 점이요?"

"내내 긴장감이 있어서. 여자 주인공은 남자 주인공에 대해서 잘 모르고 사랑에 빠진 거잖아."

"공녀는 어떻게 생각해요? 그 대공이라는 사람이요. 비밀 많은……."

나는 그의 물음에 잠시 고민하다가 입을 뗐다.

고심할 때 짓는, 특유의 날카로운 표정을 한 데보라가 천천히 입을 열었다. 대답을 앞두고 이시도르의 새하얀 주먹은 어느새 긴장으로 힘이 들어갔다.

데이트 첫날 아침. 데보라 공녀와의 만남을 앞두고 이시도르는 제운을 시험하듯 여러 번 금화를 던졌다.

그는 의뢰인들 앞에서는 상대방에게 확신을 주기 위해 앞면만 양각된 불량 주화를 사용했다. 하지만 혼자 있을 때 확신이 안 서거나 변수가 생기면 습관적으로 앞뒤가 있는 동전을 튕겼다.

'공녀가 그 연극을 고르게 될 것 같긴 했는데, 난감하군.'

사실, 〈그 북부 대공의 비밀〉이라는 웃기지도 않은 제목의 연극은 이시도르가 데보라의 의중을 묻기 위해 자신과 비슷한 상황의 인물이 나오는 시나리오를 골라 극단에 올린 것이다.

그는 요네스 지구 중심에 있는 극장의 소유주라 연극 일정을 바꾸는 것 정도는 식은 죽 먹기였다. 또한, 그 연극은 자신의 비밀을 밝히기 위한 일종의 포석이기도 했다.

'나에 대해 알고 싶다고 했으니까…….'

그는 긴장한 탓에 조금 창백한 낯으로 동전을 만지작거렸다.

"당신이 어떤 사람인지, 내가 마음을 다할 수 있는 사람인지 더 알고 싶어."

'그런 말을 듣게 될 줄은 몰랐어.'

"해 봐요. 서로 알아가는 단계."

순간, 자신에 대해 전부 보여 주고 싶다는 충동을 느끼게 될 줄도.

그녀는 서로를 더 알아가면서 유대를 쌓고 싶어 했고, 이시도르는 그런 진중한 점에 끌렸다. 데보라 공녀답다고 생각했다.

'나란 놈을 액면 그대로 받아들이지 않는 면도 좋아.'

그런 점에 또 반하다니.

하지만 동시에 이시도르는 스스로가 자신이 놓은 덫에 걸렸다는 것을 깨달았다. 자업자득이라고 해야 할까.

그는 그럴듯한 겉모습을 이용해 쉽게 타인의 환심을 사고, 뒤로는 수중에 있는 수많은 정보로 약점을 쥐고 흔들면서 제 의도대로 남을 움직여 왔다.

덫을 놓고, 상대가 미끼를 물기를 기다리는 건 늘 이시도르 쪽이었다. 하지만 공녀와의 관계는 그간 그가 다뤄 온 관계와는 정반대로 흘러갔다. 자신이 갖고 있던 공녀의 정보와 실제가 달랐기에. 이시도르는 정체를 숨기고 접근했지만 도리어 그 과정에서 그의 의지와 상관없이 마음이 커졌다. 어느 순간부터 통제할 수가 없었다.

휘두르기는커녕, 이제 목줄은 그녀가 쥐고 있었다.

'알면 알수록 더 좋아질 줄은 몰랐어.'

블량샤에서는 그녀가 고군분투하며 원하는 것을 쟁취해 나가는 모습을 지켜보았고, 아카데미에서는 그녀의 인간적이면서도 사랑스러운 면모를 발견했다. 반면, 공녀가 아는 것은 자신의 반쪽뿐이다.

그는 동전을 손가락으로 가볍게 튕겼다가, 손등으로 받아냈다.

'뒷면.'

그는 다시금 손가락을 튕겼다.

'앞면.'

그녀는 동전의 단면이 다른 모양이듯 이시도르와 마스터를 각각 다른 사람으로 인식하고 있었다. 결국은 같은 동전인데.

'겉보기엔 전혀 달라 보여도 사실 같은 사람이었다는 걸 말하게

되면…….'

그녀의 반응이 전혀 상상이 가지 않는다. 매사 느긋하고 타인의 감정에 무심하던 이시도르답지 않게, 그는 돌연 아득한 긴장감이 속을 옭아매는 것을 느꼈다.

하지만 계속 숨기다가 들키면, 속았다고 생각하고 자신에게 더 실망하게 되지 않을까.

'끝까지 숨기고 싶은 건지, 전부 말하고 싶은 건지, 잘 모르겠군.'

공녀만 관련되면 흑인지 백인지, 제 마음의 색깔을 명확히 구분할 수 없었다.

'어려워.'

그는 동전을 의미 없이 여러 번 반복해서 튕기다가 외출 준비를 했다. 편지에 적어둔 여러 가지 연극 중에 그녀가 예상대로 〈그 북부 대공의 비밀〉을 골랐으니 운을 띄우기는 더 쉬워졌다.

'뒷면이 나오면…… 오늘 말해야지.'

계속 감추기만 하면 자신은 그녀 앞에서 끝까지 반쪽짜리일 것이다.

'알고 싶다는데, 계속 숨길 자신도 없고.'

그는 동전을 내려놓기 전 다짐하듯 되새기며 마지막으로 동전을 던졌다.

'뒷면이군.'

……그런데 반드시 오늘 꼭 말해야 하는 건가?

데이트를 앞두고 그는 마음이 설레기 시작했다.

'데보라가 보라색 옷을 입고 오면 말하자.'

공녀는 마침 보라색 옷을 입고 왔다. 순간, 말해야 할 것 같아서 그는 입을 달싹거리다가 목이 꾹 조여들어서 입 안 여린 살을 깨물었다.

'고작 옷의 색깔로 정하는 것보다 차라리 연극의 반응을 보고 말하는 게 낫겠지.'

하지만 그는 연극에 푹 빠져든 채 눈을 반짝이는 그녀의 모습에 온통 정신이 쏠렸다. 시시각각 변하는 표정을 보면서 이 순간이 주는 달콤함에 푹 빠져들었다.

'차라리 공녀가 산책하고 싶다고 말하면, 그때 말하는 게 나을 것 같은데.'

그녀와 돌담길을 나란히 걷던 그는, 공녀가 담벼락 위에 올라가면 경치를 보면서 말하겠다고 생각하면서 머릿속으로 대사를 정리했다. 정작 돌담 위에 나란히 앉자 입이 잘 안 떨어졌지만.

문득 이시도르는 우유부단한 자신이 낯설었다. 사랑에 취해 휘청이는 놈들을 볼 때마다 한심하다고 생각했는데, 정작 자신이 갈피를 못 잡고 흔들리고 있었다.

결국, 남자 주인공과 제 대사가 우연히 겹쳐서 이시도르는 겨우 운을 뗐다.

"공녀는 어떻게 생각해요? 그 대공이라는 사람이요. 비밀 많은……."

그는 초조함을 삼키며 물었고 공녀는 잠시 고민하다가 특유의 무뚝뚝한 목소리로 대답했다.

"마음에 안 들어."

"……."

이시도르는 순간 손바닥에 식은땀이 비죽 나는 것을 느꼈다.

"사실, 연극을 보는 관객 입장에서 대공은 비밀이 많은 만큼 신비스럽고 매력 있긴 해."

하지만 그뿐이라는 듯 그녀는 냉랭한 표정이었다.
“하지만 연인에게 좋은 사람은 절대 아니야.”
“…….”
그녀의 차가운 표정에 마치 자신이 그 말을 들은 것처럼 가슴 한구석이 내려앉았다.
“결국 여자 주인공은 예고도 없이 좋아하는 대상에게 뒤통수 맞은 거잖아.”
그녀는 어딘가 불만스러운 얼굴이었다.
“난 갑자기 뒤통수 때리는 거 별로 안 좋아해서.”
절대 누구에게 당하고 다닐 사람이 아니면서, 그녀가 마치 여러 번 뒤통수를 맞은 것처럼 뚱하게 말한다. 이시도르는 잠시 머뭇거리다가 조심스럽게 반론을 꺼냈다.
“하지만 대공이 정체를 드러내고 접근했다면 여자 주인공과 가까워질 기회조차 얻지 못했을걸요.”
“흐음.”
그녀가 다리를 천천히 앞뒤로 흔들며 묘한 표정을 지었지만, 이시도르는 눈치채지 못하고 말을 느릿하게 이었다.
“대공이 여자 주인공에게 특별히 나쁜 의도를 가지고 행동한 적도 없었고…….”
“그런데 이시도르 경은 의외로 북부 대공 쪽에 감정 이입을 하네. 순간 대변인인 줄 알았어.”
“…….”
“난 당연히 여자 주인공 편을 들어줄 줄 알았는데. 경은 자상하고 기사도 정신이 투철한 편이니까.”

“별로 자상한 편 아니에요. 다정하지도 않고.”

그가 한숨처럼 말을 내뱉었을 때 둘 사이를 거친 바람이 한바탕 훑고 지나갔다. 길게 내린 보랏빛 머리가 사방으로 이리저리 휘날려 이시도르의 뺨을 스쳤다. 이시도르의 금발 역시 상앗빛 이마 위에 엉망으로 흐트러졌다.

“거짓말.”

그 순간, 그녀가 손을 뻗어 헝클어진 제 머리카락을 다정하게 정리해 주어서 이시도르는 숨을 쉬는 것도 잊어버렸다. 붉은 눈을 보며 그는 제 이마를 서성이는 손을 홀린 듯 움켜쥐려다가 입술을 깨물었다.

“나는 경처럼 세심하고 준비성이 철저한 사람은 처음 봤어.”

“이 정도는 당연한 거 아닌가요? 상대가, 너인데.”

그녀가 제 앞에 나타나지 않았으면, 새벽에 일어나 데이트 동선을 확인하는 짓 따윈 죽어도 안 했을 것이다. 공감 능력과 담쌓은 지 오래인데, 다정함과 세심함이 다 얼어 죽었다.

‘너니까 이러는 거지. 너니까. 바보야.’

속이 타서 그는 무심코 너라는 호칭을 내뱉었다.

“아…….”

짧게 탄성을 내뱉은 데보라가 붉어진 뺨을 문질렀지만, 어두워서 이시도르는 그 모습을 보지 못했다.

마음 같아선 더 대단한 걸 해 주고 싶었지만 아는 게 별로 없었다. 그동안 다가오는 여자는 기를 쓰고 피해 다녔고 미겔도 연애는 문외한이었다. 그래서 그는 순간순간 자신이 내키는 대로 행동하고 있었다.

“스테이크 써는 연습까지 하는데 다정하지 않다고 하면, 그 말을 누가 믿겠어.”

“다들 그 정도는 할걸요.”

이시도르는 기사들이 농담처럼 하는 말을 진짜라고 생각하고 있었다.

“그럴 리가. 아, 난 시간이 늦어서 이만 가야겠어.”

그녀가 몸을 천천히 아래로 떨어뜨렸다.

“조심해요. 여기 밟아요.”

다급하게 돌담에서 뛰어내린 이시도르는 그녀의 발이 바닥에 닿지 않도록 재빨리 제 부츠 위를 밟게끔 했다.

“신어요.”

그녀가 그의 발등을 밟고 있는 동안 그가 구두를 가지런히 정리해서 바닥에 놓아 주었다.

“오늘 즐거웠어.”

구두를 모두 신은 그녀가 입술을 끌어 올리며 옅게 웃는다.

“…….”

미소가 떠오른 얼굴을 앞에 두니 더더욱 입이 떨어지지 않았다. 모든 게 자신이 자초한 상황이다. 그가 늘 자랑하던 정보력과 재력은 무용지물이었다.

‘미치겠군.’

그는 그녀를 마차로 배웅한 뒤 미간을 슬쩍 좁히며 머리를 거칠게 쓸어 올렸다.

이시도르와 헤어진 나는 집에 돌아가는 마차 안에서 구두 앞코를 톡톡 두드리다가 창에 머리를 한 번 쿵, 박았다.

'나 소심해서, 원래는 먼저 스킨십 못 하는데.'

분위기에 휩쓸려서 나도 모르게 그의 앞머리를 정리해 주었다.

'순간 이시도르가 비 맞은 강아지 같아서…….'

이상한 노릇이었다. 그렇게 여유롭고 강한 사람이 순간 약해 보이다니. 처연해 보이던 그의 창백한 얼굴을 떠올리던 나는 집에 도착하자마자 퀭한 눈을 한 보좌관과 마주했다.

'왠지 비슷한 일이 과거에도 있었던 것 같은데.'

"공녀님, 공작님께서 몹시 걱정을……."

난 그의 말이 끝나기도 전에 재빨리 입을 열었다.

"아버지를 뵙고 가겠네."

피로에 젖은 보좌관을 따라 집무실에 들어가자마자 아버지가 책상에서 벌떡 일어났다.

"늦었구나."

"아직 아홉 시인데요."

가을이라 해가 짧아서 그렇지, 그리 늦은 시간은 아니었다.

"몸도 덜 추스른 아이를 불러내다니. 하여간 그 비스콘티 놈은 마음에 드는 구석이 없어. 일단은 앉아라."

"……네."

접객용 의자에 앉자마자 그가 엄한 빛을 띤 눈으로 나를 불렀다.

"데보라."

"네?"

"아공간에서 나올 때 이시도르의 힘을 빌린 건 사실이다만, 내가 적당히 사례할 테니 넌 굳이 부채감을 느끼지 않아도 된다."

"부채감 때문은 아닙니다."

"그럼 잘됐구나."

뭐가?

"네가 속이 깊어서 그런 나약한 마음을 품을까 봐 걱정했다. 연구하는데 그놈이 자꾸 성가시게 굴면 내게 말하거라. 처리해 줄 테니."

"이시도르 경은 선을 잘 지키는 사람이라 그럴 필요는 없습니다."

내 말이 끝나자마자 공작이 버럭 역정을 냈다.

"뭐라?! 누가 선을 잘 지켜? 그 여우 놈이? 데보라, 사내새끼들 중에는 믿을 놈 하나 없다."

"……."

"분명히 여우과야. 겉과 속이 다른 게 분명해!"

'여우 같긴 하지. 사람 홀리는 구미호.'

잘생긴 놈은 얼굴값을 안 할 리가 없다고, 할리우드 배우 같은 외모의 아버지가 엄중하게 경고했다. 공작이 이시도르를 극도로 싫어해서 나는 그를 변호하는 것을 포기하고 방으로 돌아왔다.

'혹시 비스콘티 공작이랑 아버지가 과거에 무슨 일이 있었나?'

그러고 보니, 난 이시도르의 가족에 대해서 전혀 모른다. 정령사인 몬테스 공작이나 소드 마스터인 오르고 공작의 무위에 대해서는 언뜻 들어 봤어도, 비스콘티 공작에 관한 이야기는 들은 바가 없었다.

나는 한숨을 삼키며 털썩 침대에 누웠다.

'뒷조사까지 했는데 진짜 아는 게 없네.'

그것도 소설 속에서 가장 유능하다고 표현된 정보원을 이용했는데. 나는 몸을 뒤척이다가 그림자에 가린 수채화 같은 반달을 오랫동안 응시했다.

'또 그 꿈을 꿨어…….'

아공간에서 탈출한 뒤 나는 종종 모래 먼지를 뒤집어쓴 채 태양이 작열하는 사막을 헤매는 꿈을 꿨다.

'혹시 트라우마인가?'

뒤숭숭한 꿈을 떠올리며 멍하게 침대에 앉아 있는데, 통통— 창을 두드리는 경쾌한 소리가 났다. 머리맡 쿠션에서 웅크리고 있던 퍼플이 호기심 어린 얼굴로 창가로 날아간다.

창을 두드린 주인공은 하얀 새였다. 새가 종종거리며 이리저리 뛰면서 창가를 서성이고 있었다.

나는 자리에서 일어나 새를 관찰하다가 피식 웃었다. 새의 다리에 작은 편지가 금실로 묶여 있었기 때문이다. 실의 색깔만 봐도 누가 보낸 것인지 알아볼 수 있었다.

[머핀으로 연락하는 게 편지로 주고 받는 것보다 훨씬 빠를 거예요. -이시도르]

작은 카드에선 은은한 재스민 향이 났다. 나는 카드를 만지작거리다가 곧장 답장을 썼다.

[머핀이 귀여워서 종종 늦게 보내고 싶은 것 같아. -데보라]

나는 곧장 새의 다리에 답장을 묶어서 날려 보냈다. 퍼플이 처연한 얼굴로 머핀이 날아간 방향을 물끄러미 바라본다.

하지만 이별의 아픔도 잠시, 퍼플은 금방 머핀과 재회하게 되었다.

[많이 귀여워해 주세요. 비스킷을 좋아해요. -이시도르]

비스콘티 가문의 타운 하우스도 요네스 지구 내에 있었기 때문에 답장은 신속하게 날아왔다.

머지않아 반가운 손님도 찾아왔다. 5황녀였다.

"공녀, 몹시 보고 싶었어. 마나 순수도 측정법의 현장 적용 가능성에 대해 함께 토론을 했던 장면이 꿈에 나올 정도로. 그대는?"

"저도입니다."

그 논문 내용은 기억도 나지 않지만, 기대에 찬 노란 눈동자가 귀여워서 나는 긍정적인 답을 해 주었다.

"역시!"

나는 병문안을 온 5황녀와 티타임을 갖고 대화를 나눴다.

종종 머핀이 물고 오는 편지와 함께 정신없이 하루가 지나갔고, 다음 날 나는 집에서 뭉개지 않고 아카데미에 나갔다. 꿈자리는 뒤숭숭해도 몸은 지나치게 멀쩡했기 때문이다.

'오랜만에 학교에 오는 것 같아.'

나는 무심코 주변을 둘러보았고 마법학부생들은 움찔거리며 내 시선을 피했다.

아공간에 휘말린 후, 날짜로 따지면 오랜 시간이 지나지 않았는데 이런 일상적인 풍경이 낯설게만 느껴졌다.

"데보라. 잠깐 시간 좀 내주렴."

복도를 걷던 나는 베르트 학장과 마주쳤다.

학장실로 들어가자 그가 조교에게 차를 가져오라 일렀다. 디저트는 아르망에서 가져온 것이었다. 큰아버지는 나와 면담할 때마다 늘 아르망에 있는 케이크를 준비했다.

그는 내가 예전에 지나가듯 흘린 말을 기억하고 있었고, 그의 흉터를 볼 때마다 자꾸 짠해졌기 때문에 난 강의를 늘릴 거라는 그의 협박을 매번 거절할 수가 없었다.

"아카데미 강의 후에 그런 일이 생겨서 마음이 안 좋았다. 몸은 좀 괜찮으냐?"

"네. 괜찮습니다."

"하필 몬테스 가문 집안 문제에 휩쓸리다니."

'정말 다들 사건의 정확한 진상은 모르는구나.'

필라프 때문에 아공간에 갇혀서 봉변을 당한 건 맞지만, 사건이 일어난 원인은 사실과 상당히 다르게 알려져 있었다.

'5황녀 덕에 알게 됐지.'

이야기는 필라프가 몬테스 공작에 대한 반발심 때문에 충동적으로 가보를 훔쳤고, 나와 이시도르가 가문 내에서 벌어진 소동에 휘말린 것처럼 각색되어 있었다.

마침 필라프가 부친의 압박으로 오랫동안 근신을 하고 있었기 때문에 소문은 신빙성을 얻었다.

'사실 혼담을 거절한 나한테 앙심을 품은 건데.'

필라프는 이시도르에 대한 열등감도 있어 보였고.

치정 싸움의 주인공이 되는 건 사양이었기에, 몬테스 집안 문제처럼 왜곡된 그 소문이 나쁘지 않았다.

'두 가문의 돈과 권력이 무섭긴 하군.'

죄다 몬테스 가문 탓으로 돌려 버리고 유일한 후계자는 먼 곳으로 유배시켜 버리다니.

"데보라. 피곤할 테니 강의와 수업 모두 이번 주까지는 쉬도록 해라."

상념에 잠겨 있던 나는 베르트 학장의 말에 퍼뜩 정신을 차렸다.

"혹시 아쉬우면 최대한 빠르게 강의할 자리를 마련하마. 내가 네 열의를 너무 얕봤구나."

"……."

"농담이다. 케이크 먹거라."

"잘 먹겠습니다."

"아, 기초 교재 제작은 잘 되어 가고?"

"네."

베르트 학장은 엔리크의 과외를 위해 만든 수식 기초서를 몹시 마음에 들어 했다. 그는 그것을 영재 프로그램으로 입학한 학생들에게 배포하고 싶어 했다. 잘 쓰면 졸업 논문 대신 인정해 준다고 할 정도였다.

'출판할 경우 돈도 벌고 졸업도 하고.'

개꿀이었다.

"전 이만 가 보도록 하겠습니다."

오늘 강의가 없으니 난 자유다.

"같이 나가자꾸나. 몸이 찌뿌둥하니 산책하고 싶어서."

큰아버지와 함께 천천히 교정을 산책하던 중, 저 멀리 익숙한 얼굴이 보였다. 그리고 이시도르를 멍한 얼굴로 힐끔거리는 사람들 역시.

사실 어제 머핀을 통해 아카데미에서 잠깐 만나자고 약속한 상태였다.

'생각보다 빨리 와 있었네.'

이시도르가 내게 다가오려다가, 옆에 서 있는 큰아버지를 보고 멈칫거렸다. 제법 떨어져 있는데도 그의 옥빛 눈동자에 떠오른 당혹감이 생생하게 보였다. 그는 베르트 후작을 아버지로 착각한 것 같았다.

"저기 화려한 미남은 비스콘티 공자인가?"

큰아버지의 긴 흉터가 씰룩거렸다.

"네."

"기사가 새삼스레 마법학부에 나타날 이유는 너 말고는 없어 보이는구나."

"……."

"아무래도 네게 호감이 있어 보이는데, 너무 자주 만나 주지 말거라. 조금만 잘해 줘도 기고만장해져선, 주제 모르고 제가 잘났다고 착각하는 멍청한 놈들이 제법 많거든. 알겠니?"

"……네."

"명심하거라."

이시도르를 서늘한 눈으로 바라보던 베르트 후작은 시모어다운 신랄한 충고를 남긴 뒤 학관 쪽으로 되돌아갔다.

"매번 새로운 복병이 나타나다니……."

이시도르가 영문 모를 소리를 중얼거렸다.

"뭐라고?"

"난 그래도 포기 안 해요. 아니, 못 해요."

"뭔지는 모르겠지만 힘내고, 오늘 왜 보자고 한 거야?"

그가 새하얀 얼굴로 희미하게 웃었다.

"꼭 용건이 있어야만 만나나요? 그냥 얼굴 보고 싶으니까 보는 거죠. ……우리 사이에 에누리 없이."

"하긴, 서로 알아가고, 종종 연락하기로 한 사이지."

연락하자고 했다고 전쟁에서나 쓰일 법한 천문학적인 가치의 전서구를 보내다니.

"……경은 내 말을 너무 잘 들어."

지나칠 정도로.

"기억에 남아서 그래요. 머릿속에. 단 한 자도 안 빼놓고."

심장이 덜컥 내려앉는다.

"그런…… 말은 좀 간헐적으로 하면 안 돼?"

나는 떨리는 마음을 애써 누르며 이시도르에게 대꾸했다.

그는 아공간에서 나올 때 필터링만큼은 두고 나온 게 틀림없다. 어떻게 저런 낯부끄러운 말을 아무렇지도 않게 하는 건지.

"왜요?"

그의 얼굴에 의아함이 떠올랐다.

"하아…… 됐어."

"어디로 갈까요?"

"그래. 마침 내가 좋아하는 가게의 2호점이 문을 열었다고 들었어."

나와 그는 바스락 소리를 내며 낙엽을 밟으면서 서문 쪽으로 걸음을 옮겼다.

아카데미 서문에 있는 여신의 분수대는 호룬 지구의 대표 랜드마크로 언제나 유동 인구가 많았다. 게다가 다음 달에 있는 여신의 탄생제 때문에 주변은 더욱 번잡스러웠다. 성지 순례를 하는 다른 지역의 사람들까지 모여들었기 때문이다.

'오픈 타이밍이 좋았어.'

덕분에 아르망 2호점은 아무것도 하지 않았는데 사람들로 북적이고 있었다.

이시도르가 안으로 들어가자 곧장 내 뒤로 사람들이 슬금슬금 몰려들어서 나는 그의 인기를 한 번 더 실감했다. 2호점의 메뉴가 잘 관리되고 있는지 확인도 할 겸, 나는 차와 디저트를 시켜 먹었다.

가볍게 티타임을 가지고 밖으로 나오자마자 이시도르가 여신의 분수대 쪽으로 다가갔다.

분수대 중앙에는 나일라 여신의 형상을 한 동상이 서 있고, 여신의 양옆을 천사상이 둘러싸고 있었다. 분수대 맨 꼭대기에서는 주신인 테라의 동상이 아래를 내려다보는 형상이었다.

아스테이아 사람들은 이 시기, 분수대에 동전을 던진 뒤에 소원을 빌었다. 분수대 바닥에는 은화와 동화가 가득 쌓여 있었는데, 이시도르는 재벌 3세답게 금화를 한 움큼 빠뜨렸다.

'돈을 회수해 가는 신전에서 좋아하겠군.'

나는 속물적인 생각을 하면서 진지하게 소원을 비는 이시도르를 바라보았다. 모양 좋은 입술을 꾹 다문 그가 황금빛 속눈썹을 잘게 떤다.

'열심히 기도하네.'

아마 내가 신이라면 그의 소원이 뭐든 묻지도 따지지도 않고 들어줬겠지.

"공녀도, 소원 빌래요?"

천천히 눈을 뜬 이시도르가 가만히 서 있는 내게 금화를 건네려 했다.

“아니. 난 잘되면 후불로 내려고.”

100억을 달성하는 날, 가주가 되면 아주 많이 기부할 생각이었다. 내 말에 그가 재밌다는 듯 웃다가 입을 열었다.

“나도 사실 가계약금만 걸어 뒀어요.”

“계약금? 경의 소원이 이루어지면 아까보다 더 많이 기부하겠다는 뜻이야?”

“맞아요.”

“무슨 소원을 빌었는데?”

“알고 싶으면…….”

이시도르가 뒤이어 무슨 말을 했는데, 갑자기 사방에서 우르르 몰려든 인파 때문에 주변이 시끄러워졌다.

“이시도르 경, 방금 뭐라고 말했어? 잘 안 들렸어.”

내가 미간을 좁히자, 돌연 그의 아름다운 얼굴이 가깝게 다가왔다. 그가 귓가에 대고 말해서 쭈뼛 솜털이 일어났다. 마른침을 삼키며 한 걸음 물러난 나는 괜히 헛기침했다.

“방금은 잘 들렸어요?”

“응.”

“……내 소원 안 궁금해요?”

“너무 비싸서.”

달아오르는 귓바퀴를 만지작거리는 나를 가만히 바라보던 그가 여신상을 올려다보며 머리칼을 연신 쓸어 올렸다.

단순한 행동조차 시선을 끌어서 주변 사람들은 소원을 비는 척하며 이시도르를 계속 힐끗거렸다. 왠지 그를 구경하는 사람들이 점점 늘어나기 시작했다.

"데보라 공녀. 여기는 조금 시끄러우니까 자리를 옮기는 건 어때요? 근방에 좋은 레스토랑을 알고 있어요."

'분명 귀 빨개졌겠지.'

나는 화끈대는 귓바퀴를 문지르며 입을 열었다.

"사실, 오늘은 시간을 길게 낼 수가 없어. 남동생과 함께 저녁 식사한 뒤에 체스 게임을 하기로 했거든."

"남동생과 친한가 봐요."

"응. 굉장히 귀여워. 경에게 소개해 주고 싶을 만큼."

"언젠가 인사시켜 주세요. 공녀의 남동생이 과연 날 좋아할지는 모르겠지만……."

그의 표정엔 왜인지 모르게 착잡한 빛이 맴돌고 있었다.

"오늘은 동생과 즐겁게 보내요. 마차까지 데려다줄게요."

이시도르가 금화를 하나 더 꺼내 가볍게 튕겼다. 그가 던진 금화는 천사 동상이 든 항아리 안으로 정확하게 떨어졌다.

"바로 골인이네. 잘 던진다."

"자주 동전 던지기를 하니까요. 그간 고민되거나 결정하기 힘들 때 동전으로 빠르게 정해 버렸는데……."

"지금은 아닌 것처럼 말하네?"

"예외가 있더라고요."

그가 한숨처럼 흐릿하게 말했다.

"하긴, 정말 중요한 문제는 운에 맡기기 쉽지 않지. 머리 터지게 고민한다고 답이 나오는 건 아니지만."

나는 그와 이야기를 나누며 마차가 서 있는 아카데미 방향으로 걸음을 옮겼다.

"이시도르 경. 그럼 난 가 볼게. 오늘 즐거웠어. 커피도 잘 마셨고."
그가 문득 마차 문을 양손으로 움켜잡고 물었다.
"토요일 저녁에 시간 비울 수 있어요? 그날 인기 있는 오페라가 개봉하는데 표를 구했어요. 진지하게 할 이야기도 있고."
"토요일 저녁? 그때는 선약이 있어서 안 되겠어."
그가 잠시 멈칫거리다가 입을 열었다.
"공녀가 가족들과 가깝게 지내는 모습 보기 좋네요. 저는 외아들이라 부럽기도 하고."
"가족?"
"가족과 보내는 거 아니에요?"
"어……."
이시도르의 눈동자에 얼음처럼 냉랭한 빛이 머물렀다가 흔적도 없이 사라졌다.
"황금 같은 주말 저녁에 시간을 낼 만큼 친한 사람인가 보네요. 누구인지 궁금해지는데요?"
그가 꿀처럼 달콤한 미소를 머금으며 질문했다.
'아니, 꿀이 아니라 사카린 같다. 엄청 인위적인 단맛.'
"……왜 날 추궁하는 것처럼 들리지?"
"왜 그렇게 들렸을까요? 단순한 질문인데."
"……."
"친구예요?"
그는 집요한 구석이 있었다.
"친구는 아닌데…… 그나저나 경은 너무 시시콜콜한 것까지 알려고 하는 것 같은데? 별일 아니니까 신경 쓸 필요 없어."

"네 일인데 어떻게 신경을 안 쓸……."

그때 바닥을 구르던 낙엽이 산산이 흩어질 정도로 강한 바람이 휘몰아쳤다. 차가운 공기가 마차 안까지 들이쳐서 내가 가볍게 어깨를 떨자 그가 한숨을 내뱉었다.

"날이 꽤 추워졌네요. 감기 조심하고 조심히 들어가요. 심심하면 언제든 연락 주고요."

"응. 알았어."

나는 그에게 손을 가볍게 흔들었다.

"조만간 또 봐."

데보라 공녀와 작별하고 난 뒤, 이시도르의 표정이 자못 심각해졌다.

제국 사람들 대부분이 주말에는 연인이나 가족처럼 중요한 사람과 보냈고, 친구들과는 평일 저녁에 어울렸다. 그래서 더더욱 토요일에 잡혀 있다는 선약이 신경 쓰였다.

'누구지? 가족도 아니고, 내가 모르는 요주의 인물이 또 있나?'

설마, 티에리……?

퍼뜩 떠오르는 얼굴에 이시도르가 백기사단으로 달려가 집무실에서 엎드려 자는 티에리를 깨워서 닦달하기 시작했다.

"이시도르, 자네 왜 내 말을 안 믿나? 나 주말에 진짜로 약속 없다고!"

티에리가 억울한 얼굴로 버럭 목소리를 높였다.

"진짜야?"

"그래. 기사의 명예를 걸고 맹세하지."

"자네에게 기사의 명예가 어디 있어?"

"너무하군. 꼭 남자에게 가장 중요한 것을 걸어야 속이 시원하겠나?"

"……일단, 알았어."

"일단이라니, 진짜라니까!"

이시도르는 펄쩍 뛰는 티에리를 뒤로하고 백기사단 병영에서 걸어 나왔다.

'티에리가 아니면 대체 어떤 자식이지?'

도무지 짐작이 가지 않아서 이시도르는 미간을 슬쩍 찌푸렸다.

결국 수중에 있는 데보라 공녀에 대한 정보만으로는 약속 상대가 누구인지 알아내지 못한 채로, 그는 토요일 오후를 맞이했다. 초조한 기색으로 블랑샤 집무실을 맴도는 이시도르를 보며 쿠키가 못마땅하게 꼬리를 두드렸다.

'어쩔까.'

이시도르는 생각에 잠겨 있다가 결국 부길드장을 불렀다.

"마스터. 무슨 일이시죠?"

"내가 아끼는 정보원들을 데리고 와."

아공간에서의 사건 이후 데보라 공녀 쪽 호위가 이전보다 강화되었기 때문에 그는 기척을 잘 숨기고 발이 빠른 정보원들을 풀 생각이었다.

공녀는 외양이 튀는 편이니 금방 찾을 수 있을 것이다. 약속 상대가 대체 누군지는 모르겠지만, 아마 만나는 장소는 요네스 아니면 호른 지구일 테지.

'솔직히 치졸한 방법이긴 하지만…….'

그가 질문했을 때 데보라 공녀가 누구를 만나는지 숨기고 싶어 하는 분위기를 풍겼기 때문에, 오늘 약속 상대가 더욱 신경 쓰이는 건 어쩔 수 없었다.

'혹시 위험한 사람일 수도 있고.'

데보라 공녀는 수완이 좋아도 눈치는 느린 편인 것 같았으니까.

'그렇게 티를 냈는데도 모르다니.'

이시도르가 미행을 합리화하고 있을 때, 정보원이 도착한 듯 집무실에서 종소리가 났다.

"들어와."

마스터의 명령이 떨어지자 끼익 경첩끼리 맞물리는 소리가 나고 거대한 아치형 문이 열렸다. 그가 특유의 인형 같은 무표정한 얼굴로 서류를 뒤적이다가 정면을 바라보았다.

"……!"

이윽고 마스터의 무기질 같은 새하얀 얼굴에 균열이 생겼다. 눈앞에는 그가 호출한 정보원이 아닌 예상치 못한 인물이 서 있었기 때문이다.

"안녕."

데보라 공녀가 후드를 아래로 내리면서 천천히 거리를 좁혔다.

"놀랐어?

"……."

그녀가 날렵한 눈을 천천히 반달처럼 접었다.

"내 약속 상대가 당신이라는 정보는 없었나 보네, 이시도르."

내 말이 떨어지자마자 마스터의 얼음 같은 가면에 금이 갔다. 마치 깨지기 일보 직전, 살얼음판 위의 거친 균열을 보는 것 같았다. 나는 그가 저토록 인간적인 표정을 지을 수 있다는 것을 처음 알았다.

"이제야 알았네. 마스터의 이름이 이시도르 비스콘티라는 거."

동요하는 이시도르를 보면서 단정 짓듯 말한 나는 그의 손 근처에 놓여 있는 동전을 빠르게 낚아챘다.

마스터가 언제나 자신만만하게 던지던 금화를 뒤집자마자 나는 정말 그답다고 생각했다. 아무리 운이 좋다지만, 던질 때마다 매번 앞면만 나오는 것이 이상하긴 했다.

"처음부터 앞뒤가 같은 주화였는데."

"……."

"몰랐어."

둘이 같은 인물이었다니. 그 누구도 마스터를 고위 귀족이라고는 상상하지 못할 것이다.

마스터는 내게 늘 깍듯한 경어를 사용했으며, 이재에 밝고 수단과 방법을 가리지 않는 교활함을 가졌다. 반면에 이시도르는 그 누구보다 고상한 분위기의 귀족적인 사내였고.

빛과 어둠처럼 대조되는 외모와 목소리까지. 그 간극이 너무 커서, 난 둘이 동일 인물일 거라는 가정은 해 본 적이 없었다.

'마스터가 이시도르의 측근이나 부하가 아닐까 하는 추측은 해 보긴 했지.'

필라프 쪽에서 뜬금없이 혼담이 왔을 때, 필라프의 약점을 공짜로 주겠다고 적극적으로 나서는 모습에서 위화감이 느껴졌으니까.

하지만 추측일 뿐, 감을 전혀 못 잡던 내가 이시도르와 마스터의 관계를 전혀 다른 각도에서 바라볼 수 있게 된 건 연극을 본 그날부터였다.

문득 그런 생각이 들었다. 어쩌면 외모를 바꾸고, 목소리를 변형한다고 해도 사람이 풍기는 분위기와 희미한 잔향, 그리고 고유의 느낌마저 숨길 수는 없을지도 모른다고.

연극이 끝난 날 밤, 푸르스름한 달빛 아래에 드리운 이시도르의 어깨너머로 언뜻 익숙한 그림자를 보았던 것 같다.

초조하게 움직이던 손 때문일 수도 있고, 말투 때문일 수도 있고. 정확히 왜인지는 나도 모르겠다. 그래도 굳이 이시도르에게서 마스터라는 그림자를 떠올린 이유를 꼽으라면…….

내가 가진 감정이 바뀌었기 때문인지도 모르겠다.

그 이상한 공간에서 나온 이후, 내가 이전보다 이시도르를 더 의식하기 시작한 건 분명하다. 그의 행동과 손짓을 좇으며 나도 모르게 눈에 깊이 담았다. 또한, 그의 목소리에 담긴 뉘앙스와 날 바라보는 눈동자 속의 감정을 예전보다 선명하게 느낄 수 있었다.

'어쩌면 이시도르가 내게 자신을 더욱 무방비하게 드러냈을 수도 있고.'

퍼뜩, 목덜미를 스쳤던 기시감 때문일까. 비밀 많은 대공에 관해 어떻게 생각하느냐고 물어보는 이시도르를 보면서, 나는 술에 취했던 날 그가 했던 말을 퍼뜩 떠올렸다.

"빛이 강할수록 그늘도 깊다고 하죠."

너무 완벽해서 수상하다고 말했던 내게 이시도르가 했던 의미심장한 말을.

"완벽한 사람이 이 세상에 어디 있어요? 결함을 숨겨 뒀거나, 무결한 척을 하는 거겠죠."

그에게 말 못 할 그림자가 있는 걸까?

그래서 내게 이런 연극을 보여 주며 반응을 떠본 건 아닐까, 문득 그런 생각이 들었다.

'그리고 그 비밀이라는 게 설마…….'

내가 대공을 대놓고 비난했을 때 눈에 띄게 파리해지던 이시도르의 안색을 떠올리면서 나는 밤새 몸을 뒤척였다.

'그 연극처럼, 1인 2역일 수도 있다는 가정은 한 번도 안 해 봤는데.'

마스터와 이시도르는 목소리와 분위기가 전혀 다르고…….

하지만 내 직감은 왠지 그렇다고 말하고 있었다. 따지고 보면, 그가 마스터라면 소설 속에선 등장하지 않았던 이시도르가 내 앞에 갑자기 나타난 이유가 제법 개연성 있게 설명되기도 했다.

의심하기 시작한 지 얼마 되지 않아 이시도르가 머핀을 통해서 로맨틱한 시구가 담긴 편지를 보내왔다. 그리고 난 그가 인용한 시를 읽으면서 당혹감을 느낄 수밖에 없었다.

[겨울이 깃든, 초목 하나 없는 황폐한 광야 위 백조가 파문을 남겼다.

어둠이 드리운 검은 땅은 깊은 호수가 되어 동심원을 그렸다.

날아간 그대를 향한 노래였다. (중략)]

언뜻 사랑의 자각을 표현한 시로 보일 수도 있지만, 마지막 구절이 너무 노골적이었다.

[백조는 추운 겨울 호수 위로 날갯짓을 하며 돌아온다.]

'이거, 내가 공간 마법 주머니를 분실했을 때 외워야 하는 주문이랑 너무 비슷한데.'

오글거려서 절대 입에 담지 않겠다고 다짐했던.

또한, 마스터는 나와 계약서를 쓸 때 항상 검은 실링 위에 백조 모양의 스탬프를 찍어 밀봉했다.

'시구에 나온 검은 땅. 백조. 우연치고는 너무 들어맞아.'

머핀. 쿠키. 하필이면 애완동물의 이름이 둘 다 디저트 이름이라는 것도 신경 쓰이기 시작했다.

"그냥 얼굴 보고 싶으니까 보는 거죠. ……우리 사이에 에누리 없이."

'에누리. 마스터가 즐겨 쓰는 단어…….'

또한 에누리를 발음할 때만 희미해지는 그의 음성에 나도 모르게 눈가를 좁혔다. 관점을 바꾸자 이시도르의 모든 행동이 깊은 갈등과 끊임없는 망설임으로 보이기 시작했다.

'결정적인 건, 분수대 앞에서였지.'

여신의 분수대 앞에서 소원을 빌 때, 이시도르가 귓속말로 그런 말을 했다. 팽팽하게 당긴 현처럼 긴장된 목소리였다.

"당신이니까 99골드에 알려 줄게요."

10골드, 100골드. 딱 떨어지는 금액보다, 약간 모자란 금액이 더 싸다고 인식하는 사람의 심리를 이용한 말장난. 나와 마스터가 종종 내뱉으며 시시덕거리는 농담이었다.

동전을 튕기는 특유의 손동작까지 똑같은데도, 내내 얼어붙은 표정으로 선뜻 입을 떼지 못하는 이시도르를 보며 나는 그가 마스터라는 것을 확신했다.

'물론, 관점을 바꾸지 않았다면…… 내가 변하지 않았다면, 절대 동전의 뒷면을 볼 수 없었겠지만.'

"데보라 공녀."

요 며칠간의 일을 회상하던 나는, 그의 부름에 퍼뜩 정신을 차렸다.

내가 나타난 순간부터 긴장한 표정으로 내내 목울대를 일렁이던 마스터가 자리에서 일어났다. 커다란 집무실 테이블 너머에서 단 한 발짝도 옮기지 않던 그가 움직이는 모습은 처음 보았기에 나도 모르게 흠칫 몸을 떨었다.

마스터가 이시도르라는 사실을 머리로는 아는데 실제로 마주하니 잘 적응이 되지 않았다.

"미안해요."

돌연 마스터가 내 발치에 무릎을 꿇어서 나도 모르게 벌떡 자리에서 일어날 뻔했다.

"계속 생각했어요. 공녀가 말하는 유대감을 쌓기 위해선 내가 누구인지 알려야 한다고."

"……."

"그런데 한편으로는 계속 몰랐으면 좋겠다고 생각했어요. 나한테 실망할 테니까요."

"……그런 것치고는 힌트를 많이 줬던데. 내가 금방 알 거라는 것을 예측할 수 있지 않았어?"

물론 내가 눈치가 좋은 편이라고 할 수는 없지만.

"마음을 다잡았는데도, 예상할 수가 없어서."

"……."

"공녀님 생각과 마음을요."

"……."

나는 내 처분을 잠자코 기다리는 그를 가만히 내려보았다. 그러다 의자에서 내려와 그와 눈을 맞췄다.

"마스터가 여신상 앞에서 했던 기도."

"네."

"뭐였어?"

"뻔하죠."

"그 뻔한 소원, 내가 들어줄 수 있는 거 맞지?"

"……네."

"그럼, 여신한테 빌지 말고, 나한테 말했어야 하지 않나?"

눈을 느릿하게 깜빡인 마스터가 천천히 입을 열었다.

"내 비밀을 안 뒤에도, 당신이 그 연극의 여주인공처럼 나를 용서했으면 좋겠다고 생각했어요."

"나는 용서는 못 하는데."

"……."

내 모습을 거울처럼 비춘 그의 인형 같은 동공 위로 서늘할 정도의 절망감이 드리웠다.

"난 화가 안 났고, 배신감도 못 느꼈으니까."

"아무 감정을 느낄 수 없을 정도로, 실망한 건가요?"

"아니."

난 그를 이해할 수 있다. 연극 속의 여주인공처럼, 무결한 사람이 아니니 용서할 수는 없지만.

"비밀이 많다는 건…… 결국, 숨기고 싶은 어둠이 있다는 거겠지?"

"……."

"그게 연극 속 대공처럼 과거일 수도 있고, 혹은 본성일 수도 있고."

나 같은 경우엔 차가운 외양 안에 소심한 본성을 숨기고 있다. 남에게 휘둘리며 사는 게 지겨워서, 일부러 데보라가 가졌던 차갑고 고압적인 표정을 연습하고, 시건방진 말투로 안하무인인 양 군다.

'이렇게 사는 게 편하다고 생각하는 사람은 아마 나밖에 없을 거야.'

나는 쓰게 웃었다.

"비밀이 없는 사람이 누가 있겠어. 그림자에 가려지지 않은 보름달조차도 반대편은 보이지 않는데."

나 역시 그에게 내 이야기를 모조리 토로하기는 쉽지 않을 것이다.

'빙의했다는 건 더더욱.'

마주한 마스터의 눈동자가 젖은 채로 흔들렸다. 이토록 쉽게 들여다보이는데, 그간 그를 한없이 어렵게 여겼다는 게 이상하게 느껴졌다.

맨 처음 마음을 졸이며 블랑샤를 찾아왔을 때 맞닥뜨린 마스터는 텅 빈 무기질의 인형 같았다. 그의 유리알 같은 눈동자에는 섬뜩한 공허함이 맴돌고 있었다. 하지만 지금 그는 흘러넘치는 무언가를 눌러 참으면서도, 미처 주워 담지 못한 감정을 내보이고 있었다.

그래서 나도 모르게 그의 서늘한 눈매를 천천히 쓸었다. 손끝이 아주 흐릿하게 젖어 들었다. 손바닥에 닿은 그의 창백한 뺨은 유난히 뜨거웠다.

"……그냥 난, 당신을 이해할 수 있을 것 같다는 말을 하는 것뿐이야."

그가 눈가를 적실 정도로 대단한 말을 한 것은 아니다. 어쩌면, 연극 속 여주인공과는 달리 그를 전적으로 믿지 않았기 때문에 배신감이 덜한 걸 수도 있다.

"충분해요."

그의 목소리가 가늘게 떨렸다.

"……."

"차고 넘쳐요. 감당하기 힘들 만큼. 과분할 정도로."

그는 눅눅하게 가라앉은 음성으로 말을 맺었다. 뺨에 닿은 내 손을 쥔 마스터가 젖은 눈동자로 나를 바라보았다. 손바닥을 통해 그의 긴장 가득한 숨결이 고스란히 전해진다.

"……."

내 체온에 매달리려고 하는 남자의 모습에 나는 커다란 짐승을 어르고 달래는 것 같은 기분이 들었다. 머리로는 알지만, 동일인이라는 사실에 적응된 것은 아니라서 마스터의 감정적인 모습이 묘하게 느껴지기도 했다.

"확실히 이러니까 좀 이시도르 같네……."

"……."

"이시도르일 때, 아주 순간적으로 마스터 같기도 했는데."

내 작은 중얼거림에 그가 흐릿하게 내뱉었다.

"공녀님은 제가 세워 뒀던 뚜렷한 경계를 아주 쉽게, 단숨에 무너뜨려요."

그의 말은 나를 제외하고는 그가 마스터와 이시도르, 두 인물을 엄격하게 분리해서 오고 가는 것이 익숙하다는 뜻으로 들렸다.

"……게다가 제 얄팍한 예상은 모조리 비껴가고요."

"……."

"오늘도……."

그의 남성스러운 목울대가 여러 번 일렁거렸다.

"처음부터 만났을 때부터 계속 그랬어요. 제 인생에서 가장 큰 변수였어요."

그래서 눈을 뗄 수가 없었다고, 내 주변을 끊임없이 맴돌았다고 그가 나직하게 덧붙였다.

"데보라 공녀님만은 계속 내게 끊임없이 예외를 만들어 내요."

"……."

"그래서 애초에 숨길 수 없다고 생각했는지도 몰라요."

"……."

"꿇으라면 꿇고 빌라고 하면 빌려고 했는데…… 구차한 변명거리도 여러 개 생각해 놨는데, 도리어 더 사람을 미치게 만드네요."

"……."

"제 목줄은 이미 공녀님이 쥐고 있어요."

그가 뺨에 닿은 내 손바닥을 아래로 미끄러뜨려 길고 단단한 목선으로 가져갔다. 연약한 목울대에 내 손바닥이 닿았다가 이내 목줄을 풀어서 돌려주듯 그가 천천히 내 손을 놓아주었다.

"마스터. 난 한쪽이 끌려다니는 일방적인 관계를 원하는 게 아니야……."

나는 그의 온기로 인해 뜨거워진 손을 여러 번 쥐었다 펴며 말했다.

"공녀님은 제게 서로 알아가자고 했죠?"

"응."

"저도 공녀님에 대해서 더 알고 싶어요. 당신이 말하는 그 유대감이 뭔지도……."

"함께 마주 보면서 맛있는 밥을 먹고, 연락하고, 경험을 공유하고, 그러면서 점차 쌓이는 거 아닐까."

비밀이 있는 사람들은 유대감을 만들기가 쉽지 않다. 솔직하게 감정을 표현하는 것조차 힘드니까. 어쩌면 나와 그는 서로를 더 잘 이해할 수 있을지도 모른다. 나와 이시도르의 시선이 오랫동안 맞닿았다.

"데보라 공녀님."

"응."

"일방적인 관계가 싫다는 말을…… 제가 좋을 대로 해석해도 되나요?"

그가 어딘가 조심스러운 음성으로 물었다.

"어떻게 해석했는데?"

"내게 만회할 기회를 주는 거라고."

"……."

"요 며칠 그랬던 것처럼, 앞으로도 제게 신뢰를 쌓을 만한 시간을 내어 줄 수 있을까요?"

그가 봄꽃 무도회 에스코트를 청하듯 조심스럽게 요청했다. 내 표정에 촉각을 곤두세우면서.

"……."

나는 일부러 대답을 미루다가 눈을 좁히면서 손을 슥 내밀었다. 그가 놀란 듯, 큰 손을 움찔거렸다.

"이걸로 결정하자."

내가 건넨 건 마스터가 늘 내 앞에서 자신만만하게 던지던 불량 주화였기 때문이다.

"앞면이 나오면 마스터가 말했던 오페라 구경 가는 거 진지하게 생각해 볼게."

당연하긴 하지만, 앞면이 나오자마자 마스터는 내게 그 불량 주화를 선물했다.

"뭐든 손을 대면 성공하잖아요. 저보다 공녀님이 더 사업 수완이 좋기도 하고."

레어 아이템을 준다는데, 굳이 사양은 안 했다.

사실 나는 행운의 의미가 담긴 앞면만 나오는 이 불량 주화가 마음에 들었다. 깜빡 속긴 했어도, 마스터가 자신만만하게 앞면을 보여 줄 때마다 내게 돈과 성공이 끊임없이 굴러들어 왔기 때문이다.

'그나저나, 이시도르가 두 사람으로 사는 건 단순히 비밀 조직을 운영하기 때문일까?'

비스콘티의 유일한 공자가 굳이 그런 조직을 운영하게 된 이유는 또 뭘까. 그의 정체가 밝혀졌지만 이상하게도 이시도르라는 인물에 대한 궁금증은 더욱 커졌다.

"엇!"

힘 조절을 못 하고 무심코 동전을 높게 던졌다가 허둥대며 양손으로 받은 나는, 통통 창을 두드리는 소리에 고개를 돌렸다. 이시도르가 머핀 편에 딸려 보낸 편지에는 하얀 부바르디아 한 송이가 꽂혀 있었다.

'이건 자주 볼 수 있는 품종이 아니니까 잘 말려 놔야지.'

발목에 달린 편지를 꺼내 들고 금실을 풀던 때 엔리크가 내게 찾아왔다.

"누나!"

나를 향해서 호다닥 달려오던 아이는 책상 위에서 열심히 과자 조각을 쪼아 먹는 머핀을 발견했다.

"이 하얀 새는 어디서 왔어요?"

엔리크가 커다란 눈을 반짝거렸다.

"썸남…… 아니, 친한 사람이 보낸 거야. 이름은 머핀이고. 귀엽지, 엔리크?"

"친한 사람이요?"

"비스콘티 가문의 공자인데, 유명인이라서 엔리크도 알려나?"

"……공자?"

엔리크의 표정이 돌연 심각해졌다. 아이가 미간을 살짝 좁히며 입을 달싹인다.

“누나. 비스콘티 공자는 저보다 커요?”

“엄청 커.”

“아버지보다도 커요?”

“키? 더 큰 것 같기도 하다.”

이시도르가 좀 더 클 뿐 시모어 공작도 180센티미터 초중반은 되었다. 유전적으로 시모어 남자들은 체격이 굉장히 좋은 편이었다.

“우으…….”

뾰로통한 표정을 한 엔리크가 갑자기 우유를 먹고 일찍 자겠다면서 자리에서 벌떡 일어났다. 아이의 눈가가 뾰족해져 있었다.

“엔리크, 벌써 자러 가게? 여기까지 놀러 왔는데 누나랑 놀아야지.”

내 말이 전혀 안 들리는 듯, 엔리크는 사냥감을 노리는 고양이처럼 머핀을 노려보며 작게 중얼거렸다.

“파이어 애로우 마법을 사용하면…….”

“어? 새를 괴롭히면 안 돼, 엔리크.”

“발에 묶은 편지만 태우려고 했어요. 새는 안 괴롭혀요. 나 나쁜 사람 아녜요. 누나.”

“우리 엔리크 마법 실력이 대단하구나? 역시 내 동생은 천재네.”

아니, 이, 이게 아닌가.

“편지는 태우면…… 아…… 안 돼.”

“그렇구나.”

엔리크의 귀가 축 처진 것처럼 보여서 나는 가슴을 움켜쥐었다.

“엔리크, 우리 책 읽을까? 아니면 카드 게임은 어때? 오늘 포커하는 방법을 가르쳐 줄게.”

나는 뚱한 얼굴을 한 엔리크를 살살 어르고 달래다가 무릎에 앉혀 놓고 동화책을 펼쳤다. 엔리크가 조금 누그러진 얼굴로 다리를 앞뒤로 흔들며 나를 올려다보았다.

'귀여워서 미쳐 버리겠다.'

내 목소리에 귀를 기울이던 엔리크가 맨 마지막 공주와 왕자의 결혼이 나오는 장면에서 갑자기 작게 웅얼거렸다.

"나, 공자 싫어요."

"응. 알았어."

엔리크가 더 귀여웠기 때문에 나는 이시도르에 대한 얄팍한 의리를 빠르게 저버렸다.

다음 날, 아카데미에 간 나는 눈을 가늘게 떴다.

"안녕, 데보라."

"……로자드 오라버니?"

로자드 시모어가 내가 하는 강의를 듣기 위해 아카데미에 나타날 줄은 몰랐기 때문이다.

"어머, 로자드 경이에요!"

"소문보다도 훨씬 근사하군요. 어린 영애들이 그를 보기 위해 마탑을 기웃거릴 만해요."

"로자드 경이야말로, 전투 마법사들의 진정한 롤 모델이라 할 수 있죠."

갑자기 졸업생인 로자드가 나타나자 마법학부 일대에는 말 그대로 큰 파란이 일어났다.

그도 그럴 게 로자드는 요즘 수도에서 최고로 주가를 올리고 있었다. 황태자 세력과 마탑의 전투 마법사들이 그를 영웅처럼 띄워 주며 여론몰이를 하고 있기 때문이다. 심지어 로자드의 활약을 각색해 연극 무대에도 올린다고 들었다.

시모어 특유의 화려한 외모와 건장한 체구, 뛰어난 언변까지. 스타성으로 샤워한 인물이긴 했다.

'그런데, 원래는 미야 비노슈가 하던 역할 아닌가…….'

내 기억엔 원작의 주인공이 여신의 탄생제 전후로 크게 활약하는데.

'대체 요즘 미야 비노슈는 뭘 하는 거지?'

속이 시커먼 로자드가 정의로운 영웅이 되게 놔두다니. 난 의아해하면서 갑자기 나타난 그를 바라보았다.

"오라버니, 인기 많네."

딱 봐도 전혀 마법학부 학생으로 보이지 않는 학생들까지 근처에 모여들었다.

"덕분에."

"그런데 정말 내 강의를 들으러 온 거 맞아? 다른 목적이 있으면 지금 말해."

"전투 중에는 이론을 자세히 공부할 시간이 없어. 솔직히 네가 새로 추가했다는 수식에 관심도 있고, 함께 점심도 먹을 겸."

"흐음."

"동시에 네 기도 살려 주러 왔다. 넌 주목받는 걸 좋아하니."

로자드가 얇은 입매를 슥 끌어 올렸다.

로자드 말대로 데보라는 과시욕으로 가득한 인물이지만, 난 주목 공포증이 있는데…….

"딱히 끌리는 제안은 아니네."

거절 따위는 염두에 두지 않은 그의 자신만만한 모습에 황당한 기분을 느끼는 중, 로자드가 눈썹을 미미하게 찌푸렸다.

"하긴, 고작 이 정도는 네 눈에 안 차겠군. 비스콘티 공자와 어울리면서 안목과 기대치도 높아졌을 테니까."

"어?"

"강의가 끝나면 바로 요네스 지구 번화가에서 쇼핑하도록 하지. 이 정도면 어때?"

"……오라버니가 사는 거야?"

나는 미심쩍은 기분으로 물었다.

"대체 뭘 얼마나 사려고 그런 질문을 하지? 아니면 내 뒤바뀐 태도를 비꼬는 건가?"

그가 혼란해 보이는 얼굴로 중얼거렸다.

"네가 만족할 만한 수준까지 감당해 보지."

그러면서도 고위 귀족답게 그는 돈지랄하겠다는 의지를 슬쩍 내비쳤다.

"쇼핑은 점심 식사보단 나은 제안이라고 생각하지만, 그 전에 내가 선약이 있어서 안 되겠어."

"누구랑?"

"이시도르 경."

'엄밀하게 따지면 마스터 쪽이지만.'

고대 아티팩트의 폭주로 인해 마나 파동에 휩쓸린 이후 며칠간 나는 컨디션이 썩 좋지 않았다.

'꿈자리는 여전히 뒤숭숭하고.'

덕분에 집에서 쉬느라 일이 많이 쌓인 상태였고 블랑샤로 가서 밀린 업무를 처리해야 했다.

"굳이 내가 기를 살려 주지 않아도 사교계 영애들의 부러움은 차고 넘치게 받고 있겠구나."

로자드가 혀를 내둘렀다.

"선약이 있다니 쇼핑은 다음에 가는 게 낫겠군. 마탑에만 박혀 있는 벨렉보다는 나와 가까이 지내는 게 훨씬 재밌을 거다."

벨렉의 이름이 나오자마자 로자드가 왜 친한 척하는지 바로 감이 왔다.

나는 노예 2호에게 특허권을 넘길 생각이 전혀 없는데 지레짐작하고 미리 약을 치려는 모양이다. 콧대 높은 로자드가 이 정도로 적극적인 걸 보면 수식이 상당히 그에게 유용하다는 뜻이기도 했다.

'마음에 안 들면 월정액을 해지해 버리겠다고 협박해야겠어.'

그를 의미심장한 얼굴로 바라보자 로자드가 날렵한 턱을 문질렀다.

"내 얼굴에 뭐 묻었어?"

"아니. 그나저나 지난번 잡아 온 야만족의 배후는 밝혔어?"

나는 화제를 돌렸고 그는 여상하게 대답했다.

"맷집이 생각보다 약해서 금방 죽더군."

"……영지 내에서 일어난 일인데도 배후를 찾기 어려운 거야?"

"흑마법사들은 쥐새끼들처럼 숨는 데 도가 튼 놈들이다. 금술의 흔적을 은닉하는 것도 수준급이고."

금술이라 불리는 흑마법은 술자가 악마에게 영혼을 담보로 잡히기 때문에 제국 초창기부터 엄격하게 금지해 왔다. 그러나 악마와 계약한 사실이 발각되면 화형을 당하는데도, 자연의 섭리를 거스르고 싶은 욕망은 끊임없이 사람을 충동질하기 때문에 사라질 기미가 보이지 않았다.

더 무서운 것은 금술에 빠진 이들의 규모가 어느 정도인지 아무도 모른다는 것이다.

흑마법사들은 끊임없이 음지로 숨어 들어갔다. 오랜 기간 탄압당한 만큼, 그들이 황실 군사들의 감시를 피해 도망 다니는 요령도 점점 발전했을 것이다.

"……물밑에서 뭔가 일어나고 있어. 아직은 잔물결만 치고 있지만."

로자드가 차가운 표정으로 불길하게 들리는 말을 했다. 물밑에서는 아무리 발버둥을 쳐도 소리가 나지 않는다는 이시도르의 말도 떠올랐다.

'보이는 게 다가 아니라는 거군.'

나는 물밑이라는 단어를 곱씹다가 강의 자료를 들고 단상으로 올라갔다.

'그나저나 진짜 인기 많네.'

로자드의 수업 참관으로 인해 강의실에는 청강 인원이 가득했다. 수업을 듣는 사람보다 로자드 얼굴을 구경하는 사람이 더 많은 것 같았다.

로자드는 높은 관심 속에서 의외로 열심히 강의를 듣는 척하고 있었다. 기를 살려 주겠다는 말은 진심이었던 모양이다. 속사정이야 어찌 됐건, 남 보기에는 시모어 공작은 물론 장남까지 나를 인정하고 아낀다고 생각할 것이다.

"그런데 왜 자꾸 따라와? 나 약속 있는데."

수업이 끝나자 로자드의 지긋한 시선이 느껴졌다.

“솔직히 감탄했어. 설명을 쉽게 잘하더군. 왜 갑자기 아카데미 수석을 했나 했더니 이런 재주가 있었네.”

“강의는 여기저기서 여러 번 했으니까.”

“멀리 동부에서 들었을 때는 정말 네 논문인지 반신반의했는데 너에 대한 평가를 상향 조정해야겠군.”

“난 방금 오라버니에 대한 평가를 하향 조정했는데.”

미세먼지만큼이지만 벨렉은 상향 조정했다.

“뭐?”

“뭐냐니? 오라버니가 자꾸 날 평가하길래 나도 똑같이 상대 평가를 했을 뿐이야.”

로자드가 피식거리며 웃는다. 기분 나빠 보이긴커녕 재밌어하는 그를 보며 나는 퍼뜩 소설 속 내용을 떠올렸다. 그는 상대가 호락호락하지 않을수록 더 관심을 두는 청개구리 타입이라는 것을.

‘여주인공 한정인 거 아니었냐고.’

“벨렉이 나보다 나은 게 뭐가 있을까? 그놈은 눈치도 없잖아. 그 투박한 아티팩트보다는 내가 선물한 루비가 낫지 않아?”

“보석은 많을수록 좋긴 하지만 공격용 아티팩트는 희귀하니까.”

벨렉 쪽이 성의도 있고.

“희귀한 쪽에 점수를 더 줄 줄은 몰랐네. 분발해야겠는데.”

‘굳이 분발할 필요 없는데.’

그가 보여 주는 짝퉁스러운 다정함에 떨떠름한 기분을 느끼고 있을 때 마침 저 멀리 이시도르가 보였다.

“오랜만이군. 이시도르 경.”

로자드가 대뜸 이시도르에게 말을 걸었다.

"요즘 로자드 님의 활약상에 대해선 익히 듣고 있습니다."

"그간에는 남부 영지에 주로 머물더니 이제 아예 수도에 자리 잡았나 봐?"

"수도 사교계에서 활동할 시기가 되었으니까요."

구면인 듯 둘은 안부 인사를 나눴다.

수도에서 손꼽히는 미남이 하나도 아니고 둘씩인 데다 그들이 나를 사이에 두고 양옆으로 서 있었기 때문에 무도회 때보다도 더 주목을 받는 듯했다. 덕분에 나만 난감해졌다.

'주목 공포증 도질 것 같다.'

그 와중에 로자드는 난데없이 이상한 소리를 했다.

"이시도르 경. 앞으론 시간을 잘 맞췄으면 좋겠군. 아니면 조금은 자중하든가. 나도 동생이랑 볼일이 많아서."

"나는 오라버니랑 볼일 없는데."

내 말에 로자드가 작게 속삭였다.

"데보라, 이럴 때는 그냥 가만히 있는 거다."

"아니, 왜……."

"아버지 말대로 학업과 논문에 집중해야 할 시기잖아. 자꾸 보니 네가 아깝다."

눈가를 설핏 좁힌 로자드가 내 어깨를 가볍게 두들기곤 천천히 멀어졌다.

"데보라 공녀."

이시도르가 문득 어두운 목소리로 날 불렀다.

"왜?"

"혹시 친한 친척 있어요?"

"없어. 방계 친척들과는 예전부터 별로 안 친했거든."

그가 짧게 한숨을 내뱉었다.

"그런데 그건 왜 물어?"

"몇 명인지만 파악해 두려고요. 그렇다고 뾰족한 수가 있는 건 아니지만."

그가 영문 모를 소리를 했다. 나는 어딘가 착잡해 보이는 그와 함께 아르망 쪽으로 걸음을 옮겼다.

"어차피 바로 블랑샤로 갈 생각이라서 굳이 마중 나올 필요 없었는데."

"조금이라도 얼굴 더 보고 싶어서요."

"원래 그렇게…… 아니다."

이시도르는 솔직함과 가장 거리가 먼 사람일 텐데, 나한테만 저렇게 직구로 말한다는 게 왠지 속을 간질거리게 했다.

아르망 뒷문을 통해 블랑샤로 들어가기 전, 이시도르가 공간 마법 주머니에서 로브를 꺼내 걸쳤다. 팔찌를 손목에 걸자 후드 아래 드러난 얼굴이 천천히 변화한다. 내가 알던 마스터의 얼굴로.

"그건 고대 아티팩트야?"

"네. 듣기로는 드래곤이 유희를 나올 때 썼던 물건이라고 하더군요."

"그래서 인형처럼 얼굴이 부자연스럽게 보일 때도 있었구나. 목소리도 긁히는 것 같고."

"공녀님 앞에서는 변신 아티팩트를 사용하지 말까요?"

집무실에 들어가자마자 그가 팔찌를 벗으며 물었다.

"……."

내 안구복지를 위해 잘생긴 얼굴을 마주하고 일을 하는 게 나은

지, 아니면 능률을 위해 인형 같은 얼굴을 마주하는 게 나은지, 갑자기 쓸데없는 고민이 들기 시작했다.

"하긴, 굳이 모습을 바꿀 필요 없겠네요."

이시도르가 여우처럼 눈웃음을 치다가 서류를 뒤적였다. 촛대에서 번진 흐릿한 빛이 날렵한 얼굴선에 미끄러져서 잘 그린 유화를 눈앞에 둔 것 같았다.

'저 얼굴은 왜 아직도 적응이 안 되냐.'

저 얼굴로 분수대 앞에서 간절하게 소원을 비는데 어떻게 안 들어줄 수가 있겠냐구.

"공녀님. 이번에 확인하셔야 할 서류입니다."

이미 그는 업무 모드에 들어간 듯 딱딱한 음성으로 날 부르곤 매출 전표를 보여 주며 각 메뉴의 판매 추이를 설명했다.

'나만 휘둘리는 느낌이야.'

애써 그의 수려한 이목구비에서 시선을 거두고 숫자가 적힌 전표로 눈을 돌렸다.

"커피가 지난달보다 훨씬 많이 팔렸네."

카페 모카에서 에스프레소까지 메뉴를 늘렸고, 입소문이 나서 지난달보다 커피 매출이 확연히 늘어났다.

"단골 덕분입니다. 마탑의 마법사들이 커피의 효과를 깨닫고 시도 때도 없이 마시는 모양이더군요."

일부러 1호점 입지를 동문으로 정한 보람이 있었다.

"2호점은 다음 달에 있는 여신의 탄생제와 맞물려서 호황을 누리고 있으니, 이 기세를 몰아서 사람들 머릿속에 확실히 자리매김해야겠죠."

물 들어올 때 노 젓자는 소리였다.

"슬슬 벨렉 오라버니가 만들어 준 물건을 쓸 시기가 왔네."

벨렉이 열을 가한 독액에서 나온 독가스를 은밀하게 살포하는 마도구라고 주장했던 건, 사실 원심력을 이용한 솜사탕 기계였다.

누군가는 솜사탕을 사람이 설탕으로 만들 수 있는 가장 아름다운 형태라고 말했다. 여신의 분수대 주변엔 천사상이 많으니 솜사탕을 보며 천국의 하얀 구름도 자연스레 연상할 테고.

'이래저래 여신의 탄신제 기간과 어울리는 메뉴야.'

"나일라 여신의 머리 색을 딴 분홍색 설탕을 만들 수 있으면 좋을 텐데."

분홍빛 노을이 내려앉은 구름을 보면서 제국 사람들은 여신을 연상하기도 하니까.

내 말에 이시도르가 허공에서 찻잔과 디저트를 끌어왔다.

"분홍색 설탕. 연금술로 제작할 수 있을 겁니다."

그러고 보니 일전에 특허법에 관련해 문의했을 때, 그가 연금술로 제작한 물건을 특허로 걸었다는 이야기를 했었다.

"연금술에도 일가견이 있나 보네."

정보상에, 마검사에, 연금술까지.

'정체가 뭐야, 대체.'

이시도르가 찻잔에 설탕을 두 스푼 넣으며 입을 열었다.

"비스콘티 공작가를 섬기는 가문 중에 연금술에 조예가 깊은 곳이 있습니다. 비스콘티에서는 아주 오래전부터 연금술에 투자해 왔고요."

연금술은 금속을 금으로 만드는 것에 궁극적인 목적을 두고 있다. 혹시 '황금의 비스콘티'에는 그런 의미도 포함된 것 아닐까, 하는 생각이 문득 지나갔다.

"기왕 하는 김에 하늘색 설탕도 만들어 드릴까요?"

"응."

내가 냉큼 고개를 끄덕이자 이시도르가 볼우물을 옅게 패며 웃었다.

"근데 경은 오늘따라 기분이 좋아 보이는군."

"오늘 좋은 일이 있다기보단, 공녀님을 만나서 기분이 좋아진 겁니다."

바로 직설적인 대답이 날아와서 나는 입에 머금은 차를 뿜을 뻔했다. 그가 예고도 없이 직설적인 의사 표현을 할 때마다 심장이 덜컹, 내려앉는다.

'이시도르가 아공간에 언어 필터링을 두고 나왔다는 걸 깜빡했다.'

벌렁대는 속을 몰래 쓸어내리는 내게 그가 마들렌을 밀어 주었다.

"아, 그리고 공녀님께서 일에 열중할 때 특히 멋있다고 생각해요."

"마스터. 팔찌를 다시 거는 건 어때? 아무래도 공과 사는 잘 구분하는 게……."

내 말에 이시도르가 고개를 기울였다.

"말은 안 하면 그만이지만 표정은 제 뜻대로 되는 게 아니라서요. 그럴 바에야 차라리 더 잘생긴 쪽을 보는 게 낫지 않나요?"

틀린 말은 아니지만 자기 입으로 표정 하나 안 바꾸고 저런 소리를 하니 내심 어이없었다. 생각해 보니 이시도르는 스스로를 팔방미인에 꽉 찬 육각형이라고 당당히 소개하는 말도 안 되는 뻔뻔함을 가지고 있었다.

'그런데 반박하기가 묘하게 힘들다는 게 열 받아.'

그가 뜨악할 정도로 유능한 인물인 건 사실이긴 한데, 그게 중요한 게 아니다. 문제는 따로 있었다. 나는 그에게 본인을 조사해 달라고 의뢰한 셈이었으니까.

'아악!'

내 딴엔 큰마음 먹고 벌인 뒷조사인데 알고 보니 둘이 같은 사람이었다니.

그간 그의 정체에만 집중했는데 뒤늦게 내가 마스터를 앞에 두고 해 왔던 삽질이 떠오르기 시작했다.

"공녀님. 갑자기 귀가 더 빨개졌습니다."

"야, 이 사기꾼아!"

울컥, 수치심이 올라와서 나는 그의 정강이를 걷어찼고 제대로 맞은 듯 이시도르가 컥, 하고 신음을 내뱉었다.

"화났어요?"

그가 당황한 얼굴로 물었다. 나는 사나운 눈초리로 그를 바라보다가 벌떡 일어났다.

"화나게 해서 죄송해요. 이렇게 갑자기 돌아가지 마시고 일단 앉아서 이야기해요."

나는 그를 뾰족한 눈으로 바라보며 음산하게 중얼거렸다.

"……난 마스터를 믿고 조사를 맡겼는데, 이시도르 경에 대한 조사 자료만 유난히 편파적인 게 다 이유가 있었어. 아주 깜빡 속았네."

자기 소개서니 사심이 듬뿍 들어 있을 수밖에.

"그때는…… 절 경계하는 공녀님께 잘 보이고 싶어서 자료를 여러 번 수정하긴 했어요. 그래도 객관적으로 쓰려고 했는데, 사심이 들어갔나 봐요."

이시도르가 에메랄드 같은 눈동자를 적신 채 나를 처연하게 바라보았다.

'일부러 저런 아련한 표정을 짓는 긴 아니겠지?'

뻔한 미인계가 먹히리라 생각하다니. 그는 나에 대해 너무 잘 알고 있었다. 하지만 바로 넘어가면 호구처럼 보일 것 같아서 나는 애써 고개를 휙 돌렸다.

"여하튼, 같이 오페라를 보러 가기로 한 건 다시 깊게 고민을 해 봐야겠어. 괘씸죄 추가야."

강아지처럼 주변을 맴돌면서 집까지 바래다준다고 하는 이시도르를 뒤로하고, 나는 아르망에서 나와서 타운 하우스로 돌아왔다.

'경매장에서 구한 현자의 도덕책도 다 계산해서 내게 건넨 거였어.'

뒤늦게 다시 보이는 사실이 있었다.

'내가 초반에 이시도르에게 엄청 벽을 치긴 했구나.'

그때는 지금보다 더 심한 쫄보 시절이고, 이시도르는 소설 속 캐릭터가 아니라 경계할 수밖에 없었다. 결과적으로는 도움을 받았지만. 그 과정에서 적립한 흑역사가 자꾸 떠올라서 나는 베개를 팡팡 두들겼다.

"정말 구름같이 생겼네요."

"이 가게가 신메뉴를 자주 출시하죠."

'구름은 원래 달콤하다'라는 문구와 함께 아르망에서 새로운 디저트 메뉴를 홍보하고 있었다.

뭉게구름을 떼어다 놓은 듯한 크고 하얀 솜사탕이 광장을 지나는 사람들의 시선을 끌어모았다.

흰 솜사탕 사이 중간중간 끼어 있는 분홍색 솜사탕은 여신의 머리색을 떠올리게 만들어서 더욱 관심을 끌었다. 마도구가 빙글빙글 돌면서 하얀 솜털 같은 실을 내뿜는 광경 또한 이색적이었기 때문에 그 주변을 좀처럼 떠나지 못하는 아이들도 많았다.

"어린아이들에게 특히 아낌없이 선행을 베푼 여신님처럼, 저희도 행사 기간 아이들에게 솜사탕을 선물할 예정입니다."

1호점의 우수 사원이었고, 이제 2호점의 매니저가 된 직원이 적극적으로 솜사탕을 나눠 주고 다니며 이벤트를 홍보했다.

아이들은 공짜로 받은 솜사탕을 들고 다니면서 호기심을 불러일으켰고, 사람들은 입소문을 따라 아르망으로 모여들었다. 모양도 눈에 띄는데 입에서 곧바로 녹아 버리는 독특한 식감이라서 마감 시간이 다가와도 손님이 끊일 줄을 몰랐다.

"사람이 너무 많은데요."

"이러다 날 새겠어요."

"동문에서도 똑같은 메뉴를 팔아요. 거기에 1호점이 있거든요."

신메뉴가 잘나가자 최근 서문과 비교하면 상대적으로 유동 인구가 적은 동문까지 홍보가 되었다.

'겨우 이틀째인데 반응이 빠르네.'

솜사탕이 새로 개업한 가게의 이벤트 메뉴로 확실히 좋은 선택이었던 것 같다. 나는 맞은편 건물 2층에서 바깥 상황을 구경하다가 타운하우스로 돌아왔다.

이제 내 방, 업무용 테이블에는 머핀까지 자리를 잡고 있었다. 이시도르는 내가 아직도 화가 나 있다고 생각했는지 머핀을 통해 세 번이

나 꽃과 함께 편지를 보냈다.

편지 내용은 깜지처럼 빼곡하고 구구절절했지만 요약하면 별거 없었다. 앞으로 충성하겠다는 다짐과 신뢰를 쌓기 위해 노력하겠다는 내용.

"머핀아. 네가 주인 잘못 만나서 고생이 많다."

나는 쿠키를 쪼아 먹는 머핀의 작은 머리를 가볍게 쓰다듬다가, 테이블 위에 놓여 있는 다른 편지를 집어 들었다. 황실 사법부에서 온 편지였다.

이번 달 특허 수입과 관련한 내용이었는데 나는 순간 눈을 의심했다.

'어?'

평소보다 0이 하나 더 붙어 있었다.

"또 주문이 들어왔다고?"

데보라가 은광 투자로 손해 본 금액을 메꿔 주겠다고 했을 때 분명 허풍을 떤다고 생각했는데.

'이 상황은 대체 뭐지?'

벨렉은 최근 돈방석에 앉기 일보 직전이었다. 아버지께 잘 보이려고 만든 마사지기가 너무 잘 팔렸기 때문이었다.

시모어 공작이 자식들의 효심을 자랑하기 위해 안마기를 여기저기서 거론하고 다녔던 게 사건의 시발점이었다. 의기양양한 시모어 공작을 보며 몹시 배가 아팠던 가주들은 자식들에게 너흰 뭐 하냐고 몹시 불편한 티를 내고 다녔다.

덕분에 안마기는 어느새 고위 귀족들 사이에서 효도 아이템으로 자리 잡게 되었다. 부모의 비교와 잔소리를 피하기 위해 고위 귀족 자제들이 끊임없이 안마기를 주문했다.

벨렉은 예전 같았으면 전쟁 영웅이 된 쌍둥이 형을 보며 열등감을 느꼈을 테지만, 요즘은 그런 데다 감정 소모를 할 시간이 없었다.

'그런데 안마기는 그렇다 치고, 이 군용 무기는 왜 다섯 개나 팔린 거지?'

잠시 의아해하던 벨렉은 빠르게 의문을 지웠다. 당장 밀려들어 오는 수요를 맞추느라 사소한 일에 신경 쓸 겨를이 없었으니까.

창가에 턱을 괸 채 흰 구름이 떠다니는 하늘을 멍하니 바라보던 이시도르는 머핀을 보고 자리에서 일어났다.

[오페라, 몇 시인데?]

그는 새가 이틀 만에 들고 온 편지를 보자마자 환호를 삼키며 가볍게 주먹을 쥐었다.

'이제야 진짜 데이트다운 데이트를 할 수 있는 건가.'

마음이 구름처럼 붕 떠오르는 건 어쩔 수 없었다. 뒤늦게 사춘기가 온 것 같았다.

'역시 다정하다니까.'

그녀가 가진 다정함과 세심함을 자신만 알고 있다는 것도 좋았다. 이시도르는 데보라 공녀의 부드러운 빛이 담긴 붉은 눈동자를 떠올리며 외출 준비를 했다.

“이시도르 경.”

오늘도 유감없이 뛰어난 패션 감각을 뽐내며 오페라 극장에 도착한 그는 잠시 걸음을 멈추었다. 데보라 공녀의 손을 꼭 잡고 서 있는 고양이처럼 귀여운 아이 때문이었다.

“그게…… 내 동생도 오늘 오페라를 보고 싶다고 해서. 마침 주말이고.”

“…….”

‘왜 아이가 날 노려보는 것 같지?’

“지난번에 소개해 주기로 했지? 엔리크야.”

이시도르는 아이와 잠시 시선을 마주하다가 무릎을 구부려서 인사했다.

“난 이시도르 비스콘티라고 해요.”

“엔리크 시모어입니다.”

선을 긋듯이 무뚝뚝하게 인사한 엔리크가 경계심이 가득한 눈초리로 공녀의 손을 더 강하게 부여잡았다.

“만나서 반가워요. 엔리크 공자.”

금가루를 잔뜩 뿌린 것 같은 남자를 보며 엔리크는 대꾸 없이 입술을 병아리처럼 뾰족하게 내밀었다.

“…….”

마음의 준비도 안 됐는데, 연속해서 그녀의 가족들을 만나게 된 이시도르는 난감한 기분에 바짝바짝 마르는 입술을 축였다.

"엔리크가 많이 긴장했나 보네."

콩깍지가 낀 데보라는 엔리크의 쌀쌀맞은 태도를 제 기준에서 해석하고는 머리칼을 쓰다듬어 주었다. 언제 이시도르를 앙칼지게 노려봤느냐는 듯, 엔리크가 순진무구한 강아지 같은 표정으로 데보라를 올려다보았다.

"누나의 지인은 처음 봐요. 그리고 저는 처음 보는 사람이 낯설고 어색해요……."

"그렇구나."

정 없게 지인으로 강등된 이시도르는 공녀가 상냥한 얼굴로 맞장구치는 모습을 보며 착잡함을 느낄 수밖에 없었다.

"착한…… 아니, 잘생긴 형이니까 너무 어려워할 필요 없어. 엔리크."

데보라가 부드럽게 웃으면서 아이가 쥔 손을 가볍게 흔들었다.

'이 와중에 또 예쁘네.'

이시도르는 그녀의 다감한 표정에 잠시 시선을 빼앗겼다가, 아이의 따가운 눈총에 흠칫 손끝을 떨었다.

'역시 날 싫어하는 거 맞지?'

"누나랑 처음 오페라 구경 와서 설레요."

엔리크가 뾰족했던 눈을 둥글게 뜨며 말했다.

"정말? 나도 그런데."

데보라가 승천하려는 광대를 간신히 부여잡은 채 동의를 구하듯이 이시도르를 바라보았다.

"이시도르 경. 내 동생 정말 똑똑하고 기특하지?"

"네. 정말 귀여운 동생이네요."

엘리크는 회색 아기 고양이를 연상시킬 만큼 깜찍하긴 했다. 눈매가 공녀랑 닮은 구석이 있어서 더욱 귀엽게 보였다.

그때, 아이가 돌연 분한 얼굴로 말했다.

"저 안 귀여워요. 더 클 거예요."

"그…… 맞아. 엔리크는 아주 멋있지."

데보라 공녀가 황급히 덧붙였다.

'하필이면 귀엽다는 말을 제일 듣기 싫어하나 보네.'

잘못 짚었는지 아이의 표정이 아까보다 더욱 불퉁해져서 이시도르는 또다시 암담해졌다.

"……."

얼마 후 극장 안에서 엔리크가 데보라와 이시도르 사이에 있는 좌석에 자연스럽게 자리를 잡았다.

'이런 상황은 예상 못 했는데.'

적어도 데보라 공녀의 옆자리에는 앉게 될 줄 알았다. 귀여운 아이가 가운데 앉아 있을 뿐인데 자신과 공녀 사이에 거대한 벽이 가로놓인 것 같은 착각이 들었다.

아직 정식으로 사귀는 사이도 아닌데 시모어 직계들에게 미운털부터 잔뜩 박히다니. 일례로 그가 시모어 공작에게 보낸 금가루보다 비싼 차는 고스란히 반송되고 있었다. 너나 실컷 먹으라는 듯이.

'뭔가 잘못되어 가고 있어.'

이시도르는 어색하게 정면에 시선을 고정한 채로 생각했다.

"누나. 오페라 진짜 재미있었어요. 그리고 오르간 연주도 너무 좋았어요."

엔리크는 데보라의 손을 꼭 잡으며 눈을 반짝였다. 비록 물리쳐야 할 악당이 옆에 있지만, 누나와 함께 밖에 나오자 들뜨고 신이 나는 건 어쩔 수 없었다.

"앞으로 또 와요, 누나!"

"그래. 자주 보러 오자."

데보라 공녀가 눈을 휘며 다정하게 웃는다.

'저렇게 쉽게 다음 약속을 기약하다니. 그것도 자주…….'

이시도르는 이젠 공녀의 동생에게 부러움마저 느끼고 있었다.

들뜬 엔리크가 데보라에게 오페라 내용에 관해 재잘재잘 이야기하다가 극장 앞에 있는 기념품 가게에 들르자고 말했다. 데보라가 오페라의 원작 소설이 꽂혀 있는 책장을 구경하는 사이, 이시도르는 장난감 판매대 쪽으로 걸어갔다.

'아이니까 장난감을 좋아하겠지?'

그가 안일하게 이곳에서 가장 세련된 마차 모양 장난감을 골라서 엔리크에게 다가갔다.

"엔리크 공자. 반가워서 주는 선물이에요. 앞으로 또 봐요."

이시도르가 최대한 다정한 미소를 지어 보이며 선물을 건넸지만 엔리크가 도도하게 거절했다.

"아버지께서 잘 모르는 사람이 주는 선물은 위험한 거니까 받지 말라고 했어요."

이딴 얄팍한 개수작은 절대 안 통한다는 단호한 눈빛이었다.

'역시 어림도 없군.'

"그리고요, 아버지가 누나는 당분간 공부만 열심히 할 거라고 했어요."

이시도르는 이번 일의 배후에 시모어 공작이 있을지도 모른다는 생각이 어렴풋이 들었다.

"데보라 공녀는 일과 여가의 균형을 잘 잡기 때문에 그 부분은 걱정하지 않아도 될 거예요. 엔리크 공자."

"어, 어쨌든, 공자는 안 대요!"

이다음은 아버지가 알려 주지 않았는지 엔리크의 대사는 중구난방이 되었다.

두 사람이 한창 대화를 나누는데 책을 고른 데보라가 다가왔다. 둘은 오페라의 프리마돈나가 머리에 달고 있던 보라색 꽃 모양 핀으로 동시에 손을 뻗었다. 둘의 손이 나란히 겹쳐졌다가 황급히 떨어졌다.

'이게 제일 잘 어울려.'

순간, 통했다.

"누나!"

"데보라."

"어, 응?"

"이거."

둘이 똑같은 핀을 손에 들고 있어서 데보라는 당황했다.

그때 엔리크가 짧은 팔로 낑낑거리면서 데보라 공녀의 머리 위에 꽃핀을 매달아 주려고 제자리에서 콩콩 뛰었다.

"이거요!"

"역시 우리 귀요미 엔리크밖에 없어."

심장을 아프게 하는 지독한 귀여움에 감격한 그녀가 단 1초도 고민하지 않고 엔리크를 꼭 끌어안았다.

'물리쳤다!'

엔리크는 얼빠진 표정을 한 금가루(?) 공자를 향해 생선을 낚아챈 고양이처럼 의기양양하게 눈을 빛냈다.

"이시도르 경. 혹시 삐진…… 아니, 화난 건 아니지?"

오페라를 보고 난 다음 날, 나는 아카데미 프랫 하우스에서 이시도르를 만났다. 매일 아침 머핀을 통해 보내던 편지를 그가 오늘은 건너뛰었기 때문에 기분이 조금 상한 게 아닐까 내심 신경 쓰였다.

"설마요. 데이트라고 해서 하루 종일 기대하고 향수도 고심해서 뿌리고 나갔는데. 당신이 동생과 함께 나왔다는 사소한 이유로 삐질 리가 없잖아요."

'역시 마음에 담아 두고 있었군.'

나는 머쓱한 기분으로 입을 열었다.

"사실 내가 그간 무심해서, 동생이랑 한 번도 어딜 제대로 놀러 가 본 적이 없어. 그래서 도저히 거절을 못 하겠더라고. 경에게 귀엽고 똑똑한 동생을 소개하고 싶기도 했고."

"……."

"엔리크가 낯을 많이 가리는 성격이라서 둘이 친해지지는 못했지만."

이시도르가 어딘가 애매한 표정을 지어서 나는 고개를 기울였다.

"왜 그래?"

이내 고개를 내저은 그가 산책길에 놓여 있는 벤치 위에 손수건을 깔았다. 갑자기 차가운 바람이 불어서 손수건이 날아가려 했지만, 그는 마법으로 쉽게 손수건을 고정했다.

"여기 앉아요."

"아, 응."

그는 더플코트를 벗어 내 무릎 위에 얹어 주었다.

"사실은 전혀 안 삐졌어요. 내가 데보라 공녀 동생이라도 따라 나왔을 것 같아요. 따라 나오기만 했겠어요? 내가 속 새까맣고 꿍꿍이 많다는 걸 바로 눈치채고 물어뜯으려 했겠죠."

그가 눈가를 좁히면서 여우처럼 웃었다.

"나를 먼저 찾아올 것 같아서 일부러 아침에는 편지를 안 보낸 거예요. 오늘 이렇게, 바로 보고 싶었으니까."

그가 바람으로 헝클어진 내 머리칼을 가볍게 귀 뒤로 넘겨주었다.

"공녀는 은근히 다정하잖아요."

나는 얼떨떨한 기분으로 눈을 깜빡이다가, 가죽 장갑이 닿은 귀가 불에 덴 것처럼 화끈거려서 헛기침했다.

"벼, 별로 안 다정해."

"나한테는 차고 넘칠 정도로 다정하니까 괜찮아요. 다른 사람에게 무뚝뚝하고 냉정한 면이 사실 더 좋고요."

"……."

"엔리크 군은 귀여우니까 예외로 쳐 볼게요."

"그치? 엄청 귀엽지?"

"네. 위기감 느낄 정도로요. 앞으로 분발해야겠어요."

이시도르가 피식 웃다가 뭔가 할 말이 있는 듯 나를 빤히 바라보았다.

"왜?"

"아, 오늘 저녁에 시간……."

그의 말이 끝나기도 전에, 저 멀리에서 타박타박 다급한 발걸음 소리가 들렸다.

'누구지? 입실론 단원인가?'

이쪽 산책길은 회원들이 잘 안 다니는 외진 곳이라서 의아함과 동시에 당혹감이 밀려왔다. 분명 우리 둘이 몰래 데이트한다고 생각할 테니까.

'사실, 이미 대놓고 같이 다녔으니 소문이 나긴 했겠지. 몰래 데이트한 것도 맞고.'

여전히 이시도르를 협박한 것처럼 소문이 났으려나 추측하고 있는데, 내 앞에 나타난 사람은 〈입실론〉 단원이 아닌 이시도르의 가신이었다. 희미한 인상의 남자지만, 그동안 오다가다 본 적이 있어서 기억하고 있었다.

"미겔. 무슨 일이지?"

이시도르가 무뚝뚝한 음성으로 물었다.

"공자님. 일이 좀 생겼습니다."

가신이 나를 힐끗거린다. 왠지 비켜 줘야 할 것 같은 분위기라서 나는 자리에서 일어났다.

"나중에 연락할게요."

그의 말에 나는 고개를 끄덕이고 빠르게 걸음을 옮겼다. 가신의 표정에서 흘러나오던 심각한 분위기를 읽어서 그런가, 걱정이 무겁게 달라붙었다.

'별일 아니겠지.'

이시도르는 말도 안 되는 먼치킨이니 잘 처리할 것이다. 나는 초조한 기분으로 마차에 올라탔다.

이시도르는 워낙 유명인이었기에, 그에게 무슨 일이 생겼는지 알게 되는 건 그리 오래 걸리지 않았다.

9

물밑의 소리

“씁, 아파.”

이시도르를 잠깐 만나고 집으로 돌아온 나는 저녁 내내 딴생각에 잠겨 있다가 날카로운 종이 끝에 손을 베였다. 제법 깊게 베여서 손가락 끝에 붉은 피가 번졌다.

사실, 이시도르가 풍기던 심각한 분위기 때문에 계속 마음이 싱숭생숭했다. 손끝이 베인 아픔조차 잘 느껴지지 않을 정도였다. 매사 느긋한 그가 정색할 만한 일이라면 보통 사건은 아닐 테니까.

손수건으로 대충 지혈한 나는 심란한 기분으로 침대에 털썩 누웠다. 지금 같은 기분으론 뭘 해도 집중이 안 될 게 뻔했다.

‘별일 아니어야 할 텐데.’

나는 하얀 캐노피 천에 수놓아진 장미와 뱀을 아주 오랫동안 멍하니 쳐다보다가, 스르르 잠에 빠졌다.

또다시 사막이 나오는 이상한 꿈을 꿨다. 고대 아티팩트로 인한 마나 파동에 휩쓸린 뒤로 이상한 꿈이 반복되고 있었다. 쉼 없이 불어오는 모래바람 속에서 꿈속의 나는 걷고 또 걸었다.

그런데 반파된 대리석 건물을 본 순간 내가 모르는 정보가 머릿속에 흘러들어 왔다.

이 사막은 원래 마을이었다. 하지만 마물의 습격으로 인해 땅의 생명력이 빠르게 소진되어 사막이 되어 버렸고, 쇠락하는 지역이 늘어나고 있었다.

꿈속의 나는 우울한 기분으로 사막 한복판에 선 채, 작열하는 태양을 하염없이 올려다보다가 목이 타서 주변을 둘러보았다. 부서진 우물 안에는 모래만 가득 쌓여 있었다.

'괴롭다.'

신의 축복을 받은 영혼을 가졌으나 고작 며칠 동안 물 한 모금 마시지 못했다고 탈진하기 일보 직전이었다.

결국 꿈속의 나는 쓰러졌다. 간신히 숨을 이어가며 사막 위에 뻗어 있던 중 어떤 남자가 다가왔다.

"시체인 줄 알았네."

등진 해 때문에 역광이 져서 얼굴은 잘 보이지 않았지만, 그 와중에 남자의 허리춤에 매달려 있는 수통만은 잘 보였다.

"물……."

나는 가까스로 힘을 짜냈다.

"물? 어쩌라고."

"당장 목말라서 죽을 것 같은데, 제게 자비를 베푸실 생각은 없으신가요?"

"죽어가는 사람이 한둘이어야 말이지."

"신성력을 쓸 줄 알아요. 지금은 꼴이 말이 아니지만, 세간에서는 저 같은 사람을 성녀라고 부르기도 하는데……."

꿈속의 나는 절박한 기분으로 자기 PR을 했다. 물이 너무도 간절했기 때문이다.

"스스로를 성녀라고 주장하는 사람도 한둘이 아닌 거 알지? 레퍼토리가 진부하군."

그가 시시해진 듯 자리를 뜨려고 해서 나는 엉금엉금 기어가 그를 부여잡았다.

"내 몸에 손대지 마라. 감히, 지저분한 손을……."

질색을 한 그가 내 손을 벌레 털어내듯 거칠게 떼어냈다. 그는 남이 손대는 걸 싫어하는 듯했다.

"분명 사막을 건널 때 제 힘이 필요할 거예요."

"신성력? 날 설득하고 싶으면 차라리 창의력을 좀 더 발휘해 보지 그래. 나는 그간 단 한 번도 다쳐 본 적 없거든."

"뭐든 장담하지 마세요. 이 지역에서 나타나는 마물은 독이 있으니까요."

내 말이 떨어지기 무섭게 땅이 잘게 흔들렸다.

"오크도 제 말 하면 온다더니."

땅 위로 솟구친 지네 형상의 마물로 인해 사방엔 퍼석한 모래바람이 몰아쳤고, 모래알이 귀와 입속으로 들어갔다. 꿈인데도 갈라진 혀에 들러붙는 모래알을 뱉는 감각이 너무 선명했다. 목을 조르는 것 같은, 지독한 갈증도.

이윽고 태양보다 더 강렬한 황금빛 검기가 지나가면서, 마물의 새카만 점액이 내 얼굴로 튀었다.

"헉!"

번쩍, 잠에서 깨어난 나는 목까지 차오른 숨을 깊게 몰아쉬었다.

'요즘 꿈자리가 대체 왜 이렇게 사납냐?'

굉장히 몰입해서 어떤 꿈을 꾼 것 같은데 정작 기억나는 것은 별로 없다.

하지만 악몽 속에서 허우적거리며 느낀 감정은 잔여물처럼 남아 있었다. 희망 없이 아득하고 한편으로는 절망스러운.

'마나 파동에 휩쓸린 이후로 비슷한 느낌의 악몽이 반복되고 있어.'

그리고 그 이유를 알 수 없어서 답답했다.

나는 호흡을 고르며 협탁 위에 놓여 있는 물 잔으로 손을 뻗었다. 오늘도 목덜미에 땀이 가득 맺혀 있었고 갈증이 심했다. 얼마 잔 것 같지도 않은데 이미 날이 밝아 있었다.

눅눅한 몸을 움직여 침대에서 일어난 나는 세수를 하기 위해 대충 손에 동여맸던 손수건을 풀었다.

'뭐지? 상처가…….'

종이에 제법 깊게 베였다고 생각했는데, 상처가 아물어 있었다.

"계시를 받았다."

여자의 낭랑한 음성이 동굴을 울렸다.

흑마법에 심취한 사도들은 제단 앞에 선 가면을 쓰고 있는 주인 앞에서 끊임없이 절을 했다.

"계시라니! 이 얼마만의 일입니까."

악마의 계시는 흑마법사들에게는 신탁이나 다름없었다. 프랑소아 후작은 감격의 눈물을 흘리기까지 했다. 여자와 계약한 악마는 강한 만큼 커다란 제약에 묶여 있었기에, 직접 계시를 내렸다는 건 그만큼 막중한 일이라는 뜻이었다.

"다들 조용히 해."

여자는 슬쩍 미간을 찌푸리며 말을 이었다.

"결코 좋은 소식이 아니다."

"어떤 계시를 받으셨기에 그런 말씀을 하십니까?"

"루시페르 님께서 진짜 성녀의 힘이 약하게나마 느껴진다고 하셨다."

"서, 성녀?"

동굴은 쥐죽은 듯 조용해졌다. 그들의 계획과 상충되는 일이 벌어졌기 때문이다.

'설마 했는데 진짜 성녀가 나타나다니.'

흑마법사들의 주인이자 제국의 4황비, 자밀라 바스카르의 눈가가 어두워졌다. 루시페르 님의 계시대로 진짜 성녀가 나타났다면 계획에 큰 차질이 생긴 셈이다.

<가짜 성녀 프로젝트>

네르만 왕국 출신인 4황비가 자신의 아들인 3황자에게 정통성을 부여하기 위해 오래전부터 기획하던 것이었다.

타국의 피가 섞인 데다가 황가의 상징인 푸른색 머리칼이 발현하지 않은 3황자는 황태자인 베호닉 히스테치에 비해 한참 정통성이 떨어졌다.

'3황자를 황태자로 세운다면 귀족들의 반발이 불 보듯 훤하지. 백성들도 마찬가지고.'

반쪽짜리인 제 아들을 제위에 올리고 콧대 높은 아스테이아 놈들을 발밑에 두기 위해서는 극적인 시나리오가 필요했는데, 극 안에서 중요한 역할을 해 줄 인물이 바로 성녀였다.

고대부터 내려오는 신탁을 받아 적은 비석에는 그런 내용이 있었다.

[깊은 어둠이 드리워도 두려워 말라. 신이 보낸 성녀가 나타날지니.
성녀가 택한 자, 영웅으로 대대손손 그 영광을 누린다.]

실제로 제국 사람들은 초대 황제, 도미니크 히스테치를 나일라 성녀가 선택한 영웅이라고 생각했다. 성녀의 선택은 황가의 상징인 파란 머리카락보다 더 강한 상징적 의미를 가지고 있었다.

'성녀가 내 아들을 황제로 선택하면 백성은 물론, 제국의 귀족들에

게도 인정받을 수 있어.'

아니, 인정할 수밖에 없게 만들 것이다. 결국엔 명분 싸움이었다.

'어둠은 내가 만들어 낼게, 아들아.'

그녀는 붉은 입술에 호를 그렸다.

'너는 선택받은 자의 영광을 누리렴.'

자신만을 가득 담은 아들의 검은 눈동자와 마주한 순간, 자밀라는 저 작은 손에 세상의 모든 좋은 것을 전부 쥐여 주겠노라고 다짐했다.

충분히 가능하다고 생각했다. 자밀라에게는 욕망을 현실로 만들 수 있는 흑마법이라는 강한 힘이 있었고, 금술을 따르는 추종 세력도 있었다.

본래 자밀라는 몰락 귀족이라 다루기 쉽고, 안목 높은 귀족들마저 감탄할 만큼 아름다운 미야 비노슈를 성녀로 만들 예정이었다.

하지만 미야를 제국의 성녀로 만들어 아들인 3황자를 선택하게 만들겠다는 계획은 어느 순간부터 차질을 겪고 있었다. 미야가 온갖 물적, 인적 지원을 받고도 사교계에서 활약을 전혀 못 한 탓이다.

결국 귀족들이 그녀를 성녀로 인식하는 것이 중요한데, 미야는 천것들에게만 조금 인정받았을 뿐이다.

'성혈을 그렇게 사용했는데!'

그들이 성혈이라고 말하는 것은 수천, 수만 명의 인신 공양을 통해 추출해 낸 생명력이었다.

악마의 힘을 근본으로 하는 금술, 즉 흑마법을 통해 고위 신관을 속일 정도의 순도 높은 생명력을 만들어 낸 것이 일견 모순적으로 들릴지 모르지만, 그것은 자밀라가 루시페르의 계약자이기 때문에 가능한 일이었다.

"신성력과 흑마법의 근본은 같다."

천국의 문을 지키는 천사장에서 지옥의 네 번째 악마가 된 루시페르가 말했다. 마법과 오러가 마나라는 방대한 에너지를 근본으로 하듯, 신성력과 흑마법은 결국 같은 동전의 앞뒷면일 뿐이라고.

"계약자여. 내 힘은 지고한 하늘에 있을 때나, 세상의 가장 밑바닥인 지옥에 있을 때나 늘 결이 같았다."

자연계의 모든 변화는 반드시 무질서가 증대되는 방향으로 일어난다. 하지만 신성력과 흑마법은 그 반대이다.

신은 믿음에 대한 대가로 자연법칙을 역행해 인간의 망가진 뼈와 살을 복원해 준다. 악마는 영혼을 바치는 대가로 자연법칙을 역행해 인간의 욕망을 채워 준다. 이를테면 영생에 가까운 수명, 불치병을 견디는 몸, 늙지 않는 육신 같은 헛된 욕망을…….

두 힘을 모두 다뤄 봤던 루시페르의 계약자인 자밀라는, 그의 지혜를 이용해 동전 앞뒤를 바꾸듯이 금술을 신성력처럼 교묘하게 뒤바꿀 수 있었다. 흑마법을 가장 탄압하는 황실 한복판에서 그녀가 여태껏 들키지 않을 수 있었던 비결이었다.

하지만 진짜 성녀가 나타난다면 그간의 모든 노력이 수포가 된다.

"진짜 성녀를 찾아내서, 두각을 드러내기 전에 죽여야 해."

미야는 제 손안에서 움직이는 꼭두각시지만, 진짜 성녀는 변수가 너무 많았다.

"분부 받들겠습니다."

벌레를 다루는 괴인이 바닥에 이마를 박으며 대답했다.

'그래도 진짜 성녀가 나타났다는 것은 우리 쪽만 알고 있으니, 몇 발 앞서 나간 것이다.'

자밀라가 그리 생각하며 눈가를 좁혔다.

"일단…… 요 근래 태어난 아기 중, 강한 신성력이 있는 여자 아기가 있는지 한번 알아봐."

성녀 찾기가 시작되었다.

나는 아연한 기분으로 아물어 있는 손가락 끝을 응시했다.

'생각보다 깊게 안 베였나 보네.'

하긴 칼에 베인 것도 아니고, 종이에 스친 거니까.

대충 납득해 버린 나는 금세 이 일을 잊어버렸다. 그보다는 이시도르 쪽이 신경 쓰였다. 창문턱이 닳도록 오가던 머핀이 기별이 없었다. 그의 갑작스러운 부재에 마음 한구석이 허전하고 한편으로는 걱정되기도 했다.

'마거릿에게 비스콘티 가문 쪽 동태를 좀 조사해 달라고 할까.'

그렇게 생각하고 있을 때, 의외의 장소에서 그의 소식을 접할 수 있었다.

나는 어수선한 아카데미를 둘러보다가 마거릿에게 물어보았다.

"왜 이렇게 오늘따라 아카데미가 소란스럽지?"

마거릿은 금세 소문을 물고 왔다.

"알아보니, 이시도르 공자님께 비스콘티 공작 작위가 계승되었다는 소문이 돌고 있습니다."

'이시도르가 공작이 되었다는 뜻이잖아?'

전혀 예상치 못한 소식이었다. 그리고 이 충격적인 소문의 발단은 황실 사용인들로 추정되었다. 최근 황실과 비스콘티 가문이 주고받은 서신 하단의 서명으로 황실에서 비스콘티의 주인이 바뀌었다는 것을 인지한 모양이었다.

한번 점화된 소문은 들불 퍼지듯 빠르게 번져 나갔다.

'대체 비스콘티 공작에게 무슨 일이 생겼길래…….'

전 비스콘티 공작이 일신상의 이유로 업무를 볼 수 없게 된 건지, 혹은 자의로 가주 자리를 물려준 건지는 아직 정확하게 밝혀지지 않았다. 비스콘티는 그만큼 다른 귀족 가문에 비해 비밀이 많은 곳이라서 오만 가지 추측만이 난무하고 있었다.

'지난번 이시도르의 분위기로 봐서는 예상한 일이 아니라 갑자기 일어난 일인 것 같았는데.'

이시도르는…… 괜찮을까.

소문을 듣고 나서부터 그가 계속 신경 쓰이고 걱정이 되었다.

'핸드폰이 있었으면 바로 연락했을 텐데.'

하필 비스콘티의 영지가 위치한 남부는 수도와 상당히 멀리 떨어져 있었다.

'남부로 서신을 보내면 너무 늦게 도착하겠지?'

갑작스레 작위를 계승한 상황이라 정신없을 테니 제대로 편지를 확인할 경황도 없을 테고.

'어쩌지.'

나는 한숨을 삼키면서 깃펜을 만지작거렸다.

비스콘티 가문이 다스리는 남부 영지 해안 지역.

천혜의 요새라고 불리는 알레아 해협 앞에는 영지의 주인인 비스콘티 공작이 머무르는 로디움성이 바다를 마주 본 채 서 있었다.

철썩—

파도가 성벽에 부딪혀 하얀 비말이 된다.

성 내부는 어느 때보다 고요하고 차분한 분위기에 휩싸여 있었다. 향락에 빠진 사람들로 인해 불야성을 이루던 지난주 밤과는 정반대 모습이었다.

쾌락적이고 다분히 충동적인 인물인 비스콘티 공작은, 손님들 앞에서 허세를 부리며 독주를 과하게 마시다가 갑작스러운 심장 발작으로 쓰러졌다. 한동안 혼수상태에 빠져 있던 그는 결국 오늘 새벽, 사망했다.

갑작스러운 사건이었지만, 비스콘티 가문의 가신들은 덤덤하게 젊고 유능한 공작을 주인으로 맞이할 준비를 했다. 그들에겐 이전 가주에 대한 충성심은 쥐꼬리만큼도 존재하지 않았다.

비스콘티가 유난히 비밀스러운 가문처럼 여겨지게 된 건, 그간 비스콘티 공작의 행실을 내부에서 필사적으로 은닉해 왔기 때문이다.

비스콘티 공작은 집 안에 무뢰배들과 광대들을 끌어들여 입에 담기 힘든 희한한 파티를 벌였고, 집무실에 앉아 있는 것이 좀이 쑤신다며 사유지로 나가 노예들을 사냥하면서 시간을 보냈다.

어느 순간부터 집안 가신들은 정신 나간 공작보다 뛰어난 수완과 재능을 가진 젊은 후계자를 더 의지하고 따르게 되었다. 비스콘티 가문에서 이시도르를 인정하지 않는 유일한 사람은, 가주였던 알베르트 비스콘티뿐이었다.

'사실, 인정하지 않았다기보다 뛰어난 아들에게 열등감을 느끼는 못난 아버지였지.'

나이가 지긋한 비스콘티의 가신, 리베라 백작은 전 공작의 시신에서 냉정한 시선을 거두고 새로운 공작인 이시도르에게 다가갔다.

영지에 내려온 이후 끼니를 제대로 챙기지 않아서 이시도르의 턱선은 더욱 날카롭게 두드러져 있었다. 감정이 소거된 듯한 새하얀 얼굴과 마주할 때마다 손발이 차가워질 정도로 섬뜩했다.

"비스콘티 공작님."

"그 호칭, 귀에 잘 안 붙네. 꼭 아버지를 부르는 것 같아서 말이야."

이시도르가 냉소적으로 말했다.

"가문의 모든 가신은 이미 공작님을 예전부터 마음으로 따르고 있었습니다."

"……."

"황금 관이 도착했습니다. 신관을 불러서 장례식을 준비하겠습니다."

"조금만 기다려."

여상한 목소리로 말한 이시도르가 깊게 잠든 것처럼 미동도 않는 아버지를 질릴 때까지 바라보았다. 사인은 폭음으로 인한 심장마비.

최후마저 진부하고 시시한 인간이었다.

결국, 늘 평행신을 그리던 부친과 만날 날은 존재하지 않았다. 기실 근본부터 다른 존재였던 아버지를 이해하는 건 불가능하긴 했다.

'뭐, 만나고 싶었던 적도 없지만.'

다만 부친이 죽었는데 이토록 감흥이 없다는 사실에는 옅은 실소가 나왔다.

'이제야 확실히 알겠군.'

자신은 눈앞의 한심한 인간을 심지어 증오하지도 않았다. 한때 미움인 줄 알았던 감정은 경멸과 혐오일 뿐이었다. 팔을 기어가는 새카만 지네를 봤을 때 느끼는 감정과 별반 다를 바가 없는.

어린 시절에 부친을 보며 느꼈던 감정마저 기억이 훼손되며 모두 희석되어 버린 것이다.

분명히 그동안은 만사가 귀찮고, 지겹고, 따분했는데…….

'왜 갑자기…… 더 보고 싶지.'

성으로 찾아온 신관이 기도를 하는 내내, 그는 데보라의 붉은 눈동자를 생각했다. 처음 그녀를 대면했을 때 루비 같은 그녀의 눈은 정체 모를 무언가로 강렬하게 빛나고 있었다. 그런데 이제는 그냥…… 이유 없이, 시도 때도 없이 빛나 보였다. 그때는 자신이 이런 기분을 느끼게 될 줄 전혀 몰랐다.

'얼굴 보고 싶어.'

공자가 아닌 공작 신분으로 장례식을 진행하며 이시도르는 자신이 남부 영지에 남아 있어야 하는 시간을 헤아렸다. 남부식 장례 절차를 마무리하고 정식으로 작위 계승식까지 치르면 시간이 더 많이 소요된다.

이시도르는 상황을 마무리하는 데 시간이 좀 걸릴 것 같다고 데보라에게 편지를 썼다. 그리고 보고 싶다고 쓸 때는 무심코 잉크를 한 번 더 깃펜에 적셨다. 아마 그녀가 자신의 그리움을 선명하게 느껴줬으면 하는 마음 때문이었던 것 같다.

"공작님, 편지가 도착했습니다."

그가 막 봉투를 밀봉했을 때, 타이밍 좋게도 데보라가 보낸 서신이 도착했다. 시간상 며칠 전에 보낸 편지일 텐데도, 바로 답장을 받은 기분이 들었다.

그는 틈만 나면 공녀의 편지를 읽고 또 읽었다.

[경황이 없겠지만 밥은 꼭 잘 챙겨 먹어야 해. 끼니 거르면 안 돼.]

이시도르는 뒤늦게 식사를 했다. 갑자기 허기가 졌다. 자신이 썰어 준 고기를 맛있게 먹던 그녀의 모습도 떠올랐다.

[아버지 일로 크게 상심했을 테지만 건강 잘 챙겨.]

하지만 그녀의 마지막 문장에는 오류가 있었다. 상심은커녕 부친이 예상보다 일찍 죽었다는 게 유감스러울 뿐이었다. 귀찮은 가주 자리를 빠르게 떠맡게 되었으니까.

'아버지라는 작자는 끝까지 도움이 안 되는군.'

하얀 천으로 둘러싸인 관이 땅속으로 들어갔다. 신관들이 고인을 위한 기도를 올린 뒤에 장례식은 마무리되었다. 가문 내부 실권은 모두 이시도르가 장악하고 있었기 때문에 일련의 과정이 물 흐르듯이 진행되었다.

“드디어…….”

드레인 백작이 눈가를 적시며 감격했다.

“비스콘티에 진정한 광휘의 빛이 드리우는군요.”

초대 가주의 초상화와 판박이처럼 닮은 새로운 비스콘티 공작을 보며 가신들은 강한 경외심과 벅차오르는 희열을 느꼈다. 이내 이시도르가 금장을 한 검은 예복을 입고 모든 가신과 방계가 모여 있는 자리 중앙에 앉았다.

“거두절미하고, 앞으로 잘해 봅시다.”

내내 무표정이었던 그가 매력적으로 설핏 웃으며 하는 말에 우레와 같은 박수가 쏟아졌다.

이윽고 비스콘티 공작 위의 계승을 기념하는 연회가 시작되었다.

나는 이시도르가 보낸 편지를 빠르게 훑었다. 이동 게이트를 이용해 보냈는지 이 편지를 쓴 지 얼마 되지 않아 보였다.

‘하긴 이시도르는 이동 마법에 조예가 깊었지.’

나는 긴장한 기분을 애써 억누르며 첫 줄부터 꼼꼼히 그의 편지를 읽어 내려갔다.

[갑작스럽게 자리를 비워서 놀랐겠네요. 수도에서는 나에 대한 소문이 이미 돌고 있을 테고.]

그는 이쪽 상태를 제법 정확하게 파악하고 있었다.

[갑작스럽게 벌어진 변고라서 다시 수도로 돌아가려면 시간이 좀 더 걸릴 거예요.]

생각해 보면 그리 많은 나이도 아닌데, 이시도르는 아버지의 장례식을 치르고 가문까지 수습해야 한다. 그가 과한 짐을 떠안은 것 같아서 더욱 신경 쓰였다.

[보고 싶어서 돌겠네.]

속으로 그를 걱정하던 나는 편지 뒤쪽에 쓰여 있는 문장을 보고 예고 없이 확 달아오르는 얼굴을 문질렀다.

'뭐, 뭐야.'

유독 그 문장만 꾹꾹 눌러쓴 것처럼 선명하게 적혀 있어서 당황하는데 창을 두드리는 소리가 났다.

'뭐지?'

창밖에서 기웃거리는 하얀 새가 눈에 들어오자마자 나는 뛰듯이 다가갔다. 창문을 열자마자 그간 코빼기도 보이지 않았던 머핀이 날개를 팔랑거리면서 손바닥 위에 올라왔다.

'얘 주인은 수도에 없을 텐데 어떻게 온 거지?'

분명히 방금 받은 편지에는 당분간 못 올 거라고 쓰여 있었는데.

새가 삑삑 운다. 작은 발목을 감싼 건 금실이 아닌 손수건이었다. 그 안에 쓰여 있는 글과 글씨체를 보자마자 나는 다급하게 로브를 집어 들고 밖으로 뛰쳐나갔다.

'오늘따라 집은 왜 이렇게 넓어?'

저택이 리소트처럼 커서 좋았는데, 그를 만나기 위해 정원을 뛰는 내내 집 규모가 조금만 작았더라면 하는 생각마저 들었다.

'고작 집 앞에서 만나는 게 이렇게까지 어려울 일이냐고!'

경비원이 없는 저택 동문 쪽에 간신히 도착한 나는 그가 보낸 손수건을 꾹 쥔 채 주변을 뛰어다녔다.

'분명히 근처 숲에 있다고 했는데.'

그나저나 어떻게 이시도르는 시모어 사유지 안으로 들어온 거지?

'아, 이동 마법이 주특기였지.'

금세 납득한 나는 타운 하우스와 이어지는 숲 근방을 두리번거리다가 어깨에 닿는 손에 흠칫 놀라며 고개를 돌렸다.

'진짜, 왔어.'

조급한 기분으로 뛰어다녀서인지 그를 마주하자마자 심장이 더욱 가파르게 뛰었다.

"이시도르……!"

그의 이름을 부르자마자 이시도르가 눈을 휘며 작게 속삭였다.

"오랜만이에요, 데보라."

가볍게 응수한 그가 스크롤을 꺼냈다.

"아무래도 이 장소에서 길게 이야기하긴 힘들겠죠."

"……."

"나 혼자 가문을 상대하는 건 무리라서, 일단 잡아요. 조용히 이야기할 수 있는 곳으로 이동할게요."

사정을 설명한 그가 곧바로 스크롤을 찢었다.

마법으로 도착한 곳은 지난번 연극을 본 뒤, 산책하기 위해 잠시 들렀던 요네스 지구 언덕 위였다. 사방이 조용한 가운데, 내 입에서 흘러나오는 거친 숨소리만 유독 크게 들렸다. 집 주변을 하도 뛰어다녔더니 아직도 숨이 찼다.

"천천히 오지 그랬어요. 약속도 안 잡고 갑자기 찾아온 건데, 힘들게."

"……."

괜찮다고 말하려 했던 나는 순간 말문이 막혀서 가만히 이시도르를 바라보았다. 잠깐 사이에 살이 내려서 턱이 더욱 날렵해져 있었고, 눈가에 내려앉은 음영은 평소보다 짙었다. 심적으로 고생한 흔적이 보였다. 갑작스러운 등장에 따른 당혹감은 잠시였고 걱정스러운 기분이 밀려들었다.

"수도로 올라오기까지 시간이 더 걸릴 줄 알았는데. 혹시 무리한 건 아니지?"

"어차피 남은 행사는 연회밖에 없었어요. 지위가 지위다 보니 아랫사람들이 노는 자리에서 눈치 있게 최대한 빨리 빠진 거예요."

그는 농담처럼 말했지만, 공식적인 일정을 단축하는 게 얼마나 힘든지 알기 때문에 그 말을 곧이곧대로 받아들이기 힘들었다.

게다가 수도 내 단거리 이동과는 달리, 장거리 이동은 게이트를 여러 번 타야 해서 육체에 많은 피로가 누적되었다. 이시도르의 안색이 창백한 것도 무리하게 수도로 올라와서일지도 모른다.

"……몸은 괜찮아? 그동안 밥 잘 안 챙겨 먹은 것 같은데."

"얼굴 보자마자 숨통이 트이는 걸 보면, 의외로 그동안 별로 안 괜찮았나 싶기도 하고."

"……."

"살 것 같아."

그가 나직하게 혼잣말했다. 마치 내가 구명줄인 것처럼 매달리는 것 같기도 했다. 나는 무심코 손을 뻗어 그의 머리카락을 쓰다듬었고 그는 내 어깨에 스르륵 얼굴을 기대며 천천히 숨을 들이마셨다.

"아마, 아버지는 더 좋은 곳으로 가셨을 거야."

이런 상황에서 으레 하는 위로를 던지며 오르락내리락하는 너른 등을 도닥이는데 그가 불쑥 고개를 들어 올리고 입을 열었다.

"그 인간은 좋은 곳으로 가면 좀 곤란해요. 지은 죄가 너무 많거든요."

"아. 그, 그럴 수 있지. 부모 노릇을 안 하는 사람도 많고. 무조건 슬퍼해야 하는 것도 아니야."

내가 더듬거리며 빠르게 수긍하자 그가 피식 웃는다.

"아버지는 사람이라기보다 본능에만 충실한 금수 같았어요. 난 오래전부터 난봉꾼인 아버지와 사이가 별로 좋지 않았고요."

"……."

"아버지는 날 아들이라고 인정하는 것도 싫어했어요. 나도 그 남자의 피가 반이나 섞였다는 게 탐탁지 않았으니 그 부분은 서로 의견이 맞은 건가?"

"……."

"남 보기엔 대단한 명문 가문처럼 보이지만, 사실 콩가루 집안인 걸 감추려고 부단히 애를 먹었죠."

그의 목소리 안엔 칼날 같은 서늘함이 박혀 있었다.

"솔직히 말하면 슬프지도 괴롭지도 않아요. 지금 괜히 엄살 부리는 거예요. 당신이 날 걱정하고, 다정하게 감싸 주고 신경 써 주는 게 좋아서."

"……"

"이렇게, 날 보러 달려와 준 게 기쁘고……."

그가 위로해 달라는 듯이 이마를 어깨에 가볍게 비벼서, 반짝거리는 뒤통수로 손을 뻗었다. 손가락 사이사이로 부드러운 머리칼이 흩어졌다.

'엄살, 전혀 아니면서.'

엄살이라기엔 그가 날 몹시 필요로 하고 있다는 게 생생할 정도로 피부에 와닿았다.

이시도르는 약속 없이 충동적으로, 심지어 이렇게 늦은 밤에 사람을 불러내는 성격이 절대 아니다.

그런 그가 돌발 행동을 하고, 몸에 무리가 갈 정도로 일정을 앞당겨 내 앞에 나타났다는 건 그만큼 혼자서 이 상황을 온전히 감당하기 힘들다는 뜻일 것이다.

'본인은 별거 아니라고 생각하는 것 같지만.'

꼭 상실의 고통을 느끼며 괴로워해야만 힘든 것이 아니다. 부모의 죽음 앞에서 아무것도 느끼지 못하는 공허함도 아마, 그 못지않게 힘이 들 것이다.

이시도르는 아버지 이야기를 하는 내내 손등에 푸르스름한 핏대가 올라올 정도로 주먹을 움켜쥐고 있었다. 무언가를 꾹 눌러 삼키듯이.

'게다가 그런 난봉꾼 아버지 밑에서 컸다면 추억이 아닌 상처만 떠올랐겠지.'

말로 그럴듯하게 위로하는 재능은 없어서 나는 그에게 어깨를 빌려주었다.

이시도르는 내게 기댄 채 천천히 숨을 골랐다. 위아래로 오르락내리락하는 커다란 등을 도닥거리던 와중, 문득 그가 고개를 들어 올려 신비로운 빛이 감도는 눈동자로 나를 빤히 쳐다보았다.

살이 빠지고 눈가도 어둑해져서 그런지 그가 풍기는 특유의 분위기가 더 위험해졌다. 짙은 우수에 잠긴 것처럼 보이기도 했다.

"……왜?"

"내 손, 좋아하죠?"

분위기 잡던 그가 뜬금없는 말을 했다.

"어?"

"아까부터 손을 보고 있길래요."

"내가?"

"네."

"왜, 왜 그랬을까? 맨손이라 추워 보여서 봤나 보다. 난 두꺼운 로브를 입고 있으니까 안 추운데 경은 셔츠만 입고 있으니까."

당황하니 횡설수설 엉뚱한 말만 길어졌다.

"만져 볼래요? 별로 안 차가운데."

그가 슬며시 여우처럼 웃으면서 내 손에 천천히 깍지를 꼈고, 나는 손가락 사이사이로 파고드는 그 감각이 낯설지 않아서 움찔 놀랐다.

'술에 취했을 때도, 이시도르가 내 손을 이렇게 잡았어.'

눈처럼 창백한 그의 손은 생각보다 따뜻했다. 땀이 없는 편인지 맞닿은 부분이 건조했고, 마디마디가 단단해서 검사라는 것이 확 느껴졌다. 그때, 그의 엄지가 내 손바닥을 가볍게 긁었다. 움찔, 발끝이 구부러들었다. 묘한 손장난을 치는 그를 뿌리칠 수가 없다.

'지은 죄가 있어서 그럴지도.'

"술 마셨을 때 장갑을 벗기길래 역시 좋아할 줄 알았어요. 오늘도 일부러 장갑 벗고 왔어요."

그는 뭔가 오해를 하고 있었다. 내가 손만 유독 좋아한다고.

'난 사실 이시도르 얼굴이 더 좋은데.'

그렇다고 결벽증인 걸 확인해 보려 했다고 실토할 수는 없었다.

"내, 내가 언제?"

나는 시치미를 뗐다.

"왜 자꾸 기억 안 나는 척해요?"

"안 나는 걸 어떡해?!"

"이런 연기는 진짜 못하네요. 공녀한테는 잊고 싶은 기억인가 봐요? 난 좋았는데."

"뭐가 좋았다는 거야?"

허락도 없이 만져서 나는 혼자 괴로워하면서 죄책감을 느끼고 있었는데.

"호감 있는 상대방이랑 손잡은 적은 처음이라서요. 그날 잠까지 설쳤어요. 설레서."

"거짓말. 손을 처음 잡았다고?"

순간 내 귀를 의심했다.

"왜 거짓말이라고 생각해요? 무도회 때문에 장갑 낀 채로 몇 번 잡아 본 적은 있는데 맨손으로 잡은 건 처음이었어요."

그가 돌연 아플 정도로 세게 깍지를 껴서 나는 마른침을 삼켰다.

"난 애초에 사람이랑 살이 맞닿는 걸 끔찍하게 싫어해요."

"……."

"결벽증이 있거든요."

그런 것치고 그는 내 손을 너무 태연하게 반지작거리고 있었다.

"……이젠 극복한 거야?"

"아뇨."

"증상은 손만 그런 거야?"

"맨살은 다요. 어릴 적에 내 얼굴을 만지려는 사람이 있었는데, 손을 부러뜨렸었나, 팔을 부러뜨렸었나."

"……."

"너무 기분 나빠서 다리까지 부러뜨렸던 것 같기도 하고요."

입술을 끌어 올린 그가 손을 천천히 제 쪽으로 끌어당겼다.

"어릴 때부터 이어지던 증상이 나은 게 아니라, 공녀만 예외예요."

"……."

"왜 그럴 것 같아요?"

'왜 나만 예외일 거 같냐고?'

순간 머릿속에서 튀어나오는 생각이 있었는데 내 입으로 말하기는 낯부끄러웠다. 치사하게 이런 질문을 나한테 넘기다니.

내가 당황한 채 대답하지 못하자 이시도르가 볼우물을 패면서 다정하게 미소 지었다.

"시간 날 때 생각해 봐요. 공녀의 의견이 궁금하니까."

결국, 제 생각을 많이 해 달라는 뜻이라는 걸 뒤늦게 깨달았다.

'이미 충분히 많이 하고 있는데…….'

그의 갑작스러운 부재로 인해 마음 한편이 허전한 기분이 들었다. 부고 소식을 들은 이후에는 내내 그가 걱정되고 마음이 쓰였다.

타운 하우스 앞에 바래다주기 전까지도 이시도르는 내 손을 조심스럽게 쥐고 있었다. 나도 그의 손을 가볍게 맞잡았다. 이시도르가 내게만 온기를 갈구한다는 사실을 상기하자 그 손을 뿌리칠 수가 없었다. 그리고 한편으로는 커다란 손이 위안이 되기도 했다. 그가 내 옆에 있고, 다시 수도로 돌아왔다는 게 실감 나서.

꽉 맞물린 손에만 온통 신경이 쏠려 있어서 그와 어떤 대화를 나눴는지는 잘 기억나지 않았다.

"데보라 공녀. 오늘 얼굴 봐서 좋았어요."

"나도."

"정말요?"

내 순순한 대꾸에 놀란 듯 그의 눈이 커진다. 나는 그의 팔을 가볍게 흔들었다.

"정말이야. 갑자기 나타나서 놀랐지만 얼굴 봐서 안심했어. 경황없고 바쁘겠지만 건강 잘 챙기고."

솔직히 어떻게 위로를 건네야 할지 단어를 고르기 힘들어서 나는 밥 잘 먹고 건강을 잘 챙기라는 레퍼토리만 돌려쓰고 있었다. 그도 그것을 느꼈는지 피식 웃었다.

"공녀가 이렇게 내 건강을 신경 쓸 줄은 몰랐어요. ……볼수록 다정하단 말이지. 소문과는 전혀 달라."

"흠! 기간 한정이야."

"그 전에도 충분히 다정했어요."

맞잡은 팔을 더 크게 흔들던 그가, 동문으로 이어지는 숲 울타리에 도착하자 아쉬운 기색으로 천천히 깍지를 풀어 주었다.

"보내기 싫다."

짙은 아쉬움이 느껴지는 목소리에 나도 모르게 그의 뺨을 가볍게 쓸었다. 잠시 숨을 멈추고 있던 그가 이내 팔을 확 끌어당겼다. 이윽고 크고 단단한 품에 몸이 가둬졌다.

포옹이 처음은 아니었다. 지난번 파동에 휩쓸렸을 때 안겼었으니. 하지만 그땐 순식간에 기절해 버렸기 때문에, 이렇게 온전히 남자의 품에 가둬진 감각을 느낀 적은 처음이었다. 맞닿은 그의 체온이 높은 데다 워낙 큰 체격 때문에 머리부터 발끝까지 뜨거운 물속에 잠겨 있는 기분이 들기도 했다.

나를 당겨 안은 그가 등줄기를 손으로 느릿하게 쓸자 아랫배가 간질거려서 발끝이 살짝 구부러들었다. 나도 모르게 어깨가 떨렸고, 순간 그가 흠칫하며 날 천천히 품에서 떼어 냈다.

"조, 조심해서 들어가."

"……네."

꽉 맞물려 있던 손가락이 뒤늦게 저렸다. 맞닿았던 창백한 손은 몹시 뜨거웠고, 그가 남기고 간 잔열은 아주 오랫동안 남아 있었다.

이시도르가 공작위를 계승한 사건은 근래 사교계의 주 관심사였다. 아카데미에서도 온통 그 이야기뿐이었다.

그럴 수밖에 없는 것이, 그는 현재 제국에서 가장 어린 공작이기 때문이다. 심지어 그냥 공작 가문도 아니고, 드높은 명성을 가진 개국공신 가문의 가주. 늦으면 40대, 평균적으로는 30대에 작위를 이어받는데 이시도르는 확실히 다른 공작들에 비해 새파랗게 젊은 편이었다.

하지만 어린 나이가 무색하게 잡음 없이 훌륭하게 장례식을 마무리한 뒤 비스콘티 가신들의 충성을 받는다는 소문이 돌고 있었다. 그 때문에 베일에 싸여 있던 이시도르의 정치적 역량과 지배력이 상당히 뛰어나다는 것도 증명이 되었다.

"워낙 외모가 뛰어나서 그의 능력에 대해서는 저평가된 부분이 있었지."

"발톱을 숨겨 뒀던 모양이야."

호사가들은 이시도르에 관해서 쉼 없이 떠들어 댔다. 그에 관한 소식을 물고 오면 대화의 중심에 설 수 있었으니까.

"무엇보다…… 그는 미혼이지."

"그 부분이 바로 요즘 사교계에서 비스콘티 공작이 가장 주목받는 이유일세."

인품마저 좋다고 소문이 자자한데 정혼자조차 없다.

엄밀히 말해서 이시도르는 결혼 적령기는 아니지만, 비슷한 연령대의 평범한 영식들과는 달리 공작이기 때문에 공식 자리에 함께 다닐 배우자가 필요할 것이다. 비스콘티 쪽에서 공작이 어리다는 약점을 상쇄하기 위해 충분히 혼인을 고려할 만한 상황이었다.

"최근 결혼 적령기 딸을 둔 귀부인들이 비스콘티에 줄을 대려고 그렇게 애쓴다고 하더군."

"비스콘티 공작 부인이라는 자리가 매력적이긴 하지. 명예는 말할 것도 없고 금광이 많기로 유명한 가문이기도 하고."

졸지에 이시도르는 제국에서 가장 탐나는 사윗감이 되어 있었다. 하지만 귀부인들만 인맥을 동원한 물밑 작업을 할 뿐, 정작 그에게 마음이 있는 영애들은 섣불리 다가가지 못하고 있었다.

"데보라 공녀와 이시도르 경이 함께 다니는 모습이 요즘 여기저기서 목격된다고 하던데."

"둘은 대체 무슨 사이지?"

"친구 사이 아니야? 가문끼리 교류가 있어서 과거부터 알고 지내고 있었을 수도 있고."

"협박당하고 있는 거 아니었나?"

모두가 둘의 관계를 확신하지 못하고 있었다. 기사도 정신이 투철하고, 누구에게나 예의 바른 태도를 고수하는 비스콘티 공작이 천둥벌거숭이 같은 데보라 공녀와 깊은 관계일 거라고는 상상하기 힘들었다.

귀족들은 둘 사이를 궁금해했지만, 늘 차가운 표정을 짓고 다니는 공녀 앞에선 가벼운 질문조차 꺼내지 못했다. 성질을 건드렸다간 에마뉘엘 영애처럼 봉변을 당할 수도 있으니까. 수틀리면 냅다 주스도 끼얹는다던데, 뜨거운 차라고 못 뿌릴 이유도 없었다.

호기심을 견디지 못한 이들은 비교적 만만한 이시도르 주변 사람에게 들러붙었다.

"티에리 경. 데보라 공녀와 무슨 사이인지 공작님께 한번 물어봐 주시면 안 되겠습니까? 백기사단 모두 궁금해합니다."

호사가로 유명한 영식이 무릎을 꿇고 애원하자 티에리가 미간을 찌푸렸다.

"이시도르 경이 보이는 것과는 달리 그렇게 친절한 사람이 아니라니까. 아마 질문을 요리조리 잘 빠져나갈걸."

그리고 티에리가 느끼기에는 이시도르 쪽이 오히려 데보라 공녀에게 더 관심이 많아 보였다.

'뭐, 나도 공녀에게 관심이 없진 않지.'

무뚝뚝해서 다가가기 쉽지 않지만.

'솔직히 엄청 예쁘잖아.'

……한번 이시도르를 떠볼까?

문득 좋은 생각이 나서 그는 이시도르가 나타나기만을 오매불망 기다렸다.

'왔다!'

수도로 복귀한 이시도르는 기사단 훈련에 참관하기 위해 잠깐 병영에 들렀다.

'지위가 사람을 만든다고 공작이라니까 확실히 느낌이 다르네.'

분위기도 좀 무거워진 것 같고. 짜증 날 정도로 잘생겨서 속으로 혀를 내두르던 티에리는 이시도르에게 정중하게 인사했다.

"비스콘티 공작님. 제게 잠시 시간을 내주시겠습니까?"

이시도르가 대번에 짜증스러운 얼굴을 했다.

"평소대로 하지?"

"그래도 되나? 자네같이 빨리 공작이 된 경우는 드물어서."

"공식적인 행사에서만 예의를 잘 지켜 줘. 이건 자네를 걱정해서 하는 말이야."

"아, 그래! 공식 석상 이야기가 나와서 말인데, 작위 수여식이 얼마 남지 않았지."

제국에서는 분기별로 작위 수여식이 있었다. 이시도르처럼 새롭게 작위를 얻은 귀족이 황제 앞에서 공식으로 인정을 받는 자리였다.

그리고 여신의 탄생제를 앞두고 치러지는 작위 수여식은 그중 가장 규모가 컸다. 황권이 강해지면서 생긴 관행이었고 신권을 견제하려는 의도도 있었다.

"그리고…… 함께 자리를 빛낼 파트너가 필요한 날 아닌가?"

이시도르의 표정이 묘해졌다.

"언제부터 자네가 내 파트너에게 관심이 있었다고?"

"솔직히 요즘 자네 파트너가 누굴지 관심이 없는 귀족이 어디 있어?"

"어차피 작위 수여식 날 모두가 알게 되겠지. 불과 다음 주잖아."

"역시 그런 식으로 빠져나갈 줄 알았어. 그런데 난 누굴 마음에 뒀는지는 짐작이 가는데. 뭐, 마음에만 두는 거랑 상대도 오케이 하는 거랑 다르긴 하지만."

티에리의 말에 살짝 울컥했지만, 이시도르는 애써 싱긋 웃었다.

"티에리."

"어?"

"내가 공작이라는 걸 잊고 있는 모양인데? 지금 내 지위로는 당장 네 아버지와 독대해서 그간 자네 훈련 태도에 대한 삼 년간의 리포트를……."

"매번 너무한 거 아닌가?!"

무서워서 무슨 질문을 못 하겠다고 티에리가 투덜거리며 나가 버렸고, 이시도르는 손가락을 톡톡 두드리며 고민에 빠졌다.

"시릴 영애가 이시도르 경에게 직접 물어봤나 봐요."

"뭘요?"

"작위 수여식에 누구와 나갈 생각이냐고……. 혹시 파트너가 없으면, 자신이 나가 줄 수 있겠다고 말했다더군요."

"나가 준다니. 그 영애는 눈살이 찌푸려질 정도네요."

"그래도 적극적인 면은 높게 사줄 만하죠. 미남은 용기 있는 자가 쟁취한다는 말이 있잖아요."

"대답을 해 줬대요?"

"일단 그쪽은 아니라고……."

"누굴까요?"

"아마 비스콘티 가문에서 직접 후보를 추려서 비스콘티 공작에게 추천하지 않을까요? 유수의 가문 귀부인들이 이미 물밑 접촉을 많이 했을 테니까요."

나는 복도에서 수군거리는 소리를 들으며 한숨을 삼켰다.

'이시도르는 왜 이렇게 인기가 많아?'

얼굴만으로도 하드캐리하는데, 심지어 공작까지 되어서 그의 위상이 더 올라갔다. 이젠 아이돌을 넘어서 한류 스타급의 인기를 누리는 이시도르는 수도로 복귀한 후 눈코 뜰 새 없이 바쁜 것 같았다.

이시도르 부친의 사망 날짜가 공교로워서, 그는 장례를 치르자마자 황제가 주관하는 행사에 참여해야 하는 상황이었다.

'근데 왜 나한테는 작위 수여식에 관한 이야기를 안 하지?'

행사까지 얼마 안 남은 걸로 알고 있는데.

'뭐, 일일이 그런 걸 보고해야 하는 건 아니지만.'

바쁘고 정신없을 텐데 말하는 걸 깜빡 잊었을 수도 있지.

'하지만 머핀을 통해서는 꾸준히 편지를 보내는데.'

나는 미묘한 기분으로 턱을 긁적였다.

"공녀님. 오셨네요."

사업 이야기 때문에 찾아온 거지 그의 파트너가 궁금해서 찾아온 게 아니긴 한데, 이시도르가 칼 같은 업무 모드라서 약간 속이 불편해졌다.

"네, 왔습니다. 비스콘티 공작님."

그래서 나도 모르게 비꼬는 말투가 튀어나왔다.

"갑자기 왜 말을 높이시는 거죠? 공녀님한테는 반말이 훨씬 잘 어울리는데."

그가 당황한다.

"바쁘고 인기 많은 비스콘티 공작님의 시간을 빼앗는 게 황송해서요."

"공녀님한테 내는 시간은 전혀 아깝지 않아요. 자주 빼앗아 주세요."

……하여튼 말은 잘하지.

소설 내 흑막이자, 황태자까지 등쳐 먹는 제국 최고의 사기꾼다웠다.

"최근에 눈코 뜰 새 없이 바쁜 거 다 알아. 비스콘티가에 들어가는 편지로 성도 쌓을 수 있다던데 안 바쁠 리가."

그가 슬쩍 입술을 끌어 올렸다.

"성은 모르겠고, 언덕 높이로는 쌓을 수 있을 것 같기도 하네요."

"좋겠다. 편지 언덕에서 미끄럼틀도 탈 수 있어서."

왠지 이시도르가 평소보다 더 느긋한 느낌이라서 나는 괜히 도발하듯 말했다.

사실, 정식 교제를 먼저 요청한 쪽은 이시도르고 빠른 관계 정립에 제동을 건 사람은 나였다. 그런데 도리어 초조해하는 건 왜 내 쪽인지…….

"오히려 곤란하죠. 예의상 거절하는 편지 정도는 보내야 하니까."

나는 그의 말에 동의하지 않았다.

"글쎄. 잘 모르겠다. 비스콘티 공작님께서 여지를 두니까 여기저기서 편지를 보내오는 거겠지. ……영애에게 파트너 신청도 받고."

말하면서도 내가 내뱉은 음성에 날이 서 있다는 느낌을 받았다. 억지라는 것도 알았다. 하지만 점점 더 속이 얹힌 것처럼 더부룩해져서 무슨 말이라도 입에서 꺼내야 속이 좀 풀릴 것 같았다. 특히 영식이 영애에게 파트너 신청을 받는 경우는 몹시 드물어서 더더욱 기분이 이상했다.

'이시도르도 그 영애를 좋은 의미로든 나쁜 의미로든 신경을 안 쓰려야 안 쓸 수가 없겠지.'

그쪽은 망신당할 상황까지 감수하고 용기를 내서 그런 제안을 한 거니까.

"그쪽은 거절했어요."

"그건 나도 알아."

한숨을 삼킨 나는 무뚝뚝하게 말을 이었다.

"내가 경에게 쓸데없는 소리를 했네. 일…… 하자."

내 차가운 태도에 자못 심각한 분위기를 풍기며 손으로 얼굴을 감싸고 있던 그가 이내 사무적인 태도로 잘 정리된 매출 전표를 꺼냈다. 정신이 하나도 없었을 텐데 그 와중에 직원 업무 태도 보고서까지 깔끔하게 처리해 놔서 나는 목덜미를 거칠게 문질렀다.

'아오! 이게 아닌데.'

트집 잡으려 했더니 왜 쓸데없이 유능해서 할 말도 없게 만드는 거냐고.

솔직히 그간 이시도르에 관한 이야기를 남의 입에서 들을 때마다 전에 없던 거리감을 느꼈고, 동시에 별의별 생각이 다 들었다.

혼자 괜한 추측으로 골머리를 앓는 게 싫어서 인기에 관한 이야기나 파트너 이야기를 슬쩍 꺼냈는데도, 그가 정작 오늘도 그 부분은 일언반구 없어서 심란해졌다.

'공식적인 자리는 아무래도 인품 좋은 사람이랑 가는 게 낫다고 생각하는 건가.'

난 평판이 별로니까. 자꾸만 비딱한 생각을 하고 있는데, 그가 갑자기 무언가를 꺼내 천천히 내밀었다.

'큰일 났군. 감당 못 하게 귀엽다…….'

이시도르는 내내 퉁명스러운 표정을 짓고 있는 데보라 공녀를 보면서, 자꾸 열이 번지는 뺨을 감추느라 애를 먹고 있었다. 날카로운 말투로 쏘아붙이며 얼음이 뚝뚝 떨어지는 눈매로 노려보는 것마저 귀여웠다.

사실 처음엔 왜 그녀가 사나운 분위기를 풍기나 했는데 대화하면서 슬슬 눈치를 챘다.

'다른 영애에게 파트너 신청을 받은 것을 신경 쓰고 있을 줄은 몰랐군.'

그녀는 자신보다 어른스럽고 매사에 초연해 보였기 때문에 이런 반응을 보일 거라곤 예상하지 못했다. 그리고 훨씬 오래전부터, 그녀를 만난 시점부터 호감을 품기 시작한 이시도르 쪽의 감정이 더 크고 깊어서 공녀의 감정을 살필 겨를이 없던 탓도 있었다.

'기분이 좋은데 이런 말 하면 화내겠지. 공녀는 꽤나 심각해 보이니까.'

내심 그녀의 애정을 확인하고 싶은 욕망이 컸던 모양이다. 이런 사소한 질투에도 기뻐서 날뛰고 싶은 기분이 드는 걸 보면.

하지만 솔직히 말하면 그녀가 질투하는 모습을 보려고 파트너 신청을 미룬 건 아니었다. 이시도르는 그동안 본인 스스로는 굉장히 중요하다고 느끼는 일에 정신이 팔려 있었다.

'아버지가 돌아가신 시기가 너무 나빴어.'

즉위식과 장례식이 너무 가깝게 붙어 있어서 시간이 촉박했기 때문에, 그는 파트너에게 보낼 드레스와 보석을 제 눈에 찰 정도로 완벽하게 세팅하지 못한 상태였다.

'공녀 눈에 차려면 꽤 좋은 물건이어야 할 텐데.'

지난 봄꽃 축제와는 달리 이번엔 온전히 작위를 받는 자신 때문에 참석해야 하는 자리이다. 데보라가 파트너를 해 준다면 그녀에게 어울리는 선물을 보내고 싶었다. 티에리 같은 애먼 놈들이 괜히 헛물 안 켜게 초장에 기를 죽여 놓을 필요가 있다는 다분히 유치한 속내도 섞여 있었다.

안목이 까다로운 이시도르는 공녀에게 어울리는 보석 디자인을 고르는 데만 무려 이틀을 허비했고, 목걸이 안에 이름을 새길 세공사를 찾느라 동분서주했다. 마력석에 음각된 진을 새겨 넣는 것이 다른 광물에까지 확대되어서 최근 제국에는 보석 위에 이름을 새기는 세공이 유행하고 있었다.

이시도르는 푸른 다이아몬드 위에 그녀의 머리글자를 음각한 뒤, 음각된 틈 안을 작은 다이아몬드로 채워 넣겠다는 정신 나간 아이디어를 버릴 수가 없었다. 그가 요 며칠간 세공사를 닦달하면서 부린 까탈과 끔찍한 돈지랄에 옆에 있던 미겔이 악몽을 꾸면서 치를 떨었을 정도였다.

그리고 오늘 아침에 완성된 보석을 간신히 받아 본 이시도르는 달력을 보고 눈을 의심했다. 생각보다 남은 기간이 없다는 걸 뒤늦게 알아챈 그는 오늘 데보라에게 파트너를 해 달라고 말할 타이밍을 재고 있었다.

그런데 막상 말하자니 신경 쓰이는 부분이 있었다.

'너무 공식적인 자리라, 내 파트너로 참석하는 걸 부담스러워하진 않을까.'

시릴 영애의 공개적인 파트너 신청이 이시도르에게 유독 불쾌하고 거슬렸던 것도 그런 이유 때문이었다.

갓 부임한 새파란 미혼의 공작에게 주어지는 최초의 공식 자리가 바로 작위식이다. 그런 공식 자리의 파트너는 대외적으로 큰 의미가 있다. 그 사실을 알고 있을 게 뻔한데 시릴 영애는 순수한 감정을 내세우는 척하며 모두의 앞에서 파트너 신청을 했다.

이시도르의 눈에 그 영애는 용기를 낸 게 아니라 상대를 곤란하게 만들어서 원하는 것을 얻어 내려 한 것뿐이다. 기사도 정신이 투철하다고 소문이 났으니, 설마 자신이 면전에서 대놓고 망신을 주지는 않을 거라는 계산속도 있었겠지.

'귀찮은 구설에 오르긴 했지만…….'

결과적으론 데보라 공녀의 새로운 모습을 보게 되었고, 그녀의 감정에 대한 확신도 생겼다. 그와 별개로 자신을 이래저래 성가시게 만든 대가는 치러야겠지만.

"이게 뭐야?"

데보라 공녀는 이시도르가 내민 상자 속에 있는 푸른색 다이아몬드를 보며 보라색 속눈썹을 여러 번 팔랑였다.

"이 목걸이를 걸고, 공녀님께서 작위식 날에 제 옆자리를 빛내 줬으면 좋겠어요."

"……."

"어때요?"

그녀는 잠시 입술을 꾹 다물고 있다가 한숨을 삼키면서 머리를 천천히 쓸어 올렸다. 그녀의 귀 끝은 당장에라도 불탈 것처럼 새빨갛게 달아올라 있었다.

"창피해."

그녀가 젖은 음성으로 작게 중얼거렸고 이시도르는 피식 웃었다.

"질투하는 횟수로 따지면…… 아마 아무도 저만큼 많이 하지는 않을걸요? 나는 공녀의 어깨에 떨어진 꽃도 질투한 적 있어요."

그녀의 부드러운 시선이 닿았던 곳 모두 자신이 닿고 싶었다.

"아니, 질투한 것 때문이 아니라…… 사실, 그것도 좀 창피하지만, 알아가느니 뭐니 하면서 천천히 관계를 쌓아 가자고 말한 거."

"……."

"그 말을 해 놓고, 애매한 관계 때문에 내가 도리어 초조해질 줄은 몰라서……."

공녀가 말을 맺기도 전에 이시도르가 팔을 뻗어 그녀의 긴 목덜미를 휘감았다. 그녀의 나직한 말에 충동적으로 이끌려 하얗고 아름다운 얼굴을 가깝게 끌어당긴 그는 가라앉은 목소리로 날카롭게 말했다.

"초조했어요?"

"응. 생각보다 더."

아주 가까운 거리에서 서로의 숨결이 가볍게 뒤섞였다.

"날 그만큼 좋아한다는 뜻으로 이해해도 되는 건가요?"

내가 네게 느끼는 그 특별하고 무거운 감정만큼은 절대 아니겠지만.

"좋아하는 거 이제 알았어?"

공녀의 붉은 눈이 살짝 휘어졌다.

"그런 식으로 말하면, 이제부터 주제넘게 욕심부리려고 할 텐데. 선을 계속 넘고 싶어 할 거고."

"대체 어떤 욕심을 부리려고?"

조금 웃음기가 어린 목소리라, 이시도르는 목울대를 일렁이며 더 가깝게 얼굴을 끌어당겼다. 이윽고 말캉한 입술끼리 꾹 맞물렸다.

'어떤 욕심인지는 대체 왜 물어본 거지.'

그리 대담한 성격도 아니면서 충동적으로 이시도르를 도발했다. 어쩌면, 나는 눈에 잡힐 듯이 선명한 그의 욕망과 닿고 싶었는지도 모른다.

"……!"

입술이 부딪히듯 빈틈없이 맞물리는 순간, 나는 무심결에 숨을 참으며 눈을 꾹 감았다. 뜨거운 열기를 머금은 입술이 내 입술을 따라 덧그리듯 움직였다. 그의 날렵한 콧대가 얼굴에 이리저리 스치다가 서

틀게 꾹 눌리기도 했다.

'어지러워.'

입술끼리 부대끼는 자극적인 감각에 정신이 아득해졌다. 목 끝이 따가울 정도의 긴장감도 함께 치솟는다. 내 목덜미를 어루만지던 손은 귓가를 느리게 훑다가 갑자기 귓바퀴를 바짝 긁어내렸다.

나는 흡, 하고 입으로 숨을 몰아쉬었고 곧 아랫입술이 살짝 깨물렸다. 이로 입술을 살짝 당겼다가 놓은 그가 벌어진 입술 사이를 아주 조심스럽게 건드렸다.

혀끝이 치열 위로 섬세하게 미끄러지자, 안 그래도 빠르게 뛰던 심장이 명치가 아플 정도로 곤두박질쳤다가 튀어 올랐다. 콧속으로 서늘한 느낌이 감도는 이시도르 특유의 향기가 파고들고, 어설프게 맞붙은 혀에서는 지독한 열기가 피어올랐다.

곧 귀를 자극하는 젖은 소리가 고요한 공간을 울렸다. 뺨을 천천히 쓰다듬는 손길은 소중한 무언가를 보듬는 것처럼 더없이 상냥했다.

뻣뻣하게 굳어 있던 것은 잠시였고, 부드럽게 얽히는 움직임에 홀려서 조금씩 몸을 앞으로 당기며 그의 키스에 응했다. 기분이 달떠서 나도 모르게 입에서 조르는 듯한 흐릿한 신음이 흘러나왔다.

그때 돌연 그가 커다란 손으로 목을 더 바짝 끌어당기더니 고개를 틀며 내 입술을 사납게 갈구하기 시작했다.

"흡!"

그가 순식간에 돌변해 강하게 밀려들자 머릿속이 하얗게 점멸했다. 통째로 삼킬 듯 입 안을 거칠게 휘젓는 입맞춤에 전력 질주한 것처럼 숨이 턱까지 차올랐다.

뇌를 누가 진탕 주무르고 지나간 것 같다. 가슴팍이 가파르게 들썩였고, 아랫배에 열이 번질 때마다 몸에서 자꾸 힘이 풀렸다. 낯선 감각에 팔다리가 저리는 것 같기도 했다. 끼미득한 밑바닥으로 굴러떨어질 것 같아서 구명줄을 잡듯 그의 단단한 팔을 세게 움켜쥐었다.

하지만 그는 내 가벼운 저지에도 목줄이 사라진 것처럼 달려들었다. 곧 중간에 놓인 책상이 덜컹거리면서 책 더미가 쏟아져 내렸고 나는 그를 밀면서 한 발짝 뒤로 물러났다.

의외로 쉽게 떨어져 나간 이시도르가 천천히 숨을 내뱉으며 번들거리는 입술을 훑었다. 그는 보는 사람의 목구멍이 조여들 정도로 야릇하면서 날것처럼 거친 분위기를 풍기고 있었다. 날렵한 눈가는 붉었고 숨을 쉴 때마다 넓은 어깨가 오르락내리락했다.

살짝 미간을 좁힌 그가 책상을 옆으로 사납게 밀쳤다. 무거워 보이는 원목 책상이 허무하게 벽 쪽으로 밀려났고 그와 나 사이에는 이제 아무것도 없었다.

"너무 좋아서……."

"……."

"정신이 나갈 것 같아."

숨이 턱 막힐 정도로 짙은 갈망이 담긴 목소리에, 나는 젖은 입술을 말아 물었다. 휴양지의 바다 같던 청록색 눈이 어느새 짙은 밤바다처럼 넘실거리고 있었다.

다시 거칠게 덮쳐올 줄 알았던 그가 돌연 손을 뻗어 내 헝클어진 머리를 아주 조심스레 귀 뒤로 넘겨주었다.

"좋아해요."

다정하다가 순식간에 사나워지고, 집어삼킬 듯한 눈으로 달콤하게 고백하고. 이시도르는 도무지 종잡을 수가 없었다.

이상하게도 그가 가진 이중성이 내게 묘한 동질감을 안겨 주었고, 동시에 그를 더욱 매력적으로 보이게끔 했다. 비밀이 많지만 내게는 이따금 지나치게 솔직해지는 점도.

"좋아해."

여러 번 귀를 간질이는 그의 고백에 뺨에 열이 번졌다. 고개를 살짝 떨어뜨리자 그가 내 턱을 들어 올리곤 눈가를 가볍게 문질렀다.

"당신도 좋아한다고 말해 줘."

그가 애원하는 것처럼 간절한 목소리로 말했다. 목이 꾹 잠겨 있었지만, 간신히 입을 열어서 희미하게 속삭였다.

용케 들었는지 눈매를 살짝 휜 그가 양손으로 얼굴을 감싸며 쪽, 쪽, 소리가 나도록 입을 맞췄다. 가랑비처럼 상냥하게 내려오는 가벼운 입맞춤이 끊임없이 이어졌다. 뺨, 눈가, 이마, 심지어 눈썹까지 여기저기에 입술이 닿았다.

"사귈래?"

시선이 정면으로 맞닿았을 때, 그가 불현듯 물었다. 나는 망설임 없이 고개를 끄덕였다. 짙은 애정이 흘러내리는 그의 눈을 바라보면서.

그는 자신이 제안해 놓고도 놀란 눈을 하다가 나를 와락 끌어안았다.

그날 저녁. 수많은 짐을 실은 마차가 시모어 가문에 도착했다. 비스

콘티의 사용인들이 데보라 공녀가 작위식 당일에 입을 드레스와 각종 장신구, 구두를 들고 방문한 것이다.

"드레스가 정말 멋지네요. 경박하지도 않고, 그렇다고 아주 평범한 것도 아니고."

"세심하게 머리 장식부터 발찌까지 챙기다니……."

눈이 높아질 대로 높아진 공녀의 사용인들조차 이시도르의 안목과 꼼꼼함에 감탄할 정도였다. 더불어 비스콘티 공작이 선물을 보냈다는 소식은 시모어 공작의 귀에도 곧바로 들어갔다.

"이 여우 자식이 드디어 미쳤나!"

시모어 공작이 펄펄 날뛰며 자신 앞으로 온 이시도르의 편지를 가차 없이 찢어 버렸다.

"내가 분명 그때 알아듣게 말했는데!"

시모어 공작이 당장 비스콘티로 쳐들어갈 기세라서 가신들은 그를 진정시키려 했고, 회의실에 있던 쌍둥이의 표정엔 당혹감이 드리웠다.

요즘 가장 말 많은 비스콘티 공작의 작위식 파트너가 바로 데보라였다니.

'여태 별다른 이야기가 없어서, 가문 내부에서 추천한 영애를 데려갈 줄 알았는데.'

너무 공개적인 자리가 아닌가.

황족들이 모두 참석하고 백성들에게까지 열려 있는데, 그곳에 데려간다는 건 그만큼 이시도르에게 그녀가 각별하다는 뜻이었다. 그리고 둘이 어떤 관계인지 의견이 분분했던 사람들에게 진지한 관계라고 쐐기를 박는 것이기도 했다.

"작위식 겨우 이틀 전에 이런 제안을 해? 이놈이 미친 게 아니고서야!"

주어진 시간이 별로 없었다는 핑계는 시모어 공작에게 통하지 않았다.

"그놈을 어찌할까요?"

벨렉이 음산하게 말했다. 데보라가 이시도르가 보낸 드레스를 받았다는 건 이미 당사자들끼리는 합의가 되었다는 뜻이니 상황이 좋지 않았다.

"뭐, 말이 안 통하면 사지를 묶어 놓고 번복하라고 협박은 할 수 있겠죠."

납치와 감금, 고문과 협박이 전매특허인 로자드가 여상한 투로 말했다.

"로, 로자드 공자님. 정말 그런 일을 했다가는 비스콘티 가문과 전쟁을 해야 할지도 모릅니다."

시모어 직계에게 기본 상식이 결여된 것을 아는 가신 중 한 명이 경악하면서 읍소했다.

"농담일세."

로자드가 비죽거렸다.

"……농담이었느냐?"

시모어 공작이 아쉬운 기색으로 턱을 문지르다가 굳은 얼굴로 자리에서 일어났다.

"당장 마차와 말을 가진 대로 모조리 끌고 와."

그의 눈이 독사처럼 번뜩였다.

"작위식 날, 비스콘티 마차가 지나는 길목마다 끼어들 생각이다. 최연소 공작? 내가 20년 차 공작으로서 단단히 신고식을 해 주지."

"적어도 이 저택에 발을 들일 순 없을 겁니다."

"제, 제발 다들 고정하세요!"

'이동 마법이 없었으면 좀 곤란할 뻔했군.'

이시도르는 당일까지 시모어 가문 남자들로부터 각종 방해를 받았다. 헛소문부터 진로 방해까지. 결국, 그는 이동 마법으로 외부로 이동해 다른 곳에 세워 둔 마차를 타고 시모어로 들어올 수 있었다.

'어떻게 왔지?'

그가 공녀를 에스코트하기 위해 타운 하우스 앞에서 나타나자 시모어 공작은 충격받은 눈을 했고 이시도르는 모른 척 예의 바르게 인사했다.

"공작님. 그간 강녕하셨는지요?"

"덕분에 잘…… 지냈다네. 어째 비스콘티 공작은 점점 더 신수가 훤해지는군."

"과찬이십니다."

이시도르가 같은 지위로 승격되었기 때문에 시모어 공작은 속으로 이를 갈면서도 정중한 투로 말할 수밖에 없었다. 공식 석상에선 말을 더 높여야 할지도 모른다는 게 함정이었다.

서로 어색하게 마주 보고 있을 때, 데보라가 사용인들의 시중을 받으며 나타났다.

오늘따라 유난히 기품 있고 아름다운 딸의 모습에 시모어 공작은 씁쓸함을 삼켰다. 인정하기 싫지만, 비스콘티 놈은 제 딸을 오늘 가장 빛나게 만들기 위해 칼을 간 것 같았다.

'시간이 많지 않았을 텐데.'

저 목걸이가 예사 물건이 아니라는 건 보석에 관심이 없는 공작이라도 한눈에 알 수 있었다.

"오늘따라 더욱 예쁘구나. 이따 보자꾸나, 데보라."

공작이 딸의 손을 쥐며 다정하게 말했다. 이번 행사엔 고위 귀족가의 가주들이 대표로 참여했기에 어차피 곧 다시 볼 예정이었다.

'너, 내가, 지켜본다.'

시모어 공작은 그런 의미를 담아 이시도르를 살벌하게 노려보았다. 따가운 시선이 느껴졌지만 이시도르는 애써 미소를 머금으며 공녀를 최대한 정중하게 마차로 에스코트했다.

얼마 후 비스콘티의 화려한 금빛 인장이 그려진 마차가 작위식이 열리는 호룬성으로 출발했다. 성 근처는 행사를 구경하러 온 인파로 벌써부터 북적였다. 제국에서 가장 아름답다는 공작을 멀리서나마 구경하기 위해 몰려든 사람이 대부분이었다.

황실 광장 앞, 가장 높게 솟아 있는 단상. 푸른 용을 형상화한 정교한 조각상이 매달린 의자 주변으로 주르륵 의자가 늘어서 있었다.

남색 의자는 황비들과 황족들이 앉는 곳이고, 자주색 의자는 고위 가문 가주들과 그 동반인이 앉았다. 그리고 나머지 자리는 황제에게 직접 초대받은 귀빈들이 채웠다.

자리의 주인이 하나둘씩 나타나기 시작했고, 얼마 후 비스콘티가의 마차가 등장하자 광장에 있던 모든 사람의 시선이 쏠렸다.

마부가 커다란 마차 문을 열자 좌중은 기대감으로 조용해졌다. 다양한 귀족이 작위를 받으러 참석했으나 오늘의 주인공은 단연 비스콘티 공작이었다.

이윽고 제국의 최연소 공작이 모습을 드러냈다. 남자임에도 올해의 꽃이 될 정도라기에 대체 어느 수준인가 했는데, 일반 사람들의 빈약한 상상력으로는 감히 떠올릴 수 없는 미모였다.

꽃이라는 타이틀 때문에 청초한 미남을 상상했던 이들은 비스콘티 공작의 큰 몸집과 위압적인 분위기에 내심 놀라기도 했다. 나이가 어려서 공작이라는 작위를 달기엔 조금 가벼워 보일 것으로 예상했는데 오산이었다.

'저런 잘난 남자 옆에 서면 누구나 빛이 바래겠어.'

이윽고 그가 정중하게 손을 뻗어 마차 안의 파트너를 에스코트했다. 서리처럼 차가운 외모를 한 여자가 마차에서 내리자마자 좌중은 헛숨을 삼키며 다른 의미로 침묵했다.

가까이 지낸다는 소문에 설마 했는데, 결국 비스콘티 공작의 파트너는 데보라 공녀였다.

"진짜 이 자리의 파트너로 데려올 줄이야."

"시모어와 비스콘티가 오래전부터 모종의 관계가 있었다는 것이 사실인가 보군."

"난 약점 잡혔다는 말을 들었는데."

하지만 비스콘티 공작이 공녀를 보며 사르르 웃는 순간 그 자리에 있던 사람들은 떠도는 풍문이 얼마나 터무니없었는지, 그리고 실체가 얼마나 단순한지 깨달았다.

기침과 사랑은 숨길 수가 없다더니, 누가 봐도 비스콘티 공작은 공녀에게 반한 것 같았다.

그녀가 도도한 눈매로 그의 팔에 손을 얹자, 젊은 공작은 수줍게 웃다가 살짝 틀어진 팔찌를 조심스레 고쳐 매주기도 했다.

'완전 푹 빠졌는데?'

특히 같은 남자끼리는 더 잘 알았다. 저런 표정은 절대로 꾸며 낼 수 없다는 것을. 분명 아까까지만 해도 위엄 있고 차가워 보였는데, 지금은 풋풋한 그 나이 때 청년같이 보이는 듯했다.

그때 이시도르가 돌연 그녀의 창백한 뺨으로 얼굴을 가까이 가져가자 주변에서 짧은 비명이 터졌다. 부채 너머로 힐끗거리던 영애들이 무심코 낸 소리였다. 왜 그리 가깝게 얼굴을 붙이나 했는데 둘은 귓속말을 하고 있었다.

하지만 비스콘티 공작이 저렇게 살갑게 구는데도, 데보라 공녀는 심기가 불편해 보였다. 그녀는 슬쩍 미간을 좁히며 부채를 펄럭였다.

사실은 주목 공포증으로 인해 긴장감이 도져서 얼굴이 굳은 것뿐이고, 식은땀이 삐질 날 정도로 더워서 부채질을 한 건데, 사람들은 또다시 착각의 늪에 빠져들기 시작했다.

"그…… 비스콘티 공작이 더 좋아하는 것 같은데?"

"나만 그렇게 본 게 아니었나 보군. 순간 내 눈이 어떻게 된 줄 알았는데."

"대체 어떤 매력이 있기에……."

"솔직히 아름답잖나."

"외모만큼은 누구보다 귀족적이긴 하지."

오랜 기간 적립한 악명과 더불어, 최근엔 벌이는 일마다 충격을 안겨 주었기 때문에 그녀의 미모는 잘 알려지지 않은 면이 있었다. 하지만 둘이 가진 분위기가 워낙 상반되어서 그런지, 비스콘티 공작 옆에 있어도 존재감이 흐려지는 느낌이 전혀 없이 서로가 강렬하게 돋보이고 있었다.

"잘 어울리는군요. 몸가짐도 더할 나위 없고요."

어떤 귀부인이 중얼거렸다.

"이런 자리에 오면 어린 영애는 긴장하게 마련인데, 역시 공녀는 시모어 직계답게 자신감 하나는 대단하단 말이죠."

"옷도 격식 있고 한편으론 세련되었어요."

장식은 과하지 않았지만, 그녀가 입은 비단이 몹시 독특했다. 언뜻 푸른색으로 보이는데 치마 밑단으로 향할수록 점점 보라색으로 변하는 머메이드 라인의 드레스는 큰 키를 강조해 주었고, 피부색과도 잘 어울렸다.

특히 하얀 목에서 반짝이는 푸른색 다이아몬드가 압권이었다.

"저 보석…… 얼마 전 채굴되었다는 푸른 다이아몬드 아닌가요? 인어의 눈물을 연상시켜서 물방울 다이아몬드라고 불리는……."

물론 이시도르의 상술이었다.

"핑크 다이아몬드에 이어서, 저 희귀한 보석을 처음 선보이는 사람도 데보라 공녀라니."

비스콘티 공작과 데보라 공녀는 황실 사용인의 안내에 따라 앞자리에 착석했고, 그들이 지나칠 때 그 목걸이를 가까이에서 본 귀족들은 경악을 감추지 못했다.

"하단에 필기체로 정교하게 세공된 것 봤나요?"

"요즘 광물 세공이 유행이라던데."

"분명 이름이 새겨져 있었어요! 그 홈 안에 아주 작은 다이아몬드들이 박혀 있었고요."

"세상에나, 이번엔 암시장에서 잃어버려도 다른 사람은 절대 함부로 목에 걸 수 없겠어요."

"하긴. 데보라 공녀 이름이 새겨진 목걸이를 무슨 수로 걸겠어요. 당장 목이 날아가지 않으면 다행이겠죠."

황제를 필두로 황족들이 등장했는데도 여전히 귀족들의 관심은 최연소 공작과 시모어의 공녀에게 쏠려 있었다.

그리고 그런 데보라 공녀를 차가운 눈초리로 내려다보는 시선이 있었다.

'이렇게까지 규모 있는 자리였다니.'

이시도르 때문에 이목이 쏠릴 것이라는 건 예상했지만, 황제의 파란 머리카락에 듬성듬성 난 새치까지 보일 정도로 앞자리에 앉게 될 줄은 몰랐다.

'질투에 눈이 멀어서…… 난 대체 무슨 짓을 한 거지.'

시릴인지 뭔지 하는 영애는 간도 크다는 생각이 들었다. 황제 앞에 앉아 있을 생각을 하다니.

나는 뻣뻣하게 굳은 채로 지방 영주가 작위를 받는 광경을 바라보았다. 백작위부터 황제가 손수 작위를 수여했고, 이시도르는 이곳에서 작위가 가장 높으므로 순서가 맨 뒤로 밀렸다. 하이라이트를 가장 나중에 보여 주려는 건 어느 곳이나 마찬가지인 모양이었다.

'역시 작위를 산다면 자작 정도가 적당하겠군.'

지금 기세로는 충분히 2년 안에 살 수 있을 것 같으니까.

속으로 계산기를 두드리며 멍하니 앞을 바라보던 중, 황족 자리에 앉은 5황녀와 퍼뜩 눈이 마주쳤다. 찡끗, 윙크한 그녀가 손으로 뭔가 마시자는 제스처를 했다.

“혹시 황녀님과 술 마시기로 했습니까?”

이시도르가 내게 작게 속닥거렸고 귀가 간지러워서 어깨가 살짝 움츠러들었다.

“아니.”

“……저쪽도 방심을 못 하겠네.”

‘뭐라는 거지?’

“아버님 쪽도 마찬가지고.”

급히 내 귓가에서 얼굴을 떼어 낸 이시도르가 방금 죽을 뻔했다고 영문 모를 소리를 끊임없이 중얼거렸다.

‘그나저나 진짜 지겹다.’

반복되는 패턴이 이어지다 보니 너무 지루해서 나는 하품을 참기 위해 입술을 깨물었다. 분위기는 점점 아래로 처졌고 비슷한 말을 읊는 황제 역시 피곤해하는 게 느껴졌다.

서너 시간 가까이 이어지던 백작위 수여식이 끝나고 잠시 다과 시간이 되자 주변이 어수선해졌다.

“데보라 공녀. 이런 곳에서 보니 색다르군. 그리고 오늘따라 더 아름다워.”

“황녀님. 그간 잘 지내셨습니까?”

“덕분에.”

5황녀가 반가운 얼굴로 일행과 함께 다가왔다. 그녀와 함께 나타난

이는 무려 황태자였다.

'그러고 보니 5황녀는 황태자의 유일한 여동생이었지.'

황후가 일찍 명을 달리했으니 동복형제인 두 사람은 아마 황실에서 서로 깊게 의지하는 사이일 것이다.

한편, 황태자는 이시도르와 가볍게 손을 맞잡고 어깨를 부딪쳤다. 절친한 친우끼리 할 법한 행동이었다. 그리고 난 사기꾼에게 깜빡 속고 있는 황태자를 보며 묘한 동질감을 느꼈다.

'전하. 이 양아치 새끼 블랑샤 마스터예요.'

그래도 애인의 목숨은 소중하니까 입은 다물고 있는 걸로…….

"이젠 비스콘티 공작이라고 불러야겠군."

"편하게 부르십시오, 전하."

"하하. 그래. 비스콘티 공작."

인사가 끝나자 황태자가 내 쪽을 호기심 어린 눈으로 빤히 바라보았다.

"……이쪽은 데보라 공녀입니다."

황족들은 먼저 인사를 청하지 않기 때문에, 이시도르가 어딘가 마지못한 기색으로 황태자에게 나를 소개했다. 황태자가 짧게 웃음을 터뜨렸다.

"이시도르 자네에게 이런 모습이 있을 줄은 몰랐군."

"……."

"내 여동생에게도 여러 번 이름을 들었네, 데보라 공녀. 비비엔이 그대에게 푹 빠졌더군. 마법 이론에 뛰어난 재능을 가졌다지?"

"과찬이십니다."

"겸손하긴. 로자드 경이 전쟁에서 활약하는 데 크게 공헌하기도 했고, 요즘 여기저기서 자네 이름이 들려와서 이렇게 한번 대화를 나눠 보고 싶었다네."

"……."

그가 입이 근질거리는 표정으로 말을 이었다.

"그런데 하나 궁금한 게, 이시도르 경과는 언제부터 그리 친했나? 저 친구가 생긴 건 안 그래도 이런 쪽에는 관심이 전혀 없었거든. 어느 날 갑자기 수도원에 들어간다고 해도 이상하지 않을 정도로."

"오라버니. 그런 질문은 데보라 공녀가 곤란하지 않겠습니까? 그리고 공녀와는 제가 더 친합니다. 그렇지, 데보라 공녀?"

5황녀가 이시도르 보란 듯 의기양양하게 나와 팔짱을 꼈다.

"우리는 깊은 지식을 공유하며 영혼끼리 교류하는 사이 아닌가. 기사들은 이해할 수 없는 한 차원 높은 세계지."

'근데 이시도르는 마검사인데.'

이시도르가 표정을 살짝 굳히며 눈썹을 슬쩍 들어 올리자 황태자는 피로한 얼굴로 관자놀이를 누르며 중얼거렸다.

"비비엔. 부탁인데, 혼인법 이야기는 제발…… 나중에 하자."

'대체 무슨 소리를 하는 거야.'

왜 나에 대한 이야기를 하는 것 같은데 알아들을 수 없는 말이 반이 넘는 건지. 혼란스러운 상태로 멀뚱멀뚱 서 있다가 어디에선가 스산한 시선이 느껴져서 고개를 돌렸다.

'뭐지?'

반 묶음 한 검은 생머리를 길게 늘어뜨린 아름다운 중년 여성과 불현듯 눈이 마주쳤다.

'……누군지 알 것 같다.'

이국적인 외모에 아까 전 황제 근처에 앉은 걸로 봐서 소설 속에 묘사된 4황비가 틀림없었다. 소설 연재분 후반부에서 꽤나 중요하게 묘사되는 어장남, 3황자의 어머니이기도 했다.

'근데 왜…… 날 노려보는 것 같지?'

내 쪽에 눈길을 두던 4황비가 이윽고 느릿하게 몸을 틀어 귀족들 사이로 사라졌고 나는 애써 기분 탓이겠거니 했다.

'하긴, 일면식도 없는 사이인데 왜 갑자기 노려봤겠어.'

하지만 눈이 마주친 순간 느꼈던 그 선뜩한 감각은 여전히 가슴께를 맴돌고 있었다. 벌렁거리는 심장을 다독이고 있을 때, 황태자의 말로 인해 퍼뜩 정신이 돌아왔다.

"비스콘티 공작, 데보라 공녀. 뒤풀이 연회에서 봄세."

"네. 전하."

"이따 보지."

5황녀가 내게 손을 흔든 뒤 멀어졌다. 그들이 사라지자마자 이시도르가 내게 말을 건넸다.

"혹시 어디 불편해요?"

내가 고개를 젓자 그가 내 손등을 가볍게 쓸었다.

"행사가 길죠? 이번 분기에 유난히 작위가 승격된 귀족이 많더군요."

이시도르처럼 부친에게서 작위를 물려받은 귀족도 있지만, 전공을 세워 작위가 높아진 귀족들도 제법 있었다. 최근 결계의 균열로 인해 몬스터 웨이브가 종종 일어나서, 로자드 말고도 변방에서 활약한 이들이 여럿 생겼기 때문이다.

3황자 역시 전쟁터에서 활약한 케이스였다. 소설 속에서 그는 북부지방 영주들의 지지를 등에 업고 수도로 돌아왔다. 소설에서는 제법 존재감 있게 그려지는데, 지금은 로자드 때문에 묻히는 감이 있는 것 같기도 하다.

'그나저나 로자드는 왜 갑자기 스타가 된 거지?'

황당하게도 최근 로자드의 활약을 그린 연극이 개봉한다는 소식이 들려오고 있었다. 인성은 파탄 난 놈이지만 이미지 관리를 잘한 데다, 잘생겨서 인기가 많았다.

안마기로 내게 거금을 벌어다 준 벨렉은 마탑에만 처박혀 마도구 수요를 맞추느라 급급했고.

'이래도 되는 건가.'

이상하게 상황이 원작과는 달리 흘러가고 있어서 나는 속으로 쩝 입맛을 다셨다.

"불편한 자리인데 같이 와 줘서 고마워요."

생각에 잠겨 있는 내게 이시도르가 다정하게 속삭였다.

"자리로 돌아갈까요? 곧 행사가 다시 시작할 거예요."

굳이 에스코트할 필요 없는 거리인데 이시도르가 팔짱을 끼고 싶은 모양인 듯 팔을 슬쩍 내밀었다. 그 모습이 귀여워서 나는 팔뚝을 살짝 꼬집었고 그는 뭐가 그리 좋은지 눈을 접으면서 웃었다.

그가 미소 짓는 순간 어딘가에서 돌고래 울음 같은 짧은 비명이 들렸지만 애써 무시했다.

얼마 후, 휴식을 위해 자리를 잠깐 비웠던 황제가 나타났고 잠시 멈췄던 작위 승계식이 다시 진행되었다. 그리고 긴 기다림 끝에 공작위 수여식이 거행되었다.

드높은 대리석 기둥 사이에 깔린 레드 카펫을 지나 높은 단상 위에 올라간 이시도르가 황제 앞에서 정중하게 무릎을 꿇었다.

"제국을 받치는 기둥, 비스콘티 공작 가문에 영광이 깃들기를 바라네."

마치 한 폭의 그림과도 같은 경건한 장면에 구경 온 이들조차 숨을 죽였을 정도였다.

'영상을 찍을 수 있는 마법은 대체 왜 없는 거지.'

그나마 다행인 건 이 광경을 그림으로 남기는 기록 화가들이 있다는 점이다.

'고통스러워 보이네.'

화가들은 당장에라도 종이를 찢고 싶은 얼굴을 하고 있었다. 저 얼굴을 어떻게 화폭에 담아야 할지 도저히 엄두가 안 나는 표정이었다.

'하긴. 사진이나 동영상으로도 저 실물을 담아내지 못할 것 같긴 해.'

나는 주접에 가까운 생각을 하며 그가 작위를 받는 광경을 한동안 넋 놓고 바라보았다.

행사 뒤풀이 연회는 황궁 중앙 그랜드 홀에서 진행되었다. 거물들이 참석하기 때문에 새롭게 작위를 받은 귀족들에겐 인맥 쌓기에 더할 나위 없이 좋은 자리이기도 했다.

"마탑주께서도 연회에 오시다니."

"당연히 불참하실 줄 알았는데."

공식 석상에는 등장해도 이런 비공식 연회에는 잘 나타나지 않는 시모어 공작이 모습을 드러내자 몇몇 귀족은 흥분했다.

그러나 이 기회를 통해 마탑주와 안면이라도 터 두고 싶어서 근처로 다가갔던 그들은 바로 백스텝을 밟았다. 시모어 공작의 분위기가 누구 하나 잡아 족칠 듯이 살벌했기 때문이다.

당장 홀을 전부 얼려 버릴 것 같은 눈초리를 하고 있던 그는 연회용 드레스로 바꿔 입은 데보라 공녀가 다가오자 자상하고 부드러운 아버지로 돌변했다.

'내가 방금 뭘 본 거지?'

근처에 서 있던 귀족 중에는 제 눈을 의심하는 사람도 있었다.

"데보라, 슬슬 집으로 돌아가자꾸나."

왠지 이를 악문 듯한 시모어 공작의 제안에 데보라의 눈매에 잠깐 곤란한 기색이 스쳤다.

이번 행사의 주인공이나 다름없는 이시도르는 연회장을 두어 시간 정도는 지켜야 하는데, 파트너가 지금 떠나면 그의 모양새가 이상해지기 때문이다. 하지만 그의 사정 따위 시모어 공작이 알 바 아니었다.

"참 피곤한 자리더구나. 웬 귀족이 이리도 많은지. 내일이 월요일이니 빨리 들어가서 쉬는 게 좋겠다."

"사실 아버지와 첫 곡을 추려고 했는데, 피곤하시면 먼저 들어가시겠어요?"

시모어 공작이 멈칫거렸다.

"크흠. 내가 피곤하다는 뜻은 아니었단다. 워낙 오랜만에 춰서 걱정되긴 한다만……."

그는 애써 기분 좋은 기색을 감추며 춤 신청을 하는 딸의 손을 가볍게 잡았다.

'기본 예의는 아는 놈이군.'

첫 춤을 기꺼이 양보한 이시도르는 홀로 벽에 기대어 서 있었다. 아름다운 영애들이 근처를 맴도는데도 눈길 하나 안 주는 이시도르를 보며 시모어 공작은 내심 혀를 내둘렀다.

'인간미 없는 놈.'

인간미가 넘쳐 질질 흘리고 다니는 것보다 낫지만.

'시모어와 어울리는 사람은 역시 마법사지. 기사는 별로야.'

자신이 그간 어리석고 자식들에게 무심해서 이제야 딸과 첫 춤을 추게 되었으니, 호시탐탐 딸을 노리는 이시도르가 도둑놈같이 느껴질 수밖에 없었다.

그가 딸의 손을 잡자마자 미뉴에트 곡이 시작되었다. 춤을 잊어버리다시피 한 시모어 공작이 아예 박자를 무시하며 스텝을 밟는데도 운동 신경이 좋은 데보라는 그에게 잘 맞춰 주었다.

"데보라."

시모어 공작은 느릿느릿 돌면서 말했다.

"아카데미에서 수식 초보자용 교재를 만든다면서?"

"엔리크 덕에 튼튼이 만들어 두었습니다."

"대견하구나. 나는 네가 지금처럼 원하는 일을 많이 했으면 좋겠다. 관습에 구애받지 않고."

사실 그녀는 돈 많은 백수가 되기 위해 바짝 일하는 것이지만 공작이 그런 속사정을 알 리가 없었다.

"그리고, 남자 말은 절대 믿으면 안 된다. 이건 진리다."

"……."

한편, 냉정하기로 유명한 마탑주가 딸과 춤을 추는 모습은 그 자리에 있는 모든 이의 이목을 끌었다. 데보라 공녀가 이브닝드레스를 펄럭이며 우아하게 돌 때면 감탄사가 흘러나오기도 했다.

'내 눈에만 예뻐 보이는 게 아니라 유감이군.'

벽에 선 채 무도회장을 조용히 둘러보던 이시도르는 흰 장갑을 고쳐 끼면서 시모어 공작과의 춤을 막 마친 공녀에게 다가갔다.

'오늘은 데보라 공녀에게 춤 신청을 하지 말아야겠어.'

무도회 파트너와 첫 춤을 추는 건 기본 에티켓이다. 시모어 공작은 직계가족이고 아버지라 예외로 둘 수 있지만, 그 외엔 이시도르와의 춤이 끝나야 그녀에게 춤 신청을 할 수 있었다. 이시도르가 춤을 안 추면 별수 없이 계속 기다릴 수밖에 없는 것이다.

그는 속내를 숨기며 공작이 밟아서 흐트러진 공녀의 드레스 자락을 조심스레 정리해 주었다.

"내 딸이 늦게 오면 비스콘티 공작에게 책임을 묻겠소. 전쟁 각오하라고."

시모어 공작이 경고하듯 속삭인 뒤에 무도회장을 나갔고, 이시도르는 묘한 기분으로 그의 뒷모습을 바라보았다. 아까는 정말 아이스애로우로 당장 목을 날릴 것 같았는데, 첫 춤을 양보해서 그런지 기세가 한풀 꺾였기 때문이다.

'여전히 갈 길은 멀어 보이지만.'

바다에 물 한 바가지 쏟아부었다고 짠맛이 희석될 리가 없었다.

"뭐라고 말씀하셨어요?"

"당신을 너무 피곤하게 하지 말라고 하셨어요. 아, 혹시 배고프지 않아요? 티 룸 쪽으로 가요."

"그러죠, 공작님."

둘은 뒤편에 마련된 티 룸으로 들어갔다. 아직 홀에서 대화를 나누는 사람이 많아서 핑거 푸드가 마련된 룸 안은 한산했다.

"이거 먹어 봐요. 크림치즈가 올라가서 맛있을 거예요."

이시도르는 먹이를 나르는 어미 새처럼 그녀에게 이것저것 챙겨 주었다.

훈제 연어가 올려진 비스킷을 먹으며 적당히 요기를 하고 있을 때, 3황자를 필두로 한 무리가 왁자하게 떠들면서 티 룸 안으로 들어왔다.

3황자, 하비에르 히스테치와 함께 나타난 무리는 이번에 후작으로 승격된 북부 지방 영주와 그 아들들이었다. 황실에서 준 군대를 끌고 북부로 지원을 간 3황자는 마물을 효과적으로 공략했고, 북부 영주들은 그의 옆에서 큰 전공을 세울 수 있었다.

개중 수도 사정을 잘 모르는 지방 영주의 장남, 미누 마르샬은 데보라 공녀의 악명을 언뜻 듣긴 했지만 제대로 실감하지 못했다.

"역시 수도 레이디들은 뭐가 달라도 다르군요."

그는 그녀가 예쁘다면서 아까부터 뒤에서 계속 쑥덕거리고 있었다. 그러던 와중에 한산한 티 룸에서 데보라 공녀를 만나게 되자 그는 그녀에게 다가가 춤 신청을 했고 바로 거절당했다.

"거절한다."

"이유가 뭔지 알 수 있습니까?"

"먹는 중인 거 안 보이나?"

"그, 지금 당장 추자는 것은 아니고 이따라도……."

"그건 안 되겠는데. 공녀는 파트너인 나와도 아직 춤을 안 추었고, 무엇보다 그대는 예의가 없군. 이곳은 춤 신청하기 적당한 장소가 아닌데 말이지."

비스콘티 공작까지 나서자 미누 마르샤은 도망치듯 물러났다.

그때, 샴페인 잔을 들고 있던 3황자가 돌연 샴페인을 데보라 공녀의 치마에 쏟았다. 마치 실수인 것처럼.

나는 속으로 기함했다.

'악! 차가워!'

예고도 없이 허벅지 부근이 축축해졌다. 실크 재질의 연보라색 드레스는 차가운 샴페인으로 흠뻑 젖어 몸에 기분 나쁘게 달라붙기 시작했다.

"이런, 내가 아름다운 레이디에게 실수를 저질렀군."

분명히 샴페인을 쏟는 손동작엔 고의성이 다분했는데, 3황자로 추정되는 눈앞의 남자는 눈썹을 들어 올리며 짐짓 놀란 척했다.

"실수……?"

내 중얼거림에 남자가 눈을 묘하게 접는다.

"그래. 내 실수로 기분이 상한 것 같아서 유감이야. 물론 드레스를 망친 것에 대해서는 레이디께서 만족할 만큼 보상하지."

갑자기 술을 뿌려 놓고, 미안도 아니고 유감이라니.

"사용인을 보내 지금 입은 것보다 유명한 디자이너의 드레스를……."

그의 말이 끝나기도 전에 나는 식탁보를 아래로 잡아 끌어당겼다. 곧 테이블 위에 있던 샴페인과 핑거 푸드 접시가 3황자의 왼쪽 다리 쪽으로 와르르 쏟아졌고, 그의 검은 정장 바지에 흰 크림이 들러붙었다가 툭 떨어졌다.

"……."

티 룸에는 잠시 정적이 깔렸다.

"실수로 손이 미끄러졌네요. 유감입니다. 보상으로 비싼 예복을 보내 드리도록 하죠."

나는 태연스레 말했다.

"……."

"후, 냄새가 지독하군."

나는 술 냄새를 풍기는 옷을 툭툭 털며 차가운 말투로 중얼대는 것도 잊지 않았다.

'혼잣말한 거니 엄밀히 따지면 반말은 아니지.'

일부러 3황자보다 더 뻔뻔하게 말하려고 했다. 이전 생애 같은 학과 진상 오빠를 떠올리면서.

"사람이 살다 보면 한두 번 실수도 하는 거지. 하여간 도희 넌 너무 완벽주의야."

상대방이 민폐를 실수라고 둘러대면서 대충 퉁 치려 할 때, 과거의 나는 제대로 대응하지 못하고 어리바리 넘어갔었다. 이럴 때는 상대방도 나처럼 황당한 기분을 똑같이 느끼게 해 주는 게 인지상정인데 말이다.

더불어 내가 이렇게 행동하는 건 이시도르가 내 말을 무조건 지지해 줄 거라는 확신이 있어서일지도 모른다.

"소문대로군. 안하무인."

3황자가 문득 이를 드러내며 사납게 웃었고 나는 손에 쥔 샴페인을 한 모금 마셨다.

“소문이 날 정도로 내가 유명인인가 보군요. 난 그쪽이 누군시는 모르겠지만, 방금 그게 실수라면 의사를 만나야 할 것 같은데…….”

4황비와 닮은 외모와 군청색 머리칼 때문에 눈앞의 남자가 3황자임을 유추했지만, 난 모른 척하며 말했다. 어차피 정식으로 통성명을 안 한 상대다.

소설 설정상, 3황자는 수많은 황족 사이에서 존재감이 거의 없는 인물이기도 했다. 물론 과거 황실 행사에서 오다가다 본 적은 있었겠지만, 그는 북부에 오랫동안 머물러 있었으니 인상이 변했을지도 모르고, 난 몰랐다고 우기면 그만이었다.

“의사?”

“샴페인을 제대로 못 들 정도로 수전증이 심하다는 건 큰 질병입니다. 그대 아버지께서 작위 계승권을 더욱 신중하게 고려해 봐야 할 정도로…….”

나는 황위와 먼 그의 3황자의 상황을 살짝 꼬집었다. 내 의도대로 그의 얼굴에 금이 가기 시작했다.

“이분께서 바로 3황자님이신데 수전증이라니요?!”

조금 전, 내게 춤 신청을 거절당한 멍청한 영식이 분기탱천하며 나섰다.

“자네는 아까부터 예의가 없군. 윗사람들끼리 대화를 나누는 중에 툭툭 끼어드는 예절은 어디서 배워 먹은 거지?”

이시도르가 차가운 어투로 영식을 저지했다.

‘말이 평소보다 거친데. 혹시 이시도르…… 화났나?’

영식은 피부에 닿는 그의 싸늘한 기운에 움찔거리면서 놀랐다. 냉정한 얼굴을 한 이시도르는 3황자에게로 시선을 돌렸다.

"방금 황족답지 않은 행동을 고의로 벌였다는 걸 스스로가 가장 잘 아시겠죠."

"하, 지금 나를 훈계하는 건가? 황제인 아버님조차 하지 않는 훈계를 풋내기 공작인 그대가?"

"아니요. 지적하는 겁니다. 차라리 직접 통성명을 요구하는 게 이보다 덜 구차해 보였을 겁니다."

이시도르의 날카로운 지적에 나는 3황자가 왜 일부러 샴페인을 쏟았는지 얼추 깨달았다.

황족들은 소개받고 싶은 사람이 있으면 직접 말을 걸지 않고 지인을 통하는 게 관례였다. 하지만 나와 3황자 사이에는 다리를 놓아 줄 적당한 귀족이 없다.

3황자는 내게 말을 걸고 싶은데, 제 체면도 지키고 싶으니 냅다 샴페인을 끼얹은 것이다. 아마 내가 뒤엎지 않았으면 제대로 보상해 준다는 빌미로 은근슬쩍 상황을 제 의도대로 끌고 나가려 했겠지.

'근데 나한테 왜 이래? 제발 여주인공인 미야랑 실컷 이야기하라고.'

속으로 어이없어하는 중, 구차하다는 단어에 굴욕감으로 하얗게 질려 있던 3황자가 입술을 비틀었다.

"비스콘티 공작. 그런 식으로 함부로 입을 놀린 걸 후회하게 될 거다."

밑천 떨어진 악당의 전형적인 대사였다.

"기대하죠."

이시도르가 눈을 여우처럼 좁히면서 예복을 벗었다. 그러곤 갑자기 그것을 내게 덮어 주었다.

"이브닝드레스를 여러 벌 준비하길 잘했네요. 다 어울릴 것 같아서, 하나만 고르기 힘들었는데.”

술에 젖은 부위는 치맛단과 허벅지인데 이러니 왠지 상체까지 젖은 것 같았다.

“감기에 걸리겠어요.”

때마침 귀족 무리가 티 룸으로 들어왔다가, 이시도르의 예복을 걸친 내 모습을 보고 어리둥절한 표정을 했다. 술 냄새가 진동하는 치마를 보고 내가 뭔가 일을 쳤구나, 지레짐작하는 분위기였다.

“갑자기 무슨 일인가요?”

하지만 나를 의심하던 시선은 곧 달라졌다.

“작위가 승격되었으니 들떠서 과음할 수 있긴 하지만…….”

3황자 일행을 보며 의미심장한 말을 흘린 이시도르가 나를 데리고 재빨리 티 룸 밖으로 향했다. 그들을 뒤로한 이시도르는 블랑샤에서 하듯 손가락을 가볍게 흔들었다.

와장창-!

뒤에서 무언가 요란하게 깨지고 박살 나는 소리가 났다. 난 저 난장판이 이시도르가 이동 마법으로 만든 작품임을 금방 깨달았다.

“이게 대체 무슨 일이죠?”

“벌써 취해서 실수한 귀족이 있는 모양인데요.”

누군가 이시도르가 흘린 말을 찰떡같이 번역해서 옮겼다.

“세상에…….”

요기를 위해 잠시 들렀던 나이 지긋한 귀족들은 와인과 샴페인 냄새로 진동하는 티 룸에서 도망치듯 빠져나오며 혀를 찼다.

“연회가 시작한 지 그리 오래되지 않았는데 벌써 취해서 저 모양으로 만들다니.”

"아무리 작위가 승격된 게 기뻐도 그렇지 채신머리없이 너무 요란하게 구는 것 같군요."

순식간에 상황을 제게 유리하게 만들어 버리는 이시도르를 보면서 나는 내심 혀를 내둘렀다.

난 젖은 드레스를 이시도르가 보낸 새로운 옷으로 바꿔 입고 다시 홀로 나왔다. 이시도르는 귀족들의 축하 인사를 받고 있다가, 내가 다가오자 곧장 자리를 옮겼다.

"더 이야기 안 해도 돼?"

"공작인 내게 누가 뭐라고 하겠어요? 간덩이가 붓지 않은 이상."

"권력 남용이네."

"지키려면 더 강해져야죠."

그는 의미심장한 목소리로 뭐라 작게 중얼거렸다.

"뭐?"

"조금만 있다가, 같이 나가서 산책하자고요."

하지만 곧바로 5황녀가 양손에 샴페인을 들고 다가오는 바람에 나는 그녀에게 한동안 붙잡혀 있었다.

3황자는 이마 위로 흘러내린 군청색 머리칼을 신경질적으로 쓸어 올렸다.

홀 안에 들어온 순간부터 계속 술을 홀짝이던 멍청한 북부 후작 영식이 돌연 와인이 늘어서 있는 기다란 테이블 바 위로 넘어졌고, 테이블이 도미노처럼 죄다 쓰러지면서 티 룸 내부는 손쓸 도리 없이 난장판이 되었다.

채신머리없는 빌어먹을 촌놈들 때문에 자신까지 수도에 올라오자마자 신나서 폭음한 멍청이처럼 비치게 되었다.

'젠장할, 술 냄새.'

그랜드 홀에서 빠져나온 그는 검은 예복을 거칠게 바닥으로 집어던졌다. 생각할수록 부아가 치밀었다. 북부에서 고생하다가 돌아오면 상황이 유리하게 바뀌어 있을 거라는 어머니의 말을 그는 철석같이 믿었다.

그 지루하고 추운 곳에서 모친이 붙여 준 흑마법사의 잔소리를 견디며 세력을 모았는데, 정작 중앙에 돌아오니 달콤한 열매를 채가는 놈들은 따로 있었다.

'그 존재감도 없는 여자가 성녀는 무슨…….'

그는 어머니가 소개해 줬던 미야를 떠올리며 짧게 혀를 찼다. 그런 심심한 여자보다는 차라리 비스콘티 공작으로부터 공녀를 빼앗고 그녀를 제 밑으로 굴복시키는 게 훨씬 더 자극적으로 느껴졌다.

오늘 자리에서 그의 눈에 가장 자주 들어온 건 데보라 공녀였다. 물론 아름다운 영애들은 많았지만, 데보라 공녀는 악녀라는 소문답게 차가우면서도 고혹적인 외모를 가지고 있어 은밀한 욕망을 자극하는 구석이 있었다.

'시모어라고 잘난 척하긴. 감히 황족에게.'

자신을 비웃듯이 쳐다보던 그 붉은 눈동자를 떠올린 3황자가 입술을 일그러뜨렸다. 제 밑에서 기어야 할 것들이 고개를 치켜들고 다니는 모습을 볼 때마다 매번 자존심이 긁혔다. 이 감각은 도무지 익숙해지지 않았다.

“하비. 왜 벌써 밖으로 나왔니? 안에서 더 이야기를 나누지 않고.”

하비는 하비에르의 애칭이었다. 그의 모친인 4황비가 다가와 안쓰러운 얼굴로 아들의 수척해진 얼굴을 쓸었다.

“하비. 이 술 냄새는 뭐지? 취하기엔 이른 시간인데…….”

그의 검은 눈동자 위에 짜증이 떠올랐다.

“마시지 않고 배기겠습니까?”

“왜 화가 났니?”

“전쟁 영웅이라는 그럴듯한 타이틀은 로자드 시모어가 가져갔고, 최근 비스콘티 공작위를 거머쥔 이시도르가 황태자와 친하다는 건 아마 모르는 귀족이 없을 겁니다.”

“…….”

“북부에서 그리 고생을 하다가 왔는데, 도리어 중앙 사교계에서는 끊임없이 밀려나고 있어요. 다 어머니 말대로 했는데!”

“진정하렴, 얘야.”

그녀가 눈에 담아도 아프지 않을, 저와 똑 닮은 아들을 바라보며 무저갱 같은 눈동자를 빛냈다.

“모든 게 네 뜻대로 될 거란다. 걱정 말거라.”

하지만 하비에르는 거칠게 그녀를 뿌리친 뒤 이를 악물고 제 처소가 있는 가을의 궁 쪽으로 빠르게 걸어갔다. 4황비는 어두운 눈으로 그런 아들의 뒷모습을 한동안 바라보았다. 피가 맺힐 정도로 입술을 세게 물어뜯으면서.

'아, 완전히 취했네.'

나 말고 5황녀 말이다.

양손에 샴페인을 들고 나타난 그녀는 경주하듯이 빠르게 잔을 비웠다. 이시도르에게 대뜸 이 자리에서 승부를 내자고 술을 권하면서. 5황녀와 대작하느라 이시도르 역시 제법 마셨는데 얄밉게도 그는 평소처럼 느긋했다.

"데보라 공녀. 그대가 사석에서는 날 비비엔이라고 편하게 불렀으면 좋겠어."

황녀가 술기운으로 인해 조금 붉어진 얼굴로 말했다.

"알겠습니다."

"그렇게 딱딱하게 굴지 말고 이름 불러 줘. 흐끅! 나 섭섭해."

"비비엔 황녀님."

내 부름에 촉촉하게 젖은 눈이 그윽해졌다.

"……한 번만 더."

'벌써 다섯 번째인데.'

비비엔은 취하면 똑같은 말을 반복하는 타입이었다.

"이 주정뱅이는 내가 데려가겠네."

보다 못한 황태자가 한숨을 푹 내쉬며 그녀를 둘러업었고 황녀가 씩씩거렸다.

"놔아-! 아직 내 이름 부르는 거 못 들었단 말이야."

"이미 실컷 들었단다. 제발 황족 망신 그만 시키고 들어가자. 아, 그리고 데보라 공녀."

황태자가 사람 좋은 미소를 머금고 날 바라보았다.

"네."

"다음엔 나와 한 곡 추지."

목소리에 장난기가 섞인 걸 보니 황태자는 이시도르를 놀리려는 의도가 분명했다.

"안 됩니다."

이시도르가 농담을 진지하게 받자 황태자가 헛웃음을 내뱉었다.

"별일이 다 있군. 이시도르와 어떻게 가까워졌는지 나중에 꼭 알려주게, 공녀. 그럼 우리는 가 보지."

딸꾹질을 심하게 하는 5황녀를 데리고 황태자는 유유히 퇴장했다.

"드디어 갔군."

이시도르가 짜증스럽게 중얼거리며 목을 조이고 있던 크라바트를 풀었다.

'왜…… 왜 그거 내리는 건데. 위험하게.'

"후, 더워."

멀쩡해 보였는데 술 때문에 열이 올랐는지 그가 셔츠를 가볍게 펄럭였고, 시야에 목의 기다란 빗근이 들어왔다.

"바람 쐬고 싶은데, 같이 나가죠."

나는 그를 따라 황궁 홀 뒤편 테라스로 나왔다. 숲 뒤에는 작은 분수대를 갖춘 정원이 있었다.

'이런 은밀한 장소는 어떻게 아는 거지?'

"황태자 때문에 본궁을 어릴 적부터 드나들어서 이 근처 구조는 대충 알아요."

이시도르가 분수대에 걸터앉았고 나는 그의 옆에 자리를 잡았다.

"겨우 둘만 남았네."

내게 바짝 붙어 앉은 이시도르가 기분이 좋아진 듯 강아지처럼 순하게 웃는다. 평소보다 눈가나 입매가 더 풀어져 있어서 더더욱 대형견 같았다.

'설마 취했나?'

"나 조금 취한 것 같아요."

그가 내 머리끝을 조심스레 매만지며 긴 속눈썹을 내리깔았다.

"아직은 괜찮으니 걱정 말고. 춥지는 않죠?"

"응."

아스테이아는 선선한 기후가 오래 지속되어서 봄과 가을이 길고 여름과 겨울은 짧았다. 맞닿은 팔이 신경 쓰였기 때문에 추위를 느낄 겨를이 없기도 했다.

그가 내 머리를 살짝 끌어당겨 어깨에 기대게 만들었다. 가까이서 들리는 이시도르의 숨소리에 나는 조금 긴장했고, 그는 허리까지 오는 보라색 머리칼을 가지고 잠시 손장난을 쳤다.

"다른 사람이랑 춤추지 마요."

그가 문득 머리카락을 꾹 쥐며 뚱하게 말했다.

"나랑 추려는 사람이 있긴 하려나?"

"방금 신청받았잖아요."

"아마 황태자 전하는 비스콘티 공작님을 놀리려고 한 말일걸."

소설에 정확하게 명시되어 있었다. 황태자는 미야처럼 청순가련한 타입을 좋아한다고.

"은근히 자각이 없어."

작게 중얼거린 이시도르가 내 앞머리를 느리게 쓸어 올렸다. 이마에 뜨거운 입술이 한 번 닿았다가 떨어졌다.

"예쁘다."

그가 다시금 눈꼬리를 늘어뜨리며 웃는다.

'이시도르는 취하면 웃음이 헤퍼지는 편인가 보네.'

"나…… 왠지 자꾸 얼빠진 놈처럼 실실 웃는 것 같은데."

그때 그가 슬쩍 미간을 좁히며 입가를 손으로 문질렀다.

"혹시 취하면 독심술이 생겨?"

"공녀야말로 매번 속에 있는 말을 꺼내고 싶게 만들면서."

"내가?"

"네. 그렇게 예쁜 눈으로 빤히 쳐다보면 나도 모르게 솔직해진다고."

그는 날 탓하면서 천천히 깍지를 꼈다.

"키스하고 싶어요. 그날 이후로, 그 생각밖에 안 했어요."

그의 여과 없는 언사에 나는 가슴께가 얼얼해지는 기분을 느꼈다. 사실 나 역시 시시때때로 생각했다. 허공으로 붕 뜨는 것 같으면서도 심장부터 목까지 조여드는 감각을 떠올리고 있을 때, 이시도르의 아름다운 얼굴이 천천히 다가왔다.

'역시 독심술을 하는 게 분명해.'

나는 그의 손가락이 얽혀 있는 손을 꽉 그러쥐며 눈을 감았고, 그는 작게 웃는 소리를 내면서 내 턱에 입술을 댔다. 그가 턱 끝에 여러 번 쪼듯이 입을 맞췄다가 다급히 입술을 삼켜 물었다.

한 팔로 허리를 뱀처럼 감으면서 입 안 깊이 파고들다가 혀를 지근지근 깨물며 제 입속으로 나를 끌어당긴다. 혀에 그가 마셨던 달짝지근한 샴페인 맛이 맴돌았다. 깊게 부대낄수록 취한 것처럼 머리가 멍해졌다.

그는 끊임없이 내 입술과 혀를 빨아들이고 머금기를 반복했다. 갈증을 못 견디는 사람처럼 절박하게.

어느 순간, 과부하되어 고장 날 것 같은 기분이 들어서 나도 모르게 입술을 다급히 떨어뜨렸나. 마주한 그가 나른한 얼굴로 숨을 골랐다. 그의 모양 좋은 입술엔 내가 바른 립스틱이 흐리게 번져 있었고 잘 정돈되어 있던 앞머리는 헝클어졌다.

크라바트가 풀어진 셔츠 깃은 평소보다 더 넓게 벌어져 있어서 왠지 나쁜 것을 훔쳐보는 느낌이 들었다. 눈앞에 보이는 빗장뼈가 우묵하게 들어갔다 나왔고 가슴팍은 거칠게 오르락내리락했다.

"묻었어."

머릿속에서 적색 불이 들어와서 나는 황급히 시선을 피하며 손수건을 내밀었다. 그는 입가를 천천히 닦고는 자리에서 일어났다.

"마차 앞까지 데려다줄게요."

꾹 잠긴 목소리로 말한 이시도르가 날 일으켜 세웠다. 분명 공기 중에는 아슬아슬한 긴장감이 느껴지는데 그는 순순히 물러나는 듯했다.

묘한 아쉬움과 탈력감에 젖어 있을 때 그가 작게 욕을 삼키며 내 양 뺨을 잡고 한 번 더 입을 맞췄다. 전혀 정제되지 않은 거친 입맞춤이 빠르게 휩쓸고 지나갔다. 통째로 먹힐 것 같다는 착각이 들 정도였다.

"그런 얼굴은 내 앞에서만 해요."

그가 숨을 몰아쉬며 조금 애원하듯이 말했다.

"어떤 얼굴……?"

"지금 그 표정이요. 생각해 보니까 오늘 내내 당신을 나만 독점하고 싶었던 것 같아요."

이시도르는 내 귀 뒤쪽에 도장을 찍듯 이를 세웠다. 따끔거리는 걸 보니 분명 붉은 자국이 남았을 것이다.

"많이 좋아해요."

하지만 뭐라 하지도 못하게 그가 고백을 했다. 다정하고 한편으로는 간절한 표정을 지으면서. 매사에 치밀하던 그가 날것의 감정을 요령 없이 들이밀면, 나는 꼼짝도 할 수가 없었다.

"나도, 그래."

얼얼한 입술을 달싹이던 나는 헤어지기 전, 마차 앞에서 그의 뺨에 가볍게 입술을 댔다.

방금 더한 것도 실컷 했으면서 그는 놀란 표정이었다. 그런 반응에 순간 부끄러워졌기 때문에 나는 뒤도 돌아보지 않고 빠른 걸음으로 마차에 올라탔다.

갑자기 입을 맞추곤 쌩한 태도로 떠난 공녀 때문에 이시도르는 뺨을 감싸 쥔 채로 잠시 멍하니 있었다. 한 박자 늦게 목덜미에서 열이 올라왔고, 짙은 고양감이 가슴을 맴돌았다.

데보라는 제 감각뿐 아니라 감정까지 마치 목줄 당기듯이 쉽게 쥐락펴락했다.

'헤어지자마자 더 보고 싶어.'

사실 이렇게 빨리 보내기 싫었다. 아마 장소만 황실이 아니었다면, 밤새도록 입술을 붙이고 있었을 것이다. 정신 나갈 정도로 좋았으니까.

'다음 약속을 바로 잡아 둘걸.'

방해꾼들 때문에 인내심을 발휘하느라 정작 중요한 걸 잊고 있었다.

'황족이라 더 성가시군.'

어딘가 필라프를 떠올리게 만드는 3황자의 눈동자를 생각하면서 미간을 좁히고 있던 이시도르는 그녀의 립스틱이 옅게 묻어 있는 손수건을 품에 집어넣고 저택으로 돌아가기 위해 말에 올라탔다.

타운 하우스에 도착하자 사용인들이 진정한 공작이 된 그를 맞이하기 위해 분주하게 움직였다. 이시도르는 말에서 내려 자신을 마중 나온 미겔에게 다가갔다.

"뭐지?"

"아가트 님께서 오셨습니다."

"고모님이?"

그의 눈썹이 비스듬하게 올라갔다. 아가트 바슬레인은 이시도르의 작은 고모였다. 그에게 남은 유일한 핏줄이기도 했다.

바슬레인 후작 부인은 망나니인 제 오빠와는 절연할 정도로 사이가 안 좋았지만, 영민한 조카는 몹시 아꼈다. 어느 정도냐면, 인간 말종 따위 추모할 마음이 전혀 없다며 비스콘티 공작의 장례식엔 등장하지도 않았다.

그런 바슬레인 부인이 작위를 받은 조카를 축하하기 위해 영지에서 올라와 저택에 들른 것이다.

"지금은 여독을 풀기 위해 쉬고 계시고, 공작님께서도 작위식 때문에 피곤하실 테니 내일 오전에 뵙길 청하셨습니다."

바슬레인 부인과 죽은 황후가 아는 사이고, 서로 다리를 놔 주었기 때문에 황태자와 이시도르가 어릴 때부터 가깝게 지낸 것이기도 했다.

"이곳에서 지내시는 동안 불편함 없게 최대한 신경 써 드려."

아버지와는 달리 고모에게는 애정이 있는 이시도르는 미겔에게 당부한 뒤 제 방으로 들어갔다.

"그간 고생 많았다."

이른 아침, 문안 인사를 하러 온 이시도르를 그의 고모인 바슬레인 후작 부인이 가볍게 끌어안고 토닥였다.

"고생이랄 것도 없었습니다."

"하긴, 못난 아비 뒤치다꺼리에 진력이 나 있을 테니."

그녀는 냉정하게 말했다.

"가신들도 널 더 잘 따르는 모양이고."

어딘가 우울한 분위기가 감돌던 저택 분위기가 이전과는 확연히 달라져 있었다.

'이렇게 잘 자라 주다니.'

그녀는 애틋함과 대견함을 느꼈다. 고작 영민하다는 말로는 부족한 조카였다. 검술 선생들은 하나같이 이시도르를 소드 마스터가 될 기재라고 입을 모았고, 가정 교사들은 각 학문 분야에서 한 획을 그을 수 있을 만큼 머리가 뛰어나다고 감탄했다. 그래서 전전대 가주인 바르도 비스콘티는 아들보다 손주인 이시도르를 훨씬 아꼈다.

부친에게 좋은 말을 한 번도 들은 적이 없던 알베르트 비스콘티가 이시도르에게 열등감을 느꼈던 가장 큰 원인이었다.

"저놈, 아버지 아들이 틀림없어."

심지어 알베르트는 이시도르를 제 아들이 아닌, 나이 차이가 크게 나는 막냇동생이라고 의심하기까지 했다.

그런 망나니 아버지 밑에서 이시도르가 저렇게 반듯하게 자란 건 기적이나 다름없었다.

"그나저나, 그 못된 인간이 이리 허무하게 갈 줄은 몰랐는데."

그녀는 차를 홀짝이며 한숨처럼 중얼거렸고 이시도르는 쓴웃음을 감추기 위해 차를 한 모금 마셨다. 아버지의 죽음은 허무하다 못해 황당했다. 사용인들의 증언을 들으니, 더 가관이었다.

'술에 마약을 타서 마시고 있었을 줄이야.'

사실, 알베르트 비스콘티의 갑작스러운 사망은 원작에서는 없던 사건이었다. 소설에서는 이시도르가 수도보다 남부 영지에서 머무는 시간이 길었고, 질 떨어지는 이들이 성에 드나들면 빠르게 뒤에서 처리했다.

하지만 이시도르가 데보라 공녀와의 동업으로 인해 오랫동안 수도에 머물면서 알베르트 비스콘티는 더욱 방종해졌다. 더욱 큰 자극을 찾던 그는 마약을 거래하는 무리배들을 성 내부까지 끌어들여 폭음하다가 심장 발작으로 사망하고 만 것이다.

전 비스콘티 공작의 돌연사는 이시도르의 행동 변화로 발생한 우연적인 사건이었다. 그리고 이시도르의 갑작스러운 공작위 계승 건 때문에, 작위가 승격된 3황자의 세력은 중앙 사교계에서 회자되지 못하고 흐지부지 묻힐 수밖에 없었다.

요즘 사교계는 젊고 수려한 비스콘티 공작이 언제 누구와 혼인할 것이며, 어떤 행보를 걷게 될 것인지에만 온통 관심이 쏠려 있었다.

"최근엔 어딜 가나 네 이야기뿐이더구나."

바슬레인 후작 부인은 한동안 조카에 대해 꼬치꼬치 캐묻는 귀부인들에게 시달렸었다. 관심이 집중된 와중에 첫 공식 석상에서 이시도르와 함께 나타난 파트너가 시모어의 공녀라는 건 의외였다.

'조카가 어련히 알아서 잘하겠냐마는.'

화려한 배경을 가진 영애지만 평판이 안 좋은 점이 신경 쓰였다. 아니 땐 굴뚝에 연기 나는 경우는 거의 없으니까.

'왜 하필 말 많은 영애를…….'

그녀는 생각을 속으로 삼켰다. 안 그래도 신경 쓸 게 많을 텐데 주책맞게 이런저런 참견을 하고 싶지 않았다. 우려를 담아서 쳐다보는데, 이시도르가 부드럽게 웃었다.

"사교계는 금방 들끓고 빠르게 식으니 곧 잠잠해질 겁니다."

그녀는 고개를 절레절레 저었다.

"글쎄다. 그건 두고 봐야 알겠구나."

이시도르의 파트너가 데보라 공녀였다는 사실로 아카데미는 연일 떠들썩했다. 그녀가 공작에게 선물받은 보석이 몹시 희귀한 데다 이니셜까지 음각되어 있어서 더더욱 그랬다. 보석에 이름을 새기는 건 준비 기간이 제법 필요한 작업이었기 때문이다.

"처음부터 데보라 공녀를 염두에 두고 있었는데 시릴 영애는 헛물만 켰네요."

망신살이 뻗쳤기 때문인지 최근 시릴 영애는 아카데미에 모습을 드러내지 않았다.

"듣기로는 보석뿐 아니라 이브닝드레스까지 다양하게 준비해서 선보였다던데요."

"진지한 관계가 아니라면 그런 정성을 설명할 수 없죠."

이시도르를 내심 마음에 두고 있던 영애들은 낙담하는 분위기였다.

"그런데, 공작님은 데보라 공녀 성격을 익히 알 텐데 어째서……."

"집안이 좋잖아요. 어린 공작이 입지를 다지기엔 괜찮은 상대니까요."

이 와중에도, 여전히 둘의 관계를 인정하지 않으려 드는 영애들도 있었다. 하지만 소문의 주인공들은 여봐란듯이 함께 교정을 거닐었다. 사실은 이시도르가 공녀 얼굴이 보고 싶다면서 대뜸 마법학부 쪽으로 찾아온 것이지만.

"공작님. 그만하시죠?"

"뭘요?"

"쳐다보는 거."

겨우 이틀 못 본 거로 금단 현상이 와서 죽을 뻔했다고 말하면서 이시도르는 공녀의 얼굴을 뚫어질 듯이 빤히 바라보고 있었다.

"헐."

근처를 지나던 기욤이 그 묘한 광경을 보면서 입을 딱 벌렸다.

"두 분 분위기 좋은데? 사귀나?"

굳은 기욤을 뒤로하고 티에리가 껄렁거리며 한량처럼 다가가자, 데보라 공녀가 날카로운 눈을 슥 치켜떴다.

"아, 아님 말고."

"맞는데 왜 말아. 역시 티에리 경이 눈치 하나는 세계 제일이네."

반면 이시도르는 빙긋 웃으며 태연하게 말했고 티에리가 움찔거렸다.

“진짜? 대체 언제부터? 데보라 공녀, 내가 이시도르 경보다 덜 조신할지는 몰라도 애교는 훨씬 더 많거든. 재고해 봐.”

“애교가 아니라 뻔뻔한 거겠지.”

농담인지 진담인지 모를 티에리의 도발에 이시도르가 살짝 짜증을 냈다.

“아, 피아노도 더 잘 치는데.”

비록 다시는 들으러 오지 않았지만. 매정하다고 생각하면서 티에리는 투덜거렸다.

“그놈의 피아노, 나도 매일 연습 중이니까 그만 좀 어필하지?”

그때 공녀가 문득 눈가를 살며시 휘며 웃음을 참는 기색을 보였고, 티에리는 얼음 장미가 녹는 듯한 모습에 입을 슬쩍 벌렸다.

“이러면 또 마음 아파지는데.”

“혹시 나랑 결투하고 싶어?”

이시도르가 장갑을 반쯤 벗자 티에리는 서글서글하게 웃으며 물러났다.

“농담이야. 잘하라는 뜻이었어. 자네만 인기 많은 거 아니니까.”

“공녀가 인기 많은 건 내가 누구보다 잘 알아.”

“다행이네. 공녀, 저놈이 속 썩이면 언제든 말해요.”

티에리는 끝까지 능글맞게 깐족대다가 사라졌다. 이시도르는 방심할 수 없는 놈이라고 중얼거렸다. 데보라 공녀는 그저 실없는 장난으로만 여기는 것 같았고, 본인도 진지하게 생각하지 않긴 했지만.

“진짜 아직도 연습 중이야?”

“뭐…….”

그녀가 살짝 손을 맞잡아와서 이시도르는 금세 기분이 풀렸다.

"아까 전에 봤어요?"

"진지하게 교제한다는 소문이 사실일지도 모르겠어요."

신학서에 뒷말은 금한다고 쓰여 있음에도 신성력을 가진 학생들조차 귀가 따가울 정도로 떠들어대는 이름 때문에 미야는 귀를 막고 싶어졌다.

'재수 없어.'

그저 고위 귀족으로 태어났다는 이유로, 데보라는 미야가 원하던 사교계의 관심을 너무도 쉽게 가져갔다.

"몰락 귀족의 딸인 당신에게 이런 좋은 기회가 주어진 것만으로도 감사해야 하는 상황인데, 어찌 그리 매사에 소극적이지?"

틈만 나면 깐깐한 얼굴로 매섭게 지적하는 프랑소아 후작의 말이 떠오르면서, 속이 더욱 시끄럽게 들끓었다.

미야는 최근 프랑소아 후작 밑에서 후원을 받으며 지내고 있었다. 프랑소아 후작은 원로원 귀족으로, 청년처럼 매끈한 외모와 점잖은 화술로 귀부인들에게 인망이 좋았다.

인맥이 제법 넓은 그는 각종 행사에 미야를 데리고 다녔다. 최근 여신의 탄생제 기간이라서 귀족들이 여는 자선 행사가 많았고, 미야는 그런 자리에서 신성력을 발휘하며 얼굴마담 역할을 하고 있었다.

더러운 환자를 만지면서 온갖 고생을 감내하는 자신과 달리, 화려한 보석을 두르고 파티에 다니면서도 원하는 것을 모조리 손에 넣는 공녀를 생각하니 부아가 치밀어서 미야는 짜증스럽게 입술의 거스러미를 물어뜯었다.

비릿한 피가 흘러나왔지만 통증에 무뎌져서 아프지도 않았다. 그녀는 터진 입술을 더 꽉 사리물며 주먹을 그러쥐었다.

'자꾸 비슷한 꿈이 반복되고 있어.'

최근 꿈자리가 뒤숭숭하고 꺼림칙했지만 그렇다고 건강에 특별한 문제가 있는 것도 아니기에 나는 애써 무시하고 물을 한 모금 마셨다.

비싼 고급 쿠션 위에서 웅크리고 있던 퍼플이 내 기척에 눈을 뜨곤 조심스레 다가온다. 녀석은 날 다독이듯이 손가락을 여러 번 핥았다. 필라프의 고대 아티팩트에서 탈출한 후 더 커진 퍼플을 끌어안고 있다가 나는 자리에서 일어났다.

시모어의 타운 하우스는 아침 안개가 자욱했다. 고즈넉한 분위기를 풍기는 정원을 바라보던 나는 산책이나 할까 해서 밖으로 나왔다.

"일찍 일어났구나."

마침 아버지가 정원 근처를 거닐고 있었다.

"피곤해 보이는데, 제대로 못 잤느냐?"

"악몽을 꿔서요."

"저런. 수면에 좋은 음료를 보내마."

시모어 공작의 걱정스러운 얼굴을 보니 마음이 좀 나아졌다. 난 어느샌가 그를 아버지로 받아들이고 있었다. 짙은 청록색으로 물든 화원 안을 걷다가, 공작이 문득 입을 뗐다.

"아, 그리고 네 예법 교육을 해 줄 귀부인을 수소문하는 중이다."

"알겠습니다."

아직은 시간적인 여유가 있는데도, 공작은 내 데뷔탕트를 미리 준비하고 있었다. 사교계 데뷔를 앞둔 딸의 예절 교육은 모친이 담당하는 경우가 대부분이기 때문에 공작의 표정은 씁쓸했다.

"걱정 마세요."

내가 그의 팔을 잡자 공작은 피식 웃으며 내 머리칼을 부드럽게 쓰다듬었다.

"날 위로하려 하다니, 다 컸구나. 화원을 파헤쳤을 때는 뭐 이런 녀석이 다 있나 싶어서 어처구니가 없었는데."

두런두런 평범한 이야기를 하던 시모어 공작은 엔리크가 다 함께 나들이를 가고 싶어 한다는 이야기도 꺼냈다.

"말 나온 김에 근교로 나가면 좋겠구나."

"나도 시간을 내야 하겠지?"

아버지가 가족 나들이 준비를 한다는 소식을 들은 벨렉이 뒷짐을 지며 말했다.

"가벼운 피크닉인데 의무감으로 참석할 필요는 없지 않겠습니까?"

가신의 대답에 벨렉이 미간을 좁혔다.

"자네는 내가 가벼운 모임을 열면 진짜 안 나올 생각인가 보지?"

"……죄송합니다."

"그리고 로자드만 참석하면 나는 아버지께 점수 딸 기회를 놓치는 거 아니냐?"

가고 싶으면 가고 싶다고 솔직히 말하면 될 걸, 벨렉은 이런저런 핑계를 대며 참여 의사를 밝혔다.

'평소대로 마탑에나 틀어박혀 있을 것이지, 왜 벨렉은 자꾸 안 하던 짓을 하지?'

한편, 각종 사교 모임에 불려 다니던 로자드는 쌍둥이 동생이 나들이에 낀다는 소문에 울며 겨자 먹기로 시간을 비웠다. 이런 상황에서 자신만 빠지면 좋을 게 없기 때문이다.

결국, 나들이 당일 시모어 직계가 모두 모였다.

그들을 보필하기 위해 대기하던 사용인들은 아름다우면서도 한없이 차가워 보이는 시모어 가문 사람들의 화려한 면면에 내심 혀를 내두를 수밖에 없었다.

"너희 둘은 왜 왔느냐? 눈코 뜰 새 없이 바쁘다고 들었는데."

바쁜 아들 둘이 나란히 얼굴을 내밀자, 시모어 공작은 황당해하면서도 싫지는 않은 표정이었다.

"홀로 동부에 있으니 가족 얼굴이 자주 생각나더군요."

'하, 저…… 가식 덩어리.'

로자드가 유들유들하게 말하자 벨렉은 바로 헛웃음을 삼켰다.

기대감에 잠을 설쳤던 엔리크는 별로 안 친한 형들이 난데없이 등장하자 하얗게 굳은 얼굴로 눈을 깜빡였다.

"기왕 왔으니 쫓아낼 생각은 없다. 가자."

시모어 공작이 농담조로 내뱉으며 앞장섰다.

얼마 후, 시모어 직계를 태운 긴 마차 행렬이 타운 하우스를 지나 근교 사유지로 향했다.

'왜 하필 목장이야.'

나는 긴장을 꾹 삼키면서 사용인이 끌고 온 하얀 말에 올라탔다. 승마는 귀족들의 기본 소양이라 타운 하우스에서 한두 번 연습 삼아 몰아 본 적이 있긴 한데, 이런 큰 목장에서 말을 타는 건 처음이었다.

'운동 신경이 좋아서 다행이다.'

속도광인 데보라는 빠르게 말을 몰았겠지만 나는 최대한 느릿하게 말을 몰며 승마에 적응해 나갔다. 그러다가 본의 아니게 시모어 공작의 속도와 맞추게 되었고, 아버지는 뭔가를 오해한 듯 기분 좋은 얼굴을 했다.

"이렇게 느긋하게 풍경을 보면서 말을 타는 것도 나쁘지 않지?"

"……네."

벨렉과 로자드는 저 멀리서 경쟁적으로 말을 달리고 있었다. 상대보다 뒤처지는 게 자존심이 상하는 모양이었다.

"쯧! 저것들은 여기까지 와서도 저 난리군. 가만히 보면 우리 막내가 제일 의젓하단 말이야."

꼿꼿한 자세로 말을 몰던 엔리크는 아버지의 칭찬에 흰 뺨을 살짝 붉혔다. '우리 막내'라는 말이 마음에 든 게 틀림없었다.

얼마 후, 산장이 있는 큰 호숫가가 나왔고 사용인들은 간단히 요기할 음식과 차를 준비했다. 호수 위에는 커다란 차양이 설치된 뱃놀이용 나룻배가 서 있었다.

'신선놀음이군.'

하늘과 나무를 고스란히 반사한 거울 같은 호수를 넋 놓고 구경하고 있을 때 벨렉이 다가왔다.

"데보라. 누가 먼저 도착한 것 같아?"

그가 유치한 물음을 던졌고 로자드는 말고삐를 당기면서 나를 빤히 바라보았다.

"뒤에서 그걸 어떻게 알아?"

고래 싸움에 새우 등 터지고 싶지 않아서 나는 바로 발을 뺐다.

"솔직히 누구 응원했어?"

"아무도 응원 안 했어."

"지금이라도 생각해 봐. 마음이 기우는 쪽이 있을 거 아니야?"

"오라버니가 날 누나라고 부르고 싶어서 이렇게 유치하게 구는 건 잘 알겠네."

"그걸 크게 말하면 어떡해?"

벌게진 벨렉을 뒤로하고 나는 산장 앞 의자에 앉아 주변을 둘러보았다. 시모어 공작은 엔리크에게 물수제비 던지는 방법을 가르쳐 주고 있었고, 로자드는 말을 몰고 근처를 한 바퀴 도는 중이었다.

서로 왕래도 없던, 피폐한 집구석답지 않은 평화로운 광경이었다.

"그런데 데보라. 궁금한 게 있다."

벨렉은 지치지도 않고 내 맞은편에 자리를 잡았다.

"유치한 질문은 안 받아."

"심각한 질문이다. 일전에 네가 디자인했던 아티팩트가 다섯 개나 팔렸던데 정확한 용도가 뭐지?"

"솜사탕이라는 디저트를 만드는 기계야. 용기의 회전으로 인해서 설탕 액이 외벽에 몰리게 되고, 작은 구멍을 통해서 가는 실처럼 외부로 뿜어져 나오는 거지."

"허, 그게 아르망에서 쓰이고 있었다니."

"……아르망을 알아?"

나는 모르는 척 되물었다.

"커피를 파는 곳이잖아. 잠을 쫓는 데에 효과가 좋아서 요즘 마탑에서는 너도나도 그곳을 찾고 있다."

벨렉도 알고 있을 정도로 나날이 커피 수요가 늘어나고 있지만 마냥 기뻐할 일은 아니었다.

'원두 공급에 점점 차질이 생기겠어…….'

눈치 빠른 페르딘 공국 상인들이 점점 원두 가격을 올리고 있어서 더 골치가 아팠다.

'깡패 같은 브루노 상단이 없어져서 좀 순조롭나 했는데.'

고민에 잠겨 있던 나는 이내 걱정을 접어 두고 호숫가로 시선을 던졌다. 일 생각을 하기에 이 장소는 너무 아름답고 평화로웠다.

"젠장!"

그때 또다시 벨렉이 산통을 깨면서 벌떡 일어났다. 테이블에 앉은 커다란 풍뎅이를 보고 기함한 것이었다.

'진짜 가지가지 하네.'

귀신은 무서워해도 벌레는 딱히 무서워하지 않아서 난 손수건으로 풍뎅이를 잡아 바닥으로 떨어뜨렸다.

"무슨 벌레가 이렇게 커?"

"이쯤 되면 날 누나라고 불러야 하는 거 아냐?"

"누나!"

마침 엔리크가 날 부르면서 다가오다가 벨렉과 눈이 마주치고 주춤했다.

"막내는 아직도 쥐방울만하군."

"아, 아니, 더 클 건데요!"

벨렉이 비웃는 얼굴로 자리에서 일어났고 아이는 그의 뒷모습을 씩씩거리면서 노려보다가 내 옆에 앉았다.

"형님은 무섭고 나빠. 난 누님이 제일 좋아요."

'아, 너무 귀여워.'

분한 얼굴로 우유를 벌컥벌컥 마시는 엔리크를 나는 여러 번 쓰다듬었다. 아이는 머리칼을 파르르 떨며 흰 우유가 묻은 입가를 박박 문질렀다.

곧 시모어 공작도 테이블에 앉아서 가볍게 요기를 했다. 제각각 놀긴 했지만 피크닉은 예상보다 순조롭게 진행되었다.

"누나. 호수 보러 가요?"

형들 때문에 낯을 가리면서 굳어 있더니, 이제 긴장이 풀렸는지 엔리크가 병아리처럼 날 졸졸 따라다니면서 말을 걸었다.

"응. 같이 갈래?"

엔리크가 고개를 크게 주억거리곤 내 손을 꼭 쥐었다.

나는 차가운 호숫물에 잠시 손을 담갔다가 들풀이 피어 있는 곳에 앉았다. 내 옆에 쪼그린 엔리크는 기분 좋은 고양이처럼 꽃냄새를 맡았다.

"누나. 이거요."

엔리크가 꼬물꼬물 작은 손으로 만든 꽃반지를 보여 준다. 손을 내밀자 아이는 조심조심 꽃을 손가락에 끼워 주었다.

"기특해. 누나 주는 거야? 고마워, 엔리크."

내가 보답으로 엔리크의 귀에 하얀 들꽃을 꽂아 주자 아이가 해맑게 웃는다.

'기뻐 보여.'

생각해 보면 엔리크는 이렇게 가족들과 소속감을 느끼면서 마음 편하게 노는 것이 처음일 것이다. 따듯한 감각이 가슴에 번져서 나도 모르게 마주 웃으며 아이의 머리칼을 가볍게 쓰다듬었다.

말을 나무 그루터기에 세워 둔 로자드는 엔리크와 데보라가 노닥거리는 모습을 지켜보면서 무심결에 제 어린 시절을 떠올리고 있었다.

'새삼스럽게.'

여동생이 어머니와 외양만큼은 똑 닮았기 때문일지도 모른다. 들꽃 사이에 둘러싸인 모습을 보니 과거, 모친의 손을 잡고 화원을 거닐던 순간이 향수처럼 코끝을 스쳐 지나갔다.

'……변했어.'

대체 뭐가 데보라를 변하게 했을까.

'비스콘티 공작인가?'

데보라는 본인뿐 아니라 주변의 변화도 끌어내고 있었다. 집안 분위기, 엔리크, 벨렉, 아버지까지.

'이런 분위기가 영 적응이 안 된단 말이지.'

덤덤한 표정으로 팔짱을 끼고 있던 로자드는 문득 그녀가 엔리크를 향해 상냥하게 웃어 주는 모습을 목격하고 심장이 철렁 내려앉는 것을 느꼈다. 순간, 과거 모친의 웃음이 겹쳐지듯 떠올랐으니까.

'그동안 단 한 번도 어머니와 데보라가 닮았다고 생각한 적 없었는데.'

물론 외양은 닮았지만, 데보라에게 모친 특유의 잔잔한 호수 같은 분위기는 전혀 없었다. 하지만 방금은 아니었다. 자신과 비슷한 생각을 한 듯, 벨렉도 아까부터 데보라가 있는 곳을 힐끗거리고 있었다.

'벨렉은 데보라와 시간을 보내고 싶어서 온 거였군.'

쌍둥이라서 그런지 그의 심리가 순간적으로 짐작이 되었다. 로자드는 다시금 여동생의 얼굴을 눈여겨보다가 부친이 서 있는 나룻배 쪽으로 갔다.

"너도 타게?"

"마법으로 풍량을 조절하는 건 도가 텄습니다. 사공을 여럿 부르는 것보다 제가 나을 겁니다."

그는 아버지 앞에서 제 마법적인 역량을 슬쩍 자랑할 속셈이었다. 윈드(Wind) 계열 마법은 수식이 유독 많이 활용되기 때문에 로자드는 전쟁에서 날아다니다시피 했다.

"그럼 사공을 물릴까?"

시모어 공작은 최근 연극이 나올 정도로 명성이 자자한 장남의 실력을 구경하고 싶었다.

"예. 방향 조절하는 사람 한 명만 놔두면 됩니다."

"두 명은 돌아가 봐도 될 것 같군."

"자네는 돌아가 보게."

그때였다. 돌아가라는 명령을 받은 사공이 갑자기 시모어 공작 앞에 달려와서는 불쑥 무릎을 꿇었다.

"자네 갑자기 뭐 하는 건가!"

사용인들이 기함했고 사공은 간절한 말로 읍소했다.

"위대하신 시모어의 공작님. 제발 제 이야기를 들어 주십시오."

"무슨 일인데 이러지?"

로자드가 차가운 얼굴로 머리를 조아리는 남자를 가로막았다. 사공은 절규하듯 외쳤다.

"신관이 얼마 전 태어난 제 딸아이를 데려가서 돌려주지 않습니다!"

"신관이 어이하여 아이를 데려간단 말이냐?"

"신성력 검사를 해야 한다 하였습니다."

"신성력 검사?"

시모어 공작의 은색 눈썹이 비뚜름하게 올라갔다.

신관들은 종종 평민들이 사는 지역을 돌며 신성력을 가진 아이를 찾아내려고 한다. 태어나자마자 신성력 유무를 검사하는 귀족들과는 달리 평민은 신관에게서 바로 축복을 받지 못했고, 그래서 치유력을 가지고도 방치된 아이들이 제법 있기 때문이다.

하지만 지금은 탄신제 기간이고 성지 순례를 하러 온 인파가 몰려서 중앙 신전이 가장 바쁜 시기다.

'신전에서 검사 인력을 보낼 여유가 있나?'

"벌써 일주일째입니다! 신전을 아무리 찾아가도 모르는 일이라고 시치미를 떼고, 관리들은 민원이 밀렸으니 더 기다리라고만 말하고…… 어흐흑!"

사공은 가슴을 치며 더욱 서럽게 오열했고 시모어 공작은 잠시 침묵하다가 입을 열었다.

“빠르게 조사가 들어갈 수 있도록 손을 쓰겠다.”

“감사합니다! 시모어 공작님. 이 은혜는 평생 잊지 않겠습니다.”

절을 하려는 사공을 일단 돌려보낸 시모어 공작이 굳은 표정으로 침묵하자 옆에 서 있던 로자드가 의견을 냈다.

“일주일이나 아이를 돌려주지 않다니. 정황상 누군가가 신관을 사칭한 느낌이 드는군요. 노예 상인들이 이와 비슷한 수법으로 평민들을 속여서 아이를 납치한다고 들었습니다.”

아마 황실 조사단이 개입한다면 그들 역시 노예 상인을 가장 먼저 의심할 것이다.

“하지만 노예로 납치하기엔 아이가 너무 어리다. 저리 찾는 부모가 있을 경우에 상인들은 잘 접근하지 않기도 하고.”

“…….”

“물론 그쪽도 찾아봐야겠지. 하지만…….”

시모어 공작은 굳은 얼굴로 느릿하게 말을 이었다.

“확신할 수는 없지만, 나는 순간적으로 동부 영지에서 일어났었던 영지민 납치 사건과 이번 일이 비슷한 맥락일지도 모른다는 생각이 들었다.”

로자드의 눈매가 가늘어졌다.

‘이번 납치도 흑마법사들이 벌였던 인신 공양과 연결되어 있을지도 모른다는 뜻인가.’

배후와 목적을 캐려 했지만 생포해 온 흑마법사가 죽으면서 조사가 더는 진행되지 못하고 있었다. 끝까지 입을 열지 않는 것으로 보아 충성심이 대단한 놈이었다. 게다가 오랜 시간 황실의 핍박을 피해 음지로 숨어든 흑마법사들은 도망 다니고 행적을 은닉하는 것에 능숙했다.

로자드는 부친의 추측이 신빙성 있다고 여기면서도 한 가지 우려되는 부분이 있어서 심각한 얼굴로 입을 열었다.

"하지만 아버지. 영지가 아닌 황도에서 일어난 사건을 이쪽에서 조사하고 다니면 보기 안 좋을 수 있습니다."

"……은밀하게 움직일 생각이다. 상대가 흑마법사라면 이쪽도 더더욱 숨을 죽이고 움직여야겠지."

결계의 균열부터 시작해…… 분위기가 심상치 않다. 언뜻 잔잔한 호수처럼 고요해 보이지만 수면 밑에서 무언가가 불길하게 꿈틀거리고 있었다.

"아무래도 정보원들을 풀어서 정황을 더 구체적으로 파악하도록 해야겠다."

'아직도 성녀로 추정되는 갓난아이를 찾지 못하다니.'

4황비가 굳은 얼굴로 톡톡, 의자 팔걸이를 두들겼다.

귀족 가문 출신 중, 최근 태어난 아기 중에 신성력이 발현한 경우는 없었다. 이 부분은 신전에서 작성하는 명부를 통해 금방 확인할 수 있었다.

하지만 평민과 노예들을 조사하는 것이 생각보다 만만치 않았다. 출생 신고를 바로바로 하지 않는 잡놈들이 너무 많았기 때문이다.

4황비가 근심에 잠겨 있을 때 시녀가 다가와서 무어라 속삭였고, 곧 그녀의 미간에 주름이 생겼다.

'하비가…… 아카데미에 갈 준비를 한다고?'

후작위로 승격된 북부 세력들과 친목을 다져 놓으라고 아들에게 여러 번 당부했는데 갑자기 아카데미라니?

소드 마스터인 황태자만큼은 아니지만 3황자는 히스테치 황가의 핏줄을 이어받아 검술에 천부적인 재능이 있어서 현재 적기사단 소속이었다. 전쟁에 나갈 경우, 검술학부 쪽에선 수업에 참여한 것으로 인정해 주었기 때문에 지금 굳이 아카데미에 나갈 이유가 없었다.

"지금 당장 하비에르를 불러와!"

"네. 자밀라 황비님."

하지만 3황자는 그녀의 부름에 나타나지 않았다.

"3황자님께선 오늘 파티에 참석할 예정이라 내일 아침에 찾아뵙겠다고 하셨습니다."

"파티의 주최자가 누구지?"

"로이엔 백작입니다."

사교계 인사를 하나하나 꿰고 있는 그녀는 금세 그가 누군지 떠올렸다. 로이엔 백작이라면 방탕하고 사치스러운 인물로 딱히 도움 될 것 없는 인맥이었다.

'검술 훈련을 해도 모자랄 시간에.'

짙은 술냄새를 풍기며 원망으로 가득한 눈초리로 저를 바라보던 아들을 떠올리던 그녀는 빨라진 박자로 팔걸이를 두들기다가 3황자가 머무는 궁으로 향했다.

하지만 3황자, 하비에르는 이미 파티를 위해 옷을 고르러 나간 뒤였다.

'춥고 팍팍한 북부에 있다가 수도로 올라오니 좋긴 하군.'

3황자는 느긋하게 몸을 늘어뜨린 자세로 긴 파이프를 물었다. 연기를 머금은 그는 제 옆에 앉은 여자에게 연기를 훅 뿜었다.

질 나쁜 자세로 짓궂게 구는데도 파티에 참석한 황자의 주변엔 여자가 끊이지 않았다. 4황비를 닮은 그는 곱상하면서도 신비로운 외모를 가지고 있어서 어딜 가나 인기가 좋은 편이었다.

오페라 배우가 입에 넣어 주는 과자를 받아먹으면서 시시덕거리던 3황자는 언뜻 익숙한 이름이 들려서 영식들의 대화에 귀를 기울였다.

"그럼, 비스콘티 공작과 데보라 공녀가 정말로 진지하게 교제 중이란 말인가?"

"그렇다고 들었네, 아카데미에서도 같이 다니는 모양이야."

"결혼이 성사된다면 가문 차원에선 나쁠 게 없겠군."

"나쁠 게 없기만 하겠어? 비스콘티 공작은 마탑주를 장인으로 얻게 되는 거네."

'그 여자, 뒷배가 대단하긴 하지.'

그래서 더 안하무인이었던 거로군. 3황자가 샴페인을 홀짝이면서 속으로 혀를 차고 있을 때, 파티의 주최자인 로이엔 백작이 그의 옆에 앉았다.

"요즘은 어딜 가나 비스콘티 공작에 대한 이야기뿐이군요. 귀에 아주 딱지가 앉겠습니다. 뭐, 워낙 미남이고 대단한 작자이니 이해는 갑니다만."

"하필 데보라 공녀가 공작의 작위식 파트너였기 때문에 더 시끄러운 것 같군."

"그것도 맞습니다. 말이 많이 나올 수밖에 없는 특이한 조합이라고 할 수 있죠."

"그나저나 비스콘티 공작은 야망이 있는 모양이야. 그 여자 성격이 보통은 아니던데 잘 참아 주는 걸 보면."

"뭐— 다 참아 줄 만큼 예쁘기도 하고, 시모어 공작이 장인이라는 건, 콧대 높은 마법사들과 쉽게 인맥을 만들 수 있다는 뜻이기도 하지요."

'확실히 탐나는 여자긴 해.'

3황자는 사납게 빛나던 공녀의 붉은 눈동자를 떠올리면서 다시 파이프로 손을 뻗었다. 이렇게 사교계에서 어떤 말로든 끊임없이 회자되는 것이 존재감 없이 묻히는 것보다 훨씬 나았다.

'지금의 나는 베호닉에 비하면 입지가 형편없지.'

3황자는 황태자, 베호닉 히스테치를 떠올리며 이를 갈았다.

어머니는 모든 게 자신의 뜻대로 될 거라며 호언장담했지만, 정작 중앙 사교계에서 제 위치는 북부에 가기 전이나 지금이나 별반 다를 게 없다.

'시모어는 역사가 깊고 명망 높은 가문이니 내가 그 후광을 등에 업고 싶은데.'

3황자의 검은 동공이 탐욕으로 번들거렸다.

"그래, 아주 아름답더군. 데보라 공녀가 작위 수여식 때 가장 눈에 들어왔어."

슬쩍 운을 띄우자 로이엔 백작이 휘파람을 한 번 불었다.

"상대가 이시도르 경입니다. 쉽지 않을 텐데요."

"성벽을 지키는 병사들은 어디에나 있네. 그렇기에 어떤 방식으로 성안에 들어가는지가 중요하지."

3황자가 붉은 입술을 끌어 올리며 야살스럽게 눈웃음쳤다.

"하긴, 함락이 가능할지도 모르죠. 여자의 마음은 갈대와도 같으니까요."

백작이 파이프의 재를 툭툭 털면서 히죽거렸다.

"무슨 뜻이지?"

"작년까지만 해도 데보라 공녀가 필라프 몬테스에게 마음이 있었다는 건 누구나 알 겁니다. 한때는 혼담까지 있었고요."

"호오."

"필라프 공자가 다른 여자를 끼고 아카데미에 나타나긴 했습니다만, 공녀가 이리 쉽게 마음을 뒤집을 줄은 아무도 몰랐죠."

'비스콘티 공작과 데보라 공녀가 대단히 깊은 관계는 아닐지도 모르겠군.'

동이 틀 때까지 파티를 즐기던 3황자는 로이엔 백작과 다음 약속을 기약한 뒤 파티장에서 나왔다. 그는 사교계 풍문에 빠삭하면서도, 비위를 잘 맞춰 주는 로이엔 백작이 마음에 들었다.

'시모어라…….'

마차에 눅눅한 몸을 기댄 그는 황궁이 보이는 창 너머를 바라보며 눈을 가늘게 좁혔다.

"그날은 그대들 덕에 멋지게 행사를 마무리했네."

3황자가 왜 아카데미에 있지?

나는 갑자기 튀어나온 3황자를 보며 황당한 기분을 느꼈다. 나와 함께 교정을 걷던 이시도르 역시 별반 다르지 않은지 얼굴이 굳었다.

"그때, 가신에게 내 소개를 들었으니 이제 내가 누군지는 알겠지. 데보라 공녀."

"네. 왜 알아야 하는지는 잘 모르겠습니다만."

나는 의아하다는 투로 말했고, 3황자의 입가가 미세하게 떨렸다.

"뭐랄까, 그대는 참으로 솔직한 레이디군. 그런 점이 마음에 들어. 관심이 생겼어."

갑자기 뭐라는 거야. 헛웃음을 삼키며 3황자를 바라보던 나는 문득 스산한 기운을 느끼고 옆을 곁눈질했다.

이시도르의 표정이 어느 때보다 싸늘하게 굳어 있었다. 팽팽하게 시위를 당긴 화살처럼 아슬아슬한 분위기를 풍기면서 이시도르가 3황자를 향해 한 발짝 걸음을 옮겼다.

"비스콘티 공작. 황족인 내게 그런 불손한 눈빛은 거두지 그래?"

빈정거린 3황자가 나를 보며 말을 이었다.

"데보라 공녀. 아무래도 지난번 드레스를 망쳐 놓은 게 계속 신경 쓰이는데 같이 의상실을…… 큭?!"

3황자는 말을 채 끝맺지 못했다. 솜털이 주뼛 설 정도로 차가운 분위기를 풍기던 이시도르가 돌연 3황자의 얼굴에 가죽 장갑을 집어 던졌기 때문이다. 어찌나 세게 던졌는지 3황자의 흰 얼굴엔 귀싸대기를 맞은 것처럼 붉은 자국이 났다.

"이, 이게 무슨……."

3황자의 표정은 말 그대로 가관이었다. 나 역시 당황한 건 마찬가지였다.

"결투할 각오 정도는 하고 내 앞에서 내 연인에게 수작 부리는 거 아닙니까?"

이시도르는 사나운 기세와는 달리 고저 없는 무심한 목소리로 말했다. 화를 눌러 참고 있어서 도리어 더 차갑게 느껴지는 것 같기도 했다.

"내가 지금 눈에 뵈는 게 없어서 황자님의 뻔히 보이는 도발에 넘어가 주겠다는데 왜 놀라는지 모르겠군요."

"하! 미친……."

3황자는 기가 막힌다는 듯 헛웃음만 내뱉었다. 이 와중에 바닥에 떨어진 장갑을 줍는다는 건 바로 결투에 임하겠다는 뜻이라서, 3황자는 선뜻 움직이지 않고 있었다.

'그래, 그냥 가던 길 가라.'

황족은 공작의 결투 신청을 거부할 수 없는 여타 귀족들과는 상황이 달랐다. 심약한 평화주의자인 나로서는 3황자가 나대지 않고 집에 가서 발 씻고 잠이나 자길 바라고 있었다.

"설마, 내빼는 겁니까?"

이시도르의 비웃음에 3황자는 이만 으득 갈았다.

팽팽한 대치가 이어지는 사이 주변이 점점 더 웅성거리기 시작했다. 하필 교양 수업이 끝나가는 시점에 3황자가 나타나는 바람에 아카데미 학생들이 교정으로 모여들기 시작했기 때문이다.

내 표정은 당혹감으로 인해 차갑게 굳었다.

'젠장. 또 괜한 주목을 받고 있어.'

주목 공포증이 도지려 하는데…….

"대체 무슨 일이지?"

"저기 장갑을 보면 모르겠어?"

"싸움 났다!"

이시도르가 3황자에게 결투를 신청했다는 소문이 퍼졌는지 사람이 점점 많아지기 시작했다.

"세상에! 사, 삼각관계!"

"맙소사. 그나저나 본인을 두고 결투가 벌어지기 직전인데, 공녀는 저토록 냉정하고 차가울 수 있다니."

"역시. 데보라 공녀……."

"피도 눈물도 없……."

"이, 이봐! 좀 조용히 하게. 목소리가 너무 커. 모가지 날아가고 싶어?"

'그거 아닌데.'

그냥 예상치 못한 상황에 얼어붙었을 뿐인데. 난 희대의 냉혈한이 되었고, 어째 일은 점점 더 이상하게 흘러가고 있었다.

결벽증이라는 소문이 암암리에 돌 정도로 한시도 빼놓지 않고 장갑을 끼던 사람이 바로 이시도르였다. 그런 그가 맨손을 만천하에 드러냈다.

이유는 불 보듯 훤했다. 바닥에 떨어져 있는 장갑. 남자 둘에 여자 하나. 이 뻔한 구도만으로도 모두가 빠르게 정황을 파악했다. 무엇보다 결투는 감정이 뇌를 지배하는 혈기왕성한 시기에, 연적인 사내들끼리 가장 많이 벌이는 짓이기도 했다.

하지만 이 치정 싸움의 주체가 비스콘티 공작이라는 건 모두에게 큰 충격을 안겨 주었다. 그는 같은 동료 기사들이 혀를 내두를 정도로 인내심이 강하고 이성적이기로 유명한 사람이었기 때문이다.

"비스콘티 공작이 이토록 물불 안 가리는 사랑꾼이었다니!"

둘이 진지하게 교제하는 것보다 이 부분이 훨씬 놀라웠다. 마탑을 등에 업은 데보라 공녀의 배경이 공작의 선택에 어느 정도 작용하지 않았나 하는 생각이 은연중에 섞여 있던 탓도 있었다.

"히, 히익. 분명 이시도르 경이 나한테 장갑을 던지려고 했었는데…… 그거 농담이 아니었나 봐."

멋모르고 깐족댔던 티에리는 뒤늦게 간담이 서늘해지는 기분을 느끼며 진땀을 훔쳤다.

"원래 조용하고 점잖아 보이던 사람이 한번 빠지면 불같이 무섭게 타오르지 않나? 우리 이시도르 부단장께선 그런 경우인가 보군."

"근데 3황자는 대체 언제부터 데보라 공녀에게 관심이 있었지?"

"그러게 말일세."

"공녀와 공작이 진지하게 교제 중이라는 건 아무리 소문에 어두운 사람이라도 알고 있을 텐데, 3황자도 대단하군."

적통과는 거리가 멀지만 어쨌거나 3황자는 황족. 게다가 그는 눈에 띄는 미남이라 최근 영애들 사이에서 한두 번씩 소소하게 거론되곤 했다.

다크호스 중 하나로 꼽히던 3황자가 갑자기 비스콘티 공작과 데보라 공녀 사이에 끼어들자 더욱 자극적인 그림이 완성되었다. 오랜만에 일어난 원색적인 치정 싸움에 아카데미는 뒤집힐 듯이 들썩이기 시작했다.

한편 3황자, 하비에르는 일이 이렇게 극단적으로 돌아가자 혼란스러워하고 있었다.

'그리 대단한 사이가 아니라면서…….'

몬테스 공자와 혼담을 주고받던 데보라 공녀가 손바닥 뒤집듯 비스콘티 공작 쪽으로 마음을 바꿨다기에 3황자는 둘의 관계를 가볍게 보고 있었다.

그런데 이시도르가 북부에서 칼 좀 쓴다고 하는 자신에게 대뜸 결투를 신청하며 졸지에 구경거리가 되었다.

'일이 꼬였군.'

사실 3황자는 일부러 학생들이 많이 나오는 시간대에 맞춰서 데보라 공녀를 찾아왔다. 보는 눈이 많은 곳에서는 그녀가 지난번처럼 안하무인으로 굴지 못할 테고, 황족인 자신의 제안 또한 쉽게 거절하지 못할 것이라는 계산속이 깔려 있었다. 물론 비스콘티 공작도 마찬가지고.

3황자는 망가진 드레스가 신경 쓰이니 보상한다는 허울 좋은 핑계로 그녀를 의상실에 데려갈 생각이었다.

그런데 다짜고짜 결투라니. 의도한 것인지는 알 수 없지만, 이시도르는 '황족 대 공작'이 아닌, '남자 대 남자'라는 구도로 상황을 바꿔버렸다.

'미친 새끼.'

더 큰 문제는 자신이 비스콘티 공작을 이길 거라는 확신이 들지 않는다는 것이다.

'젠장할! 이딴 일에 불구가 될 각오까지 해야 해?'

이시도르 저 개자식. 황족인 나를 계속 우습게 만들다니.

3황자가 뿌득 소리가 날 정도로 이를 갈아붙이고 있을 때, 근처를 지나다가 소식을 들은 아카데미 총장이 헐레벌떡 달려왔다. 그는 자신의 임기 중에 아카데미 역사상 최초로 공작과 황족이 칼을 들고 교정에서 설치는 그림을 원하지 않았다.

총장은 자신보다 새파랗게 어린놈들에게 처절하게 읍소했다.

"아이고! 대체 왜들 이러십니까!"

"……."

"다들 부디 진정하세요!"

다행히도 3황자가 아직 장갑을 줍지 않은 상황!

총장은 둘 앞에서 그만두라고 무릎을 꿇고 애원하다시피 했다.

"총장의 성의를 보아 오늘은 물러나지만, 다음은 없네. 비스콘티 공작, 자네가 언제까지 그리 무도하게 구는지 지켜보겠어. 오늘 일은 반드시 후회할 걸세."

이윽고 3황자가 씩씩거리면서 사라지자 상황은 어이없게 마무리되었다.

"……흐음. 한두 번은 검을 맞댈 법도 한데."

창밖으로 상황을 내다보던 영식 중 한 명이 김빠진 얼굴로 중얼거렸다.

"솔직히 공녀가 예뻐서 찔러 봤다가 검술로 영 안 될 것 같으니 꽁무니를 빼는 것 같지?"

"일부러 말릴 사람이 올 때까지 기다린 거 아닐까?"

"합리적인 의심이야. 모양이 좀 빠지는군."

영식들은 대체로 싱겁다는 반응이었고, 몇몇 영애는 공작과 황족이 결투 직전까지 가게 만든 데보라 공녀의 매력이 무엇인가 진지하게 고민하며 토론하고 있었다.

"가신인 아린 영애 말로는…… 얼음 여왕 같은 냉혹한 카리스마가 있다더군요."

"아아, 그런 거였군요."

"눈앞에서 결투하든 말든, 콧방귀도 안 뀌는 그 쿨함과 도도함은 멋있는 것 같기도 해요!"

다음 날.

짙은 보랏빛 드레스를 입고 다니는 몇몇 영애 무리를 보며 어떤 영식이 제 눈을 의심했다.

"왜 걔들은 저런 무서운 눈화장을 하고 다니는 거지? 꼭 마녀 같잖아."

"너무 세 보여서 저런 게 유행이면 난 별로인데."

"저런 거라니 말조심해. 데, 데보라 공녀를 흉내 내는 걸세."

"헉."

"흉내라니? 제이크! 그 못생긴 입 함부로 놀리지 마!"

"우린 너희들이 이시도르 경의 패션 감각이나 센스를 흉내 내는 성의라도 좀 보여 주길 바라는데?"

영식들의 대화를 들은 영애들이 차갑게 쏘아붙인 뒤 총총 사라졌다.

"저것도 왠지 공녀의 말투를 비슷하게 흉내 내는 것 같은데. 기분 탓이겠지?"

"하비! 대체 밖에서 뭘 하고 돌아다니는 거니?!"

4황비는 아들의 허튼짓에 속이 터질 것 같았다.

귀한 성혈을 있는 대로 투자한 미야가 중앙 사교계에서 제대로 된 존재감을 발휘하지 못하는 상황이다. 그런데 아들까지 데보라 공녀를 돋보이게 만드는 데 일조하고 돌아오다니.

잃은 것은 그뿐만이 아니었다. 괜히 비스콘티 공작과 시비까지 붙은 바람에 북부 전쟁터에서 고생한 일이 모조리 희석되었다. 하비에르가 결투 신청을 거절하고 돌아왔기 때문이었다.

대다수의 기사는 결투를 피하는 걸 사내답지 못하다고 여겼다. 특히 마초가 많은 북부 영주들은 더더욱. 이 때문에 3황자의 무위를 의심하고 비웃는 이들이 분명 생길 것이다.

데보라 공녀의 뒷배경이 탐이 나서 일을 그렇게 만들었으면 검이라도 맞대고 왔어야 했는데. 아들이 총장의 설득을 핑계로 그냥 돌아왔으니 답답할 수밖에 없었다.

"아무리 총장이 그리 간절하게 읍소했다 해도, 네 판단은 실수였다."

"다 뜻이 있었습니다. 어차피 모든 게 다 제 뜻대로 된다고 하시지 않았습니까?"

하지만 다 큰 아들은 잔소리를 들을 생각도 않고 가차 없이 자리를 떠 버렸다.

'그래, 계획만 제대로 실행된다면…….'

4황비는 지끈거리는 이마를 손으로 문지르다가, 차가운 얼굴로 자리에서 일어나 어딘가로 사라졌다.

'만일 3황자가 내빼지 않았다면 정말 크게 싸울 뻔했어.'

학생들이 몰려들어 당황한 데다, 결투란 게 잘 실감이 안 나서 그 자리에서는 굳어 있었지만, 집에 돌아와 생각할수록 마음이 무겁게 내려앉았다.

루이 가젤처럼 평범한 인물이면 모를까, 3황자는 마물과의 전투에서 북부 영주들을 끌고 선봉에 서서 제법 활약한 기사였다. 히스테치 황가의 피를 이어받았으니 아마 못해도 소드 엑스퍼트쯤 되겠지. 3황자가 결투를 받아들였으면 운이 나쁜 경우 이시도르가 크게 다쳤을 수도 있었다.

'너무 무모했어.'

나는 입술을 아플 정도로 지근거리다가 충동적으로 마부를 불렀다. 시간이 갈수록 점점 더 가만히 있기 힘든 기분이 올라왔기 때문이다.

"비스콘티 가문 타운 하우스로 가 줘."

해가 떨어지고 있었지만 내가 뭐에 홀린 듯이 재촉하자, 마부는 겁먹은 얼굴로 말을 몰았다.

마차는 한 시간 반 정도를 달려서 고요한 분위기를 풍기는 커다란 저택에 도착했다. 문지기가 주인을 호출하기 위해 들어간 사이, 나는 창 너머를 바라보았다.

"갑자기 무슨 일이죠?"

얼마 지나지 않아 느슨한 평상복 차림을 한 이시도르가 마차가 서 있는 저택 대문 앞으로 뛰어왔다. 이동 마법은 어디 두고 큰 정원을 가로질러 뛰어왔는지 그는 숨을 헐떡거리고 있었다.

나는 그의 불규칙적이고 거친 숨소리처럼 뒤죽박죽 정리되지 않은 마음으로 그를 가만히 바라보았다.

'난 왜 여기까지 왔지.'

"서 있지 말고, 일단 들어와요."

그가 부드러운 목소리로 말했다.

"오래 있을 생각 없어."

입에서 나도 놀랄 정도로 무뚝뚝한 음성이 튀어나왔다.

"춥잖아요."

그가 걱정스러운 얼굴로 내 차가운 뺨을 감싸려고 했고 나는 그의 손을 뿌리쳤다. 이럴 기분이 아니었다.

"혹시 화났어요?"

그가 짚어 주는 걸 듣고 보니 그런 것 같았다. 매사 허허실실 무던하게 넘어가던 나답지 않게, 딱히 잘못도 없는, 도리어 종종 나보다 더 호구처럼 구는 남자에게 나는 화가 나 있었다.

"왜 그런 표정이에요?"

"경이 무모한 짓을 했으니까!"

나는 결국 울컥했다.

"앞으로는 앞뒤 안 가리고 그런 행동 하지 마. 결투 같은 웃기지도 않은, 미개한 관습 때문에 다치는 거 보기 싫어. 그게 나 때문이면 더 싫고."

내가 빠르게 말을 내뱉자 이시도르는 놀란 얼굴을 했다. 나는 숨을 한 번 크게 몰아쉬고 말했다.

"알았어?"

"……네."

"더 크게 말해."

"네."

"그렇게 성의 없게 말하지 말고 좀 진심을 담아서……!"

그가 갑자기 날 당겨 안고 내 뺨을 감싸 쥐어서 나는 제대로 말을 잇지 못했다.

이시도르가 내 아랫입술을 가볍게 머금는다. 막 목욕을 했는지 그가 풍기는 향이 유독 달콤해서 순간 힘이 풀릴 것 같았지만, 나는 그를 밀쳤다. 그리고 곧장 입술을 훔치며 그를 노려보았다.

"나 화났다고."

"……서…… 미치겠네."

그가 숨을 몰아쉬며 뭐라 작게 중얼거리다 나와 눈이 마주치자 한쪽 무릎을 꿇고 내 손등에 입을 맞췄다.

"미안해요."

"누가 무릎까지 꿇으래? 왜 이렇게 매번 무릎이 가벼워."

내 짜증에도 그는 아랑곳하지 않았다.

"……내가 잘못했어요. 내 몸은 공녀님 건데 함부로 해서요. 절대 허락 없이 안 다칠게요."

"진심이야?"

"기사로서 맹세해요. 걱정해 줘서 고마워요."

"나 화났다고."

"앞으로는 화나게 안 할게요. 약속해요."

그가 진지한 태도로 누차 다짐하자 술렁이던 마음이 조금 가라앉았다. 용건을 마친 내가 집에 가려 하자 날 올려다보면서 눈동자를 적시고 있던 이시도르가 몸을 일으켰다.

"가지 마요. 조금만 더 같이 있어요."

"추워."

"그럼 데려다줄게요. 늦은 시간이라 걱정돼서 그래요. 날도 쌀쌀한데 얇게 입고 오고. 속상하게."

하지만 그런 말을 하는 이시도르야말로, 피부가 비치는 얇은 튜닉 차림이었다.

"들어가."

"집에 잘 들어가는 모습만 확인할게요."

그는 마차에 재빨리 뒤따라 탔다. 나는 여전히 꿍한 얼굴로 깊은 어둠이 깔린 창 너머를 바라보았다.

유리창에 나를 가만히 바라보는 이시도르가 반사되어 비쳤다. 그는 내 뒷모습에서 단 한 순간도 시선을 떼지 않았다. 눈을 깜빡이는 것조차 아까운 것처럼, 그렇게 나를 바라보았다.

'더 화를 못 내겠어.'

금방 마음이 흐물흐물 약해져서 나는 슬쩍 고개를 돌렸고, 눈이 마주치자 이시도르는 옅게 웃었다.

"혹시 기억나요?"

"뭐?"

"어릴 때, 내 얼굴을 만지려고 한 사람의 팔다리를 부러뜨렸다고 했던 거요."

"응. 근데 그건 왜?"

"순간, 그때처럼 뭘 재보고 생각할 겨를이 없었어요. 눈에 뵈는 게 없어서 3황자가 그렇게 비겁하게 빠져나갈 거라고 생각도 못 했고요."

"……."

"부러뜨리는 거로는 성에 안 찰 것 같아서 팔 한쪽은 무조건 가져오려고 했는데."

이시도르가 서늘해진 얼굴로 말을 이었다.

"난…… 나보다 공녀님이 훨씬 더 소중해요. 누가 날 만지려고 했을 때보다 훨씬 더 화가 나는 걸 보면."

"그러면 더더욱 위험한 일은 하지 마."

"……좋아해요."

"그런 대답 말고."

"알았어요. 다치지 않을 확신이 있으면 그 개새끼 패도…… 아니, 좀 손을 봐줘도 되죠? 난 열세 살 이후로 한 번도 다쳐 본 적 없거든요."

"나는 그간 단 한 번도 다쳐 본 적 없거든."

퍼뜩, 묘한 기시감이 가슴께를 맴돈다.

'언제 이런 이야기를 들었던 것 같은데.'

돌연 거친 모래바람이 날리는 사막 풍경이 머릿속을 스쳐 지나갔다. 하지만, 이시도르가 내 손등에 가볍게 입술을 댔기 때문에 흐릿한 기시감은 금세 잊혔다.

'둘 다 앞면이던 행운의 동전이 어디 갔지?'

분명 테이블 위에 올려 뒀는데.

요즘 눈을 뜨면 식은땀에 온몸이 젖어 있을 정도로 꿈자리가 사나운데, 심지어 늘 근처에 놔뒀던 행운의 동전까지 보이지 않는다.

"악!"

나는 동전을 찾아 책상 밑을 두리번거리다가 쿵, 머리를 박았다.

'일진 엄청 사납네.'

결국, 동전 찾는 것을 포기하고 블랑샤로 걸음을 옮겼다.

"하아."

어젯밤 이성을 잃고 충동적으로 집까지 찾아가서 화를 냈는데, 그런 상대와 사업 이야기를 하러 가려니 왠지 멋쩍었다.

'이래서 사내 연애가 어려운 거라고 하는구나.'

나는 뻘한 생각을 하며 마스터의 집무실로 들어갔다.

'뭐지?'

그런데 집무실 인테리어가 어딘가 달라져 있었다. 음습하고 안개가 자욱했던 과거와는 좀 다르다.

"여기가 가장 많이 만나는 데이트 장소니까 좀 산뜻하게 꾸며 봤……."

"당장 그 팔찌 껴."

내가 사납게 눈을 치켜뜨자 이시도르는 의기소침해진 얼굴로 폴리모프 팔찌를 손목에 걸었다.

"일해야지, 일!"

사실, 마스터와 〈레티시아〉 상단을 만들 때 세웠던 사업 플랜이 있었다. 목표점에 도달하면 본격적으로 가맹점 모집, 즉 프랜차이즈 사업을 해 보자는 것이다.

애초에 내가 마스터의 실무 능력을 끌어 올 수 있던 것도 프랜차이즈라는 아이디어를 공유했기 때문이었다. 생각보다 사업이 빠르게 잘 풀리고 있어, 탄신제 기간이 끝나면 본격적인 사업 확장을 고려하고 있었다.

"조금만 쉬었다 할까요?"

오랜만에 마스터의 얼굴을 한 그가 찻잔에 차를 붓는다. 그는 습관적으로 설탕을 여러 스푼 넣고 휘저었다.

'의외로 단 걸 좋아한단 말이지.'

지난번, 찻집에서 데이트할 때는 아닌 척했으면서. 나는 몰래 웃음을 삼키며 차를 한 모금 마셨다.

"그런데 마스터. 혹시, 앞면만 있는 동전은 하나뿐이야?"

"네. 찾기가 생각보다 힘들더군요."

"사실 그 행운의 동전, 실수로 잃어버린 것 같아서."

"행운의 동전이 아니라 단순한 불량품을 잃어버린 거라고 생각하세요."

그는 대수롭지 않게 말했다.

'그래도 아쉬운데.'

나는 다시 그 부적 같은 동전을 찾아봐야겠다고 생각했다. 왠지 모르게 자꾸만 불안한 기분이 들었기 때문이다.

'왜지?'

싱숭생숭한 꿈자리 때문인지, 아니면 3황자 때문인지 알 수 없었다.

'3황자는 뭘 믿고 자꾸만 후회할 거라고 단언하는 걸까?'

작위 수여식 때도 그렇고, 지난번도 그렇고. 악당처럼 후회할 거라는 대사를 두 번씩이나 남기고 간 3황자가 나는 내심 신경 쓰였다. 그가 떠나기 전 이시도르를 죽일 듯이 노려봤기 때문에 더더욱.

결과적으론 결투도 안 하고 내뺀 3황자가 우습게 되긴 했지만…….

"3황자는 야심이 있어 보였는데 왜 평판이 떨어질 걸 감수하고 그 상황에서 물러난 거지?"

"더 큰 목적이 있으니까요. 정통성이 부족한데 몸까지 망가지면 황자와는 영영 멀어져요."

"흐음."

"굳이 외곽으로 나가서 북부 세력을 모아 온 걸 보면, 3황자는 황위에 미련이 있는 게 틀림없어요."

'황좌라고…….'

솔직히 내가 봤을 땐 지금 상황을 뒤엎고 3황자 놈이 황제가 될 확률은 낮았다.

황제가 황태자에게 여신의 탄신제의 마지막 날 행사인 '향화'를 진행하도록 맡겼다는 건, 그만큼 그를 신임한다는 뜻이다. 게다가 황태자는 제국에 다섯 명뿐인 소드 마스터 중 하나라 기사들에게 인기가 많았다.

'하지만 3황자가 뭔가 믿는 구석이 있는 것 같았단 말이지.'

3황자가 수도로 귀환한 뒤 권력을 잡기 위해 어떤 식으로 움직였는지에 대한 이야기는 소설이 연재 중단되어서 알 수가 없었다.

"공녀님. 지금 그 개새끼 생각하는 거 아니겠죠? 역시 그때 바로 손을 봐줬어야……."

갑자기 이시도르가 음산한 분위기를 풍겨서 나는 재빨리 화제를 가벼운 쪽으로 돌렸다.

"그러면 경도 탄신제 향화 의식에 참석하겠네."

3일 후면 길게 이어지던 성지 순례가 막을 내리고, 여신의 탄신제 기간도 완전히 끝이 난다. '향화'는 신전이 소유한 성물 앞에서 여신의 상징인 벚꽃을 태우는 의식으로, 탄신제의 대미를 장식하는 행사였다.

"황태자가 오래전부터 벼르던 행사고 저는 친구라서 빠지기가 힘들어요. 귀찮게."

이시도르가 투덜거렸다.

"나도 참석해. 시모어 직계들 모두 초대를 받았어."

나는 소설에 나왔던 향화 의식 장면을 머릿속으로 열심히 더듬었다.

아마 그 행사에서 미야가 성녀의 현신으로서 교황과 함께 나와 주목을 받았던 거로 기억한다. 향화 의식 전, 결계에 큰 균열이 있었고 미야는 마물에게 다친 이들을 많이 치료하고 다녔으니까.

'그런데 최근에 균열이 있다는 소식은 못 들었는데…….'

나는 마음 속 술렁임을 끌어안은 채 미간을 좁혔다. 그동안 나로 인해서 원작의 스토리 라인이 제법 많이 변했다는 건 자각하고 있었다.

'하지만 결계의 균열은 내 작중 개입과는 별개로, 독립적으로 벌어지는 사건 아닌가?'

혹시 뭔가 놓치고 있는 게 있나 싶어서 이시도르와 헤어진 후 나는 마거릿에게 최근 2주간 결계에 이상이 있었느냐고 물어보았다.

"근래에 그런 일이 일어났다는 소식은 못 들었습니다."

'역시 나만 못 들은 게 아니었어.'

일이 이렇게 되면 미야는 아마도 곧 있을 '향화' 의식에서도 그리 주목받지 못할 것이다. 마물로 인한 피해가 없다는 건, 미야가 여주로서 활약할 만한 무대 역시 없다는 뜻이니까.

'그건 그렇고, 그 불량 주화는 아무리 찾아도 없네.'

마음에 드는 물건이었는데.

풀리지 않는 찜찜함을 끌어안고 있던 중 하인들이 보석이 잔뜩 달린 드레스와 화려한 장신구를 들고 다가왔다. 오늘 저택에서 열리는 저녁 만찬 때문이었다.

시모어 직계 말고도 시모어 방계 가문의 가주들 역시 향화 의식에 초대되었고, 그들은 현재 수도에 머물고 있었다. 마지막 행사가 끝나고 방계 인사들이 돌아가기 전에 아버지가 저녁 식사를 대접할 모양이었다.

'데보라는 방계를 몹시 싫어했지.'

직계와 방계 통틀어 마나 감응력이 없는 사람은 데보라뿐이라 이들보다 뒤떨어진다는 사실이 끊임없이 그녀의 열등감을 자극했다. 그래서인지 데보라는 방계가 오는 자리에는 과시하듯 호화스럽게 꾸미고 갔다. 그러고는 부채를 펼친 채 그들을 깔보듯이 바라보았다.

그 모습이 도리어 콤플렉스를 의식하는 것처럼 우습게 보였을 텐데 말이다.

"무도회도 아니고 이런 화려한 옷은 너무 과해. 품위 있고 격식 있는 옷을 가져와."

"네, 공녀님."

나는 고상한 느낌을 풍기는 이브닝드레스를 입고 문을 나섰다. 계단을 내려가는데 문가에 벨렉과 엔리크가 뜬금없이 마주 보고 서 있었다.

"쥐방울만하면서 무슨 수로 에스코트를 해?"

"쥐방울 아녜요!"

엔리크가 조그만 주먹을 꾹 쥐고 씩씩거렸고, 벨렉은 비웃음을 머금고는 내게 팔을 내밀었다.

"갑자기 뭐야?"

"잡아. 만찬회 장소까지 에스코트해 주지."

"난 엔리크와 갈 거라서. 에스코트해 줄래?"

"누나……."

내가 엔리크에게 팔을 내밀자 아이가 감동한 듯 큰 눈을 반짝거리며 내 팔을 꼭 쥐었다.

"방계 놈들 싫어하는 거 뻔히 알아서 기 좀 세워 주려 했더니."

벨렉이 팔을 거둬들이며 투덜거렸다.

"기 안 죽었는데? 나 요즘 잘나가잖아."

"하긴. 후계도 협박하는데, 괜한 걱정을 했군."

헛웃음을 치면서도 벨렉은 나와 걸음 속도를 맞췄고, 그들과 나란히 만찬장에 도착했다. 직계 셋이 한꺼번에 안으로 들어가자 곧바로 이목이 쏠렸다. 아버지가 옅게 웃으며 반겼다.

"다 같이 왔구나. 어서 앉거라."

"네, 아버지."

방계 가주들과 그들과 함께 온 식솔들의 시선을 받으면서 나는 테이블 앞쪽에 착석했다.

'근데 로자드는 어디 갔지?'

"로자드 경은 바빠서 참석을 못 하는 모양이군요."

나와 같은 생각을 한 듯 누군가가 말을 꺼냈다.

"하긴, 간악한 흑마법사들을 일망타진하고 영지민들을 보호한 영웅이니 황실에서 로자드 경을 자주 찾겠어요."

시모어 공작이 빈 장남의 자리를 보며 입을 열었다.

"황실에서 부른 건 아닐세. 오늘 참석 의사를 밝혔는데, 갑작스럽게 확인할 일이 생겨서 늦을 것 같다더군."

'뭘 확인하는지는 모르겠지만, 이 집구석 장남은 늘 바쁘네.'

혀를 내두르는 사이 식전주가 서빙되고 테이블에선 가벼운 대화가 오갔다. 일가친척들이 모인 식사 자리라서 그런지 가주들은 안부를 물으면서 은근한 자식 자랑을 꺼내고 있었다. 역시 사람 사는 곳은 어디나 똑같았다.

"제 딸은 올해 4클래스를 달성했습니다. 허허."

"오오, 안나 양이 마나 감응력이 몹시 뛰어나다고 들었습니다."

"네, 내년에 마탑 5층 연구원으로 들어갈 예정입니다."

"곧바로 5층이라니. 올해 데뷔탕트를 치를 예정이라고 알고 있는데 어린 나이에 대단하네요."

이런 대화에도 데보라는 표정 관리를 전혀 못 했지만, 나는 딱히 열등감이 없기에 식사가 나오길 기다리며 물을 홀짝였다.

"엔리크가 3서클인데. 그 나이 먹고 4서클이라는 게 굳이 짚고 넘어갈 만큼 대단한 일인가……?"

그때, 뜬금없이 벨렉이 손수건으로 손을 닦으며 비아냥거렸고 엔리크는 고개를 마구 끄덕였다.

'아까는 서로 째려보더니 갑자기 단합이 잘되네.'

"흐흠! 내 딸은 아카데미 수석을 했지."

이런 대화에 아버지까지 끼어들 줄은 몰라서 나는 머금고 있던 물을 뿜을 뻔했다. 늘 무심한 태도를 고수했던 시모어 공작이 기습적인 자랑을 하자 방계 가주들 역시 잠시 당황한 얼굴을 하다가 입을 열었다.

"로자드 님과 벨렉 님에 이어 벌써 수석이 세 번째군요."

"내 딸이 올해 이룬 학문적 성과는 정말 대단하지."

"그럼요."

"직접 개발한 수식을 공녀가 실제로 사용할 수 있었다면 더할 나위 없이 좋았을 텐데요."

하긴, 나는 마나 감응력이 없어서 정작 내가 개량한 수식을 실제 상황에서 써먹을 수 없는 아이러니한 상태이긴 했다. 이 때문에 나를 반쪽짜리라고 여기는 사람도 좀 있는 것 같았고.

"대신 내 딸은 마음에 안 드는 자라면 그게 누구든 수식을 사용할 수 없게 강제할 수 있지."

"하하. 그, 그렇지요."

시모어 공작의 싸늘한 일갈에 방계 가주가 창백한 얼굴로 입을 꾹 다문다.

이내 사방이 조용해졌다. 무서워서 말은 아끼고 있지만, 그간 내가 방계 혈족들에게 보여 온 거만한 태도와 무시 발언 때문인지 썩 유쾌하지는 않은 얼굴들이었다. 작년과 달라진 분위기에 얼떨떨해하는 것 같기도 했다.

실내의 공기가 어색해진 가운데 아뮤즈 부시와 갓 구운 빵이 테이블에 하나씩 서빙되었다.

'매번 느끼지만 시모어 가문 요리는 참 맛있어.'

고작 이런 분위기로 내 입맛을 떨어지게 할 수는 없었다. 나는 두 시간에 걸친 화려한 정찬에 집중했고 디저트까지 야무지게 비웠다. 그리고 그동안 가주들은 제국의 앞날에 대해 근심 어린 얼굴로 걱정하고 있었다.

"향화 의식을 앞두고 민심이 좋지 않아서 걱정입니다."

"그래도 최근엔 결계가 잠잠하지 않던가요?"

"이러다가 또 다시 균열이 생겨 큰 인명 피해가 나면 백성들이 황실과 귀족을 무능하다고 여길 겁니다."

"작은 물방울이 바위를 부수는데, 균열의 원인을 여태 파악을 못하고 있으니……."

한창 진지한 이야기가 진행될 무렵 로자드가 도착했다. 로자드는 갈증이 났는지 자리에 앉자마자 바로 포도주를 비웠다.

"로자드. 대체 무슨 일로 갑자기 자리를 비운 게냐?"

"캐시시 장로가 원인 모를 지진이 일어났다기에 함께 조사를 다녀왔습니다."

캐시시 장로 역시 전투 마법사였고-마탑에서 강의를 할 때마다 전투 훈련실로 놀러 오라고 당부해서 알고 있다-로자드가 지형지물에 밝다보니 그를 조사원으로 택한 모양이었다.

"그래서?"

"혹시 결계에 문제가 생겼나 했는데, 정작 유크리 신전에 가보니 아무 일이 없어서 빈손으로 돌아왔습니다."

"안 그래도 결계 때문에 불안했는데, 큰일이 없다니 다행이군요."

"그러게 말입니다."

전체적으로 안도하는 분위기였지만 나는 위화감을 느껴 눈가를 좁혔다.

"뭔가, 이상한데요."

내가 중얼거리자 가주들의 의아한 시선이 모였다.

"대체 뭐가 이상하다는 거지?"

로자드 역시 나를 빤히 노려보며 추궁했다.

"유크리 신전이면, 수도와 그리 멀리 떨어지지 않은 곳 아닙니까?"

쪽지 시험을 치기 위해 중요한 신전 위치는 모두 외워 둬서 알고 있었다.

"그런데 왜 여진이 전혀 없나 해서요."

지진은 한 차례 발생할 때 단 한 번 진동하는 것이 아니라, 연속적인 작은 지진을 몰고 온다.

"지진은 국지적 현상이 아닌데, 신전과 인접한 요네스 지구에서 진동이 전혀 느껴지지 않았다는 게 아무래도 이상하네요. 게다가 수도는 해안 지역처럼 지진이 자주 보고되는 지역도 아니잖아요. 근처에 화산이 있는 것도 아니고."

그때 방계 쪽 나이 지긋한 가주가 놀란 얼굴로 내 말에 맞장구쳤다.

"공녀님 말씀이 맞습니다. 제 관할 영지는 화산 근처에 있어서 자주 지진이 일어나는데, 그 뒤에는 항상 여진이 있습니다."

"그럼 설마 자연스러운 지진 현상이 아니란 말인가? 오늘 이곳에서 진동을 느낀 사람은 아무도 없는 것 같으니."

시모어 공작의 말에 다들 동의하듯 고개를 끄덕였고 나는 고민에 잠겼다.

'혹시, 미야가 수습한 사건이 이번 지진과 관련이 있나?'

소설 타임 라인상, 마물과 관련이 있다는 확신이 든다. 그리고 불현듯, 황폐한 사막 위에서 불쑥 용솟음치던 지네 같은 마물이 내 머릿속을 스쳐 지나갔다.

"만약에, 균열이 허공이 아닌 땅 아래에서 일어났다면요?"

내 말에 로자드가 돌연 자리에서 벌떡 일어났다.

"그리고, 그 마물이 아직 땅 아래에 있다면 이번 지진 현상이 더 설득력 있게 설명이 되지 않나요?"

데보라 공녀의 말이 끝나자마자 만찬장이 한바탕 크게 술렁거렸다. 공녀의 의견은 제법 설득력이 있었고, 가설이 맞다면 유크리 신전 근처에서 당장에라도 인명 피해가 생길 수 있기 때문이다.

"균열이 땅에……! 확실히 허공에만 생긴다는 법은 없지요."

"그렇다면 이리 손 놓고 있으면 안 되는 일 아닙니까?"

"설혹 아니더라도 만약을 대비해서 나쁠 거 없지."

제 딸을 놀란 눈으로 바라보던 시모어 공작이 심각한 목소리로 말했다. 다만 대비한다면 빠르게 움직여야 했다. 성지 순례 때문에 신전 주변 여관에서 숙박하는 이들이 많은 상황이었다.

"한가롭게 만찬을 즐길 상황은 아닌 것 같으니 저도 가 보겠습니다."

벨렉을 필두로, 비슷한 나이대의 방계 식솔들 역시 우르르 자리에서 일어났다. 비상 상황이지만, 역으로 생각하면 수도에서 전공을 세울 절호의 기회이기도 했다. 그것도 딱 탄신제에 맞춰서.

"벨렉, 네게 마탑주 대리인 자격을 줄 테니 후방을 지원할 인원을 데려와라. 나는 게이트로 이동해 신전 근처의 동태를 다시 확인해 보겠다."

"저희도 따르겠습니다."

시모어 공작과 그 친위대만으로도 황실 기사단 하나를 전멸시킬 만한 전력인데 방계 가주들까지 가세했다.

"다녀오마."

어수선한 가운데, 생각에 잠겨 있는 데보라의 어깨를 공작이 가볍게 쥐었다.

"저도 같이 가요."

그녀가 뜻밖의 말을 하자 또다시 시선이 쏠렸다. 이번엔 짙은 당혹감이 담겨 있었다.

'쟤가 지금 뭐라는 거야? 위험하게.'

기세 좋게 나가던 벨렉조차 발을 멈칫거렸다.

"데보라 공녀님, 전투가 벌어질 수도 있는데 함께 가시는 건 위험합니다."

"솔직하게 말씀드리면 방해가 될 수도……."

방계 쪽 마법사가 뭐라 충고하던 중간, 그녀가 갑자기 거대한 성수를 소환했다. 신비로운 분위기를 가진 새하얀 거북이가 테이블 위에 등장하자 여기저기서 경악성이 터졌다.

"저건 성수 아닙니까?"

"보아하니 빛의 정령 밑에서 나온 성수 같은데……."

빛과 어둠 계열의 정령은 몬테스 가문에서도 몇 대에 걸쳐 소환하지 못했기에 더욱 관심이 집중되었다.

"데보라 공녀님은 대체 어디서 저런 천문학적인 가치를 가진 성수를 가져온 걸까요?"

"대단하군요."

감탄으로 웅성거리는 가운데 공녀가 하얀 성수를 다시 문신 형태로 만들었다.

"보다시피 직접 나서서 싸운다는 말은 아니었습니다. 바보도 아니고 제가 전투에 도움이 안 된다는 것쯤은 압니다."

"그럼 그 성수를 이용한단 말이요?"

"어둠의 힘에 민감한 성수입니다. 마물이 땅에 숨어 있다면 이 성수가 탐지할 수 있을 겁니다."

몇몇이 경탄을 내뱉는다. 가장 설득력 있는 가설을 내고 피해를 줄일 수 있는 최선의 해결책까지 제시하다니. 데보라 공녀를 은연중 무시하던 방계 혈족들의 눈빛이 완전히 바뀌었다.

안 본 사이 공녀에게 대체 무슨 일이 생긴 건지 모르겠지만, 그녀는 지금 그들이 자부심을 느끼는 시모어 혈족다운 모습을 하고 있었다.

"데보라, 위험하다고 느끼면 언제든 이동 스크롤을 찢어서 돌아가거라. 알겠지?"

시모어 공작은 넋 나간 방계 놈들의 얼빠진 표정을 둘러보다가, 데보라에게 작게 귀띔하며 앞장섰다.

지난밤.

흐린 달마저 먹구름 아래로 사라지고 깊은 어둠이 세상을 삼킨 순간, 지축이 진동하면서 길쭉한 뱀 형상의 마물들이 땅을 뚫고 나와 재앙처럼 하늘 위로 솟구쳤다.

하지만 공녀의 성수 덕에 마물의 대략적인 위치까지 파악한 마법사들은 곧바로 영창을 시작했다.

파이어 레인(Fire Rain).

새카만 어둠으로 물들어 있던 하늘은 폭죽놀이를 하는 것처럼 번쩍였고, 유성 같은 불꽃은 마물을 마중하듯이 빠르게 쇄도하기 시작했다. 산등성이 위로 대피했던 백성들은 마법사들이 만들어 낸 압도적인 광경에 모두 넋을 놓았다.

키에엑!

"지금 2대대가 방어 마법을 캐스팅한다!"

가장 먼저 도착해 전열을 빠르게 가다듬은 로자드가 전투 마법사들을 지휘했다.

이윽고 태풍이 거칠게 휘몰아치면서 신전 주변으로 거대한 바람의 장벽이 형성되었다. 마법사들이 영창을 하는 동안에는 아티팩트가 공격 마법을 뿜어댔다.

마물은 표피가 두꺼운 데다 독이 든 체액을 내뱉으며 거칠게 반항했기 때문에 전투는 굉장히 치열했다. 하지만 마물은 쉴 새 없이 쏟아지는 고위급 마법에 결국 굴복했다. 단 한 명의 인명 피해도 없는 완벽한 전투였다.

마법사들의 활약 소식은 날이 밝자마자 빠르게 황도에 퍼졌다.

"피해 규모는?"

향화 의식을 앞두고 명상을 하던 황태자가 눈꺼풀을 느릿하게 들어올리면서 물었다.

"유크리 신전 첨탑 지붕이 마물의 독액으로 녹아내렸지만, 다행히 인명 피해는 없는 모양입니다."

"독성이 있는 마물인데도 단 한 명도 다치지 않았다는 뜻인가?"

"예, 전하. 시모어 공작이 참여한 전투다 보니 부상자 또한 전혀 없습니다."

'아무리 그래도 좀 이상하군.'

균열은 워낙 갑작스럽게 일어났기 때문에 발견될 때마다 모두가 소잃고 외양간 고치듯 뒤늦게 달려들어 수습하기 급급했다.

'마탑에서는 무슨 수로 이렇게 신속하고 완벽하게 균열을 막아 낼 수 있었던 거지?'

황태자는 미간을 좁힌 채 턱을 거칠게 문질렀다.

"구체적인 정황을 듣고 싶으니, 전투에 참여했던 마법사를 불러와."

"네. 전하."

얼마 후, 지난밤 전투에 차출된 마법사가 황태자 앞에 불려왔다.

"어제 일을 자세히 설명해 보게. 전투 마법사들이 대거 나섰다고 들었는데 로자드 시모어가 선봉에서 막아 낸 건가?"

"시모어 쌍둥이의 활약이 대단하긴 했지만, 엄밀히 말하면 데보라 공녀 덕분에 큰 피해를 막을 수 있었습니다. 어제 전투의 1등 공신이었죠."

"데보라 공녀는 마나를 전혀 못 다루는데 무슨 수로?"

아연한 얼굴을 한 황태자에게 마법사는 어젯밤 있던 일을 소상하게 고하기 시작했다.

이번 균열은 예외적으로 허공이 아닌 땅속에 생겼는데, 이 사실을 공녀가 추측해 내서 마물의 공격에 대비할 수 있었다는 것. 그리고 어둠에 민감한 성수를 이용해 땅속에 숨은 마물의 대략적인 위치까지 파악해 냈다는 것까지.

"대단하군. 돌발 상황인데 그렇게 완벽하게 대응하다니. 심지어 시간도 많이 주어지지 않았는데."

황태자는 저도 모르게 감탄 어린 음성으로 중얼거렸다.

이시도르와 여동생이 입을 모아 그녀가 대단한 사람이라고 말했지만 솔직히 마법은 문외한이라 피부로 와닿지는 않았는데, 이번 일은 상당히 놀라웠다.

"때가 잘 맞아떨어져서 유크리 신전 지역 주민들이 대피한 이후에 마물이 모습을 드러냈습니다. 고위급 마법사들이 대거 포진한 덕분에 우두머리로 추정되는 마물은 약 두 시간 만에 진압되었고요."

그러나 문제가 생겼다. 마물이 죽으면서 배 속에 품고 있던 알이 바닥으로 쏟아졌고 기하급수적으로 부화한 새끼들이 민가로 침입하려 한 것이다.

하지만 후방에 있던 데보라 공녀가 성수를 이용해 빛을 뿜는 방어벽을 만들어서 새끼 마물 떼는 민가 근처에 와 보지도 못하고 죽었다. 깊은 밤이 될 때까지 땅속에서 숨죽이고 있던 마물인 만큼, 빛에 몹시 취약했던 것이다.

빛을 받자 힘없이 스러지는 새끼 마물을 본 마법사들은 광역 마법과 라이팅 마법을 조합해 연속으로 캐스팅했고, 상황은 빠르게 정리되었다.

"새하얀 성수를 다루는 모습이 신비로웠는지 유크리 신전 지역의 백성들이 데보라 공녀님의 이름을 밤새도록 연호했습니다. 저 역시 거대한 돔 형태의 방어벽을 보고 놀랐고요."

마법사의 목소리엔 숨길 수 없는 흥분이 담겨 있었다. 그녀 덕분에 큰 참사를 막았고 마탑의 명성을 더욱 드높일 수 있었기 때문이다.

"성수까지 다룰 줄이야. 공녀는 숨기고 있는 재능이 많군. 솔직히 감탄했어."

"저 역시 데보라 공녀가 직접 전장에 나올 줄은 몰랐기 때문에 다시 보게 되었습니다. 괜히 시모어가 아니라고 생각했죠. 아마 그 자리에 있던 마법사들 모두 저처럼 멋지다고 생각했을 겁니다."

마법사는 이미 공녀에게 흠뻑 빠진 듯했다. 수식 때문에 데보라는 전투 마법사들 사이에서 은근히 인기가 많았는데 이번 일로 더욱 입지를 굳히게 되었다.

"그렇군. 전투에 참여하느라 고생 많았네. 돌아가 보게."

마법사와의 대화가 끝나자 황태자는 다시 가부좌를 튼 채로 명상에 잠겼다.

'데보라 공녀라…….'

마법사들이 이번 균열을 잘 막아 낸 건 그에게 불행 중 다행이라고 할 수 있었다. 안 그래도 균열 때문에 백성들이 불안해하고 있는데, 유크리 신전과 그 주변 지역까지 큰 피해를 보았다면 분위기가 더욱 어수선해졌을 것이다.

황태자는 아버지가 맡긴 이번 향화 의식을 반드시 성공적으로 마치고 싶었다.

'내 쪽에선 이번 일에 어떻게 대응하면 좋을까.'

고민에 잠겨 있던 그는 문득 좋은 생각을 떠올렸다. 본래 황태자는 필라프가 다루는 불새 형상의 정령을 이용해 꽃을 태우는 의식을 돋보이게 만들려고 했었다.

'하지만 필라프가 멍청한 짓을 벌여서 외곽에 발이 묶인 상태지.'

그런 와중에 공녀가 신비로운 분위기를 풍기며 새하얀 성수를 이용해 백성들의 목숨을 구해 냈다.

'불새보다 좋은 그림이 나오겠어.'

그는 깃펜을 집어 들고 급하게 편지를 썼다. 시간이 없었다. 당장 내일이 행사이기 때문이다. 황태자는 곧바로 사용인을 불러 편지를 쥐여 준 뒤, 시모어 타운 하우스로 보냈다.

향화 의식 당일.

나는 피로한 상태로 사용인들의 단장을 받았다. 균열에서 나온 마물을 막아 냈는데도 여전히 속이 개운하지 않았다. 어쩌면 뒤숭숭한 꿈자리 때문인지도 모른다.

수면에 효과적이라는 차를 아무리 마셔도 여전히 이상한 꿈은 멈출 기미를 보이지 않았다.

'어쩌면 그저께 밤을 새워서 피곤한 걸 수도.'

균열이 생긴 날 밤. 유크리 신전 근처 산등성이 위에서 멍하게 마법을 구경하던 나는 새까맣게 몰려든 새끼 마물의 침공에 기겁하며 퍼플을 이용해 방어벽을 만들었다.

'퍼플이가 그렇게 강해졌을 줄이야.'

이 한 몸을 지키려고 만든 방어벽인데 퍼플은 언덕을 모두 덮을 정도의 거대한 돔을 만들어 냈다.

'하긴, 비싼 마력석을 그렇게 많이 먹었으니 마나가 남아돌겠지…….'

그나저나 내가 만들어 낸 방어벽 때문에 그 주변에 있던 사람들이 날 갑자기 영웅 보듯 했다.

'뭔가 또 일이 커졌어.'

소문이 어떻게 났는지는 모르겠는데 황태자가 내게 갑자기 뜬금없는 부탁을 해 왔다.

"어휴……."

어째 자꾸만 사람들 앞에 나서게 되는 상황이 벌어지는 것 같다.

사실 전투에 직접 참여한 것도 대단한 용기나 정의감이 있어서가 아니라, 내 가정이 맞다면 퍼플이 가진 담지 능력으로 인명 피해를 최대한 줄일 수도 있겠다는 해답이 도출되었기 때문이다.

'대단한 전공을 세우려는 의도는 없었는데.'

사람들이 이목이 쏠리면 덜컥 긴장부터 하는 나로서는 황태자의 갑작스러운 부탁이 다소 당황스러웠다. 그렇다고 황태자의 청을 거절하는 건 부담스럽기도 하고, 중요한 이유가 따로 있기도 해서 결국 응하기는 했다.

이미지 세탁.

'조만간 사업을 크게 확장할 생각이었는데 솔직히 타이밍은 나쁘지 않아.'

황태자가 날 행사에 이용하려 한다면 나도 그에 따른 이득을 취해야겠다.

'그리고 내가 아르망을 운영한다는 것을 계속 숨길 수는 없어.'

영업을 위해서는 오랜 세월 동안 굳어 버린 데보라에 대한 인식을 개선할 필요가 있었다. 그리고 지금이 바로 그때였다.

나는 여신의 희생을 기리는 의식에 어울리는 단정한 의복을 차려입고 가볍게 심호흡을 했다.

'퍼플이랑 제단 앞에 나가서 꽃만 던지면 끝나는 거야.'

별거 아니라고 마음을 다잡고 있을 때 로자드가 별채 응접실로 찾아왔다.

"무슨 일이야?"

짜퉁 친절로 무장한 그를 내가 미심쩍게 바라보자 그는 헛기침을 한 번 하고는 입을 달싹였다.

'뭐지.'

바늘 하나 안 들어갈 것처럼 빈틈없어 보이는 남자라고 생각했는데, 순간 서툰 구석이 있는 그 나이대 청년처럼 보였다.

"……고맙다고."

그는 기어가는 목소리로 말했다.

"뭐?"

"네가 아니었으면 유크리 신전 수색에 참여했던 내가 곤란해질 뻔했다. 분명 인명 사고가 났을 테고 누군가는 내 부주의함에 책임을 물었겠지."

"오라버니는 전쟁 영웅인데 감히?"

"그러니 더 곤란해진다는 거다. 원래 잘나갈수록 물어뜯고 싶어 하는 놈들이 많아지거든."

하긴. 가장 승승장구하던 사람이 한번 실수를 하면 떨어뜨린 과실을 먹기 위해 너도나도 하이에나처럼 달려들기 마련이다. 이미지가 좋은 연예인이 실수하면 더 큰 화제를 불러일으키는 것과 같은 이치였다.

"이 부분은 짚은 뒤에 가고 싶어서. 특히 시모어 가문만 마탑주를 하는 것에 불만이 있는 세력들이 날 못마땅해했으니까. 네게 신세를 두 번이나 지기도 했고."

"잠깐만, 어딜 가는데? 향화 의식에 참여하는 거 아니었어?"

그러고 보니 그는 의식에 어울리는 예복이 아닌 군복을 입고 있었다.

"결계가 불안해서 분위기가 아직 어수선해."

"흐음."

"어제 지령이 떨어졌다. 마탑 전투 부대를 오늘 수도 방위대로 투입한다고. 일종의 쇼맨십이야. 황실과 귀족들이 백성들의 안선에 신경 쓰고 있다는 제스처를 보여주려는 거지."

"그렇군."

내게 상황을 설명하던 로자드는 돌연 묘한 미소를 머금었다.

"데보라, 너와 이런 정치적인 이야기를 하게 될 줄은 몰랐군. 그나저나 네 에스코트는 누가 하지? 이시도르인가?"

"퍼플이."

사실 이번 전투 때 가장 활약한 영웅(?)인 퍼플을 내가 모시고 다니는 거나 다름없었다.

"퍼플이? 아, 그 하얀 거북이 성수 이름이군."

문득 그가 얇은 입술을 슬쩍 끌어 올리며 웃었다.

"벨렉은 아니네."

"뭐라고?"

"아니다."

왠지 모르겠지만, 로자드는 가장 궁금한 것을 해소한 사람처럼 후련한 얼굴로 사라졌다. 나는 의아한 기분으로 서 있다가 방으로 돌아왔다.

"퍼플아, 착하지? 이제 나가야 해."

오늘도 염치없이 고급 마력석을 폭식한 뒤 거대한 쿠션 위에서 쿨쿨 잠들어 있는 거북이를 깨워서 나갈 채비를 했다.

향화 의식이 거행되는 장소는 지난번 작위 수여식을 치른 곳과 같았다.

'그때와는 달리 분위기가 무겁네.'

만인을 위해 기꺼이 고통을 감내하고 희생을 불사한 여신을 추모하는 자리이기 때문일 것이다.

하지만 새하얀 예복을 입은 이시도르가 나타나자, 언제 그랬냐는 듯 주변은 순식간에 소란스러워졌다. 이시도르가 신화에 나오는 천사를 조각해 놓은 것 같은 모습을 하고 있었기 때문이다.

"여긴 천국인가?"

"정신 차려. 천사가 아니라 비스콘티 공작이야."

"나도 알아. 하지만 얼굴이 너무 비현실적이잖아."

의식을 구경하기 위해 주변에 모여든 백성들마저 기도를 멈추고 남신이 나타났다고 수런거렸을 정도였다.

황태자의 들러리를 위해 참석한 다른 영식들도 땅에 끌리는 긴 로브를 걸치고 가슴팍이 드러난 예복을 입고 있긴 했지만, 이시도르만큼 충격적이진 않았다. 이시도르의 움직임을 따라 사람들의 놀란 시선이 따라붙었다.

"데보라. 마초적인 기사보다는 무조건 마법사다. 물론 마법사라고 다 괜찮은 건 아니다만……."

내 옆에 앉아 있던 아버지가 음침한 얼굴로 중얼거리고 있을 때 퍼뜩 이시도르와 눈이 마주쳤다.

"저, 저 여우……!"

그가 내 쪽을 향해 부드럽게 눈웃음을 쳐서 나는 벌렁거리는 심장을 부여잡아야 했다.

잠깐의 소란이 있고 난 뒤. 나는 뒤늦게 명단을 점검하는 황실 관리의 부름을 받아 제단 앞쪽으로 나갔다. 나는 행사 전날 황태자가 부랴부랴 꽂아 넣은 들러리라서 명령 하달이 조금 늦어진 모양이었다.

"공녀님의 활약은 잘 들었어요."

이시도르가 작게 속삭였다.

"뭐, 어쩌다 보니 그렇게 됐네."

"멋있는 사람이란 걸 나만 알면 좋겠는데 점점 더 인기가 많아져서 걱정이네요."

"인기? 경이 할 말은 아닌 것 같아."

나와 그가 몰래 구석에서 쑥덕이는 중 황태자가 나타났다.

"제발 연애는 의식이 끝나고 해 주면 안 되겠나? 공작."

"친우라고 생각했던 분이 저와 한마디 상의 없이 제 애인에게 어려운 부탁이 담긴 편지를 보낸 건에 대해선 어떻게 생각하십니까? 전하."

"야, 이 사람아. 그만큼 견제했으면 이젠 그만할 때도 되지 않았어? 내 취향도 좀 존중을…… 흠!"

퀭한 얼굴로 뭐라 시부렁거리던 황태자가 흠칫 입을 다물곤 헛기침한 뒤 내게 말했다.

"데보라 공녀. 이번에 신세 진 건 잊지 않겠어. 황가의 명예를 걸고 다음에 내가 도울 일이 있으면 반드시 돕겠네."

'너 인마, 그 말 기억했다.'

내심 긴장한 기색인 황태자는 단장해야 한다면서 금세 자리를 떴고 이시도르는 혀를 찼다.

"다음에 또 이런 일이 있으면 절교할 겁니다."

둘이 격 없이 친해 보인다고 생각하면서 나는 황태자의 뒷모습을 바라보았다.

'아, 그건 아닌가.'

이시도르는 몰래 마스터 행세를 하면서 황태자를 등쳐 먹고 있으니 절친까진 아닐 것이다.

얼마 후, 해가 가장 높게 떠오르는 신성한 시간이라고 불리는 정오와 가까워지자, 추기경을 필두로 신관들이 하나둘씩 들어오기 시작했다.

'어?'

나는 흠칫 놀랐다. 신관들 사이에 익숙하면서도 한동안 잊고 있던 얼굴이 끼어 있었으니까.

미야 비노슈였다.

'소설에서처럼 여주가 이 행사에 참석했다는 건 원작과 비슷한 흐름으로 흘러가는 건가?'

긴가민가하던 나는 아니라는 결론을 내렸다.

원작에서 미야는 이번 행사의 주인공이나 다름없었다. 외부 활동을 거의 하지 않던 교황과 함께 등장해 만인 앞에서 존재감을 드러냈으며, 탄생제를 구경하기 위해 모인 이들은 그녀를 보고 성녀의 현신이라 연호하면서 호응했다.

하지만 소설에서 화려하다고 묘사된 예복은 일반 신관들처럼 평범했고, 그녀는 행렬 끄트머리에 끼어 있어서 크게 두드러지지 않았다.

'그래도 그간의 활동이 빛을 발한 모양이네. 이 자리에 초대받기 쉽지 않은데.'

나는 분홍색 머리칼을 곱게 땋아 내린 그녀를 바라보다가, 웅장한 오르간 소리가 들리는 중앙으로 시선을 돌렸다. 예식을 진행하는 황태자가 새하얀 실크 로브에 금장을 수놓은 화려한 예복을 입고 걸어 나오고 있었다.

'오히려 저 예복이 소설에서 묘사된 미야의 옷과 흡사해 보이는걸.'

황제의 역할을 처음으로 위임받은 황태자는 한 번 크게 심호흡을 하곤 여신의 넋을 기리는 문장을 읊었다.

의식은 제법 순조롭게 진행되었다. 하지만 나는 긴장해서 그런지 점점 손발이 차가워지는 것 같았다.

"이제, 거룩하고 신성하며, 위대한 나일라 여신님의 영혼을 기리기 위한 향화 의식을 진행하겠습니다."

"성물을 통한 정화 의식을 갖겠습니다."

대기하고 있던 추기경이 곱게 천으로 쌓인 물건을 조심스레 들고 제단 앞으로 나왔다. 추기경이 꺼낸 물건은 새하얀 묵주였다.

"기도하겠습니다."

그는 묵주를 물속에 집어넣었고, 의식에 참여한 사람들은 모두 기도를 하듯 손을 모으고 눈을 감았다. 하지만 나는 그 하얀 물건에서 시선을 뗄 수가 없었다. 묘한 기시감이 내 속을 어지럽혔기 때문이다.

쿵. 쿵.

마치 악몽을 꾸고 난 뒤처럼 가슴이 가파르게 뛰기 시작했다. 심장 박동이 북소리처럼 거대해져서 아프게 고막을 두들겼다.

'뭐지.'

시야에 돌연 환영처럼 거대한 사막과 금발을 한 남자가 보였다가 일그러졌다. 동시에 코끝에서 비릿한 피 냄새가 스쳤다.

"공녀님. 이제 나가셔야 합니다."

황실 관리의 부름에 뒤늦게 흠칫 정신이 들었다.

마법으로 깨끗하게 보존된 꽃가지를 문 퍼플과 나는 제단 앞으로 천천히 걸음을 옮겼다. 꽃을 태우는 재단 앞에선 꽃향기가 진동했지만, 나는 여전히 그 비릿했던 피 냄새를 떠올리고 있었다.

곧 내가 던진 나뭇가지가 활활 타올랐다. 간신히 내 역할을 마친 뒤 다시 자리로 돌아가려고 했을 때였다.

쿠궁-!

불길한 굉음과 함께 저 멀리, 무언가가 보였다.

공간을 가르는 새카만 낫이었다.

청명한 정오의 하늘에 생긴, 때아닌 균열의 순간. 숨 막히는 정적이 흘렀다.

낫이 공간을 가르자 균열은 빠르게 부피를 키웠다. 곧 상처처럼 벌어진 틈새로 사신의 형상을 한 악령이 튀어나왔다.

악마가 타락한 영혼으로 만들어 낸 악령은 마물 중에서도 최상급이었다. 그리고 그 끔찍한 것은 의식이 벌어지는 제단을 향해 빠르게 날아왔다. 이 모든 것이 아주 찰나의 순간에 벌어졌다.

놀랍게도 낡은 천을 뒤집어쓴 새카만 악령은 굶주린 아귀처럼 사람부터 공격하는 여타 마물과는 달랐다.

"크오오!"

그것이 돌연 거칠게 포효하면서 검게 물든 낫을 허공에 횡으로 휘둘렀다.

기이이이-

소름 끼치는 이명이 공간을 가로질렀고 땅이 거칠게 흔들리기 시작했다.

"꺄아아악!"

주변에 늘어서 있는 대리석 기둥들과 건물 또한 지진이 난 것처럼 진동했다.

여기저기서 공포에 찬 비명이 울려 퍼졌고, 공격을 위한 캐스팅을 준비하던 마법사들은 가슴을 움켜쥐면서 피를 토했다. 악령이 낫을 휘두르는 순간 주변에 흐르던 마나가 기이하게 왜곡되었기 때문이다.

"커헉!"

마나 감응력이 뛰어난 고위급 마법사들이 특히나 이 예상치 못한 일격에 고통스러워했다.

"아버지!"

비명을 지르며 뛰어오는 딸을 바라보며 시모어 공작은 목에서 올라온 핏물을 삼켰다.

"넌 어서 도망가!"

"제발 같이 가요!"

낫을 든 악령이 풍기는 기운은 그녀가 보기에도 심상치 않았다. 두려울 정도로 강한 힘이 느껴졌고 코끝에서는 자꾸만 불길한 피비린내가 풍겼다.

균열이 이미 한 번 일어났으니 원작대로 진행되고 있다고 생각했는데, 갑자기 더욱 위험해 보이는 마물이 나타나다니. 내내 떨쳐내지 못했던 불안감의 정체가 이것이었을까.

'소설에는 이런 내용이 없었는데.'

하지만 이것은 분명한 현실이었다. 악몽보다 더 끔찍한.

피를 토하는 아버지를 두고는 도저히 발이 떨어지지 않았다. 그녀가 도망가자고 다시금 간절하게 청한 순간, 근처에 서 있던 대리석 기둥이 무너져 내렸다.

"퍼플아!"

주인의 명령에 주변으로 거북이 등껍질 같은 단단한 방어벽이 형성되었고, 급하게 달려온 이시도르가 재빨리 기둥을 파괴해 버려서 순간의 위기는 모면할 수 있었다.

하지만 상황은 걷잡을 수 없이 나빠지고 있었다. 갈라진 균열 사이로 흘러나온 짙은 안개는 새파랬던 하늘을 까맣게 물들였고 악몽 같은 풍경에 사방은 아수라장이 되었다.

지옥도가 따로 없었다. 그 누구도 침착하게 대피하라는 황태자의 명령을 듣지 않았다. 그리고 더 큰 문제는 따로 있었다. 향화 의식 중이라서 기사들은 무장을 해제한 상태였고 마법사들은 악령에 의해 고위급 마법 캐스팅을 캔슬당했다.

오르고 가문이나 마탑 전투 마법사 같은 굵직한 전력은 어수선한 민심을 안정시키기 위해 마을 성문에 배치되어서, 최상급 마물을 맞닥뜨렸음에도 아군의 전력은 최상이 아니었다.

당장 의식에 참석한 기사 중 무장한 것은 마법으로 검을 소환할 수 있는 이시도르가 유일했다.

시모어 공작이 다급하게 말했다.

"비스콘티 공작. 내가 영창을 마칠 때까지만 시간을 끌어 줄 수 있겠나?"

하지만 시모어 공작은 말하면서도 큰 기대는 하지 않았다. 기사들은 날아다니는 적에 취약했으니까. 몬스터 웨이브가 일어나면 마법사가 허공 위의 적을 격침했고 기사들은 땅의 괴물들을 상대했다.

하지만 오래 고민할 틈이 없었다.

기이이익-!

사신을 연상시키는 악령이 칠판 긁는 듯한 소름 끼치는 소리를 내면서 또다시 낫을 높이 치켜들었다. 이가 빠진 허름한 낫은 마기로 새카맣게 물들었고 거대하고 불길한 어둠이 허공에서 넘실거렸다.

"퍼플아. 저 낫을 공격해."

데보라 공녀가 재빨리 성수에게 명령해 빛을 쏘아 올렸다.

시모어 공작과 마법사들 역시 급한 대로 영창 시간이 짧은 공격용 마법을 퍼부었다. 하지만 하늘을 까맣게 물들인 검은 안개가 마법을 가로막아 마법사들의 공격은 마물의 옷깃조차 스치지 못했다.

그때였다. 어둠 속에서 번쩍이는 금빛 섬광이 허공을 날카롭게 가로질렀다.

"캬아아악!"

고통에 찬 마물의 비명이 쩌렁쩌렁하게 울려 퍼졌다. 도망가기 위해 서로를 거칠게 밀고 밀치던 사람들은 뭔가에 홀린 듯 소리가 난 방향으로 시선을 돌렸다.

"천사?"

검기를 날린 뒤, 블링크 마법을 전개해 순식간에 마물 뒤로 진입한 이시도르가 사신의 등에 가차 없이 칼날을 박아 넣었다.

"이동 마법이야!"

"……마검사라니."

제국 역사를 통틀어, 단 세 명뿐이었던 마검사의 극적인 등장에 몇몇 귀족이 경악이 담긴 목소리로 외쳤다.

"천사가 강림했다!"

새하얀 로브를 펄럭이면서 악령에게 황금빛 검을 내리꽂는 이시도르는 신화 속 악마를 상대하는 대천사를 연상시켰기에 모두가 그 광경에서 시선을 떼지 못했다.

"저분은 여신께서 우리를 위해 보낸 대천사님이다!"

마검사에 대해 잘 모르는 몇몇 백성은 이시도르를 진짜 천사라고 생각한 듯 감격에 찬 목소리로 외쳤다.

투핸드 소드를 악령의 머리에 박아 넣은 이시도르가 이번엔 바스타드 소드를 소환해 검기를 불어넣고 악령을 난도질했다. 기습적이면서 위협적인 공격이 여러 차례 퍼부어지자 악령은 확연하게 약해진 모습으로 몸부림을 쳤다.

"크오오오!"

지독한 마기가 덩굴처럼 줄기줄기 뿜어져 나오는데도 이시도르는 공격을 피해낸 뒤 한 번 더 황금빛 검기를 날렸다. 이윽고 악령이 안개처럼 흩어지면서 거대한 낫이 제단 위로 떨어졌다.

하지만 그게 끝이 아니었다. 오히려 시작이었다.

강한 악령이 치명적인 공격을 당하자 새파란 하늘을 집어삼켰던 검은 안개가 진짜 형상을 드러내기 시작한 것이다.

"마, 맙소사."

이시도르의 활약으로 잠시나마 희망을 품었던 사람들은 다리에 힘이 풀려 털썩 주저앉았다. 마음이 약한 이들은 끔찍한 광경에 기절하기도 했다. 하늘을 채웠던 새카만 안개의 정체는 악령이 끌고 나온 해골의 형상을 한 유령 부대였다.

명령하고 억압하던 대장이 사라지자 유령들은 마기를 뿜으며 제멋

대로 날뛰려 했지만, 곧 살을 에는 바람이 불어왔다.

시모어 공작을 마탑주로 만들어 주었넌, 인간의 한계를 초월한 7클래스 마법 블리자드가 완성된 것이다. 재해와도 같은 무시무시한 얼음 폭풍이 유령 부대를 향해 불어닥쳤고 마물의 반이 그 자리에서 얼어붙어 지상으로 낙하했다.

"공격해!"

군장을 마친 기사들과 전열을 가다듬은 마법사들이 참전하자 그 이후로는 차마 눈 뜨고 보기 힘든 처절한 난전이 펼쳐졌다. 악령이라는 구심점을 잃은 해골 유령들이 사람의 피와 살을 갈구하며 악귀처럼 날뛰었기 때문이다. 게다가 4클래스 이하의 마법이거나 오러를 이용한 공격이 아니면 치명타를 입히지도 못했다.

"허억, 하아……!"

이시도르는 검은 유령을 하나하나 칼로 베면서 창백한 얼굴로 숨을 몰아쉬었다. 고위급 마물을 홀로 상대하는 건 마검사인 이시도르라도 쉽지 않은 일이었기 때문에 그는 몹시 지쳐 있었다.

'데보라는 어디 있지?'

그는 턱에 흐르는 땀을 훔치며 창백한 얼굴로 주위를 두리번거렸다. 해골 유령들이 퍼트린 새카만 안개 때문에 시야가 어둑해서 누가 누군지 잘 알아볼 수가 없다.

'잘 대피했겠지? 제발…….'

황실 관할 구역은 마도구 반입이 금지되어서 아마 그녀의 수중엔 스크롤이나 아티팩트가 없을 것이다. 그나마 그녀의 곁을 지켜 줄 성 수가 있는 게 다행이었다. 이를 악문 이시도르는 한 번 더 검기를 끌어올려 제게 달려드는 마물의 목을 베었다.

"이시도르! 뒤!"

그때였다. 익숙하면서도 처절한 음성이 들리는 곳으로 이시도르는 황급히 고개를 돌렸다.

시야에 거대한 어둠과 낫이 보인다. 얼굴과 몸통의 반이 날아가고 팔 한쪽이 잘린 악령이 안개처럼 변한 채로 숨을 죽이고 있다가 이시도르가 지치자마자 다시 나타난 것이다.

"위험해!"

공녀의 비명에 이시도르는 반사적으로 여러 걸음 물러났다.

"크흑!"

하지만 기어코 긴 낫 끄트머리가 그의 늑골 뼈를 부수면서 몸을 관통했고, 그는 비명조차 지르지 못했다. 순간 눈앞이 새카맣게 물들었다. 숨이 턱 막히는 지독한 고통이 그의 뇌관을 뒤흔들었다.

'데보라.'

붉게 점멸하는 시야 속에서도 다급하게 자신을 향해 뛰어오는 그녀의 얼굴은 선명하게 보였다.

타는 듯한 고통이 느껴지는 와중에 그는 문득 다행이라고 생각했다. 아마 데보라가 아니었다면 심장이 꿰뚫려서 그 자리에서 즉사했을 테고, 다시는 저 예쁜 얼굴을 보지 못했을 테니까.

하지만 가까이에서 본 그녀의 얼굴이 너무 슬퍼 보여서, 그는 이내 마음이 아파졌다.

'울지 마. 이깟 걸로 안 죽어.'

그의 벌어진 입에서는 목소리 대신에 검은 핏물만 계속 흘러나왔다. 낫에 묻어 있던 독에 중독이 된 것이다. 생사의 기로에서 처음으로 이시도르는 절박한 기분을 느꼈다.

저 루비처럼 사랑스러운 눈동자를 더는 볼 수 없을지도 모른다는 생각이 들자 심장이 서럾나. 또한 자신이 사라지면 그녀가 슬퍼한다는 사실에 아득한 두려움을 느끼면서, 그는 몸에 남아 있는 마나를 긁어모아 정신을 차리려고 노력했다.

"제발, 신관님! 신관님! 여기 공작이 다쳤어요. 제발!"

하지만 꺼지기 직전의 촛불처럼 점차 그의 얇은 눈꺼풀이 가물거리기 시작했다. 이시도르가 숨을 헐떡이면서 간신히 입을 달싹였다.

"미안."

"그딴 약한 소리 하지 마! 제발."

열세 살 이후로 한 번도 다쳐 본 적 없다면서!

"한 번도 다쳐 본 적 없다면서!"

하얀 묵주에 묻어 있는 피.

마물로 인해 사막화된 땅.

금발의 남자.

피비린내.

문득 기억의 파도가 몰아쳤다. 그리고 댐처럼 힘을 막고 있던 무언가가 산산이 깨지고 조각나는 소리가 데보라의 머릿속에서 울렸다.

이윽고 순도 높은 새하얀 신성력이 그녀의 몸에서 터져 나왔다.

데보라의 몸에서 쏟아져 나온 새하얀 빛은 독으로 인해 푸르게 변한 이시도르의 몸을 따뜻한 물처럼 감쌌다. 으스러진 늑골과 상한 장기가 순식간에 재생되었고, 독으로 썩어들어 간 살과 피는 마치 시간을 되돌린 것처럼 감쪽같이 복구되었다.

그녀를 중심으로 흘러나온 새하얗고 고결한 빛은 죽기 직전이던 사람의 명줄을 붙잡아 놓은 것도 모자라 새카만 안개를 향해 동심원처럼 퍼져 나갔다.

"그오오오……."

누런 이를 드러낸 채 날뛰던 유령의 기세가 순식간에 누그러졌다. 검은 안개처럼 자욱했던 마기 역시 빠르게 사라지기 시작했다.

"뭐지?"

구원 같은 빛이 지나간 후, 컴컴했던 시야가 점차 밝아지자 마물을 상대하던 이들은 놀란 얼굴로 주변을 두리번거리다가 확연히 약해진 해골 유령을 빠르게 도륙하기 시작했다. 사람이 흘린 피 탓에 마기가 점점 강해져서 수세에 몰려 있던 아군의 상황은 그 빛으로 단숨에 역전되었다.

한편, 시모어 공작은 강한 신성력에 의해 상황이 마무리되고 있다는 것을 깨닫고 데보라를 찾기 위해 주변을 두리번거렸다.

'제발, 별일 없어야 할 텐데.'

아까 전 피를 토하는 자신 때문에 딸은 이 아수라장에서 대피하지 못했다. 그냥 체면을 버리고 함께 도망가는 게 더 나았을까.

'한 번도 이런 생각을 해 본 적 없는데.'

마탑주의 지위에 걸맞게 책임을 다해야 한다고 생각했지만 뒤늦은 후회가 밀려왔다. 괴로워하며 난장판이 된 주변을 헤집고 다니던 시모어 공작은 새카만 피가 뚝뚝 떨어지는 제단 아래에서 몸을 웅크리고 있는 딸을 발견했다.

'저건 뭐지?'

미약한 빛에 둘러싸인 그녀를 보며 공작은 미간을 좁혔다.

'내가 설마 헛것을 보는 건가?'

하지만 착각이 아니었다. 딸과의 거리를 좁히자 순식간에 손의 생채기가 아물었으니까. 이런 거리에서 상처가 낫는 경우는 처음 본다. 설마, 아까 그 새하얀 빛도 데보라가 만들어 낸…….

"데보라!"

그의 생각은 오래 이어지지 못했다. 딸의 상태가 심상치 않았기 때문이다. 강인한 신성력을 내뿜으면서도, 정작 본인은 여기저기 실핏줄이 불거진 새빨간 얼굴로 잘게 떨고 있었다.

"흐윽."

데보라는 이시도르의 다 나은 상처 부위를 여전히 손으로 틀어막은 채 비명을 삼켰다. 힘이 한꺼번에 폭주한 데다 수면 위로 올라온 기억의 범람으로 인해 뇌에 무리가 가기 시작한 것이다.

더군다나 그녀에게는 빙의 전 데보라가 가지고 있던 기억의 파편까지 산재했다. 수많은 기억과 장면이 충돌하자 관자놀이가 칼로 저미는 것처럼 아팠다.

고통에 떨면서 몸을 웅크리고 있던 데보라가 돌연 이를 꾹 악물면서 뭔가를 확인하듯이 이시도르의 심장 부근으로 천천히 귀를 가져다 댔다.

'살아 있어.'

뇌가 터질 것 같은 고통 속에서도 환희와 기쁨이 차오른다.

인생이란 참 이상하다. 숨을 조이는 아득한 어둠이 다가와도 그다음에는 빛이 존재했다. 분명 아까는 슬픔과 절망뿐이었는데. 두근두근, 살아 있다는 것을 증명하듯이 그의 심장이 뛰고 있었다.

이시도르가 미약하게나마 숨을 쉰다는 사실을 확인하자마자 데보라는 간신히 붙잡고 있던 의식을 놓고 혼절해 버렸다.

'그토록 무시무시한 마물이 나타날 줄이야. 여신이시여.'

향화에 참여한 마테오 추기경은 폐허가 된 제단 앞에서 몸을 떨었다.

교황 대리로 나왔음에도 그는 두려움에 질려 숨는 것 외에는 할 수 없었다. 그가 하얗게 질린 얼굴로 기도를 하고 있을 때 저 멀리서 호들갑 소리가 들렸다.

"대체 그 하얀빛은 무엇이었을까요?"

"그 신성한 빛이 안개 같은 어둠을 물리쳤습니다!"

어둠 속에서 잔혹한 유령과 맞서며 고군분투하던 이들은 전투 중에 터져 나온 그 따스하고 새하얀 빛에 대해 쉴 새 없이 이야기했다.

"너무나도 고귀한 신성력이었습니다. 제가 그간 신관들에게 치료받은 것과는 격이 다른 느낌이었습니다."

마테오 추기경이 그들의 대화를 엿듣고 있던 때, 이번 균열에 대해 뒤늦게 조사를 나온 황실 고위급 관리가 다가왔다.

"마테오 추기경님. 강한 신성력이 마물과의 전투를 승리로 이끌었다는 귀족들의 설명이 있었는데, 혹시 추기경님께서 하신 일입니까?"

마테오 추기경은 고개를 저었다.

"제 신성력은 그토록 순도가 높지 않습니다. 오늘 전투에서 목도한 수준의 뛰어난 신성력은 이전에도 겪어 본 적 없습니다."

"그럼, 대체 누가 신성력을 발휘했단 말입니까?"

그때였다. 자박자박, 발소리와 함께 누군가가 사람들 앞에 등장했다.

"제가 했습니다."

전혀 예상치 못한 인물이 나타나자 그 자리에 있는 사람들 모두 웅성거리기 시작했고 추기경의 얼굴에 놀라움이 떠올랐다.

"행색을 보아하니 신관인데. 처음 보는군요."

"누구죠? 소개를 부탁합니다."

"미야 비노슈라고 합니다."

그녀가 말했다.

"이 학생은 이번에 아카데미 차석을 한 학생입니다. 대주교까지 미야 양의 순도 높은 신성력을 칭찬했지요."

추기경은 그녀를 침이 마르도록 칭찬하기 시작했다. 미야는 아직 아카데미를 다니고 있긴 하지만 엄밀히 따지면 오늘은 중앙 신전 소속으로 참여했다. 고귀한 탄신제에, 그것도 향화 의식 중에 끔찍한 마물이 나타났는데, 신전이 아무런 활약 없이 비스콘티와 시모어 가문에 묻어 간다는 건 체면이 깎이는 일이었다.

그런데 망신당할 뻔한 와중에 미야 양이 멋지게 신성력을 발휘하다니!

"네가 했다고?"

그때 피해 상황을 체크하던 황태자가 미심쩍은 기분을 삼키면서 끼어들었다.

"네, 전하."

'뭐지? 이상하군.'

분명 그 새하얀 빛이 퍼져 나온 중심지는 데보라 공녀와 이시도르가 있던 곳이었다. 검은 안개 때문에 시야가 어둑했지만, 소드 마스터인 황태자는 상대방의 정체를 파악할 때 시각에만 의지하지 않기 때문에 헷갈릴 리가 없었다.

'하지면 데보라 공녀에게는 신성력이 없긴 하지…….'

귀족들은 태어날 때 신성력 유무를 검사하는데 공녀가 신성력이 있었다면 이미 대부분이 알고 있을 것이다.

'내가 착각한 건가? 아니면, 이 여자가 거짓말을 하는 건가?'

황태자는 여자를 관찰하듯 빤히 바라보았고 그녀는 겁먹은 얼굴로 작은 어깨를 움찔거렸다. 잘게 떠는 미야를 보던 추기경이 다급히 앞으로 나섰다.

"전하. 미야 양이 가진 신성력의 순도는 아카데미 역사상 손에 꼽힐 정도로 높습니다. 마치, 나일라 성녀님처럼 말입니다."

"무리를 했더니……."

미야가 작게 중얼대며 몸을 비틀대자 추기경이 하얗게 질린 그녀를 급히 부축했다.

"미야 양이 오늘 힘을 너무 많이 사용한 모양입니다."

"전하. 일단 이 신관의 건강부터 돌보는 게 어떠하겠습니까?"

황실 관리의 제안에 황태자는 마지못해 고개를 끄덕였다. 하지만 그는 여전히 미심쩍은 기분을 지우지 못한 채 여자와 신관들의 뒷모습을 바라보다가 헐레벌떡 뛰어오는 가신에게 고개를 돌렸다.

"전하. 피해 상황 보고드리겠습니다."

"사망자는?"

"그 신성한 빛이 도운 덕분에 다행히 없습니다. 하지만 우왕좌왕하는 인파에 깔린 부상자가 제법 많습니다. 신전에서 이들을 돌볼 신관들을 더 파견한다고 합니다."

"그래. 그나마…… 다행이군."

하지만 황태자의 음성엔 힘이 쭉 빠져 있었다.

'이번 행사. 성공적으로 끝내고 싶었는데.'

또다시 마물이라니.

'대체 이유가 뭐지.'

황태자는 절망한 얼굴로 눈을 질끈 감았다.

"하아, 허억!"

가파르게 숨을 몰아쉬면서 부서졌던 흉곽을 손으로 더듬던 이시도르는 상체를 일으켜 급하게 주변을 두리번거렸다. 그는 처음 보는 낯선 장소의 침대에 덩그러니 누워 있었다.

"일어나셨습니까? 비스콘티 공작님."

시종이 몸을 굽히며 말하자, 이시도르가 곧은 눈썹을 들어 올렸다.

"넌 누구지?"

"시모어 가문의 사용인입니다. 비스콘티 공작님의 몸을 잘 살피라는 가주님의 명이 있었습니다."

"데보라 공녀는?"

"현재 몸이 좋지 않으셔서 휴식을 취하고 계십니다."

'혹시 나 때문인가?'

정신을 잃기 전, 데보라에게서 흘러나온 따뜻한 빛이 몸을 감싸던 기억이 난다.

"데보라 공녀를 멀리서나마 볼 수 있을까? 방해하지는 않을 거야. 그저 괜찮은지 확인하고 싶어서."

"그 전에 나와 이야기를 좀 하지 않겠나? 비스콘티 공작."
장인…… 아니, 시모어 공작의 등장에 이시도르는 다급히 침대에서 내려왔다.

잠시 후.
시모어 공작은 빠르게 단장을 마친 이시도르와 응접실 테이블에 어색하게 마주 앉았다.
'이 녀석……. 마검사란 말이지.'
솔직히 사윗감으로 더없이 완벽하긴 했지만, 머리로 아는 것과 마음으로 인정하는 것은 전혀 다른 문제였다. 시모어 공작은 조금 뚱한 얼굴로 입을 열었다.
"몸은 좀 괜찮은가?"
"데보라 공녀가 제 목숨을 구했습니다. 평생 그 은혜를 잊지 않고 마음속에 새긴 채로 살 겁니다."
"자네 목숨뿐이겠는가? 그 자리에 있는 모든 사람을 유령 군대로부터 구했지. 성녀라는 칭호가 아깝지 않은 신성력이었네."
"아름답고 지혜로운 공녀님과 어울리는 고결한 힘이었습니다."
"그럼, 그럼."
팔불출인 둘이 의외로 신나게 대화를 이어가고 있을 때 공작의 보좌관이 다가와 속삭였다. 향화 의식에서 터져 나온 신성력의 주인이 나타났다는 것이다.
"미야? 그게 누군데?"
비누인지 비노슈인지가 딸이 한 일을 본인의 공으로 가로챘다는 소식에 공작의 얼굴이 붉으락푸르락해졌다.

"제까짓 게 감히 공녀의 공적을 가로채고 성녀를 자처하다니요?!"

"시모어의 이름을 걸고 당장 요절을 내 버리겠어."

둘이 깊은 분노를 불태우고 있을 때, 문가에서 기척이 들렸다.

"두 분, 왜 제 이야기를 저 빼고 하십니까?"

"……."

데보라의 등장에 이시도르의 눈이 반가움과 애틋함으로 커졌다. 그녀는 의자 하나를 끌어와 둘 사이에 앉았다. 그러곤 장식용 체스판 말 하나를 집어 들더니 살짝 웃었다.

"잘됐습니다."

"뭐가 잘됐다는 거지?"

"지금은 신성력이 있다는 걸 숨기는 게 좋으니까요."

"네 공을 숨긴다는 뜻이냐?"

"예. 미야 비노슈에게 당분간 성녀 역할을 줄 겁니다."

체크메이트를 위한 미끼. 그게 미야 비노슈의 역할이었다.

"얼마 전, 아버지께서 신생아 납치 사건이 있었다고 하셨죠. 그런데 공교롭게도 흑마법사들이 성력을 테스트한다며 신성력 있는 아기를 이 잡듯 뒤지던 시기에 제가 신성력을 개화시켰습니다."

"……!"

"성녀를 찾는 흑마법사들의 수상한 움직임이 포착된 상황에서, 제가 이번 사건의 주인공이라는 걸 노출하는 것은 바람직하지 않습니다."

특히 그녀는 소설에서는 일어나지 않았던 균열이 현실에서 일어났다는 사실이 가장 신경 쓰였다.

"그리고 이건 만일의 경우입니다만, 균열이 단순한 현상이 아닌 흑마법사 같은 어떤 단체나 인물이 개입한 의도된 사건이라면, 배후를 밝힐 때까지 선불리 움직일 수 없습니다. 상대는 고위급 마물을 소환할 정도로 강합니다. 제가 타깃이 되면 골치만 아파질 겁니다."

딸의 신중한 한 수에 공작의 눈에 감탄이 떠올랐다.

"하지만 데보라, 배후를 밝히기 위해 당분간 네 공을 숨겨야 하는데 괜찮겠느냐?"

눈앞의 명예를 탐하고 싶은 게 인간의 당연한 본성이고, 더군다나 딸은 평판이 나쁘니 이미지를 쇄신하고 싶을 것이다. 그런데, 한 걸음 물러나다니.

'……딸아이에게 가주 자리를 맡겨야 하나?'

"데보라 공녀. 진정한 영웅은 당신인데 괜찮겠습니까?"

"네가 무척 속이 깊고 다정한 아이라는 것을 나만 아는 게 속이 상하긴 하구나. 물론 언젠가 모든 게 다 제자리를 찾아갈 테지만."

"……악녀라서 편하고 좋은데요."

공녀는 작게 중얼거렸다. 그들은 절대 이해하지 못할 생각이었다.

'개차반 망나니의 삶이 얼마나 편한데.'

"뭐, 뭐가 편해?"

"농담이에요."

순간 뭘 들은 건가 싶어서 시모어 공작과 이시도르의 당황한 시선이 달라붙었고, 데보라 공녀는 대충 얼버무리면서 장식용 체스말을 만지작거렸다.

"흑마법사들이 성녀를 찾고 있다면, 배후와 연결된 누군가가 소식을 듣고 미야에게 접근하겠죠."

더불어 데보라는 미야의 행동이 수상하다고 생각했다. 그녀가 필라프 앞에서 자빠졌을 때는 애매해서 넘어갔지만, 이번엔 대놓고 거짓

말을 했다.

'어딘가 부자연스러워.'

데보라는 느릿하게 입을 열었다.

"당분간 미야 비노슈를 주시할 생각입니다. 들키지 않도록 은밀하게."

가장 믿을 만한 사람인 아버지와 이시도르에게 계획을 설명한 뒤 나는 곧바로 방으로 돌아왔다. 다시 시작된 두통 때문이었다. 관자놀이를 쿡 찌르는 날카로운 통증에 절로 인상이 찡그려졌다.

여러 가지 기억이 뒤엉켜서 생긴 일시적인 두통일 텐데, 아픈 티를 내면 아버지나 이시도르가 난리를 치겠지.

'굳이 걱정시키고 싶진 않아.'

그래도 맨 처음 눈을 떴을 때에 비해서는 확연히 나아졌다. 혼재한 기억들이 조금씩 정리되고 있기 때문일 것이다.

'하아. 이게 대체 뭔 일이냐.'

짧은 시간 동안 너무 많은 일이 있었다. 침대에 털썩 드러누운 나는 긴 한숨을 내쉬면서 내 손을 바라보았다.

'나한테 신성력이 있었다니.'

솔직히 얼떨떨했다. 마법 정도는 기본으로 쓰고, 검술에 심지어 정령까지 부리는 빙의자들을 조금 부러워하긴 했는데 정작 내게 미지의 힘이 생기니 기분이 이상했다.

하지만 신성력이 아니었다면 내 잘생긴 남자 친구가 무사하지 못했을 테니, 일단은 이런 능력을 주신 신에게 감사하는 마음을 갖기로 했다.

'흠. 한번 테스트를 해 볼까?'

나는 나이프로 손등에 상처를 낸 뒤 바로 치유력을 발휘했다. 전혀 감이 안 잡히는 마나와는 달리 신성력은 한번 각성하니 내 의지대로 다룰 수 있었다. 하지만 최대한 끌어올려도 절체절명의 순간 폭발적으로 터져 나왔던 그 힘에 비하면 미약했다.

미야를 일단 내버려 둔 건, 내가 신성력에 적응할 시간이 필요하기 때문이기도 하다.

'그나저나 진짜 신기하네.'

말끔하게 사라진 상처를 보니 절로 혀가 내둘러진다.

인간 후시딘이 된 것도 놀랄 노자인데, 더 충격적인 건 따로 있었다. 윤도희의 전생이 아스테이아 제국인들이 여신으로 추앙하는 나일라라는 것이다.

향화 의식 때, 흰 묵주를 본 순간부터 계속 떠오르던 그 이상한 기억은 데보라가 아닌 윤도희의 전생이었다. 데보라, 즉 다른 영혼이 뇌리에 남기고 간 기억의 파편을 훑는 것과 영혼 속에 내재된 기억을 보는 건 느낌이 전혀 달랐다.

나는 나일라가 윤도희의 전생이라는 것을 신성력을 각성한 순간부터 본능적으로 알 수 있었다.

'무엇보다 착한데 좀…… 미련한 부분이 비슷해.'

죽고 나서 만인의 추앙을 받는 여신이 되면 그게 다 무슨 소용이냐고.

"난 살아서 온갖 부귀영화 다 누릴 거야!"

세 번째 삶에선 잘생기고 다정한 남자 친구랑 돈 펑펑 쓰면서 남부

럽지 않게 연애할 거라고!

이번 생은 나를 무소건 최우선으로 챙기겠다는 각오를 다시금 다지다가, 머리가 지끈거려서 이불 속으로 들어갔다. 막 각성한 힘을 무리하게 끌어 써서인지 여전히 몸이 무거웠다.

'피곤해.'

나는 눈을 감자마자 빠르게 잠에 빠져들었다.

'잠들면 전생의 기억이 떠오르는구나.'

그간 악몽이라고 생각했던 그 반복되던 꿈이 사실은 전생의 기억이라는 걸 알게 되었다. 심지어 이제는 눈을 뜬 뒤에도 그것을 기억해낼 수 있었다.

무의식 상태에서 볼 수 있는 기억의 타임 라인은 뒤죽박죽이었지만, 늘 이시도르와 똑같이 생긴 금발의 남자가 나온다는 공통점이 있었다.

아마 나일라는 그 남자와 함께한 기억이 가장 소중했던 것 같다. 그리고 그와 판박이 같은 이시도르의 얼굴이 전생의 기억을 자극해 신성력을 더 빠르게 각성할 수 있지 않았나 하는 생각이 들었다.

'시기상…… 필라프가 가지고 있던 고대 아티팩트가 힘이 개방되는 데에 큰 관여를 한 것 같고.'

나는 여러 가지 추측을 하다가 침대에서 일어났다. 꿈을 통해 전생의 기억이 좀 더 진행되면 더 많은 사실을 알 수 있을 것이다.

'헉, 시간이 벌써 이렇게 지났네.'

그리 오래 잔 것 같지도 않은데 사방이 컴컴해져 있었다.

"데보라 공녀님. 비스콘티 공작님께서 응접실에서 세 시간째 기다리시는데 들어오시라고 할까요?"

그는 아직 이 타운 하우스에 머물고 있는 모양이었다. 하긴, 이시도르는 이 집 가주와 대등한 공작이니, 귀한 손님에게 저녁 만찬 정도는 대접하고 보내는 게 예의긴 했다.

"내가 내려가 볼게."

응접실에선 이시도르가 미간을 좁힌 채 초조한 기색으로 이리저리 걸어 다니고 있었다.

"이시도르."

내가 그를 부르자 걱정으로 가득했던 얼굴이 안도감으로 부드러워진다.

저렇게 표정을 읽기 쉬운 남자였나 싶어서 내가 괜히 부끄러워졌다. 그리고 그와 이렇게 아무 일 없었다는 듯 마주 볼 수 있다는 게 새삼 가슴이 벅찰 정도로 행복했다.

일상이 주는 소중함을 느끼고 있을 때 이시도르가 내게 급하게 뛰어왔다.

"몸은 괜찮아요? 아까 안색이 나빠 보여서."

그는 내가 두통이 있다는 것을 귀신같이 알아낸 듯했다.

"보다시피 정말 멀쩡해. 그리고 난 내 상처도 치유할 수 있거든."

나는 그를 향해 살짝 웃어 보였다.

"정말 다행이네요."

"경이야말로 괜찮은 거지? 분명 내 기억엔 갈비뼈가 부러진 것 같았는데……."

"당신 덕분에 더 좋아졌어요."

그가 불쑥 내 손을 움켜쥐더니 외투 안으로 집어넣었고 나는 별 사심 없어 보이는 그의 돌발 행동에 당황했다.

"걱정되면, 직접 확인해 봐요."

곧 흰 셔츠 너머에 있는, 단단하고 질량감 있는 근육이 손바닥에 만져졌다. 정신없는 와중에 손이 본의 아니게 그의 복직근까지 훑게 되었다. 그러자 이시도르의 흰 뺨이 확, 붉어졌다.

'왜 갑자기 어색해하는 거야.'

나까지 기분 더 이상해지잖아.

"흠. 하, 하여튼 괜찮아요. 아주 멀쩡해졌어요."

그가 긴 속눈썹을 잘게 떨면서 내 시선을 피했다.

"아, 응."

나 역시 다급히 손을 떼며 고개를 끄덕였다. 그때 그가 갑자기 외투를 벗어 하체 부근을 가렸다.

"더워서요."

"그러게, 좀 덥네."

나는 아무것도 모르는 척 먼 곳으로 시선을 던졌다.

"바람도 쐴 겸 산책 좀 해야겠어요."

"그래. 산책, 좋지."

"이따 저녁 식사 때 봐요."

나는 황급히 사라지는 그의 뒷모습을 바라보다가, 뜨거워진 얼굴을 감싼 채 입술을 꾹 말아 물었다. 난 아무것도 못 봤다.

'근데…… 자신 있다더니……. 저건 거의 흉기 수준인데.'

언뜻 허벅지 오른쪽에 수납된 커다란 무언가를 본 것 같았지만, 나는 잘못 본 거라고 애써 생각하면서 음란 마귀를 떨치기 위해 고개를 마구 흔들었다.

4황비가 검게 물든 피를 여러 번 토했다. 손수건으로 입을 막으려 했지만, 오른쪽 팔이 마비가 된 것처럼 움직이지 않아서 검은 피는 고스란히 바닥으로 튀었다.

악마, 루시페르는 이번 향화 행사에서 균열을 만들어 내는 대가로 그녀의 영혼을 4분의 1이나 집어삼켰다. 하지만 큰 리스크를 짊어지고서라도 4황비는 무리를 해야만 했다.

'첫 번째 균열이 실패해서 마탑만 신이 났지.'

그간 가짜 성녀를 만들어 내려는 시도는 번번이 좌절되었고, 3황자는 아직 입지가 약해서 시간이 더 필요했다. 다음 기회를 도모하기 위해선 황태자가 전담한 의식을 방해해 그가 재수 없고 부덕하다는 프레임을 견고하게 만들어야 했다.

"이번 향화 의식은 황태자 전하가 맡는 건 어떨까요? 폐하."

"그대는 대단한 어머니군. 3황자를 혼란한 전쟁터에 세운 것도 모자라 장남까지 신경 써 주다니 말이야."

사실 황태자가 향화 의식을 진행하도록 황제에게 슬쩍 제안한 사람도 4황비였다.

소설 속에서는 미야가 착실히 성녀로서의 입지를 다지며 탄생제의 주인공으로 교황과 함께 섰기 때문에 황비는 굳이 이런 모험을 할 필요가 없었다. 데보라가 악령이 나타나는 상황을 예상하지 못했던 것도 원작에서는 향화 의식이 잘 마무리되었기 때문이다.

하지만 현재 4황비는 수세에 몰린 상황이라 큰 베팅을 해야 했다.

'민심이 황태자에게 등 돌리게 해야 했지.'

그러나 악마가 생각보다 너무 많은 대가를 요구해서 이쪽의 손실도 컸다. 만일 앞으로 영혼이 더 먹히면 자아를 유지하는 것 자체가 힘들어질지도 모르지만, 4황비는 그런 사실을 무시했다.

영혼이 악마에게 더 깊게 동화되어, 아들을 황제로 만들겠다는 집념과 욕망만이 더 커진 채로 넘실거렸다.

'조금 아쉬워.'

그녀는 내심 황태자가 마물과의 전투에 휩쓸려 죽기를 바랐지만, 그래도 이 정도면 반은 성공이었다.

'하긴 소드 마스터인데 그렇게 쉽게 죽을 리는 없지.'

무엇보다 또 하나 큰 득이 있다. 쓸모없어서 내내 속이 터졌던 미야 비노슈라는 카드가 갑자기 에이스로 급부상한 것이다.

'그런 앙큼한 짓을 할 줄이야.'

하지만 미야 비노슈는 성혈로 만들어진 가짜 성녀인데, 대체 누구의 공을 가로챈 걸까? 재빨리 바닥에 쏟아진 검은 피를 수습한 그녀는 잠시 외출을 한다고 시종에게 말한 뒤, 귀금속 가게 아래 깊게 숨겨진 지하로 들어갔다.

얼마 후 검은 동굴 안으로 들어온 미야가 4황비 앞에서 무릎을 꿇었다.

"네 활약은 잘 들었다."

"저를 위해 힘을 안배해 주셔서 정말 감사합니다. 앞으로 기대에 부응하도록 노력하겠습니다."

'이건 또 무슨 소리지?'

4황비의 눈썹이 올라갔다.

미야는 향화 의식 때 나타난 그 새하얀 신성력이 성혈처럼 4황비가 꾸며 낸 힘이라고 생각하고 있었다. 4황비는 뭔가 크게 착각하고 있는 미야를 바라보며 잠시 고민에 잠겼다.

'내게 존경심을 보이는 아이에게 굳이 진실을 알릴 필요는 없겠지.'

미야는 제 아들인 3황자를 위해 성녀 연기만 잘해 주면 그만이었다.

"미야. 네가 주인공인 무대를 만들어 줬으니 그에 걸맞은 몸가짐과 행보를 보이도록 하거라. 기대하마."

미야는 다시금 고개를 조아렸고 그녀를 돌려보낸 4황비는 수족인 프랑소아 후작을 불렀다. 그는 반백 살을 앞둔 나이임에도 시간이 멈춘 듯한 매끈한 외모를 자랑했으며, 뛰어난 안목과 신사적인 태도로 사교계 귀부인들에게 인기가 많은 인물이었다.

"프랑소아 후작. 올해 데뷔탕트의 주인공을 무조건 미야 비노슈로 만들어. 멋진 사교 무대를 꾸며내는 건 자네 주특기이니, 내가 굳이 언질 주지 않아도 잘하겠지만."

"분부대로 하겠습니다."

"그래."

그간 미야 미노슈는 사교계에서 별다른 존재감을 발휘하지 못했지만, 이번 일을 발판으로 크게 도약할 수 있을 것이다.

"하지만 주군, 만일 향화 의식때 나타났다는…… 그 진짜 성녀가 직접 나서면 어찌합니까? 미야가 성혈을 이용해 진짜 행세를 하는 데에는 한계가 있을 텐데요."

프랑소아 후작의 걱정이 담긴 물음에 4황비는 악마와 닮은 잔인한 미소를 머금었다.

"죽여야지."

그게 누구든 수단과 방법 가리지 않고.

다행히 그간 미야의 행보는 몹시 헌신적이었다. 미야는 천것들에게 인기가 있는 편이니 여론전으로 상대하다가, 벌레 형태의 마물을 다루는 괴인인 알베르 같은 강한 흑마법사들을 동원해 진짜 성녀를 제거할 생각이었다. 총력을 다해서라도.

'잘됐어. 그동안 성녀를 찾지 못해서 골머리를 앓고 있었는데.'

진짜가 정체를 밝혀 주면 오히려 고마운 일이었다. 뜬구름 잡기와 같던 성녀 찾기의 윤곽이 잡히자 도리어 초조함이 사라졌다.

'잘 엮어서 황태자에게 누명을 씌우는 것도 괜찮겠군.'

그녀가 음모를 꾸미기 시작하자 안광이 새파랗게 번뜩였다. 그 모습이 마치 악마가 지상에 강림한 것 같아서 프랑소아 후작은 벌벌 떨면서 몸을 엎드렸다.

이시도르와 시모어 공작은 데보라가 신성력을 발현시켰다는 사실을 당분간 함구하기로 했다. 그러다 보니 이시도르가 악령에게 당해 크게 다친 것 또한 비밀에 부치게 되었다.

"비스콘티 공작. 당분간 시모어에서 몸을 추스르게. 가문에는 내가 붙잡

는다고 둘러대고."

가문으로 돌아가면 가주는 곧바로 살인적인 업무량에 시달린다는 것을 알기 때문에, 시모어 공작은 이시도르의 사정을 봐주었다. 시모어 공작답지 않은 배려였다.

물론 일개 기사였다면 콧방귀도 안 뀌었겠지만, 이시도르가 마법사도 겸한다는 사실이 드러나며 시모어 공작은 마음의 벽을 조금이나마 허물게 되었다. 이시도르가 마물과 맞서서 시간을 끌지 않았으면 7클래스 마법을 완성시킬 수 없었으므로 약간의 부채감도 느끼고 있었고.

"감사합니다. 시모어 공작님."

몸은 지나치게 멀쩡했지만, 이시도르는 공녀와 한 지붕 아래(?)에서 시간을 보내는 게 좋아서 시모어 공작의 제안을 냉큼 받아들였다.

'시간이 참 빠르군.'

그리하여 그는 탄신제가 끝나고 벌써 삼 일째 시모어의 타운 하우스에서 아침을 맞이하고 있었다.

"비스콘티 공작님. 데릴사위 놀이에 재미를 붙이신 건 알겠지만 당장 돌아오세요. 부탁입니다. 서류가 여기저기 산처럼 쌓여 있습니다."

이시도르가 주문한 맞춤복과 몇 가지 소지품을 가져다주러 온 미겔이 애걸복걸했지만, 그는 들은 척도 하지 않았다.

"마탑주께서 잡으셔서 어쩔 수 없네. 이건 가문 간의 친교 문제야."

"황태자 눈치도 안 보시는 분이 주군 아닙니까!"

"황태자 나부랭이와 미래의 장인어른을 어떻게 같은 선상에 놓고 비교를 해?"

"마검사라는 사실까지 향화 때 만천하에 공개하셨다면서요?! 농담이 아니라 외부에서 날아온 편지로 성을 쌓을 정도입니다. 살려 주세요. 아니면 사표를 받아 주시든가!"

"조금만 쉬다가 갈게. 가주가 된 이후로 일 더럽게 많이 했잖아."

"저도 더럽게 많이 했습니다!"

"그래. 자네의 노고 내가 잘 알지. 월급 두 배. 어때?"

"……분명히 '조금만'이라고 말씀하셨습니다. 오늘 밤까지 안 돌아오시면, 저도 비스콘티로 안 돌아갈 겁니다."

이성을 잃은 미겔을 간신히 설득해 돌려보낸 이시도르는 데릴사위도 나쁘지 않다고 생각하며 턱을 괬다. 그러곤 느긋한 얼굴로 아름답게 꾸며진 화원을 한동안 내려다보다가 씻기 위해서 자리에서 일어났다.

분명 뼈가 산산조각이 났는데 아무 일도 없었다는 듯 멀쩡한 몸은 볼 때마다 신기했다. 몸소 체험했지만, 믿기지 않는 수준의 신성력이었다.

'공녀는 신탁에 기록된 성녀의 현신일까? 흠. 그런 것치곤 사악한 구석이 있는데.'

솔직히 유령 회사를 만들어서 탈세한다는 건 성녀가 할 법한 생각은 아니었다.

'아무래도 상관없지만…….'

이시도르는 데보라 공녀가 그 무엇이든, 설혹 악마라도 개의치 않았다. 애초에 블랑샤에 등장한 순간부터 데보라는 이시도르에게 예고도 없이 난입한, 이해할 수 없는 검은 백조 같은 존재였다.

다만 확실한 건, 소중한 그녀가 슬퍼하면서 우는 모습을 다시는 보고 싶지 않다는 것이었다. 이시도르는 흉터 하나 없이 깨끗하게 아문 늑골 부위를 손끝으로 느릿하게 훑다가 문득 입술을 살짝 깨물었다.

'……사춘기도 아니고. 정말 시도 때도 없군.'

분명 생사를 넘나들 정도로 다쳤는데, 몸은 지나치게 건강해진 것 같았다.

얼마 후, 그는 더운 숨을 삼키면서 옅은 홍조를 띤 얼굴로 욕실에서 나왔다. 새로 맞춘 옷을 걸치는 중, 공녀의 명을 받은 사용인이 홍차와 브런치가 준비되었다고 말했다.

모처럼 주말이라 둘은 함께 차를 마시면서 오전 시간을 보내기로 했다. 이시도르는 마법을 이용해 젖은 머리를 재빨리 말리고 나갈 준비를 했다.

제국 최고의 미남이라는 수식어를 단 비스콘티 공작이 티타임을 즐기러 나온다는 소문에, 집 안의 사용인들은 정원을 관리하고 분수대 조각을 닦는 척하면서 은근슬쩍 그를 구경했다.

그런데 단순하게 잘생긴 걸 넘어서 사람을 홀리는 야릇한 분위기에 사용인들이 한바탕 뒤집혔다.

"……왜 나날이 더 적응이 안 되지."

데보라 공녀가 찻잔을 들어 올리며 작게 중얼거렸다.

"네?"

'이시도르의 얼굴이 갈수록 더 미쳐가는 것 같은데, 실화냐고.'

나는 전생에 나라를 구했나 봐.

어? 생각해 보니 진짜 구했잖아? 전전 생이지만.

데보라 공녀는 속으로 엉뚱한 자문자답을 하면서 김이 모락모락 나는 차를 마셨다.

이시도르는 즐거운 기분으로 그녀가 차를 홀짝이는 모습을 감상하다가, 공녀가 슬쩍 각설탕 병을 제 앞으로 밀어 주자 작게 웃음소리를 냈다.

“고마워요.”

“경은 단 걸 좋아하니까.”

“맞아요. 그리고 공녀 앞에 있는 생크림 케이크도 좋아해요.”

이시도르가 능청스럽게 아, 하고 입을 벌렸다. 그의 능글거리는 모습에 포크를 쥔 그녀는 입에 넣어 주는 척하면서, 입가에 쓱 크림을 묻혔다.

“이거, 선전포고인가요?”

이시도르가 재빨리 공녀의 인중에 크림을 묻혔고 그녀의 눈가가 뾰족해졌다.

“경은 어떻게 한 번을 안 지냐?!”

“이거 하고 싶어서 그랬죠.”

이시도르가 크림이 묻은 공녀의 윗입술을 가볍게 머금었다.

“나도 해 주세…….”

“여기 집이라고!”

시모어 가문이 호텔처럼 넓다 한들, 어쨌든 집 안이라 스킨십하는 게 좀 눈치가 보였다. 그녀가 귓불을 붉히면서 그의 정강이를 걷어찼다.

이시도르는 다리가 부러졌다고 엄살을 피우다가 저 멀리 사용인들이 3단 디저트 트레이를 가지고 오자 테이블에 기품 있게 착석했다. 물론 입가에 묻은 크림 때문에 좀 우스워 보였지만.

"여기 묻었어. 빨리 닦아."

"알아요. 집에 가서 먹을 거예요."

"어휴, 그나저나 집에 언제 돌아갈 거야? 경의 가신들이 가만 놔둬?"

"내가 갔으면 좋겠어요?"

이시도르가 크림이 묻은 입가를 핥으면서 거둬 달라는 강아지 같은 눈빛을 했고 공녀는 움찔거리다가 살짝 고개를 저었다. 사실 이렇게 물리적으로 가깝게 지내면서 노닥거리는 게 싫지는 않았다.

'하지만 진도 나가는 건 눈치 보인다고.'

괜히 누군가가 방문을 벌컥 열고 들어올 것 같은 불안감이 들어서 쫄보인 공녀에게는 무리였다.

"사실 아쉽지만 오늘 저녁에는 돌아가야 해요. 쌓인 업무를 더 미루기 힘들어질 것 같아서."

"그렇구나."

"자주 봐요. 가끔 만나서 춤 연습도 해요."

이시도르가 다정하게 말했다.

"춤 연습은 왜?"

"저 공녀의 데뷔탕트 파트너 아녜요? 설마 다른 새끼…… 아니, 다른 영식도 후보에 있는 거였어요?"

데보라 공녀가 아무것도 모른다는 얼굴로 묻자 이시도르는 진심으로 충격을 받았다.

"아아, 그러고 보니 데뷔탕트가 얼마 안 남았구나."

영애들 대부분이 사교계 첫 무대인 데뷔탕트를 누구보다 화려하게 치르고 싶어 하는데, 공녀는 별 관심이 없어 보였다.

"샤프롱은 어느 분으로 할 건가요?"

이시도르가 올해의 꽃의 특전을 양도했기 때문에 데보라 공녀는 어떤 귀부인이든 샤프롱으로 지목할 수 있었다.

"미리 정해 놨지."

이윽고 공녀의 입에서 흘러나온 이름에 이시도르는 입에 있던 홍차를 뱉으면서 쿨럭, 기침했다.

"바슬레인 후작 부인."

샤프롱을 누구로 고를 거냐는 물음에 대한 답을 하자마자 이시도르가 사레가 걸린 듯 어깨를 들썩거려서 나는 움찔 놀랐다.

"왜 그래?"

"그분은……."

그의 모양 좋은 입술이 잠시 달싹였다.

"제 고모님이시거든요. 저를 오래전부터 아껴 주시고 돌봐 주신 분이라서 좀 놀랐어요."

'뭐?!'

이번엔 내가 평정을 잃고 손에 쥔 찻잔을 떨어뜨렸다.

단순한 친척도 아니고, 이시도르에게 각별한 고모님이었다니. 바슬레인 후작 부인을 샤프롱으로 염두에 두긴 했지만, 그녀의 출신 가문에 대해서는 자세하게 조사할 겨를이 없었다. 내가 그녀를 선택한 이유는 따로 있었기 때문이다.

사실, 바슬레인 후작 부인은 원작에서 올해의 꽃이었던 미야 비노슈가 샤프롱으로 선택한 귀부인이었다. 그녀는 뛰어난 인품으로 귀부인들 사이에서 명망이 높으며, 소싯적 사교계의 꽃으로 이름을 날리던 사람이라 서술되어 있었다.

그리고 미야는 데뷔탕트 당일, 황궁으로 향하는 마차에서 샤프롱인 바슬레인 부인과 함께 마물의 습격을 받는다.

이후 전개는 뻔하다. 미야는 크게 다친 후작 부인을 신성력으로 치유하게 된다. 그녀의 남편이자, 해군을 거느린 바슬레인 후작이 부인의 생명의 은인인 미야 비노슈를 지원하게 되는 건 아마 당연한 수순일 것이다.

'하필이면 중상을 입은 후작 부인을 치유하는 부분에서 소설이 연중되었지만…….'

독자들은 재밌는 부분에서 끊었다고 원성을 퍼부었고.

여하튼 내가 그녀를 택한 이유는 어떤 가설을 확인하고 싶기 때문이었다. '균열'이라는 현상이 미야가 활약하게끔 작위적으로 세팅된 것 아닌가 하는.

원래 나는 균열이 결계의 약화로 일어나는 현상이라고 생각했는데, 향화 의식 이후 균열을 새로운 관점으로 바라보게 되었다. 내가 바슬레인 부인을 선점했으니 미야는 다른 선택지를 고를 수밖에 없을 테고, 그 이후에 대체 어떤 맥락의 사건이 일어날지 궁금했다.

'만일 내 추측이 맞다면, 바슬레인 부인이 다치는 것 자체를 막을 수 있어.'

그리고 하나 더. 가설을 확인하는 것만큼 중요한 게 있다.

"데보라 공녀. 명망 높은 수많은 귀부인 중에서 제 고모님을 샤프롱으로 선택한 이유를 물어봐도 될까요?"

"나는…… 바슬레인 후작님과 거래를 하고 싶어서 후작 부인을 샤프롱으로 모시려고 했어."

난 바슬레인 후작이 가진 해로(海路)가 탐이 났다.

남부 해안에 위치한 바슬레인 후작령은 커피 원두의 원산지인 페르딘 공국과 지리적으로 가장 가까운 항만(港灣)을 품고 있었다. 현재 아르망과 거래 중인 페르딘 상인들은 보르나스 해협을 따라 이어진 육로를 통해 한 번 빙 돌아서 아스테이아 제국으로 들어오고 있다.

하지만 바슬레인 후작령에 있는 항구를 이용하면 최단 거리로 해협을 건너 페르딘 공국 땅에 도착할 수 있다. 결국, 그녀를 샤프롱으로 선택한 건 아르망의 메인 아이템인 커피 교역로를 확보하기 위해서이기도 했다.

꿩 먹고 알 먹고. 가재 잡고 도랑 치고. 바슬레인 후작 부인만큼 내게 탁월한 선택지는 없었다.

"……혹시, 원두 유통로 때문인가요?"

"맞아."

내 의도를 곧장 파악한 이시도르가 맨 처음 블랑샤에서 처음 봤을 때처럼 돌연 크게 웃었다.

"하핫! 샤프롱을 사업 통로로 이용하려는 영애는 제국 역사상 공녀님이 처음일 거예요. 하긴, 그래서 내가 공녀님에게 반했었지."

나는 머쓱하게 목덜미를 문질렀다.

"매출 전표를 보니 페르딘 상인들이 야금야금 생두 원가를 올리고 있더라고."

당장 서두를 정도로 위험한 수위는 아니다. 하지만 사업 확장을 위해 신규 유통로의 확보는 필수적으로 거쳐야 하는 과정이고, 때마침 나에겐 샤프롱 선점권이 있다.

여러 가지 이유로 바슬레인 후작 부인이 샤프롱에 가장 제격이라고 생각했는데, 설마 그분이 이시도르와 각별한 사이일 줄이야.

"후우, 갑자기 긴장되네."

내가 가슴을 도닥거리면서 작게 중얼거리자 이시도르가 팔을 뻗어서 내 손등을 가볍게 쓰다듬었다.

"혹시 내 가족이라서 신경 쓰여요?"

"당연하지."

처음부터 바슬레인 가문과 원만한 관계를 유지하고 싶긴 했는데, 이제는 진심으로 이시도르의 고모님께 잘 보이고 싶어졌다.

"……그래서 말인데, 바슬레인 후작 부인은 어떤 분이야? 어떤 걸 좋아하시고?"

내가 적극적으로 질문하자 그가 설핏 웃었다.

"당신에 대해서 조금만 알게 된다면 고모님도 저처럼 당신을 좋아할 거예요."

"경이 내게 콩깍지가 껴서 그렇게 생각하는 거야. 나 진지해."

"나 객관적인 편인데."

작게 중얼거린 이시도르가 애매한 얼굴로 턱을 긁적였다.

"사실은 조카인 저도 그분의 명확한 기호는 잘 몰라요. 고모님은 속내를 잘 드러내시지 않는 분이라서요. 신중하면서 항상 선을 지키시고 자기 영역이 뚜렷하신 분이죠."

"그렇구나."

'설득하기 어려운 타입이군.'

선물 공세로 넘어올 만한 사람이라면 이시도르가 바로 언질을 줬을 텐데, 바슬레인 후작 부인은 자존감이 높은 사람인 모양이었다.

'그래도 이시도르가 성격에 대해 꽤 많은 힌트를 줬어.'

고민에 잠겨 있는데, 그가 주머니에서 동전 하나를 꺼냈다. 앞뒤가 똑같은 주화였다. 내가 잃어버렸다고 아쉬워해서 새로 찾아본 모양이었다. 매번 내 말을 그냥 흘려듣지 않는 다정함에 마음이 따뜻해진다.

발행한 지 얼마 안 된 듯 금화는 광택으로 반짝거렸다. 이시도르는 그것을 내 손바닥에 천천히 내려놓았다. 마치 뭐든 다 잘될 거라는 듯이.

"내가 도울 일이 있으면 뭐든 도울게요."

"그 말, 접수했어. 경이 알고 있는 정보는 모두 활용할 거야."

그리고 내 방식대로 그녀의 마음을 움직이고 설득할 것이다. 나는 마스터가 그랬듯, 행운의 주화를 튕겨서 손등으로 잡은 뒤에 씩 웃어 보였다. 이시도르 역시 날 보면서 볼우물을 패다가 문득 입을 열었다.

"아, 맞아. 이런 점도 좋았지."

"……?"

"이용할 수 있는 건 전부 이용하고. 수단과 방법을 가리지 않는 점도 좋아해요. 그러면서도 이기적이거나 교만하지는 않고……."

"……알았으니까 그만해."

"아직 시작도 안 했는데요? 공녀님이 좋은 이유로 졸업 논문도 쓸 수 있을걸요."

"그거 말고, 다른 거!"

아까부터 이시도르의 구두 끝이 치마 밑자락을 젖히고 들어와 복숭아뼈가 있는 부분을 가볍게 훑고 있었다. 그가 야릇하게 눈웃음을 치자 뺨이 점차 뜨거워졌다.

"안 보이잖아요."

그가 속삭이듯이 말했다.

"어쨌든, 집이니까."

식탁보 밑에서 일어나는 일이긴 하지만 난 소심해서 이런 대담한 행동에 태연한 척하는 건 무리였다.

"집이 굉장히 위험한 곳이었네요."

심지어 잠을 잘 때도 가까운 공간에 있어서 더 미치겠다고 말하면서 그는 눈가를 문질렀다.

"하반신이 뇌를 지배하는 놈들을 내가 얼마나 한심해했는데……."

의미심장한 소리를 한 이시도르는 그날 저녁, 귀신같은 무서운 얼굴로 그를 잡으러 온 가신과 함께 타운 하우스로 돌아갔다.

"생각보다 빨리 돌아가는군. 눈치가 아예 없지는 않단 말이지. 그러고 보니 마법사라서 머리 회전이 빠른 거였나."

"……."

"이런, 몇 클래스인지 물어보고 보낼걸."

아쉬워하는 건지 후련해하는 건지 모를 아버지의 말을 들으며, 나는 마차가 작아져서 보이지 않을 때까지 그를 배웅했다.

'이게 바로 샤프롱 지목권이군.'

나는 올해의 꽃이라 쓰여 있는 화려한 편지지를 만지작거렸다. 공신력이 있다는 것을 증명하듯 아래에는 황실 인장까지 찍혀 있었다. 그리고 때마침, 내가 노리고 있는 바슬레인 후작 부인은 수도에 머물고 있었다.

정보에 의하면 바슬레인 후작은 대단한 애처가지만, 아내를 사랑하는 만큼이나 바다와 배를 좋아하는 사람이라 영지에서 그리 자주 나오는 편이 아니라고 한다. 여타 명문가 가주들이 인프라가 좋고 사교 활동을 하기 편한 요네스나 호룬 지구 타운 하우스에 오래 머무는 것과는 상당히 다른 행보였다.

이 때문에 바슬레인 후작 부인은 가주 대신 나서서 사교계 인맥을 관리하고, 수도에 있는 타운 하우스와 사용인들을 감독하는 것 같았다.

'하긴 자식들을 요지에서 활동시키려면 중앙 사교계 활동을 꾸준히 해야 하지. 자식들 모두가 남부 영지를 물려받을 수 있는 건 아니니까.'

나는 바슬레인 가문에 관한 정보를 읽으면서 한동안 고민하다가 자리에서 벌떡 일어났다.

"그래. 벌어 둔 돈, 이럴 때 정승처럼 쓰자."

데뷔탕트를 앞둔 영애가 존경하는 귀부인에게 샤프롱을 요청할 때는 적당한 선물과 꽃을 미리 보내는 게 관례였다. 하지만 난 적당히 하지 않을 생각이었다. 나는 내 샤프롱을 위해 귀부인들에게 인기가 가장 많다는 보석점의 점주들을 불러들였다.

"지, 진짜 이, 이렇게 많이 사용하실 생각입니까? 공녀님?"

"그래."

내가 종이에 예산을 써서 보여 주자 각종 보석 디자인을 묘사한 VIP용 카탈로그가 책상에 가득 쌓였다. 덕분에 나는 최근 귀부인들이 어떤 스타일의 보석을 가장 선망하는지 한눈에 파악할 수 있게 되었다.

카탈로그를 뒤적이던 나는 바슬레인 후작 부인에게 보낼 편지를 작성하기 위해서 깃펜에 차분히 잉크를 찍었다.

이 시기, 귀부인들 모임의 주된 화두는 데뷔탕트였다.

사교계에 막 데뷔한 신입생들을 잘 끌어 주는 선임, 즉 귀부인들의 역할이 중요했기 때문이다. 또한, 영애들로부터 샤프롱을 해 달라는 요청을 얼마나 많이 받았느냐는 사교계에서 그 귀부인의 인기와 위상을 보여 주기도 했다.

큰 사고가 있었던 탄신제 후, 분위기를 전환한다는 명목으로 다과회를 주최한 오르고 공작 부인이 슬쩍 운을 뗐다.

"아틀레인 후작가의 셋째 영애가 벌써 사교계에 데뷔할 나이가 됐지 뭔가요. 어린이 성가대에서 노래를 부르던 게 엊그제 같았는데 말이에요."

"벌써요? 시간 참 빠르군요."

"네. 올해 노라 백작가의 둘째 영애 역시 훌쩍 컸더군요. 둘 다 친분이 두터운 가문이라 어떤 영애에게 답장을 보내야 할지 고민이네요."

오르고 공작 부인의 은근한 자랑에 귀부인들의 눈이 슬며시 좁아졌다.

‘탄신제가 끝난 지 얼마 되지도 않았는데, 벌써 샤프롱 제안을 두 번이나 받았다는 뜻이군.’

그녀가 제 인기를 과시하며 잘난체하는 게 뻔히 보였지만 귀부인들은 웃으면서 맞장구를 쳐 주었다. 오르고 공작 부인이 이 자리에서 가장 지위가 높았기 때문이다. 그렇게 가식적인 대화가 이어지던 중, 어떤 귀부인이 붉은 꽃 장식이 올려진 케이크 조각을 집어 올리며 문득 입을 열었다.

“올해의 꽃이 비스콘티 공작이었죠?”

“영애가 아닌 영식이 올해의 꽃이라니. 참 재밌는 일이었죠.”

“요즘 젊은 사람들 사고를 저로선 따라갈 수가 없군요.”

오르고 공작 부인이 못마땅하게 중얼거렸다.

“그러면 비스콘티 공작이 받은 샤프롱 선택권은 어떻게 되는 건가요?”

“듣기론 비스콘티 공작이 선택권을 데보라 공녀에게 양도했다더군요.”

“…….”

테이블 위로 잠시 어색한 침묵이 감돈다. 황실의 명을 거부할 수는 없었으니까. 올해의 꽃의 선택을 받은 귀부인은 대체로 부러움의 대상이 되지만, 이번에는 탐탁지 않은 분위기였다.

‘데보라 공녀는 성격이…….’

‘……만만치 않지.’

“공녀는 어느 분을 샤프롱으로 선택했다고 하나요?”

“바슬레인 후작 부인이라는 소문이 돌고 있어요.”

"어머."

오르고 공작 부인은 터질 뻔한 웃음을 꾹 눌러 참았다.

'다행히 문제아가 그쪽으로 갔군.'

공작도 아니고, 고작 후작 부인인 그녀가 자신과 나란히 손꼽히며 사교계 명사로 오르내리는 사실이 못마땅했던 오르고 공작 부인은 동정을 내보이면서 호들갑을 떨었다.

"인품이 뛰어난 바슬레인 후작 부인도 이번엔 평정을 유지하기 쉽지 않겠네요. 혹여 공녀가 방만해도 따끔하게 혼을 내기 쉽지 않을 테고요."

"그렇죠."

"데뷔탕트 때는 또 얼마나 화려하게 나타날지……."

"그런 점이 겸손한 태도를 좋아하는 바슬레인 후작 부인과 어긋나겠어요."

"벌써 삐걱거리는 게 보이는군요."

다른 귀부인들도 짐짓 안타까운 척하면서 맞장구를 쳤다. 아마 모든 귀부인이 바슬레인 후작 부인이 안됐다고 생각할 것이다.

'괜히 엮이면 부스럼만 생기지.'

다루기 쉽고 만만한 영애들이 지천으로 널려 있는데 굳이 뒷배 좋은 문제아의 샤프롱이 되어 골머리를 썩이고 싶지 않았다.

하지만, 여론은 얼마 지나지 않아 뒤바뀌었다. 데보라 공녀가 샤프롱을 위해 〈아펠르〉에서 새롭게 나올 예정이었던 귀한 장신구에 모조리 예약을 걸었다는 소문 때문이었다.

"아펠르라면 설마……."

"맞아요. 공녀가 미첼리 장인의 보석을 전부 선점했어요!"

〈아펠르〉 소속, 미첼리 장인의 보석을 노리고 있던 오르고 공작 부인의 표정이 굳었다. 〈아펠르〉는 근래 귀부인들 사이에서 가장 인기 있는 보석점이었다. 그곳 소속 세공사인 미첼리가 은유와 칠힉이 담긴 우아한 세공품을 만들었기 때문이다.

귀족들은 자신의 부를 뽐내고 자랑하고 싶어 하면서도, 노골적인 사치와 허영에는 혀를 내두르는 이중 잣대를 가지고 있었다. 아는 사람들은 알아보는 값비싼 명품이지만, 겉보기엔 단정해서 사치를 부리는 게 아니라 품위를 지키는 것처럼 보인다는 것. 미첼리의 세공이 귀부인들 사이에서 인기가 많은 비결이었다.

게다가 수량도 적었다. 미첼리가 손이 느려서 언제 신상이 나올지 기약이 없는데 그걸 공녀가 모조리 채갔다니!

대기 줄도 있고, 없어서 못 사는 그 귀한 세공품의 주인공이 될 귀부인을 떠올리니 슬며시 부러움이 솟아났다.

"데보라 공녀가 누군가에게 환심을 사려 하는 인물일 줄은 몰랐어요."

거만하고 이기적인 줄로만 알았는데.

"샤프롱의 기를 이런 식으로 세워 줄 줄이야. 놀라운데요."

"……뭐 두고 봐야 알겠죠. 또 다른 과시의 일환일 수도 있고요. 선물 공세라니. 딱 데보라 공녀답지 않나요?"

오르고 공작 부인은 애써 냉소적인 말투로 말했다.

'좀 부러운데.'

다른 부인들은 슬며시 떠오르는 생각을 애써 물리치면서 오르고 공작 부인의 말에 동조했다.

"후우……."

내 선물과 편지에 대한 바슬레인 후작 부인의 답장이 도착했다. 내용은 간결했다. 나를 타운 하우스에 초대한다는 내용이었다.

'엄청 긴장된다.'

초대장을 쥔 나는 긴장감을 꾹 눌러 삼키면서 바슬레인 후작가 타운 하우스 앞에서 내렸다. 잘 관리된 정원과 큰 분수대, 깨끗하고 하얀 저택 외관이 눈에 들어오는 곳이었다.

집사의 안내를 따라 응접실로 들어가자 곧 후작 부인이 내 앞에 모습을 드러냈다.

'와…… 멋지다.'

나는 그녀의 모습에 내심 감탄했다. 과거 사교계의 꽃이라고 불리던 사람답게 고아한 아름다움과 뛰어난 기품이 느껴졌다. 화사한 백금발을 높게 틀어 올린 그녀는 이시도르와 닮은 푸른 눈으로 나를 응시했다.

"처음 뵙겠습니다. 데보라 시모어입니다. 이리 만나 뵙게 되어서 영광입니다."

나는 최대한 정중하게 인사했다.

"나도 반가워요, 데보라 공녀."

담백한 어조와 덤덤한 표정을 하고 있어서 그녀의 기분은 도통 짐작할 수 없었다. 나는 목이 메는 느낌을 받으면서 응접실 테이블, 그녀의 맞은편에 자리를 잡았다. 바슬레인 후작 부인은 집사에게 차를 내오라고 일렀고 나는 긴장을 달래기 위해 양손을 꾹 움켜쥐었다.

"데보라 공녀."

"네. 부인."

"처음 만나자마자 이런 불편한 말을 하게 될 줄은 몰랐지만, 나는 내 일에는 돌려 말하는 것을 별로 좋아하지 않아서……."

그녀는 솥에서 내가 보낸 선물상자를 꺼냈다.

"데보라 공녀에겐 올해의 꽃이라는 공인된 자격이 있으니, 샤프롱이 되어 달라는 청을 거절하는 건 아니에요. 거절할 수도 없고요."

"……."

"다만, 공녀가 보낸 이 귀걸이와 목걸이는 다시 돌려줄게요. 너무 과해요."

차갑고 단호하게 장신구 상자를 돌려주는 그녀를 보며 나는 한숨을 삼켰다.

'역시 안 받는구나.'

그래도 약간이나마 혹하기를 기대하긴 했는데 그녀는 생각보다 더 완고한 편이었다.

"비스콘티 공작이 내 성격에 대한 언질은 안 해 주던가요?"

"고작 물질적인 것으로 귀부인의 환심을 살 수 있다고 생각한 것, 절대 아닙니다. 선물을 이렇게 돌려주실지도 모른다고 생각했고요."

"……."

"하지만 제가 선물을 준비한 건, 제 평판이 워낙 나쁘기 때문입니다. 부인께서 제 샤프롱이 되시면 사교계에서 어떤 뒷말이 오고 갈지 알고 있습니다."

"……."

"그럼에도 불구하고, 저는 아가트 님을 꼭 샤프롱으로 모시고 싶었습니다."

"그래서 이런 선물을 보냈다는 건가요?"

"예. 사교계에선 선망과 부러움의 대상이 되기 위해 모두가 수면 밑에서 발버둥을 치니까요."

"흐음. 뒷말하는 사람들을 기죽이려고 이런 엄청난 선물을 보낸 걸 보면 소문대로 같은데, 너무 솔직하고 담백해서 의외이기도 하고……."

"어설프게 제 의도를 포장하거나 거짓말을 하면 알아채실 것 같아서요."

바슬레인 부인이 부채를 가볍게 펄럭거렸다.

"날 생각하는 공녀의 의도는 잘 알겠지만, 난 이런 비싼 선물을 받았다는 선례를 남기고 싶지 않아요. 이후에 다른 영애들이 부담을 느낄 수도 있으니까요."

그녀의 말에 나는 내심 감탄했다. 왜 그녀가 영애들 사이에서 그토록 인품이 높다고 칭송받는지 알 것 같았다.

"제 행동에 따른 부작용까지는 미처 생각하지 못했습니다. 지혜를 나눠 주셔서 감사합니다."

"흐음."

가볍게 침음을 흘린 그녀가 부채를 가볍게 만지작거렸다.

"그래도 그 선물을 구하느라 고생했을 텐데, 내게 섭섭하지 않아요?"

"전혀요. 솔직하게 말해 주셔서 기쁩니다."

물론 칩거하고 있는 〈아펠르〉의 장인을 수소문해서 차마 거절하기 힘든 액수의 돈으로 설득하는 일련의 과정이 있긴 했지만, 굳이 내색하지는 않았다.

"그런데 내게 데보라 공녀가 이렇게까지 공을 들이고 잘해 주는 이유가 뭔가요? 난 이시도르의 고모이기는 하지만 비스콘티 공작의 개인사에 간섭할 마음은 전혀 없어요. 그럴 자격도 없고요."

"이시도르 경에게 가장 소중한 분이기 때문입니다."

"……."

"그리고, 저를 바슬레인 영지로 초대해 주십사 하기 때문이기도 합니다."

차를 마시던 바슬레인 후작 부인의 눈이 커졌다.

선물에 관해서는 그녀의 뜻대로 했으니, 아마 이번 제안까지 거절하기는 쉽지 않을 거라는 계산이 깔려 있긴 했다. 두 번 거절 의사를 내뱉는 건 쉽지 않은 일이니까.

'너무 갑작스러워서 곤란한 걸까?'

하지만 예상과 달리 그녀의 푸른 눈동자엔 의아한 기색만이 떠올라 있었다.

"우리 바슬레인 영지는 공녀 같은 귀한 손님에게 언제나 열려 있어요. 하지만…… 수도만큼 공녀의 흥미나 관심을 끄는 것이 많지 않을 텐데요."

하긴, 부인의 머릿속에서 내 이미지는 유행을 따르는 것을 좋아하는 화려한 망나니일 테니 저렇게 생각하는 게 당연했다.

"저는 바다를 어릴 적부터 무척 좋아했어요."

나는 비밀을 이야기하듯 은근한 목소리로 말했다.

"……데보라 공녀가요?"

그녀의 얼굴에는 더 짙은 의구심이 떠올랐다. 시모어의 영지인 동부는 평야 지역이니 어린 시절부터 바다를 좋아했다는 내 말이 의아하겠지.

"네. 오래전 아버지와 해안가로 몇 번 휴가를 가 본 게 전부인데 그 푸른 파도가 잊히지 않았거든요."

나는 지난 생애에 해운대로 수학여행 갔던 기억을 떠올리면서 말했다. 그때 봤던 푸른 바다가 인상 깊었던 건 사실이니 아예 거짓말은 아니었다.

"하긴. 바다가 보이는 별장은 귀족들에게 인기가 많죠."

"파도는 오케스트라의 연주처럼 리듬감을 가지고 있었고, 갈매기들은 이에 맞춰 춤을 추는 것처럼 보였어요."

남부 출신이고 지금도 바다가 인접한 영지를 관리하는 바슬레인 후작 부인은 내 말에 귀를 기울이다가, 부채를 접고 입을 열었다.

"끊임없이 교차하는 밀물과 썰물이야말로 바다의 가장 큰 매력이죠. 하얀 물보라가 오가는 광경을 바라보면 시간이 영원토록 반복되는 것 같기도 하고요."

후작 부인이 시를 읊듯이 말하며 내 편지의 마지막 말을 인용했다.

[밀물과 썰물이 교차하듯이 부인과 오래도록 편지를 주고받고 싶습니다.]

"사실, 난 그 표현이 마음에 들었어요."

편지에서 일부러 바다와 관련한 비유를 많이 사용했는데, 이 부분을 마음에 들어 해서 다행이었다.

"은유적인 표현을 좋아하는 이시도르가 살짝 언질을 준 게 아닐까 의심했는데 내 편견이었네요. 미안해요."

'이분도 이시도르처럼 솔직 담백한 사람이구나.'

나는 한결 부드러워진 후작 부인과 바다에 관한 이야기를 나누면서 차를 마셨다. 그녀는 바다가 보이는 바슬레인성과 영지를 몹시 사랑하고 있었다.

"성 첨탑 위에서 수평선 위로 해가 떠오르는 광경은 바라보는 건 정말 멋진 일이랍니다."

"끝이 보이지 않는 바다 수평선을 보고 있으면, 그 너머에 무엇이 있을까 상상력을 불러일으키는 것 같아요."

내 말에 바슬레인 부인이 가볍게 응수했다.

"바다 근처에 사는 아이들 모두가 하는 상상이죠. 나는 한때, 그 끝에는 커다란 괴물이 있다고 생각했고요."

"지금 와서 보니 지평선 너머에는 황금이 있더군요."

나는 본론을 꺼내기 위해 슬쩍 운을 띄웠고, 후작 부인은 웃음을 터뜨렸다.

"흐음, 황금이라. 설마 공녀가 보물섬에 얽힌 전설을 믿는 것은 아닐 테고……."

나는 싱긋 마주 웃었다.

"저는 보르나스 해협 너머에 있는 공국과의 무역에 관심이 있습니다. 그들과의 무역이 보물섬 못지않은 황금을 가져다줄 거라고 확신하고 있어요."

그녀는 내 말에 웃음기를 지우고 몹시 놀란 얼굴을 했다.

"마법학부생인 공녀가 페르딘 공국과의 무역에 관심이 있을 줄은 몰랐네요."

그녀는 모양 좋은 입술을 말아 물었다 떼어내며 작게 뒷말을 덧붙였다.

"제국 사람들 대다수가 페르딘 공국 사람들을 야만적이라고 무시하는데……."

"저는 가능성이 무궁무진하다고 생각해요."

"왜 공녀가 바다 건너 변방의 소국인 페르딘 공국을 황금으로 가득한 보물섬이라고 생각하는지 궁금하군요."

"뜨거운 물과 찻잔을 준비해 주실 수 있을까요?"

나는 막 볶은 커피 가루가 담긴 종이를 펼쳐서 찻잔에 부은 뒤, 뜨거운 물로 그것을 우려내었다.

"커피군요. 집중력을 높이는 데 효과가 좋다기에 아르망에서 한번 마셔 봤어요."

곧 실내에 고소한 원두 향기가 퍼져 나가자 후작 부인은 내가 가져온 물건이 뭔지 아는 체했다.

'아르망을 아니까 대화가 더 빠르게 통하겠네.'

"네. 커피는 아르망에서 주력으로 밀고 있는 상품이에요. 나날이 매출과 수요가 올라가고 있고요. 잠을 쫓는 데에 탁월한 효능이 있어서 연구원들이 많은 마탑에서 가장 많이 찾고 있죠. 혹자는 지혜의 음료라고 하기도 하더군요."

"데보라 공녀는 어떻게 그토록 잘 알고 있죠?"

"아르망을 운영하는 상단은 레티시아인데, 그 상단의 대표가 저입니다."

곧 콜록, 기침 소리가 났다. 놀랄 때도 이시도르와 똑같은 반응이라서 나도 모르게 조금 웃을 뻔했다.

"이시도르!"

연통 없이 비스콘티 타운 하우스로 쳐들어온 제 고모 때문에 서류를 훑고 있던 이시도르는 움찔 놀라면서 자리에서 일어났다.

"고모님?"

"데보라 공녀에 대해 내게 조금이라도 귀띔을 해 주지 그랬니? 내가 공녀의 샤프롱이 되었다는 소식을 들었을 텐데."

"아, 오늘 공녀를 만나셨군요."

"너도 공녀가 그 유명한 아르망의 주인이라는 것을 알고 있었다면서?"

"저를 제외하고, 공녀가 아르망을 운영하고 있다고 밝힌 사람은 고모님뿐일 거예요."

아무런 언질이 없었던 조카에게 섭섭함을 느끼고 있던 후작 부인은 그의 말에 기세를 조금 누그러뜨렸다.

"……하긴. 고위 귀족이 사업을 하고 있다는 것을 대외적으로 공개하기는 쉽지 않으니."

흥분을 가라앉힌 바슬레인 후작 부인은 부채를 펄럭거리면서 의자에 앉았다. 그러곤 차를 홀짝이면서 다시금 침착하게 공녀와의 만남을 다시금 상기했다.

'정신이 하나도 없었어.'

그동안 수없이 많이 귀족 영애들의 샤프롱을 해 왔지만 그토록 종잡을 수 없는 영애는 처음이었다.

'처음엔 돈과 권력으로 날 포섭하려고 하는 것 같아서 탐탁지 않았는데…….'

그녀와의 대화가 몹시 신선했던 건 사실이었다.

"소문 때문에 괜히 색안경을 끼고 있었어. 왜 네가 데보라 공녀를 작위식 파트너로 데려갔는지 조금은 알겠다."

"매력 있죠?"

자랑하듯 싱글거리는 이시도르를 보면서 후작 부인은 헛기침을 했다.

우려했던 것과는 달리, 공녀는 허영심이 많거나 거만한 인물이 아니었다. 자신감은 있어 보였으나 거들먹대지는 않았고 제법 융통성이 있으며 유들유들했다. 그래도 팔은 안으로 굽는다고, 제 조카가 아직은…… 아까웠다.

"흠. 너와 성격은 잘 맞겠다고 생각했지. 너도 능구렁이 같고 예측할 수 없는 구석이 있으니까."

"예측할 수 없는 대화를 하셨나 보군요."

"내가 나이가 들었는지, 공녀처럼 통통 튀는 사람은 도저히 못 당하겠더구나. 바다를 좋아한다면서 바슬레인 영지로 초대를 해 달라는데, 나도 모르게 휩쓸려서 그러겠다고 했다."

"공녀를 바슬레인 영지로 초대하셨어요?"

"그래. 고대 장거리 게이트를 타면 반나절 만에 도착하긴 한다지만 너무 갑작스러운 것 같기도 하고."

"……고모님."

문득 이시도르가 호소하는 눈빛으로 후작 부인을 바라보았다. 양손을 꼭 모아 쥐고 있는 조카를 보며 후작 부인은 움찔 손을 떨었다.

"갑자기 왜 그런 부담스러운 표정을 짓고 그러니?"

"저도 초대해 주세요. 두 분께서 마음에 들어 하실 만한 선물을 가져갈게요."

바슬레인 후작 부인이 코웃음을 쳤다. 소중한 바슬레인성을 연애하는 데 이용하려 하다니.

'어림도 없지.'

그리고 엄밀히 말하면, 데보라 공녀는 사적인 이유가 아니라 무역 품목 때문에 영지에 들르는 손님이었다.

"그래. 데보라 공녀가 일을 마치고 돌아가면 바로 초대하마."

"저 사실…… 데보라 공녀와 아르망 동업하고 있어요."

고모에게 순식간에 속내를 읽힌 이시도르는 재빨리 일을 방패로 내세웠다.

"콜록!"

바슬레인 후작 부인은 이번엔 손에 든 잔을 깨뜨릴 뻔했다.

"너희 대체 뭐 하는 것들이야? 양파도 아니고 왜 까도 까도 뭐가 계속 나와?!"

그녀는 결국 소리를 버럭 질렀다.

나는 바슬레인 후작 부인에게 받은 초대장을 바라보았다.

바슬레인 영지의 방문 일정은 의외로 금방 잡혔다. 바슬레인 후작이 해적을 토벌하기 위해서 출항을 앞두고 있기 때문에, 영주와 직접 만나 유통과 무역에 관련한 이야기를 하기 위해선 일정을 앞당겨야 했다.

"후우."

나는 아버지 집무실 앞에서 심호흡을 했다. 바슬레인 영지에 방문하기 위해서는 잠시 자리를 비워야 하기 때문에 시모어 공작을 설득해야만 했고, 내가 사업을 한다는 것을 밝힐 수밖에 없었다.

'그래도 아르망 정도면 욕먹지 않을 규모는 되지 않나……?'

귀족들이 상업 활동을 좀 낮게 치는 경향이 있긴 하지만, 난 처음부터 공작에게 사업을 하겠다고 분명히 말했다.

'물론 아버지는 안 믿는 기색이었지만.'

"공녀님. 들어오십시오."

"그래."

보좌관이 곧 문을 열어 주었다. 집무실에서는 아버지와 벨렉이 업무를 보고 있었다. 왜 안 꺼지냐는 눈빛을 보내자 벨렉이 어깨를 으쓱했다.

"내가 들으면 안 되는 이야기야? 우리 동업자잖아."

"하긴. 오라버니의 마도구 사업과도 관련이 있으니 오늘 옆에서 미리 들어 두는 것도 나쁘지 않겠네."

"무슨 말을 하려고 그렇게 비장한 표정을 짓고 있는 게냐?"

시모어 공작의 물음에 나는 헛기침을 한 번 했다.

"아버지. 저 사실은……."

그때, 시모어 공작이 뭔가 깨달은 듯 창백한 표정으로 움찔 떨었다.

"설마 벌써 결혼을……."

"아버지! 숨, 숨 쉬세요!"

가슴을 움켜쥔 시모어 공작을 보면서 벨렉이 기함했다.

"갑자기 무슨 말씀을 하시는 거예요? 아버지께서 투자해 주신 돈으로 하고 있는 사업, 중간보고를 하러 왔는데요."

"사업 중간보고? 데보라가 사업 자금을 빌려 간 적 있습니까?"

벨렉이 황당하다는 투로 물었고 충격으로 시름시름 앓던 아버지는 사업이라는 말에 가슴을 여러 번 쓸어내렸다.

"……난 또 뭐라고. 괜히 놀랐군."

"아버지. 지난겨울에 좋은 사업 아이템이 생각났으니 투자해 달라고 했던 것, 기억하시나요?"

"그래. 기억나는구나. 그깟 푼돈 날릴 수도 있지. 상관없다. 걱정하지 말아라."

"얼마 투자해 주셨는데요?"

벨렉이 슬쩍 물었다.

"네가 마도구 테스트 비용이랍시고 날리는 돈의 반의반도 안 된다."

"음? 표정이 심각해서 저택 한 채 값은 날린 줄 알았네."

이 사람들. 왜 말을 하기도 전에 자꾸 넘겨짚는 건데.

"안 날리고, 잘 불리고 있습니다. 사업 확장을 고려할 정도로요."

나는 봉투에서 황실로부터 받은 내 상단 허가증을 꺼내, 현재 진행하는 사업 내용을 공유했다.

"아르망?"

"네. 제가 사장입니다."

둘이 동시에 날 바라보며 놀란 토끼 눈을 했다. 이윽고 집무실에 무거운 침묵이 내려앉았다.

"……맙소사."

각종 부동산 서류와 매출 전표를 훑으며 동공을 떨던 벨렉이 가장 먼저 침묵을 깼다.

"이건, 눈으로 보고도 안 믿기네. 네가 상단주라니. 아르망은 나도 알 정도로 유명한 곳인데."

"커피 말고도 그간 계절에 맞는 음료를 출시해서 사업을 빠르게 확장해 왔어. 벨렉 오라버니가 만든 마도구로 과일을 갈아 만든 음료도 잘 팔렸고.”

“아하. 그래서 홍보도 안 한 마도구를 아르망에서 사용하고 있는 거였군.”

“맞아.”

“흠. 유용한 마도구를 척척 디자인할 때부터 알아봤지. 네가 돈 불리는 데에 천부적인 소질이 있다는 걸.”

‘유용해? 고문 도구라고 박박 우겨대더니 드디어 돈 냄새를 맡았구나.’

나는 빠르게 태세 전환하는 벨렉을 흐린 눈으로 쳐다봤다. 벨렉은 헛기침을 했고 시모어 공작은 잠자코 내가 작성한 사업 계획서를 훑었다.

그가 무표정한 얼굴로 천천히 고개를 들어 올린다. 부친의 은색 눈동자에 담긴 감정을 파악할 수 없어서 나는 마른침을 삼켰다.

‘마법 공부를 안 하고 사업에 손을 댄 게 마음에 들지 않은 걸까.’

“데보라.”

“네. 아버지.”

“너는 그동안 보이지 않는 곳에서 끊임없이 새로운 일을 시도하면서 고군분투하고 있었구나. 난 제국에서 가장 멋지고 대단한 아이를 딸로 두었어.”

“…….”

상업은 귀족들이 높게 쳐 주는 분야가 아닌데 아버지가 아낌없이 칭찬을 건네서 나는 내심 놀랐다. 하지만 좋은 말을 하는 입술은 굳어 있었다. 그가 목울대를 일렁였다.

“그런데 왜 이리 안쓰러울 정도로 그간 필사적이었느냐? 혹시 마나 감응력의 부재가 네게 성과에 대한 부담을 느끼게 한 건…….”

“아뇨. 제가 하고 싶어서 한 일이에요.”

나는 고개를 저으며 대답했다.

초반엔 정략결혼이 싫고 자유롭게 살고 싶어서 카페 사업을 기획했지만, 지금은 그 이유 때문만은 아니다. 최초의 의도를 종종 잊을 만큼, 내 힘으로 사업적인 성취를 거둘 때마다 보람을 느꼈다.

또한 위기에 대응하는 능력도 함께 키우면서 자신감이 생겼다.

‘일단 저지르면 뭐든 얻는다.’

남이 시키는 공부만 하며 살던 이전 생애와 달라진 점이었다.

하지만 공작은 내가 성과에 대한 부담감 때문에 사업을 벌였다고 오해한 것 같아서, 나는 재빨리 간사하게 입을 털었다.

“물론, 아버지께 점점 나아지는 모습을 보여 드리고 싶은 마음도 컸지요.”

은색 눈동자가 내 의도대로 감동으로 젖어 든다.

“네가 정말 자랑스럽구나. 앞으로도 하고 싶은 걸 마음껏 하렴. 늘 옆에서 응원하고 지원하마.”

아버지의 마음이 닿아서 코끝이 찡해진다. 하지만 감동은 감동이고, 나는 냉큼 떡밥을 물었다.

“그렇게 말씀해 주셔서 감사해요. 마침 사업차 결석계를 내고 일주일 정도 바슬레인 영지에 출장을 다녀올 생각이었는데…….”

“음?”

시모어 공작이 눈가를 좁혔다.

“사업 계획서에 쓰여 있는 방식대로 점포를 확장하기 위해서는 메인 아이템인 커피 원두의 유통로가 먼저 해결되어야 하거든요.”

"그렇구나……."

자리를 오래 비우는 일정 탓인지 영 마뜩잖은 기색이라 나는 재빨리 선수를 쳤다.

"절 믿고 지원해 주셔서 감사해요!"

올해의 꽃을 양도받은 데보라 공녀가 바슬레인 후작 부인을 샤프롱으로 선택했다고 했을 때, 귀족들 대부분 둘이 삐걱거릴 거라 예상했다. 후작 부인이 선물을 거절했다는 소문에 누군가는 공녀가 악수(惡手)를 두었다고 생각했다.

하지만 데보라 공녀가 난데없이 바슬레인 영지에 초대받았다는 소식이 들려오자 사교계는 한바탕 술렁였다.

'하아, 이래서 미야가 반드시 올해의 꽃이 돼야 했어!'

한편 4황비는 계획이 또 틀어지자 관자놀이가 지끈거려서 머리를 움켜쥐었다. 하필 데보라 공녀가 이쪽에서 가장 눈독 들이던 바슬레인 후작 부인을 선점해 버리다니.

바슬레인 후작은 작위는 특출 나지 않으나 강한 해군을 거느리고 있으며 정치색이 없었다. 만약 바슬레인 후작 부인을 미야 쪽으로 포섭할 경우 아들의 군사적인 뒷배를 만들 수 있었는데, 가장 아쉬운 부분이었다.

게다가 마담 오펠리아의 조사에 따르면 비스콘티 공작은 바슬레인 후작 부인과 두터운 친분을 가지고 있었다.

'황태자와 비스콘티 공작의 사이까지 흔들 수 있는 묘수였는데!'

매번 걸림돌이 되는 데보라 공녀를 처리하고 싶었던 적이 한두 번이 아니지만, 시모어를 건드리는 것은 위험성이 커서 주저했다. 게다가 '진짜 성녀'라는 더 큰 변수까지 끼어들어서 지금은 더욱 움직이기 힘들었다.

'그나저나 왜 성녀가 안 나타나는 거지? 남부에 있는 흑마법사까지 수도로 끌어모아서 대기시켜 놨는데.'

향화 의식에 구경 나왔던 여아를 모두 조사해야 하는 걸까?

머리가 아파 온다. 그나마 다행인 건, 최근 미야가 추기경의 전폭적인 지지를 받으면서 착실히 입지를 넓혀가는 중이라는 것이다.

'신전 체면이 있으니 진짜가 나타나도 바로 인정하고 번복하기 쉽지 않을 터…….'

일단은 바슬레인 후작을 대체할 만한 좋은 대안을 찾는 수밖에 없었다.

'누가 좋을까?'

리스트를 훑던 4황비의 시선은 사교계의 손꼽히는 명사인 오르고 공작 부인의 이름에서 멈췄다.

'흐음. 그래, 개국공신 가문 공작 부인 정도는 되어야 해 볼 만하지.'

수도 밖으로 멀리 나가는 건 처음이라서 나는 밤새 몸을 뒤척이며 한숨도 자지 못했다. 뒤늦게 일을 너무 크게 벌인 것 아닌가 조금 후회되기도 했지만, 오늘 아침 이시도르의 편지를 받는 순간 불안한 기분은 감쪽같이 사라졌다.

[곧 만나요.]

나는 하트가 그려진 편지를 보면서 피식 웃었다.

이시도르는 내가 바슬레인 영지에 머무는 동안 남부로 잠시 내려올 모양이었다. 마검사라는 것을 공개한 뒤 여기저기 불려 다니느라 그동안 만날 시간이 많지 않았기 때문에 솔직히 들떴다.

'남자 친구랑 해변에서 산책하는 거, 내 로망이었는데.'

자꾸 올라가려는 입술을 꾹 말아 문 나는 손끝으로 하트를 덧그리다가 차창 너머를 바라보았다.

'그나저나 아버지는 걱정도 팔자네. 고작 일주일 자리를 비우는 건데 너무 요란해.'

판게아 아카데미 명단에 오르지 못한 가문의 영애 중엔 기숙사 생활하는 영애도 많은데 말이지. 난데없이 바슬레인 영지까지 따라오려고 하던 시모어 공작은 결국 한발 양보해 뛰어난 호위와 사용인들을 여럿 붙여 주었다.

얼마 후, 마차 행렬이 고대 게이트 앞에서 멈췄다. 고대의 한 차원 높은 마법 기술이 총망라된 거대한 장거리 이동 게이트는 제국 요지에 정류장처럼 설치되어 있었다. 단, 이용료가 비싸서 아무나 사용하지 못한다는 단점이 있었다.

곧 게이트 안으로 마차가 빨려 들어가다시피 했고, 맹렬한 빛이 사방에서 퍼져 나왔다.

'어, 이상하네?'

나는 마나와 직접 접촉할 때면 늘 꺼림칙한 기분을 느꼈다. 심지어 필라프가 들고 있던 고대 아티팩트가 마나를 뿜으며 폭주할 때는 구토감과 어지럼증으로 기절까지 했었다. 하지만 지금은 딱히 그런 느낌이 없었다.

'신성력을 봉인하고 있던 그 힘이 마나의 감응도 방해하고 있던 거였어.'

대체 왜 힘이 막혀 있었던 걸까. 나는 답이 나오지 않는 생각에 잠겨 있다가, 깜빡 잠에 들었다.

'또, 그 꿈이네.'

이제 사막 위에서 징그러운 마물이 날뛰는 광경을 보는 게 익숙해졌다. 이시도르와 똑같이 생긴 금발의 남자가 검기를 흩뿌리며 무신처럼 날뛰는 광경 역시.

태어나서 한 번도 다치지 않았다고 단언한 남자는 말대로 정말 강했다. 상급 마물조차 그의 앞에선 순식간에 두 동강이 났다.

"치료해 줘."

"안 다쳤잖아요."

남자는 다치지도 않았으면서 종종 나일라에게 신성력을 요구했다.

"하얀빛이 닿을 때면 시원해서 목욕을 하는 느낌이야."

결벽증인 그는 짧게 평하면서 갑자기 거들먹댔다.

"그리고 물을 나눠 주고 있잖아. 세상에 공짜는 없어."

"……그렇군요."

"너처럼 대가 없이 봉사랍시고 신성력을 펴 주는 사람을 뭐라고 하는 줄 알아?"

"뭔데요?"

"호구."

남자는 수통을 절대 나일라에게 맡기지 않았고, 생색내듯 제 손바닥에 물을 부어서 핥아먹게 만들었다. 결벽증이라면서 이런 부분에서는 의심증이 도지는 희한한 놈이었다.

"오늘은 여기까지야."

남자가 장갑 낀 손을 거둬 가자 꿈속의 나, 나일라는 도무지 가시지 않는 갈증에 시달리며 끝없이 펼쳐진 사막을 바라보았다.

"어딘가엔 물이 있겠죠? 누군가 오아시스라는 걸 발견한 적 있다고 들은 것 같은데."

"사방이 물인 곳도 있어. 망망대해에 떠 있으면 땅이 그리워질 거다."

"바다는 어떤가요?"

"가 본 적 없나 보지?"

"네. 하지만 언젠가는 꼭 가 보고 싶어요."

꿈에서 나는 바다를 간절하게 꿈꿨다. 그래서 눈을 뜨자마자 시야에 펼쳐진 아름다운 광경을 보면서 더욱 감동할 수 있었다.

"데보라!"

마차에서 나오자 바다를 배경으로 선 이시도르가 활짝 웃으면서 내게 팔을 흔든다. 나는 그를 향해서 빠르게 뛰어갔고, 내 충동적인 행동에 이시도르의 눈이 크게 벌어졌다.

"잠깐만, 내가 뛸게요."

그가 재빨리 내 쪽으로 날듯이 달려와 나를 품에 번쩍 안고 한 바퀴 빙글 돌린 뒤 내려놓는다.

"오느라 고생 많았어요."

"응."

드디어 남부에서의 첫날이 시작되었다.

바슬레인성은 선박이 늘어선 해안에 자리를 잡고 있었으며, 높게 솟은 푸른 지붕이 인상적인 곳이었다. 얼마 후, 내가 끌고 온 일행은 도개교를 지나 성문 안으로 들어갔고 바슬레인 부부와 그들의 딸이 나를 마중 나왔다.

바슬레인 후작이 사람 좋은 미소를 지었다.

"반갑소, 데보라 시모어 공녀. 어린 나이에 벌써 상단을 꾸리고 있다고 들었소. 그뿐만 아니라 전투 마법사들이 사용하는 수식까지 개발하다니. 활약이 대단하더군."

"과찬이십니다."

"집처럼 편하게 머물면서 지내다 가시게나."

"초대해 주셔서 감사합니다."

나는 바슬레인 후작에게 신세 져서 감사하다는 의미로 품질 좋은 마력석이 든 상자를 선물로 건넸다. 상급 마력석은 어디서나 유용하게 쓰이는 자원이기 때문에 바슬레인 후작은 몹시 기뻐했다.

"그나저나, 우리 처조카님께서 말로만 듣던 전설의 마검사라면서? 여태 그런 사실을 숨기다니."

호승심 강한 무인인 바슬레인 후작은 이시도르가 그간 실력을 감추고 있었다는 것에 진한 배신감을 느끼는 모양이었다.

"우리는 깊은 이야기를 나눠보도록 하지."

이시도르는 음산한 얼굴을 한 후작에게 어디론가 끌려갔고, 후작 부인은 나를 성 안쪽으로 안내했다.

"이쪽으로 따라와요. 손님들이 머무는 별관으로 안내할게요."

'어? 옷이 특이하네.'

그녀를 따라가던 중, 난생처음 보는 독특한 옷차림을 한 정원을 산책 중인 남녀에게 나도 모르게 시선을 빼앗겼다. 남자는 제국인으로 보였고, 여자는 외국 사람인 듯 이국적인 외모를 가지고 있었다.

내가 그들을 바라보자 후작 부인이 속삭였다.

"바슬레인령은 배가 정박하는 큰 항구가 있는 곳이라 다양한 지역에서 온 손님들이 사시사철 머물러요. 저 부부는 페르딘과 제국을 오가는 무역상이고요."

그녀가 말을 이었다.

"그리고, 이곳에 있는 손님들 모두 금요일 밤에 바슬레인에서 열리는 정찬에 참석할 예정이에요."

'일부러 이 시기에 날 초대해 준 거구나.'

"공녀가 페르딘 공국에 관한 정보와 관련 인맥을 얻는 데 그 자리가 도움이 될지도 몰라요."

"여러모로 신경 써 주셔서 정말 감사합니다."

나는 진심을 담아 말했다.

"나 역시, 공녀가 여기까지 와 줘서 고마워요. 아카데미 입학을 앞둔 아라벨에게 공녀가 적극적으로 일하는 모습을 보여 주고 싶었거든요."

눈이 마주치자, 제 엄마 옆에 딱 붙어 있던 아이가 긴장한 듯 마른 침을 삼켰고 나는 빙긋 웃어 주었다.

"초대해 줘서 고마워, 아라벨."

"네! 편하게 머물다 가세요. 시모어 공녀님."

그녀가 뺨을 붉히며 내게 꾸벅 인사했고 후작 부인이 옅게 미소 지었다.

"게이트를 타고 오느라 피곤할 텐데, 오늘은 편히 쉬면서 여독을 풀어요."

후작 부인이 내어 준 방은 쾌적했고 무엇보다 창문 너머로 보이는 넓은 바다와 죽 늘어선 선박들이 인상적이었다. 선선한 해풍을 맞으며 창밖으로 고개를 내밀고 있던 나는 후작의 마수에서 풀려난 이시도르를 발견하곤 재빨리 계단을 내려갔다.

아까 전, 그가 했던 말이 떠올랐기 때문이다.

"이 근방에 새하얀 모래로 유명한 해변이 있는데, 시간 나면 같이 가요."

기왕 아름다운 해양 도시에 왔으니 일도 하고 관광도 할 생각이었다.

이전 생에서는 학점과 알바에 치여서 정작 대학생 때 제대로 된 여행을 한 번도 가 보지 못했다. 가벼운 제주도 여행조차 내게는 먼 이야기였다. 그래서 그런지 나는 배낭여행을 온 것처럼 조금 들떠 있었다.

"그 하얀 모래사장. 지금 가는 건 어때?"

"나야 영지에서 와서 체력이 남아도는데 공녀님은 피곤하지 않아요?"

"쌩쌩해."

이동 게이트를 타는 내내 푹 자서 그런지, 혹은 신성력 때문인지 피로감이 전혀 느껴지지 않았다.

"마침 이 시간대에 석양이 가장 예뻐요."

이시도르는 다정하게 말하면서 내 손을 가볍게 쥐었다. 나는 그의 따뜻하고 커다란 손을 꾹 맞잡았다.

"거리가 좀 있는데 걸을까요? 아니면 마차를 탈까요?"

"기왕이면 걷고 싶어. 볼거리가 워낙 많아서."

성을 나와 해변 쪽으로 걸어가자 제법 큰 상권이 형성되어 있었고 길게 늘어선 노점들도 눈에 띄었다. 나와 그는 중간중간 노점에 들러 군것질도 하고, 잡동사니를 구경하기도 했다.

한동안 활처럼 굽어진 해안가를 따라서 걸음을 옮기자 알갱이가 거칠고 투박했던 모래는 눈처럼 점점 새하얘졌고, 나는 그 신비롭고 아름다운 풍경에 시선을 빼앗겼다.

바다에 발을 담그기 위해 구두를 벗자 이시도르가 곧장 그것을 챙겨 들었다. 나는 하얀 모래 알갱이를 맨발로 느끼면서 천천히 나아가다가 부드러운 모래 아래로 발이 푹 꺼져서 몸을 휘청였다.

"안아 줄까?"

대답하기도 전에 그는 장난스럽게 웃으면서 나를 공주님처럼 번쩍 들어 올렸다. 그가 바다 쪽으로 빠르게 뛰기 시작해서 나는 그의 단단한 어깨를 두드렸다.

"빠뜨리면 진짜 화낼 거야!"

"진짜 화내는 모습도 보고 싶은데요?"

"하지 마!"

당장 날 바다로 내던질 것처럼 굴던 그는 의외로 날 물 앞에서 얌전하게 내려 주었다.

파도에 밀려온 고운 모래 뭉치가 발가락 사이로 들어오는 감각이 묘했다. 발자국을 남기면서 얕게 오고 가는 파도 위를 걷던 나는 해가 지는 광경을 구경하기 위해 모래 위에 털썩 주저앉았다. 그러고는 시시각각 색을 달리하는, 양떼구름이 지나는 하늘을 하염없이 바라보았다.

지금 보이는 저 하늘은 오래도록 생각날 것 같았다.

"예쁘다."

"……."

"하늘을 누군가가 계속 붓으로 칠하고 있는 것 같아."

나는 하얀 모래 위로 물드는 석양을 보면서, 들뜬 목소리로 여러 번 감탄사를 내뱉었다. 그러다 어느 순간 가까이 다가온 그의 얼굴을 보며 마른침을 삼켰다.

"예전에 같이 불꽃놀이를 봤을 때, 그걸 보는 공녀님이 더 아름답다고 생각했어요."

그가 내 아랫입술을 엄지로 천천히 더듬었다. 가깝게 맞닿은 그의 얼굴이야말로 숨이 턱 막힐 정도로 아름다웠다. 내가 느리게 눈을 감자 곧 그가 내 턱을 당기며 입술을 물었다.

그때였다.

철썩—

그가 건네는 부드러운 감각에 정신없이 몰두하던 중 커다란 파도가 밀려왔고, 나와 그는 졸지에 물벼락을 맞게 되었다.

'어우, 짜!'

따끔거리는 눈을 문지르고 있는데, 갑자기 이시도르가 고개를 휙 돌리면서 귀 끝을 붉혔다. 파도로 젖은 치마가 내 몸의 실루엣을 따라 들러붙어 있던 것이다.

장시간 여행을 위해 옷차림을 최대한 가볍게 했고 이곳이 수도보다 더워서 나는 조끼조차 걸치지 않은 상태였다. 이시도르 역시 내 몸 위에 걸쳐 줄 만한 외투가 없는 건 매한가지였고.

"……일단 성으로 돌아가자."

젖은 몸을 움츠리면서 중얼거리자 그는 급히 나를 만류했다.

"저 안에서 몸을 말려요. 내가 옷을 가져올게요."

그가 눈앞에 보이는 별장을 가리켰다.

"저런 곳에 함부로 들어가도 돼?"

"저 별장은 내가 작년에 후작님에게서 인수했어요."

'사유지였구나. 어쩐지 멋진 장소인데 사람이 아무도 없더라.'

뒤늦게 뻘한 깨달음을 얻으며 나는 신발을 대충 꿰어 신고 별장을 향해 걸었다.

별장은 잘 관리된 상태였지만, 생활감이 전혀 없고 내부 공기는 썰렁했다. 해가 떨어지자 빠른 속도로 추워지기 시작해서 나는 잘게 떨며 젖은 옷을 꾹꾹 눌러 짰다.

얼마 후, 이시도르가 숨을 거칠게 몰아쉬며 이 근방 노점에서 급하게 산 듯한 망토를 들고 나타났다.

"많이 추워요?"

내가 달달 떨고 있자 그가 걱정스럽게 묻는다.

"경도 엄청 추워 보이는데."

"밖에 바람이 많이 불어요."

의자를 끌고 온 그가 화염 마법으로 별장 거실 벽난로에 불을 피웠다.

"그러니까 일단 좀 말리고 나가죠."

나는 재빨리 벽난로 앞으로 다가가 앉았다.

'따뜻하다.'

옷을 말리다가 이런 상황이 어이없기도 하고 재밌기도 해서 피식 웃었다. 이시도르도 웃음을 참는 듯한 헛기침을 내뱉었다.

"이게 갑자기 무슨 꼴이지? 물에 빠진 생쥐도 아니고."

"그러게요."

"파도가 그렇게 갑자기 세게 들이닥칠 줄 누가 알았겠어."

"그런데 왜 이건 안 걸쳐요? 노점을 몇 번이나 왕복하면서 간신히 사 온 건데."

그는 어린 영애가 입을 법한 빨간 망토를 자꾸 권했다.

"젖은 옷 위에 걸치면 더 찝찝해."

"그게 문제가 아니라……."

말끝을 흐린 그는 불이 피어오르는 난로에만 시선을 둔 채, 단단한 근육질 몸 위로 달라붙는 흰 셔츠를 계속 떼어냈다.

매사 능숙하고 느긋하던 이시도르가 이런 쪽에서 서툰 면을 보였다. 그 모습에 나까지 덩달아 동요하고, 자꾸만 달라붙는 옷을 의식하게 되었다.

"……."

고무줄을 당기는 것처럼 침묵이 팽팽하게 늘어졌다. 뜻 모르는 긴장으로 쿵쿵, 심장이 뛰고 귀가 먹먹해졌다. 따뜻했던 난로의 불은 숫제 뜨겁게 느껴질 정도였다. 목이 따끔거렸다.

"……어차피, 사귀는 사이니까."

나는 입술을 달싹이다가 아주 작게 중얼거렸고, 불쏘시개만 노려보던 그는 내 쪽으로 시선을 돌렸다. 그의 에메랄드 같은 눈동자가 불길을 담은 채 세차게 일렁이고 있었다.

나는 느릿느릿 말을 이었다.

"상관없지 않나……."

"상관있어요."

그는 뭔가를 억누르듯 젖은 머리칼을 성마르게 쓸어 올렸다. 금발을 타고 내려온 물방울이 러그 아래로 툭 떨어졌다.

"내가 무슨 생각을 하고 있는지 알면 그런 말은 차마 안 나올걸요."

"가끔 경은 날 무시한다니까."

잘게 떨리는 그의 속눈썹을 보면서 나는 뭐에 홀린 듯 그를 도발했다. 어차피 데뷔탕트는 형식적인 절차일 뿐, 마법학부생인 내 나이는 이전 생애로 따지면 성인이었다.

그는 눈가를 좁혔다. 애교살이 접혀서 야릇하게 눈웃음을 치는 것 같기도 했다.

"……여기서 조금만 더 있다 갈래요? 물을 데울게요."

그의 물음에 나는 숨을 잠깐 멈췄다가 고개를 느릿하게 끄덕였다.

은밀한 분위기를 풍기며 허락을 주고받자 발끝이 꾹 오므라들 정도로 공기가 조여드는 느낌이 들었다. 숨을 들이쉬고 내뱉는 것조차 따갑게 의식되었다. 요란하게 심장이 뛰고, 머리가 어질거려서 대체 어떤 정신으로 목욕까지 했는지 모르겠다.

'떨려.'

도발한 건 내 쪽인데.

한참을 머뭇거리면서 심호흡하던 나는 몸을 감싼 큰 수건을 꾹 움켜쥐고 느릿느릿 복도를 지났다.

달칵, 빛이 새어 나오는 침실 문고리를 돌리자 그의 커다란 손이 내 손목을 천천히 잡아끌었다. 근육으로 꽉 짜인 남성적인 몸이 적나라하게 시야에 들어왔다. 그의 몸은 조각가가 공들여 깎은 것처럼 빈틈없고 아름다웠지만 동시에 위압적이라서 옅은 두려움이 스며들었다.

"공녀님이 싫어하는 건 절대 안 해요."

내가 얼어붙어 있자 이시도르가 내 손끝에만 입술을 대며, 낮은 목소리로 말했다.

맞닿은 그의 입술과 손이 가볍게 떨리고, 단단한 가슴팍이 불규칙적으로 오르락내리락한다. 그 역시 나 못지않게 긴장했다는 게 피부로 고스란히 느껴졌다. 내 손바닥을 입술에 가져다 대던 그는 곧 제 뺨을 만지도록 했다.

"……만져도 되는 사람은 공녀님뿐이에요."

유혹적으로 속삭이며 그가 다시금 불을 지폈다.

나뿐이라는 말이 나도 몰랐던 소유욕을 건드렸는지 고양감으로 심장이 아프게 뛰었다. 나는 홀린 것처럼 그의 날렵한 턱을 천천히 매만졌다.

"당신이 만지면 기분 좋아져요……."

좋은 향기가 나는 긴 목덜미를 쓸어내리자 그가 짧게 한숨을 내뱉었다.

"더 해 주세요."

갸르릉거리는 순종적인 짐승 같은 그를 바라보면서 나는 우묵하게 파인 빗장뼈를 느릿느릿 더듬다가 손을 허리로 미끄러뜨렸다.

"읏!"

곧 이가 딱, 부딪칠 정도로 입술끼리 성마르게 부딪쳤다. 여유라곤 찾아볼 수 없는 입맞춤이 쏟아졌고 곧 내 몸을 어설프게 감싸고 있던 수건이 스르륵 아래로 내려갔다.

"좋아해요."

그가 귓바퀴를 지근지근 깨물면서 속삭였다.

"너무 좋아서 가끔 미칠 것 같을 때도 있어요. 매일 당신이 머릿속에서 나가지 않아요."

"나도…… 그래."

나는 숨을 밭게 몰아쉬면서 그의 너른 어깨를 움켜쥐었다.

눈꺼풀 위로 내려앉은 빛에 절로 눈이 떠졌다.

큰 창으로 푸르스름한 새벽빛이 들어오고 있었다. 더불어 건장한 근육질의 등이 시야에 들어와, 나는 덜컥 놀라면서 상체를 벌떡 들어올렸다.

'아, 어제…….'

머릿속에서 자비 없이 스쳐 지나가는 살색 향연에 열이 올라서 나는 손으로 파닥파닥 부채질을 했다. 그의 입술이 여기저기 안 닿은 곳이 없었다. 심지어 팔 안쪽까지 붉게 물든 자국이 있으니 말 다 한 셈이었다.

'그런데 나…… 대체 언세부터 쿨쿨 자기 시작한 거지?'

내가 데뷔탕트를 아직 안 치렀다는 사실이 신경 쓰였는지, 이시도르는 날 기분 좋게 만드는 것에 온 신경을 기울이면서 끝까지 가지는 않았다. 나는 그가 주는 부드러운 열기에 휩쓸려서 속절없이 녹아내릴 수밖에 없었다.

충동적이고 종잡을 수 없는 면이 있지만, 이시도르가 연상이라는 사실이 새삼 실감 났다.

'그나저나 한 폭의 그림 같다.'

에로스를 발견한 프시케가 이런 기분이었을까. 황금빛으로 길게 뻗은 속눈썹, 높게 솟은 코, 갸름한 얼굴에 잡티 하나 없는 깨끗한 피부까지…….

이시도르가 천사처럼 잠들어 있는 모습을 넋 놓고 구경하던 중, 그가 갑자기 몸을 뒤척여서 나는 꿀을 훔쳐 먹던 아이처럼 흠칫 놀랐다.

"일어났어요?"

이시도르가 잠이 덜 깬 나른한 얼굴로 물었다. 나는 졸음이 가득 달라붙은 그의 눈가를 문질렀다.

"더 자."

"공녀님이 눈부셔서 깼어요. 원래 새벽에 잘 못 일어나는데."

잠긴 목소리로 중얼대며 몸을 일으킨 그가 내 턱 끝에 쪼듯이 입을 맞추며 스르르 무방비하게 웃는다.

"왜 이렇게 예뻐요?"

장난스러운 물음을 건넨 그는 나를 와락 끌어안고 있다가 침대에서 내려갔다.

'……건강하네. 하긴, 한창때긴 하지.'

나는 애늙은이 같은 생각을 하면서 달아오른 목덜미를 머쓱하게 문질렀다.

나갈 준비를 거의 끝냈을 때, 빗을 가져온 이시도르가 내 뒤에 섰다.

"빗겨 줄게요."

내 머리칼은 곱슬기가 있어서 잘 엉켰고 워낙 길어서 관리하기 힘든 편이었다.

"잘한다. 경은 못하는 게 대체 뭐야?"

그의 섬세한 손길에 나도 모르게 중얼거리자 등 뒤로 이시도르가 몸을 들썩이며 웃는 게 느껴졌다. 그가 곧 향유를 손에 부어 내 머리에 발라 주었다. 어제 그의 목덜미와 머리칼에서 나던 향기였다.

다정하게 머리끝을 매만지던 손이 떨어져 나갔고, 목뒤로 뜨겁고 부드러운 무언가가 닿았다. 쪽, 살결을 빨아들이는 소리가 나서 그게 입술이라는 것을 순식간에 깨달았다.

"이건 수고비."

"야박해. 비스콘티 공작님 사전에 공짜는 없는 거야?"

"진짜 야박한 게 뭔지 보여 줘요?"

"간지러워!"

"너, 여기가 특히 약하더라고."

그가 키득거리면서 내 목덜미와 귀 사이에 입맞춤을 퍼부었다. 어젯밤, 그가 침대 위에서 내뱉던 말투가 떠올라 어깨를 움츠리고 있던 나는 퍼뜩 떠오른 생각에 그를 밀어냈다.

"후작 부인께서 오늘 함께 차를 마시자고 했었어."

"고모님은 주로 오후 시간에 차를 즐기시니까 별장에서 더 놀다 가도 돼요."

"그래도 날 일씩 찾으실지도 모르니까……."

"……비스콘티 영지가 페르딘과 붙어 있었어야 했는데. 고모부님 영지를 점령할 수도 없고."

엉뚱한 소리를 하는 이시도르를 뒤로하고 몸을 일으킨 나는 퍼뜩 떠오른 생각에 입을 열었다.

"생각해 보니까 바람 마법으로 젖은 옷을 말릴 수 있었잖아?!"

뒤늦게 아차 싶었는지 그가 눈을 조금 크게 떴다.

"그렇긴 한데, 아마…… 풍력이 조절이 잘 안 됐을 거예요."

"바람 마법 계열엔 약하구나. 하긴, 사람이 다 잘할 순 없지."

"……은근히 자각이 없어서 큰일이네."

나는 그와 어딘가 겉도는 대화를 나누면서 동이 트는 새하얀 해변을 천천히 가로질렀다.

바슬레인 영지에서의 둘째 날은 별다른 일 없이 평이하게 흘러갔다. 바슬레인 후작이 군사 훈련 일정 때문에 바빴던 탓이다. 오후에는 후작 부인과 아라벨, 이렇게 셋이 디저트를 먹었고 저녁에는 영지 주변을 다시금 둘러보면서 분위기를 살폈다.

그리고 바로 오늘이 후작 부인이 귀띔했던, 성의 손님들을 위한 정찬이 열리는 금요일이었다.

'무슨 이야기를 하는 거지?'

정찬에 참석하기 위해 격식 있는 복장으로 차려입은 뒤 별채 1층으로 내려온 나는 첫날 목격했던 무역상 부부와 화기애애하게 대화하는 이시도르를 발견했다.

얼마 후 그는 대화를 마치고 내게 다가왔다.

“저 사람들과 무슨 이야기를 했어?”

“어떤 목적으로 이곳에 머무는지 슬쩍 물어봤어요. 커피에 대한 정보도 얻을 겸요.”

이시도르는 정보 길드의 수장답게 주변인들의 정보를 자연스럽게 수집하고 있었다. 나와 달리, 다른 사람들은 그의 서글서글한 미소와 유창한 화술에 쉽게 경계를 허물고 호감을 보이는 모양이었다.

“듣자 하니, 향신료를 재배해서 제법 돈을 번 모양이에요. 그 돈을 불릴 새로운 투자처를 찾고 있고요. 다만…….”

“다만?”

“페르딘 공국이 최근 내전 때문에 혼란스러워서 제국으로 눈을 돌렸는데, 이곳 역시 균열 때문에 어업과 무역이 위축되어서 안타깝다고 하는군요.”

“균열이 남부에도 자주 있었어?”

“다른 지역에 비해선 비교적 빈도가 적은 편이지만, 바다 위에서 일어나서 이 근방인 부세즈 백작령에서는 피해가 컸어요. 육지와는 달리 해상에서 사고가 나면 전원 사망이니까요.”

“하긴, 배 위로 마물이 습격하면 대책이 없겠구나.”

“그렇다고 어부나 상인들이 생업을 포기할 수는 없는 노릇이니, 불안감만 가중되는 거죠.”

“…….”

“바슬레인 후작은 저 부부에게 이 근방에 남아도는 구리를 팔고 싶어 하는데 거래가 쉽지 않을 수도 있겠어요."

"……."

망할 결계의 균열은 아스테이아 각지에서 일어나 사람들의 공포심을 끊임없이 자극하고 있었다. 그리고 보통은 위기와 혼란 속에서 주인공이 등장하곤 한다.

'소설에선 미야가 주인공이었지.'

돈을 펑펑 쓰면서 평화롭게 놀고먹고 싶은 내겐 참 뭣 같은 일이었다.

'어? 잠깐…….'

퍼뜩, 어떤 생각이 머릿속을 스쳐 지나갔다.

'……이게 될까?'

"난 공녀님이 그런 눈을 할 때가 제일 좋아요."

이시도르가 문득 말했다.

"어떤 눈?"

"구체적으로 설명할 수는 없는데…… 꼭 루비처럼 반짝거려요."

그의 말에 용기를 얻은 나는 그가 건넸던 행운의 동전을 만지작거리면서 만찬장으로 들어갔다.

내부는 적당히 자유로운 분위기였다. 둥근 테이블이 여기저기 배치되어 있었고 사람들은 샴페인을 든 채 서서 인사를 나누고 있었다. 이시도르와 내가 함께 들어가자 만찬장에 있는 사람들의 시선이 전부 우리 쪽으로 쏠렸다.

"이쪽으로 오세요."

후작 부인은 나와 이시도르를 상석으로 안내했다. 때마침 내가 노리던 무역상 부부가 근처에 앉아 있어서 서로 통성명을 했다.

"케브 블랑칸입니다. 위대한 시모어의 공녀님을 뵙게 되어서 영광입니다. 저는 페르딘과 제국을 오가며 무역업을 하고 있습니다."

"편하게 말씀하세요. 저도 이곳에 사업을 위해 왔습니다."

내가 영업용 미소를 지으며 말하자 케브는 놀란 얼굴로 나와 악수를 했다. 케브의 아내, 파리마는 제국어를 잘 못 하는지 남편을 통해서 말을 건넸다.

얼마 후, 커다란 와인통과 함께 바슬레인 후작이 등장하자 분위기는 점점 더 무르익었다. 신선한 해산물로 이루어진 정찬은 별미였다.

"맛있네요."

다소 호불호가 갈릴 수 있는 삭힌 해산물까지 남기지 않고 싹싹 비우자 바슬레인 후작은 몹시 기뻐했다.

"데보라 공녀는 소문과는 정말 다르군요. 패기 있고 참 씩씩해. 그나저나, 내게 하고 싶은 요청이 있다고 들었는데."

"그 전에 다른 제안을 하나 드리고 싶습니다."

"뭐지?"

"요즘 균열 때문에 선원들이 불안해하며 무역업이 위축되고 있다는 소식을 들었습니다."

"유감스러운 일이지만 공녀 말이 맞소. 해적들도 더욱 기승이고."

바슬레인 후작은 시름이 깊어진 얼굴로 수염을 만지며 고개를 끄덕였다.

"민심이 불안할수록, 돈이 되는 사업이 있습니다."

나는 옆에 있는 무역상 부부에게도 들리도록 큰 소리로 미끼를 던졌다.

"데보라 공녀, 민심이 불안할수록 돈이 되다니. 그게 무슨 뜻이지? 사람들은 미래가 불안할수록 아끼고 쟁여 두려 해. 돈을 잘 안 쓴단 뜻이네."

내 말에 바슬레인 후작은 황당하다는 얼굴로 말했다.

"후작님. 이런 혼란한 시국일수록 발상의 전환이 필요합니다."

"발상의 전환?"

"힌트를 드리자면 제가 구상한 사업은 특별한 자원이 들지 않습니다."

새로운 투자처를 찾는 케브 블랑칸은 내 말에 호기심을 느끼는 듯했다. 어느새 아내와 대화를 멈추고 내 쪽을 힐끗거리고 있었으니까.

"제법 솔깃한 이야기군. 공녀의 발상이 뭔지 어디 들어 보지."

"대신에 제 요청 사항을 들어주실 수 있겠습니까?"

바슬레인 후작이 혀를 차면서 수염을 거칠게 문질렀다.

"궁금하게 만들어 놓고 조건을 달다니. 보통내기가 아니군. 그래, 공녀가 내게 원하는 게 뭔가?"

인내심이 강한 편은 아닌 듯 그는 조급한 목소리로 물었다.

"제가 제안하는 사업 모델을 이용해서 수익을 창출하실 경우, 아이디어 제공자인 제게 순수익의 30퍼센트를 양도한다는 계약서를 써 주세요."

"으하핫! 정말이지 자신감이 대단하군. 보좌관!"

"네. 후작님."

"계약서를 작성할 생각이니 종이와 펜을 들고 오게."

바슬레인 후작은 반신반의하면서도 한편으로는 내가 패기 넘친다면서 즐거워했다.

"역시 바다를 좋아하는 사람들은 배포가 남다르지. 암, 그렇고말고."

'아직 애들 장난처럼 생각하고 있군.'

후작은 수도에 잘 머물지 않아서 아르망의 규모에 대해 잘 모를 테고, 그의 눈에 나는 데뷔탕트도 안 치른 새파란 애송이기 때문에 진지하게 생각하지 않는 것도 당연했다.

얼마 후 계약서는 공신력이 있는 형태로 착실하게 완성되었다.

"자! 이제 계약서까지 작성했으니 공녀가 말하는 발상의 전환이란 게 뭔지 들어 볼까?"

"간단합니다. 위험…… 즉 리스크를 인수하고 관리하는 겁니다. 지금처럼 균열로 인해 불안감이 증폭되었을 때 가장 많은 계약을 체결할 수 있죠."

내가 그에게 제안하는 건, 해상 보험이었다.

영국의 화재 보험도 런던 대화재 이후에 생겨난 것이다. 원인을 모르며 가진 것을 파괴할 뿐 아니라 목숨까지 위협하는 균열은 보험 사업을 촉발하기 좋은 요인이었다.

사람은 모두 최악의 상황에 대비하고 싶어 하니까.

"근처 영지인 부세즈 백작령에서 균열에서 나온 마물로 인해 해상 사고가 일어나 다수가 사망했다고 들었습니다."

"많이 조사했군. 공녀."

"집안의 가장이 죽으면 남은 가족들은 생활고라는 비참한 상황에 맞닥뜨리게 됩니다. 운이 나쁘면 자식이 노예로 팔려갈 수도 있고요."

"그렇지……."

"그런 최악의 상황에 대비할 수 있도록 선원들에게 매달 소액의 비용을 내게 하는 거죠. 그리고 가입자 중 비극이 닥친 가족에게 거액의 보상금을 몰아주는 겁니다."

"그런 게 왜 내게 돈이 되나?"

바슬레인 후작은 보험에 대해 전혀 감을 못 잡은 듯 어리둥절한 표정이었다. 반면 케브는 진지한 얼굴로 생각에 잠겨 있었다.

"간단한 예를 들어 보죠. 후작님께서는 매해 배가 출항하는 횟수와 해상 사고 횟수 모두 보고를 받으시니 아실 겁니다."

"그렇지."

"연간 사고율이 1퍼센트라고 가정할 경우, 가입자가 백 명이고 인당 연간 내는 비용이 1골드일때 후작님께서 한 명에게 몰아주는 보상금을 100골드 미만으로 책정하시면 보상금을 지급하셔도 이윤을 남길 확률이 높아지는 겁니다."

"……이거, 정말 기가 막히네요!"

옆에 앉아 있던 케브가 흥분을 참지 못하고 불쑥 끼어들면서 감탄했다.

"정말이지, 올해 들어서 오늘처럼 놀란 날이 없습니다. 불안 심리를 황금으로 만들다니, 이거야말로 진정한 발상의 전환이군요!"

케브는 상기된 얼굴로 침이 마르게 나를 칭찬했다.

'좋았어.'

그가 내게 호감을 느꼈다는 것은 고무적인 일이었다.

한편, 이시도르는 블랑샤에서처럼 크게 웃었다.

"하하! 사고가 나지 않는 쪽에 베팅하는 거군요. 카지노를 운영하는 원리랑 비슷한 것 같기도 하고……. 역시 공녀는 천재야. 이거 나도 쓸 수 있겠는걸."

'하여튼 이시도르…… 머리가 비상하단 말이지.'

보험 사업은 통계와 데이터가 중요하다. 항만을 드나드는 선원 명단과 정보를 가지고 있으며, 해상 사고 횟수와 균열의 빈도 등 각종 보고를 받는 영주는 자신이 이득을 보게끔 보험 상품을 설계할 수 있었다.

그 말인즉슨, 해안가 영지를 가진 이시도르 역시 해상 보험으로 돈을 벌 수 있다는 뜻이다.

"……하지만 데보라 공녀. 예상보다 사고가 자주 일어나서 큰 보상금을 여러 번 지급하게 되면 내게 큰 손해가 나는 거 아닌가?"

저 똑똑한 두 사람은 이미 모든 걸 이해한 것 같았고, 바슬레인 후작은 이제야 조금씩 감을 잡아가고 있었다.

"후작님. 설령 총보상금에서 손해가 나더라도 위험을 관리하는 대가로 매달 수천 명의 선원에게서 금화를 받으면 돈의 유동성이 증가하죠. 이곳이 작은 은행이 되는 겁니다."

후작은 그제야 자리에서 벌떡 일어났다.

"그렇군. 은행은 남이 예치한 돈을 불리지! 은행처럼 나도 남의 돈으로 돈놀이를 할 수 있게 되는 거군!"

드디어 돈 냄새를 맡은 바슬레인 후작은 신이 났다. 심지어 내 양손을 잡고 짤짤 위아래로 흔들기까지 했다.

"최근 경기가 위축되어서 금화가 부족했는데 이거 완전 되는 사업이야. 공녀가 복덩이였어!"

"뭐, 너무 방만하게 운영하면 안 되지만요."

이시도르가 후작이 잡은 손을 슬쩍 떼어냈다.

"데보라 공녀. 그 사업 모델, 내게도 팔아요."

"잠깐만! 처조카, 데보라 공녀와 먼저 계약한 건 나일세."

이시도르가 끼어들어서 바람잡이 역할까지 해 주자 몸이 더욱 달았는지 바슬레인 후작의 수염이 파르르 떨렸다.

"고모부님. 어차피 각자의 영지에 드나드는 선원을 대상으로 계약하는 것 아닙니까? 서로의 영역이 겹치지 않으니 상관없죠."

"그러고 보니 이시도르, 자네는 공녀에게 아무런 지분도 안 주고 날로 먹는군!"

뒤늦게 후작은 내게 사업 지분을 너무 많이 건넸다는 것을 깨달은 듯했다.

'무려 30퍼센트지.'

"어차피 데보라 공녀와 저는 동업 관계이고, 보험 사업을 한다면 함께 운영하는 레티시아 상단을 앞세워 할 예정입니다."

'그런 거였어?'

퍼뜩 생각난 아이디어라서 그런 구체적인 것까지 생각할 겨를은 없었다. 이시도르는 내 거니까 공짜로 아이디어를 줘도 상관없기도 하고.

그때였다.

"바슬레인 후작님, 데보라 공녀님. 실례를 무릅쓰고 말씀드립니다. 저도 그 보험 사업에 투자하고 싶습니다."

'드디어 물었군.'

벌겋게 상기된 채 무릎을 꿇으려는 무역상 케브를 보면서 나는 회심의 미소를 지었다.

최근 각지에 위험이 널려 있어 적당한 투자처를 찾지 못하던 사람이 바로 케브다. 그로서는 이 위기 관리 사업이 몹시 구미가 당길 수밖에 없었다.

"케브, 자, 자네까지?"

"제게 투자를 허락하시는 조건으로 바슬레인 영지에서 과잉 생산된 구리를 비싸게 판매할 수 있는 페르딘 내 거래처를 알아보도록 하겠습니다."

"정말인가?"

"네. 페르딘에서는 동전을 주조할 때 구리를 사용합니다. 왕실과 연이 닿아 있으면 충분히 판매할 수 있습니다. 마침 제 아내가 페르딘 귀족 출신이라 왕실 관리들을 많이 알고 있고요."

케브의 말을 듣는 바슬레인 후작의 얼굴에는 더욱 화색이 돌았다.

"처치 곤란이었던 구리 판매까지 이루어지다니. 데보라 공녀가 귀인 중의 귀인이야."

"바슬레인 후작님, 케브 님. 혹시 이렇게 하는 건 어떻습니까?"

나는 둘에게 은밀한 목소리로 운을 뗐다.

"이번엔 또 무슨 말을 할지, 심장이 뛰게 만들고 가슴을 졸이게 하는군."

구리까지 팔아넘기자, 나를 보는 바슬레인 후작의 눈빛은 숫제 천사 보듯 그윽하게 뒤바뀌어 있었다. 뭐든 들어줄 기세인 후작과 마주하며, 나는 그와 나눠 가진 계약서를 집어 들었다.

"이 계약서에 적힌 제 몫, 30퍼센트의 절반을 케브 님에게 양도하겠습니다."

"진심이오, 공녀?!"

바슬레인 후작의 눈이 놀라움으로 커졌다. 구리 무역을 대가로 케브에게 보험 사업의 지분을 주고 나면 남아 있는 후작의 지분이 더 줄어들기 때문에 내 제안이 매력적으로 느껴졌을 것이다.

"후작님과 케브님께서 제 요구 사항을 하나씩만 들어주시면 미련 없이 이 계약서를 수정하겠습니다."

"어서 말하게."

"일단 새로운 계약서부터 준비하겠습니다."

나는 둘을 번갈아 보면서 씩 웃었다.

"오늘 남부에서 가장 얻은 것이 많은 사람이 바로 공녀님일 겁니다."

이시도르가 즐거운 얼굴로 말했다.

"경이 준 정보 덕분이야."

"내 쪽에선 손질이 전혀 안 된 날것만 드렸을 뿐이죠. 맛있는 요리로 탄생시킨 사람은 공녀님이고요."

'늘 칭찬이 후하다니까.'

나, 후작, 케브. 이렇게 셋은 서로 원하는 것을 얻었기에 만찬회는 아주 화기애애하게 끝났다. 그리고 그 후, 나는 이시도르와 해안가를 걸으며 이런저런 대화를 나누고 있었다.

'얻은 게 많은 여행이었어.'

남부에 오길 잘했다는 생각이 다시금 들었다. 시작도 안 된 사업의 지분을 양도하는 대가로 내가 바슬레인 후작에게 받은 건 향후 바슬레인령으로 들어오는 원두에 대한 독점권이었다.

'애초에 이곳에 온 이유도 원두를 안정적으로 공급받고 싶었기 때문이지.'

참고로 바슬레인령에서는 그간 페르딘 공국으로부터 이국적인 향신료와 비단을 들여왔다. 이 희귀한 품목들을 아스테이아 제국 상인들에게 유통하면 큰 이윤을 남길 수 있지만, 페르딘에서도 귀한 품목이라 공급이 적어 부피가 크지 않기 때문에 배의 남은 자리에 원두를 실을 여력은 충분했다.

바슬레인 후작으로서는 없던 물건에 대한 중간 수수료를 받을 수 있으므로 나쁘지 않은 제안이었다.

여기까지만으로도 내 처음 목표를 이룬 셈이지만 더 큰 수확은 따로 있었다. 페르딘 공국 내에 수많은 연줄을 가진 무역상 부부와 거래를 트게 된 것이다!

케브 덕분에 페르딘에서 가장 질 좋은 원두를 생산하는 농장과 거래를 할 수 있게 되었을 뿐 아니라, 커피 전문가까지 섭외할 수 있게 되었다.

'드디어 찾았어.'

바리스타!

"케브 님. 혹시 페르딘에 커피 전문가가 있습니까?"

나는 혹시나 하는 기대를 품고 물었다.

"아내가 말하길, 귀족을 모시는 시녀 중에 원두를 잘 우려내는 이들이 제법 있다고 합니다."

그리고 대박을 건졌다.

원두의 원산지이고, 오래전부터 커피를 마셔온 페르딘 공국에는 원두를 다루는 데에 조예가 깊은 사람들이 많이 있었다.

"공녀님. 제국에 머물고 싶어 하는 커피 전문가를 찾아보도록 하겠습니다. 페르딘 공국에서는 제국을 동경하는 이들이 제법 있어서 아마 금방 찾을 수 있을 겁니다."

나는 커피 전문가에게서 커피를 맛있게 만드는 노하우를 사서 아르망의 직원들에게 가르칠 생각이었다.

'시도하면 어떻게든 되긴 되는구나.'

내가 이시도르에게 장담하면서 허풍을 떨었던 프랜차이즈 사업에 점점 더 가깝게 다가가자 신기한 기분이 들었다. 사실 마스터라는 승차감 좋은 리무진 버스 기사가 있어서 가능한 일이긴 했다.

"왜 그렇게 봐요? 뽀뽀하고 싶어지게."

그는 내 눈가에 가볍게 입술을 대고 떨어져 나갔다.

"곧 집에 돌아가야 해서 아쉬워."

나는 발끝으로 모래를 톡톡 두드렸다.

"여기보다 비스콘티 영지 성에 있는 앞바다가 훨씬 크고 멋있어요."

그가 어린애처럼 제 성을 자랑하는 모습에 나는 피식 웃었다.

"방학이 되면 비스콘티 영지로 초대해 줘."

꼰대…… 아니, 보수적인 시모어 공작이 허락해 줄지 의문인데, 사업차 바슬레인으로 가는 거라고 사기를 치면 되지 않을까…….

'왠지 자꾸 바슬레인성을 이용하는 느낌이 드는 건 착각일 거야.'

"……싶은데."

"뭐?"

"아니에요. 춥지 않아요?"

"조금 추워."

그가 내 숄을 여며 주자마자 나는 그의 따뜻한 품에 파고들었다.

"점점 더 예쁘고 귀여워서 큰일이네."

이시도르는 한숨을 내뱉듯이 말하며 나를 끌어안았다. 나는 그를 마주 안은 채 한동안 시간을 보냈다.

큰 규모의 정찬이 있었던 다음 날임에도, 바슬레인 후작은 데보라 공녀를 위해 파티를 준비하라고 명했다.

'곱씹을수록 기가 막힌단 말이지.'

어제 공녀와 했던 거래가 만족스러웠던 탓이다. 게다가 케브 블랑칸은 후작이 그동안 여러 번 성에 초대해서 공을 들이던 무역상이었다.

'하지만 아무리 찍어도 안 넘어왔었지.'

소극적인 태도로 관망하던 케브가 이토록 의욕을 보일 줄이야. 케브는 구리를 처분할 거래처를 물어 오겠다고 장담했을 뿐 아니라, 바슬레인성에 계속 머물면서 후작의 보험 사업을 돕기로 했다.

"데보라 공녀가 넝쿨째 굴러들어 온 호박이군. 샤프롱이 되어 공녀를 성으로 초대한 당신은 행운의 여신이고."

애처가인 후작은 껄껄 웃으면서 아내의 손등에 여러 번 입을 맞췄다.

"내가 추진한 일이 아니에요. 성으로 초대해 달라고 데보라 공녀가 적극적으로 부탁했어요."

후작 부인은 남편의 옷매무새를 정리하며 말을 이었다.

"난 소문이 안 좋은 데보라 공녀가 탐탁지 않았어요. 아니 땐 굴뚝에 연기 나지 않는다고 생각했거든요. 하지만 이제는 대모가 되고 싶을 정도로 탐이 나네요."

공녀가 여유로운 태도로 남편과 흥정하는 모습은 후작 부인의 뇌리에 강렬하게 남았다. 상황을 본인에게 유리하게 만들어 나가면서도, 적당히 선을 지키고 모두가 만족할 만한 결과를 끌어낸 것도 인상적이었다.

'내가 한 수 배웠어.'

제 남편은 전형적인 외골수 무인이라 설득하기 쉽지 않은데 그런 그를 껌뻑 죽게 만들고, 선입견을 품고 있던 자신의 마음마저 녹이다니. 여러모로 대단한 영애였다. 차가운 인상과 말투, 출처가 불분명한 소문 때문에 사교계에서 저평가되는 게 아쉬울 뿐이었다.

'이걸 다른 귀부인들에게 어떻게 설명해야 할까.'

내가 천재적인 영애의 샤프롱이라고 동네방네 자랑하고 싶은데 말이지.

"그나저나, 온 지 얼마나 됐다고 돌아갈 날이 벌써 내일 아침이라니. 시간 참 빠르군."

후작이 아쉽다는 듯 말했다.

"그러게요."

"오늘은 아끼던 오크통을 열어야겠어."

바슬레인 후작은 귀한 술을 들고 만면에 미소를 띤 채 파티가 열리는 홀로 내려갔다. 후작 부인은 테라스 쪽에 서 있는 이시도르에게 샴페인을 건네며 슬쩍 말했다.

"조카님, 진국이니까 꼭 잡으렴. 내가 무슨 말 하는지 알지?"

"이미 잡혀 있어요. 옴짝달싹 못 하고 있고요."

왠지 절절하게 들리는 조카의 중얼거림에 후작 부인은 기함했다.

과거부터 이시도르의 주변엔 사람이 끊이질 않았고, 관계에서 언제나 우위에 있던 그는 한 번도 아쉬울 게 없는 처지였다.

'꽃도 아닌데 벌과 나비가 어찌나 꼬이던지.'

지금이야 잘 숨기지만, 어릴 적 이시도르는 주변 사람들을 마치 날벌레를 보는 듯한 표정으로 바라보곤 했다. 전전대 공작인 아버지는 무심하고 냉정한 이시도르를 보며 가장 비스콘티답다고 습관적으로 말했었고.

타인과 필요에 의해서는 교류해도, 감정적인 교감엔 딱히 관심이 없어 보였던 조카가 영애 한 명 때문에 속을 까맣게 태우는 날이 올 줄이야.

후작 부인은 왠지 그런 변화가 달갑게 느껴졌다.

"그렇게 좋으면 꽉 잡아 달라고 해 보렴. 객관적으로 넌 정말 잘생겼거든."

고모의 장난스러운 조언에 이시도르는 옅게 웃으면서 샴페인을 마저 입에 털어 넣었다.

얼마 후, 파티의 주인공인 공녀가 연회장에 등장하자 이시도르는 늘 그래왔듯 공녀를 집요하게 눈에 담았다. 한시도 눈을 떼지 못하는 모습에 후작 부인은 혀를 내둘렀다.

"공녀가 아름답긴 하다만, 너도 이제 공작인데 체통을 지키지 그러니. 우리 비스콘티 핏줄은 대대로 콧대 높고 도도하기로 유명……."

"……고모님 말씀대로 오늘따라 더 아름답네요."

본인 듣기 좋은 것만 쏙 골라 들은 이시도르가 차가운 분위기를 두른 공녀에게 곧장 다가갔다. 무뚝뚝하게 서 있던 공녀는 이시도르와 눈이 마주치자마자 눈매를 휘면서 입꼬리를 살짝 말아 올렸다.

'어떻게 매번 이렇게 갈증이 나는 걸까.'

순간, 이시도르는 옅은 미소를 머금은 공녀의 붉은 입술을 깨물고 싶다고 생각했다. 동시에 그녀의 입술이 자신의 몸에 닿았을 때 느꼈던 아찔한 감각이 떠올랐다. 부드러운 살결과 체온이 빈틈없이 맞물렸을 때 올라왔던, 숨이 막힐 만큼 벅차오르던 감정 역시.

"왜 그렇게 봐?"

"전보다 더 좋아질 수도 있다는 게 신기해서요."

"……경은 가끔 과할 정도로 솔직해."

"이 정도면 많이 참은 거예요."

"대체 뭘 참았다는 거야?"

어제 이시도르는 아무런 준비도 안 됐는데 순간적으로 공녀에게 같이 살자고 할 뻔했다. 공녀가 비스콘티성으로 초대해 달라고 말했을 때, 무심코 바다 풍경이 보이는 성의 망루 위에 그녀와 함께 서 있는 모습을 떠올렸기 때문이다.

공녀가 못 들어서 다행이었다. 그런 식으로 가볍게 지나가듯 말하고 싶지는 않았다.

"여하튼, 많이 참았어요."

"그날 많이 참은 건 알지만, 적어도 하고 싶은 말은 참은 적이 없는 것 같은데."

"방금도 입술 깨물고 싶었는데 말 안 했잖아요."

"아, 진짜!"

한편, 둘이 노닥거리는 모습을 보면서 후작 부인은 눈가를 가늘게 좁혔다.

'꼴사나워서 편을 들어 주려야 들어 줄 수가 없네.'

비밀스럽고 신비로운 게 바로 비스콘티 가문 사람들의 매력인데, 강아지처럼 꼬리를 살랑거리는 조카를 보니 속이 타들어 갔다.

'너무 속 보이잖아. 어휴. 답답해.'

아니지. 연애 경험이 없는 녀석이니 어설프게 튕기다가 밑천을 보이는 것보다 차라리 솔직한 게 나을 수도 있다.

후작 부인은 애써 그리 생각하면서 한숨을 삼켰다.

바슬레인 후작이 연 파티는 밤늦게까지 진행되었고, 나는 무역상인 케브 부부와 가까워졌다. 신중한 타입이었던 케브는 술이 들어가자 말이 빨라지고 많아졌다.

"데보라 공녀님 덕분에 좋은 사업에 투자할 수 있게 되었습니다! 시국이 이런 데다, 영주님께서 직접 추진하시니 땅 짚고 헤엄치기나 다름없어요. 저 촉이 좋습니다. 이거 많이 벌 수 있습니다."

"이윤도 중요하지만 사고가 났을 때 돈을 잘 지급하는 모습을 보이는 게 가장 중요합니다. 보험에 대한 사람들의 인식이 좋아지면 보험 내용을 바꿔서 또다시 판매할 수도 있거든요."

내 말에 케브는 여러 번 감탄했다.

"공녀님은 정말 멋진 사업가시군요. 저도 공녀님께 도움이 되도록 물심양면으로 노력하겠습니다. 앞으로도 좋은 관계를 이어가고 싶습니다."

"물론입니다."

"공녀님께서 요청하신 대로, 제국에서 머물고 싶어 하는 페르딘의 커피 전문가를 찾으면 곧바로 시모어로 연통을 보내겠습니다."

"손님 맞을 준비를 하고 기다리겠습니다."

나는 그와 잘해 보자는 의미로 손에 든 잔을 한 번 부딪쳤다.

"그나저나 공녀님은 정말 술이 강하시군요. 후작님께서 오늘 꺼낸

저 고낙, 도수가 보통이 아닌데 말입니다."

'어쩐지 얼마 안 마셨는데 아까부터 알딸딸하더라.'

취기가 올라오고 있었지만, 겉으로 보기엔 티가 안 나는 것 같아서 나는 괜히 센 척하며 술을 반이나 털어 넣었다.

'시모어 공녀 체면이 있지.'

"흠. 이 정도쯤이야 별거 아니죠."

"정말 사업가 체질이십니다."

한 잔 정도 더 마시는 건 괜찮겠지 싶었는데 주량 초과였던 모양이다. 슬슬 대화에 집중이 잘 안 되던 차에, 마침 바슬레인 후작과 대화하던 이시도르가 내게 다가와서 손에 있던 술잔을 가져갔다.

"우리는 바람 쐬러 갈게요."

가까스로 의연한 척에 성공한 나는 그의 팔을 쥐고 테라스 쪽으로 걸어갔다.

'그 술, 진짜 장난 아니네.'

술기운은 차가운 바닷바람을 맞아도 진정되긴커녕 더 심하게 올라왔다. 속이 울렁이고 머리가 돌처럼 무거워져서 너른 어깨에 머리를 얹자 이시도르가 조금 웃었다.

"졸린 것 같은데 숙소까지 데려다줄게요."

갑자기 몸이 허공으로 떠올라서 나는 팔을 살짝 허우적거렸다.

"나 이제 날아다니는 능력도 생겼나?"

"곧 침대로 이동하는 능력도 생길 거예요."

그의 말대로 내 몸은 푹신한 침대 위로 늘어졌다.

"잘 자요."

따뜻한 체온이 떨어져 나갔고, 나는 그게 아쉬워서 팔을 뻗어 이시도르의 허리를 끌어안았다. 짧게 한숨을 내쉰 그가 내 머리칼을 조심스레 쓰다듬었다. 어깨를 다독여 주니 조금은 속이 진정되는 것 같기도 했다.

"가지 말고 안아 줘."

"네. 잘 때까지 계속 있을게요."

"경은 내 거야."

"알죠. 다 가져요."

"고마워. 이시도르. 근데 자꾸 빙빙 돌지 마."

"미안. 가만히 있을게요."

두서없이 입에서 툭툭 나오는 말도 이시도르는 다정하게 응수해 주었다. 어지럽다고 끙끙거리던 나는 어느 순간 그의 품속에서 스르륵 잠이 들었다.

'비싸고 귀한 술이라서 그런가?'

숙취도 별로 없고 필름도 안 끊겼다. 그래서 창피함은 두 배였다.

'벌써 술 때문에 이시도르 앞에서 두 번이나 삽질했어.'

나는 학습 능력이란 게 없나 봐.

한창 자학하던 때, 이시도르가 날 깨우기 위해 직접 아침 식사를 가져왔다. 이동 게이트가 이른 오전에 예약이 되어 있었기 때문이다.

"속이 부대낄 것 같아서 과일 주스로 가져왔어요. 그리고…… 역시 술은 내 앞에서만 마시는 게 좋겠어요."

"내가 너무 진상을 부렸지?"

"그게 아니라 너무 귀엽거든요. 내 심장에 해로울 정도로요."

"……."

할 말이 없게 만드는 이시도르와 함께 가벼운 아침을 먹은 뒤, 바슬레인성을 떠날 채비를 했다.

후작 부부와 아라벨은 나를 배웅하기 위해 이른 아침부터 몸소 성 앞까지 나왔다.

"공녀에게 바슬레인성은 늘 열려 있네. 날 삼촌이라고 편히 생각하고 언제든지 놀러 오라고."

"멀리서도 무운을 빌겠습니다. 후작님."

"허허. 그래. 조심해서 들어가게."

후작과 대화를 마쳤을 때 아라벨이 수줍게 무언가를 내밀었다. 조개 모양의 장식을 엮어 만든 팔찌였다. 마침 나도 팔찌를 하고 있어서 아라벨과 선물을 교환했다.

"또 오세요."

"너도 시모어로 놀러 와. 맛있는 디저트를 대접할게."

"네! 공녀님."

그녀는 수줍은 얼굴로 내가 준 백금 팔찌를 한참 만지작거렸다.

나는 새롭게 생긴 소중한 인연을 뒤로한 채 마차에 몸을 실었다. 점차 멀어지는 바다를 바라보니 아쉬움이 짙어졌다.

그렇게 내 짧은 여행은 끝이 났고 다시 수도에서의 바쁜 일정이 시작되었다.

데뷔탕트는 성인이 된 귀족 영애들의 공식적인 첫 사교계 데뷔 무대이며, 추수 감사절의 포문을 여는 행사이기도 했다.

추수 감사절 시기가 되면 황실에서 큰 규모의 무도회와 사냥 대회가 열렸으며, 지방 영주부터 시작해 각계각층의 인사들이 참석했다. 데뷔탕트의 주인공들은 그들을 일일이 소개받았고, 그때 쌓은 인맥은 훗날에도 계속 위력을 발휘했다.

귀족 사회에 성공적으로 녹아들고 싶은 영애들에겐 이보다 좋은 무대가 없었지만, 나 같은 경우엔 외울 가문의 이름이 너무 많아서 머리가 터질 지경이었다.

"으으……."

그뿐이 아니다. 무슨 놈의 허례허식이 이리 많은지. 몸을 숙이는 각도와 치마를 들어 올리는 동작까지 세세하게 적혀 있는 예법서를 보며 나는 치를 떨었다.

'귀족도 마냥 좋은 건 아니야.'

나는 머리를 싸맨 채 복잡한 황실 가계도를 외우다가 춤 교사가 왔다는 말에 자리에서 벌떡 일어났다.

아버지는 데뷔탕트를 앞둔 나를 위해 사교계 예법에 통달했다는 귀부인과 사교댄스로 유명한 교사를 초빙했다. 보통 귀족 영애들은 춤을 추는 법을 이미 배워서 알고 있긴 하지만, 데뷔탕트 때는 보는 눈이 많다는 게 문제였다.

'자녀의 배우자감을 물색하는 귀족들도 많고.'

데뷔탕트 전, 영애들은 혹여 움직임에 나쁜 습관이 없는지 점검하면서 춤 실력을 속성으로 갈고닦았다.

'그래도 춤은 복잡한 귀족 가계도 외우는 거에 비하면 재밌으니까.'

몸 쓰는 데에 기막힌 재능이 있는 나는 복사기처럼 교사의 움직임을 똑같이 흉내 냈다.

"정말 완벽한 스텝입니다, 공녀님."

댄스 교사가 입에 발린 칭찬을 내뱉으면서 손바닥이 마르고 닳도록 손뼉을 쳤다.

"제가 그간 가르친 분 중에 단연 으뜸…… 으헉!"

한창 별관 연습실에서 춤을 배우고 있을 때 시모어 공작이 불쑥 등장했다.

"난 신경 쓰지 말고 수업 진행하게."

그는 여봐란듯이 벽 한쪽에 서서 팔짱을 꼈다. 어지간히도 부담스러웠는지 교사는 땀을 비 오듯 흘리면서 수업을 이어서 진행했다.

"내 딸이라서 하는 말이 아니라, 정말 잘 추는군."

"공녀님께서는 마치 백조처럼 고고하고 아름다운 춤을 추십니다. 실전을 대비하는 연습까지 하신다면 단언컨대 무도회장에서 가장 주목을 받으실 겁니다."

"실전 연습?"

"사교댄스다 보니 함께 연습해 줄 파트너가 있어야 실력 향상에 도움이 됩니다."

"지금도 충분히 잘 추는 걸, 뭘 또 연습해?"

"무, 물론입니다. 공작님."

"……이것 참, 내가 춤을 다시 배울 수도 없고."

뭐라 작게 중얼거리면서 못마땅한 얼굴로 서 있던 공작은 교습이 끝나자마자 내게 다가왔다.

"바람도 쐴 겸 산책이나 하자꾸나."

"네."

나는 그와 나란히 별채 밖 정원으로 나왔다.

"데보라, 바슬레인 후작령에서는 네가 원하는 것을 얻었느냐?"

"네, 아버지."

"바슬레인 후작 부인은 네 샤프롱에 부족함이 없는 인품이 뛰어난 귀부인이지. 그리고…… 비스콘티 공작과는 사촌 관계이기도 하더구나."

"그, 그렇죠."

"하필 성에 초대받은 시점이 겹치다니. 거참……."

찔리는 것이 많았지만 나는 애써 태연하게 말했다.

"바슬레인 영주가 출항을 앞둔 시점이라 저와 이시도르 경 말고도 성에 손님이 많았습니다."

"그렇구나."

"그나저나 날이 추워서 꽃이 거의 다 졌네요."

나는 황급히 화제를 돌렸다.

"시간이 시위를 떠난 화살처럼 빠르구나. 네가 벌써 데뷔탕트를 앞두다니. 혹시 필요한 게 있으면 언제든 말하거라."

"네."

이렇게 화기애애한 분위기로 대화가 무사히 마무리되었다고 생각했는데…….

그날 저녁, 난데없이 이시도르가 타운 하우스로 소환되어서 나는 마시고 있던 주스를 뿜을 수밖에 없었다.

시모어 공작은 스산한 표정으로 최상급 마력석이 박힌 뱀 모양의 백금색 스탬프를 느릿느릿 닦았다.

"그간 강녕하셨습니까."

이시도르가 부드럽게 웃으면서 인사했다. 저 나이대 영식들은 대부분 제 앞에서 기가 죽어 꼬리를 마는데 역시 보통이 아닌 놈이었다.

"거기 앉게."

기선 제압에 실패한 시모어 공작은 한 번 헛기침한 뒤, 사용인에게 차를 내오라고 명했다. 맞은편에 앉은 이시도르는 가방에서 서류를 하나 꺼냈다.

"미야 비노슈를 조사한 자료입니다."

그는 오늘 이 자료를 전달하기 위해 시모어 타운 하우스를 찾았다.

'겸사겸사 예쁜 공녀님 얼굴도 보고.'

이시도르의 속이 훤히 보여서 시모어 공작은 눈을 가늘게 좁혔다.

'이 자식아. 난 연애 안 해 본 줄 아냐?'

"수고했네. 자료는 내 딸에게 잘 전해 주지. 바쁠 텐데 잠깐 들러 줘서 고맙네, 공작."

심술을 부렸는데도 이시도르는 상냥한 얼굴로 미소 지었다.

"차가 향이 좋네요. 송구하게도 매번 대접만 받아서 늦은 밤에 요기하기 좋은 과자를 가져왔습니다."

야근은 가주의 숙명이기에 순간 둘 사이에 묘한 공감대가 형성되었다. 시모어 공작은 싹싹하게 구는 이시도르를 가만히 바라보다가, 미야에 대한 서류를 꺼내 훑어보았다.

"흠. 몰락한 가문의 영애라. 자기 앞가림하기도 힘들 텐데 백성들을 상대로 봉사라니. 박애 정신이 투철하군."

행보가 특이하긴 하지만, 데보라의 성력을 제 것이라 사칭하지 않았다면 수상하게 여길 만한 구석이 없는 영애였다. 시모어 공작이 얇은 입술을 슬쩍 비틀었다.

"……후견인은 프랑소아 후작이군."

프랑소아가는 원로원 소속으로 역사는 짧지만 돈이 제법 많은 가문이었다.

"미야 비노슈도 공녀님처럼 올해 데뷔탕트를 앞두고 있는데, 들리는 소식에 의하면 프랑소아 후작이 개인 교사까지 초빙해 적극적으로 그녀를 지원해 주고 있다고 합니다."

이시도르는 차를 내려놓고 천천히 말을 이었다.

"헌신적으로 봉사하는 영애를 후원한다는 그럴싸한 명분을 가지고 있긴 하지만, 제가 아는 프랑소아 후작은 순수한 선의로 움직이는 인물과는 거리가 멉니다. 평민들의 민심을 챙기는 사람은 더더욱 아니고요."

게다가 신전에서 미야를 띄워 주기 시작한 건 향화 의식 이후이고, 프랑소아 후작이 그녀를 후원한 건 그 전부터다. 프랑소아 후작이 미야 비노슈를 지원함으로써 얻을 수 있는 것이 명확하게 보이지 않아서, 생각할수록 고개를 갸우뚱하게 되는 구석이 있었다.

이시도르는 이미 프랑소아 후작 쪽에 새로운 정보원을 붙여 두었다.

"조사를 더 진행해 보겠습니다."

"그래. 근데, 자네……."

시모어 공작이 순간 뱀처럼 눈을 번뜩여서 이시도르는 흠칫했다.

"……네?"

"몇 클래스인가? 나에게만 살짝 말해 보게."

그러고 보니 시모어 공작이 전에 없던 따뜻한 시선을 보내고 있었다. 이시도르는 진작 마법사라고 밝힐 걸 하고 후회했다.

"사실…… 저도 잘 모릅니다."

"모른다니?"

"마나 서클과 오러가 나선처럼 이어져 있어서 일반적인 기준으로 클래스를 측정하기가 힘든 상태입니다."

"마검사라서 독특한 체질을 가지고 있나 보군. 몇 클래스 마법까지 할 수 있는지 테스트해 봤나?"

"오래 연구했던 공간 마법 분야는 7클래스 수준의 마법을 사용하는 게 가능합니다. 하지만 다른 계열의 최상위 클래스 마법을 익히려면 일반 마법사들보다 긴 숙련 기간이 필요합니다. 제 체질에 맞는 방법으로 진을 전부 수정해야 하거든요."

"공간 마법은 까다롭기로 유명한데, 그걸 개량했다는 뜻인가?"

"네."

이시도르는 어린 시절부터 황금을 무한정 쌓아 둘 수 있는 자신만의 공간을 가지고 싶었다. 그러다 가장 먼저 익히게 된 게 공간 마법과 이동 마법이었다.

이시도르를 보는 시모어 공작의 눈에 이채가 돌았다.

"아, 그러고 보니 시간이 늦었군. 저녁 식사나 하고 가게."

"네. 장인…… 흠, 시모어 공작님."

프랑소아 후작은 후작성으로 들어오는 짐마차에 몰래 숨어 있다가 야심한 시각에 귀신처럼 나타난 알베르를 보고 내심 기겁했다.

"갑자기 무슨 일이십니까?"

"꼬리를 밟힌 것 같다."

“꼬리를 밟혀요?”

“제물로 쓰려 했던 여아들이 모두 제자리로 돌아갔다. 신성력이 있는 아기를 수소문하고 다니던 라비만 감쪽같이 증발해 버렸지.”

예상치 못한 사태에 프랑소아 후작은 조용히 분개하며 물었다.

“누가 그런 짓을 했단 말입니까?”

“누구 짓인지 알아보기 위해 들쑤시면 괜히 일이 커질 수 있어. 흑마법사 한 명이 벌인 개인적인 일탈로 남겨 둬야 해.”

“어쨌든 라비는 마신께 영혼을 바친 충성스러운 심복이니, 배후를 불지는 않았을 겁니다.”

“제길! 라비는 영리한 수족 중 하나였단 말이다. 미야는 성혈을 펑펑 써 대는데 이런 식으로 제물을 대 주는 사람들이 줄어들면 곤란해.”

“당분간 미야에게 봉사는 그만두라 했습니다. 지금은 귀족 사회의 예법과 에티켓을 배우고 있고요.”

“어때?”

“잘 따라오고 있습니다. 데보라 공녀가 자극제가 된 모양이더군요. 올해의 꽃을 놓친 것을 만회하려면 그만큼 노력해야죠.”

“마신께서 계시한 성녀에 대한 소식은 없나?”

“그분께서는 향화 때 힘을 너무 많이 사용하셔서 당분간 마신의 계시를 받기 힘들 겁니다.”

“후우.”

알베르가 근심에 찬 얼굴로 숨을 길게 내쉬었다.

“일단 알베르 님께서는 그분께서 명하신 대로, 황태자를 깎아내리는 소문과 여론을 만드는 데에 더 힘써 주십시오.”

“알았네.”

최근 황태자가 외부에서 구호 활동을 벌이던 중, 건물 외벽을 까맣게 뒤덮는 규모의 독거미 떼가 출몰했고 이 때문에 여럿이 죽었다는 소식이 들려왔다.

향화 의식에서 불미스러운 사고가 있었는데 이런 일이 연이어 터지자 시모어의 사용인들마저 황태자에게 액운이 낀 것 아니냐고 쑥덕거렸다.

"독거미 떼라고……?"

나는 마거릿으로부터 그 이야기를 들으면서 문득 이틀 전에 꿨던 꿈을 떠올렸다.

"이 물도 먹을 수 없겠네요."

"왜지? 벌레를 대충 건어내고 마시면 되잖아."

"저 벌레. 마물일 수도 있어요."

꿈속의 나일라는 벌레가 떠다니는 지저분한 우물을 내려다보며 우울해했다. 간신히 사막을 건너서 마을에 도착했는데, 마물 사체일지도 모르는 벌레에 의해 물이 오염되어 있었기 때문이다.

나일라는 여기저기 떠돌며 봉사를 다녀서 마물을 많이 봐 왔고 그들의 생태에 대해 잘 알고 있었다. 척박한 마계에서 생존하는 마물은 독을 품고 있는 종들이 대부분이었는데, 육안으로는 이곳의 해충과 구분이 안 가는 개체들도 있었다.

하지만 이곳에선 최상위 포식자인 종이 마계에서는 피라미드 밑바닥에 있었고, 살아남기 위해 개미처럼 군집 생활을 하는데다 독성도 강해서 같은 벌레처럼 보여도 훨씬 위협적이었다.

'설마 그곳에 나타난 독거미가 마물은 아니겠지?'

하지만 그 근처에서 균열이 생겼다는 이야기는 못 들었는데.

나는 복잡한 기분으로 턱을 문질렀다. 이 와중에 여아 납치 사건을 주도했던 흑마법사는 혀를 깨물고 자결해 버렸다. 그자는 여자 아기들을 왜 납치했는지, 누가 이 일을 지시했는지 끝끝내 함구했다고 한다.

'흐음.'

신경 쓰이는 정보들이 퍼즐 조각처럼 한두 개씩 모이긴 하는데, 정작 무슨 그림인지 명확히 알 수 없어서 답답했다.

'미궁 속에 빠진 느낌이야.'

나는 손에 쥔 조각들을 머릿속에서 이리저리 돌려보면서, 마거릿과 함께 아카데미 방향으로 걸어갔다. 추수 감사절이라는 대목을 앞두고 아카데미는 어수선했다. 황실에서 열리는 무도회와 각종 행사 때문에 대학 축제를 앞둔 것처럼 다들 들떠 있었다.

분위기는 하루가 다르게 뜨겁게 달아올랐다. 춤 연습을 하고, 예법 교사에게 사교계 예절에 대해 배우는 사이에 시간은 빠르게 흘러갔고, 데뷔탕트 행사는 어느새 성큼 코앞으로 다가와 있었다.

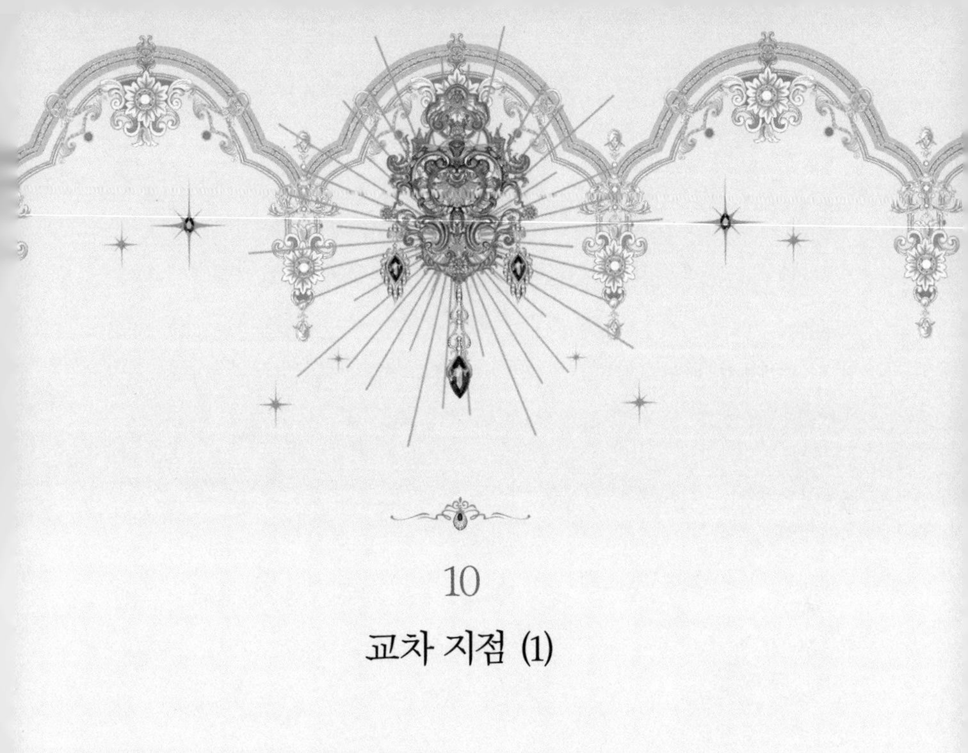

10

교차 지점 (1)

샤프롱이 누구냐부터 시작해 누가 어떤 의상실에서 값비싼 옷을 여러 벌 맞췄더라는 이야기까지. 데뷔탕트와 관련한 각종 잡다한 소식들은 쉼 없이 사람들의 입을 타고 퍼져 나갔다.

"미야 비노슈라는 영애의 이름이 요즘 귀에 가장 많이 들어오더군요."

미야 비노슈의 샤프롱이 개국공신 가문의 공작 부인이라는 사실은 최근 사교계에서 가장 큰 이슈였다. 이름난 가문 출신 영애 샤프롱만 섰던 콧대 높은 오르고 공작 부인이 듣도 보도 못한 가문 영애의 샤프롱이 된 적은 처음이기 때문이다.

"언뜻 오르고 공작 부인의 선택이 파격적으로 보이겠지만, 사실 상당히 계산적인 행보예요."

바슬레인 후작 부인이 우아하게 찻잔을 들어 올리며 말을 이었다. 그녀는 사교계에서 벌어지는 사건들과 그에 얽힌 사람들의 속내에 대해 내게 솔직 담백하게 이야기해 주었다.

"오르고 공작 부인 입장에서는 미야 비노슈 영애가 가지고 있는 평민들의 지지를 함께 누릴 수 있고 이미지를 쇄신할 기회니 나쁘지 않은 선택이죠."

"그렇군요."

"더불어 성녀의 후견인처럼 특별하게 보이고 싶은 의도도 있을 거예요."

신전에서는 추기경이 나서서 미야 비노슈를 성녀의 현신이니 뭐니 하며 한껏 추켜세워 주고 있었다. 그리고 이 흐름에 오르고 공작 부인까지 숟가락을 얹으면서, 사교계에서는 미야 미노슈가 올해 데뷔탕트에서 가장 주목받는 영애가 될지도 모른다고 추측하고 있었다.

"악동의 샤프롱인 나와 성녀의 샤프롱인 오르고 공작 부인은 서로 대척점에 있는 셈이네요."

바슬레인 후작 부인은 장난스럽게 웃으며 말했다. 물론 여기서 악동은 바로 나였다.

"공녀가 부채로 사람을 그렇게 찰지게 잘 때린다면서요?"

며칠 전, 일반 귀족들이 벌인 파티에 난입한 나는 마르코 남작을 부채로 후드려 패서 소소하게 악명을 휘날렸다.

'가발이 벗겨질 정도의 풀파워로 귀싸대기를 날렸지.'

내가 그놈을 이유 없이 건드린 건 아니다. 마르코 남작 부인은 내 데뷔탕트 예법 교사로, 누구보다 성실하고 책임감 있는 사람이었다.

'마르코 남작 그 양아치 놈은 비 오는 날에 먼지 날 정도로 맞아도 싼 놈이고.'

마르코 남작은 시녀와 바람이 난 것도 모자라 임신한 남작 부인을 계단에서 밀기까지 했다. 다리를 절뚝거리면서도 내 예법 수업을 하기 위해 나타난 마르코 남작 부인을 보니 머릿속에서 뭐 하나가 뚝 끊어지는 느낌이었다.

"그런 놈, 가만히 내버려 둘 건가?"

"남편이 파티에서 즐겁게 하하호호 하는 꼴을 보기 싫어요. 망신을 당했으면 좋겠어요."

나는 기꺼이 파티장에서 남작을 망신 주었다.

'그간 너무 얌전하게 지냈는데, 간만에 악녀다운 행보였지.'

성녀를 찾고 있는 흑마법사놈들과 그 배후는 부채로 사람을 패는 내 전생이 나일라일 것이라고는 절대 상상하지 못할 것이다.

물론, 고작 남작 정도의 작위를 가진 상대가 아무리 이를 악물고 발버둥을 쳐 봐야 공녀인 내게는 아무런 타격을 줄 수 없어서 내키는 대로 막 나간 것이기도 했다.

'무엇보다 남작 놈 하는 짓이 너무 열 받아.'

내 예법 교사는 허례허식보다 정신 건강이 중요하다는 걸 깨달았다면서 현재 이혼을 준비하고 있었다. 데뷔탕트 준비 기간 동안 있었던 사건을 잠시 떠올린 나는 후작 부인을 마주하며 입을 열었다.

"……손이 미끄러졌습니다. 마르코 남작의 얼굴에 개기름이 너무 많이 끼어 있어서요."

"호호. 공녀의 행동을 꾸짖는 게 아니에요. 데보라 공녀처럼 개성 있고 특별한 영애의 샤프롱을 하는 게 나로서는 훨씬 더 기쁘고 자랑스러운 일이에요."

귀족 레이디답지 않은 행동이었다고 조금은 꾸중을 들을 줄 알았는데 의외였다. 후작 부인은 웃음기 어린 얼굴로 부채를 만지작거렸다.

"이번 데뷔탕트는 악동과 천사의 대결이 되겠군요."

그녀는 선명한 대립 구도가 만들어진 이 상황이 몹시 재미있는 모양이었다.

"악동……. 악마가 아니라서 그나마 다행이네요. 사실 저는 마음에 들어요, 그 별명."

나는 히죽 마주 웃었다.

"공녀는 소문과 같다가도, 조금만 자세히 들여다보면 참 다르단 말이지……."

"반전이 있으면 재밌잖아요."

"말도 잘하고."

그녀는 내 말발이 이시도르 못지 않다며 혀를 내둘렀다.

'내가 이시도르를 닮아가는 건 사실이야.'

좋아하면 서로 닮는다는 말도 있으니까.

피식, 미소 지은 후작 부인은 설탕을 한 스푼 더 넣고 차를 느릿하게 휘저었다.

"아, 아라벨이 공녀가 또 언제 오느냐고 묻더군요. 눈이 오는 바다는 굉장히 운치가 있으니까 방학이 되면 성으로 놀러 와요."

"네, 부인."

나는 그녀와 오후 시간 내내 여러 분야를 망라한 대화를 나누다가 타운 하우스로 돌아왔다.

"공녀님."

외투를 벗은 뒤 찬 바람에 헝클어진 머리를 정리하는데 사용인이 내게 다가왔다.

"공작님께서 긴히 할 말이 있다고 찾으십니다."

"갑자기 무슨 일이시지?"

"이유는 설명하지 않으시고, 공녀님께서 도착하시면 바로 집무실로 오라고 말씀하셨습니다."

의아한 기분으로 집무실에 들어간 나는 뜻밖의 인물과 마주했다.

오릭스 미르케인.

내가 마상전 때 날치기 노예 계약으로 데리고 온 무명 기사. 그는 이제 쌍두사 인장이 새겨진 은장을 달고 군복을 입은 채 날 기다리고 있었다.

"인사드리겠습니다, 위대하신 시모어의 공녀님. 금일 정식으로 기사 작위를 받게 된 오릭스 미르케인입니다."

옆에 있던 시모어 공작이 씩 웃으며 덧붙였다.

"이 기사가 너에 대한 충성심이 정말 대단하더구나."

시모어에 데려온 뒤 기사단에 방치해 놓고 특별히 해 준 것도 없는데, 충성으로 가득한 눈빛을 받으니 괜히 머쓱했다.

"이자의 충심이 갸륵하고, 단기간에 소드 엑스퍼트가 될 정도로 기량이 뛰어나기 때문에 네 소유 기사단의 단장으로 임명할 생각이다."

음? 방금 내가 뭘 잘못 들었나?

"제 개인 기사단을 새로 만들어 주신단 말씀인가요?"

"그래. 이게 내 데뷔탕트 선물이다. 보석보다 훨씬 가치 있을 것이라고 장담한다. 그리고, 네 신변의 안전을 위해서이기도 하단다."

시모어 가문의 클래스를 뼈저리게 느낀 나는 한동안 멍하니 있다가 이내 최대한 위엄 있는 표정으로 오릭스 앞에 섰다.

"앞으로 잘해 보지."

"네, 공녀님."

그는 몹시 감격스러운 얼굴로 내 앞에서 무릎을 꿇었고 나는 그의 어깨를 가볍게 두드렸다.

'마침 잘됐어. 시기적절하게 오릭스가 기사 작위를 받게 되었군.'

나는 데뷔탕트 전날 오릭스를 불렀다.

"네가 처음으로 해 줘야 할 일이 있다."

"맡겨만 주십시오, 공녀님."

그리고 그에게 첫 임무를 전달했다.

"오늘은 유난히 아름답군요. 미야 영애."

프랑소아 후작이 매끄러운 입술을 말아 올리며 말했다.

미야의 데뷔탕트를 앞두고 그가 준비한 드레스는 유행을 전혀 안 타는 평범한 디자인이었다. 대신 정교한 문양의 새하얀 레이스로 화려한 보석을 대체해서 드레스를 입고 있음에도 신관을 연상시키도록 했다.

그는 제 작품에 몹시 만족하면서 미야에게 다시금 엄중하게 당부했다.

"예상치 못한 사고가 터져도 미소를 잃지 마세요. 혹여나 말실수했을 때 수습하려고 너무 많은 말을 덧붙이는 것도 금물입니다. 연약한 속살을 드러내면 상대는 찔러보고 싶기 마련입니다. 겸손한 태도로 응하면서도 여유를 유지하는 게 핵심입니다."

프랑소아 후작이 눈매를 부드럽게 휘었다.

"당신은 향화에서 수많은 사람을 구했으니 그만한 자부심을 품어도 됩니다."

"알겠습니다."

미야는 그가 준비한 옷이 마음에 들었다. 거울 속에 비친 자신은 정말 신성한 힘을 가진 것 같았으니까.

사치스럽고 오만한 데보라 공녀가 아닌, 향화에서 만인을 구한 자신이 데뷔탕트의 주인공이 될 것이다. 무표정한 얼굴에 미소를 덧그린 미야는 꾸벅 고개를 숙인 뒤 후작이 준비해 준 마차에 올랐다.

얼마 후, 오르고 공작저에 도착한 그녀는 샤프롱인 오르고 공작 부인과 마주했다. 고상한 태도로 짙은 남색 부채를 들고 있는 부인의 옆에는 티에리가 껄렁대며 서 있었다.

“하암!”

밤새도록 포커를 치고 들어온 티에리는 입이 찢어지도록 하품했고, 오르고 공작 부인이 치를 떨면서 망나니 아들의 등짝을 후려쳤다.

“아, 쓰읍! 아파요!”

“이럴 거면 애초에 에스코트해 준다고 말이나 말지. 채신머리없게 목젖 다 보이도록 쩍쩍 하품이나 하고 말이야!”

“아버지는 군사 훈련으로 워낙 바쁘시고, 디에라는 영지에 있고. 남은 건 저뿐이더라고요.”

“이 없느니만 못한 자식아! 너 때문에 내가 제명에 못 산다.”

아들의 거뭇한 눈가를 보니 어제도 밤놀이하다가 들어온 게 분명했다. 할 말이 많았지만 보는 눈이 있어서 오르고 공작 부인은 간신히 분을 눌러 참았다.

“미야 영애. 일단 황궁으로 출발합시다.”

“네, 부인.”

“잡으세요, 어머니.”

티에리는 마차 앞에서 모친에게 우아한 동작으로 손을 내밀었다. 그래 봐야 충혈된 눈 때문에 모양새가 전혀 나오지 않았지만.

“됐어! 넌 따로 타고 와.”

짝, 소리가 날 정도로 아들의 손을 세게 쳐낸 공작 부인이 신경질적인 동작으로 마차에 오른 뒤 마부에게 먼저 출발하라 일렀다.

'하여간 우리 엄마 매정해.'

별수 없이 뒤이어 오는 마차에 탄 티에리는 자리에 앉자마자 꾸벅꾸벅 졸다가 순식간에 곯아떨어졌다.

쿵-!

얼마 후, 그는 창에 머리를 세게 찧어서 눈을 번쩍 떴다.

'뭐지?'

정신이 들자마자 오감이 쭈뼛 날카롭게 곤두섰다. 느낌이 좋지 않았다.

"도련님! 균열이 일어났습니다!"

곧이어 마부의 겁먹은 외침이 고막을 찔렀다. 티에리가 탄 마차를 끄는 말이 사납게 날뛰어서 내부는 더욱 심하게 흔들리기 시작했다.

덜컹거리는 마차 문을 발로 걷어차서 다급히 밖으로 튀어나온 티에리는 끔찍한 광경과 마주했다.

"마물이……!"

저 멀리, 말로만 듣던 균열이 일어나고 있었다. 공간이 벌어지면서 어두운 기운이 흘러나오자 사용인들은 겁먹은 채 우왕좌왕하며 어찌할 줄을 몰랐다.

숲에 있던 새들은 퍼드덕 거친 날갯짓을 하며 떼를 지어 도망쳤고, 마차를 끄는 말들은 이리저리 날뛰다가 결국 줄을 끊고 줄행랑을 쳤다.

"어머니!"

이윽고 티에리는 비탈길 아래로 가문의 인장이 매달려 있는 마차가 전복되어 있는 것을 발견했다.

"젠장!"

분명히 아까 어머니가 먼저 타고 갔던 마차였다. 티에리의 몸이 사시나무처럼 떨리기 시작했다. 하얗게 질린 얼굴로 다급히 비탈을 뛰어 내려간 티에리는 뒤늦게 마차 문이 떨어져 나가 있고 마차 안에 아무도 없다는 것을 깨달았다.

'어디 갔지?'

그때였다.

티에리의 시야에 거대한 남자가 어머니를 살피고 있는 모습이 눈에 들어왔다. 저 불곰 같은 남자의 얼굴을 보자 티에리의 머릿속에 장면 하나가 빠르게 스쳐 지나갔다.

'그래, 기억났어……!'

지난여름, 마상 시합에서 디에라 형과 호각을 이루며 겨루던 무명 기사의 때아닌 등장에 티에리의 눈이 커졌다.

'사실 아무 일도 없으면 좋겠는데.'

나는 바슬레인 후작 부인이 오기를 기다리면서 한숨을 삼켰다.

원작처럼 균열이 일어나면 또다시 인명 피해가 생길 수 있으므로 나는 오릭스 미르케인에게 오르고 공작 부인이 탄 마차 뒤에 따라붙으라고 명령해 둔 상태였다.

'혹시나 해서 이동 스크롤도 가진 거 다 긁어모아서 손에 쥐여 줬고.'

만일 내 가정대로 균열이 미야가 활약하도록 도움을 주는 일종의 장치라면, 소설처럼 황실로 향하는 길목에서 사고가 일어나 오르고 공작 부인이 다칠 가능성이 컸다.

'하지만 소설과는 전혀 다른 경로와 시간대에 사건이 발생하겠지.'

난 지도를 떠올리면서 고민에 잠겼다. 오르고 타운 하우스의 위치상 하늘숲을 낀 지름길을 거쳐 올 확률은 100퍼센트였다.

'원작에서는 정반대 방향 경로에 있는 여신의 비석이 있는 장소에서 사고가 났고.'

재탕하던 소설이 연중되기 직전의 마지막 편이라서 내용이 유독 선명하게 기억났다. 그리고 미야가 마물들 사이에서 공포에 떨면서 바슬레인 후작 부인을 치유하고 있을 때, 타이밍 좋게 누군가가 구하러 왔다는 문장과 함께 소설이 끝이 났다.

엄청난 절단신공이었다.

'미야를 구하러 온 사람은 대체 누구였을까?'

누군지는 모르겠지만 원작대로 흘러간다면 현재는 오릭스 미르케인이 그 구세주 역할을 대신하고 있을 것이다.

"티에리 공자님, 이 기사분이 나무로 곤두박질칠 뻔한 마차를 온몸으로 막아 주셨습니다."

오릭스 미르케인 덕분에 목숨을 구한 마부가 티에리에게 횡설수설 말했다.

줄을 끊고 달아난 말 때문에 경로를 벗어난 마차는 그대로 반파될 뻔했다. 하지만 상황이 심상치 않다는 걸 가장 먼저 감지한 오릭스가 튀어나와 가속도가 붙는 마차를 재빨리 가로막아서 큰 사고를 막아

낸 것이다.

100년에 한 번 나타날까 말까 한 무골인데 체계적인 기사 훈련을 받아서 오러까지 자유자재로 다룰 수 있게 되자 오릭스는 상식을 초월하는 괴력을 가지게 되었다. 그간 데보라 공녀의 기사가 되기 위해 1분 1초를 아껴가면서 수련한 덕분도 있었다.

"티에리…… 아이고. 이게 대체 무슨 일이니."

다리에 힘이 풀린 채 주저앉은 오르고 공작 부인은 창백하게 질린 얼굴로 끙끙 앓는 소리를 냈다.

"어머니, 괜찮으세요?"

"머리가 너무 어지럽구나."

모친과 함께 마차에 탄 미야 비노슈는 멀쩡한 걸 보니, 마상 시합에서 본 무명 기사가 제대로 몸빵을 한 모양이었다. 어머니에게 큰 부상은 없다는 것을 확인한 티에리는 점점 벌어지고 있는 균열을 보면서 초조하게 입술을 달싹였다.

"자네, 어머니의 목숨을 구해 주어서 정말 고맙네. 하지만 저 균열이 모두 벌어지고 마물이 쏟아지면 여기 있는 사람 모두 죽을 수도 있겠어."

"제게 이동 마법 스크롤이 있습니다. 약자분들은 이것으로 모두 대피시키는 게 좋겠습니다."

"자네가 어떻게 그런 물건을…… 아, 시모어 가문 소속이군……!"

경황이 없어서 몰랐는데 이제 보니 남자는 시모어의 인장이 달린 제복을 입고 있었다. 누가 마법의 시모어 아니랄까 봐, 시모어 가문은 기사들에게도 스크롤을 뿌리는 모양이었다.

"이 은혜는 잊지 않겠네."

오릭스가 이동 마법 스크롤을 선뜻 내밀자 오르고 공작 부인이 몹시 감격한 얼굴로 말했다. 그녀는 살신성인의 정신을 가진 이 거구의 사내에게 두 번이나 목숨을 구원받은 셈이었다.

그녀는 스크롤을 찢기 전 다급하게 물었다.

"이름이 뭐지? 시모어 공작님의 기사인가?"

"저는 데보라 공녀님의 기사입니다."

"……."

평소 데보라 공녀를 탐탁지 않게 여겼던 오르고 공작 부인의 눈가에 당혹감이 지나갔다.

"그분은 제 운명을 바꾼 분이니 제게 은혜가 있다면 부디 공녀님께 갚아주십시오."

"어머니, 우선 빨리 피하세요. 공녀에게 뭘 어떻게 갚을지는 나중에 고민하시고요."

상황이 더 나빠져서 공작 부인은 다급히 대피했고, 어머니가 무사한 것을 확인한 티에리는 녹색빛이 도는 오러를 검에 불어넣으면서 말했다.

"나, 그대의 주군이랑 꽤 친한 사이일세. 질투 많은 애인 때문에 공녀가 최근엔 나랑 잘 안 놀아 주는 것 같긴 한데……."

오릭스는 마물이 나오는 이 위급한 와중에도 경박하게 구는 티에리를 미묘한 얼굴로 바라보았다.

"왜 그렇게 한심하게 보나? 생각해 보니 위기감을 가질 필요가 없어. 우리 쪽에는 저기, 향화 의식에서 검은 유령 부대를 섬멸하신 영웅이 있으니까."

티에리는 미야 비노슈를 턱짓하면서 씩 웃었다. 갑자기 호명당한 미야는 당황한 얼굴로 흠칫 몸을 떨었다.

"모두가 대단하다고 말했던 그 신성력을 나도 한번 봅시…… 우와악!"

티에리의 속 편한 말이 끝나기도 전에 이빨이 수백 개 달린 검은 마물이 질퍽거리는 소리를 내며 바닥으로 떨어졌다. 미야가 희게 질린 얼굴로 황급히 뒷걸음질 쳤고, 티에리는 소문과 전혀 다른 그녀의 소극적인 태도에 당황했다.

"이봐! 왜 가만히 있어?!"

변명할 정신도 없어 보이는 미야를 보던 티에리는 욕을 짓씹으며 포효하는 마물 쪽으로 고개를 돌렸다.

키에에엑-!

그 잠깐 사이 오릭스는 긴 창을 마물의 입속에 쑤셔 넣고 있었다. 순식간에 꼬치가 된 마물이 고통에 찬 괴성을 질러댔다.

"이거 원. 대체 누가 괴물인지 모르겠군……."

데보라 공녀가 저런 무시무시한 놈을 기사로 데리고 있다니.

'깝치면 절대 안 되겠다.'

오릭스가 무거운 창을 자유자재로 돌려가며 마물을 가지고 노는 모습에 그 자리에 있는 모든 이들이 넋을 놓았다. 우두머리로 추정되는 마물이 순식간에 반송장이 되자 남은 마물들은 질서를 잃고 여기저기서 숲을 파괴하면서 날뛰기 시작했다.

'허! 저 여자는 계속 가만히 있네. 어이없게.'

그래도 이번 균열에서 나타난 마물은 소문과는 달리 대단히 강해 보이지 않았다. 티에리는 잔챙이 마물들을 검으로 빠르게 처리하며 속으로 욕을 삼키다가, 저 멀리 언덕 너머로 보이는 기사단을 보며 눈을 좁혔다.

"재넨 또 뭐야?"

'왜 하비에르 님은 이제야 나타난 거지?'

4황비가 약속했던 지원군이 한발 늦게 등장해서 미야는 입술을 사납게 짓씹었다.

'그 데보라라는 여자가 또 망쳐 놨어.'

정확히 말하자면 데보라가 아니라 데보라 공녀의 기사가 그들을 구하기 위해 한발 빨리 나타나서 계획이 어그러진 것이지만, 미야는 뜻 모를 분노에 휩싸여 이를 꾹 악물었다.

한편 오릭스가 차려 놓은 밥상에 자신 말고 숟가락을 올리려는 사람이 늘어나서 티에리의 표정은 더욱 언짢아졌다.

"3황자님. 내년에 제가 기사단에서 승급하려면 실적이 필요해서 말입니다. 잠깐 쉬고 있으셔도 됩니다."

가장 만만해 보이는 마물의 머리에 검을 꽂아 넣으며 티에리가 외쳤다. 3황자, 하비에르는 예상과 전혀 다른 풍경에 당황한 눈동자로 사방을 둘러보았다.

'공작 부인은 어디 있지? 어머니 설명과는 전혀 다른데.'

난장판이 되었을 거라 예상했던 이곳 상황은 거구의 사내로 인해 빠르게 정리되어 가고 있었다. 봉변에 빠진 오르고 공작 부인을 제 아들이 구출하게 만든 뒤, 오르고 가문에 강제로 빚을 떠안기려 했던 4황비의 계획이 수포가 된 것이다.

반면 올해 마상 시합의 스타로 무명 기사들에게 희망을 주었던 오릭스는 공작 부인을 구해내고 마물을 물리치는 업적을 세우며 화려한 기사 데뷔식을 치렀다.

하늘숲에서 한바탕 소란이 있었지만 데뷔탕트는 아무 일 없었다는 듯 일정대로 진행되었다. 균열이라는 현상에 제국 사람들이 예전보다 무뎌진 상태였고, 인명 피해도 없어서 황실에서는 추수 감사절 행사를 강행하기로 한 듯했다.

'하긴. 행사를 취소하면 괜히 민심만 불안해질 수 있으니까.'

무도회가 열리는 태양의 궁은 기억의 파편에서 본 것보다 훨씬 대단한 규모를 자랑했다. 각국에서 진상된 보물과 고대의 유적이 여기저기서 위용을 뽐냈고, 크리스털로 만들어진 샹들리에는 눈이 부실 정도였다.

하지만 아무리 황궁 내부가 화려해도 내 옆에 있는 이시도르만큼은 아니었다.

'따로 관리받았나?'

진주처럼 매끄러운 피부는 한번 만져 보고 싶을 정도였다. 하얀 얼굴과 대조되는, 유려한 몸 선을 타고 흐르는 새카만 예복은 넓은 어깨와 잘록한 허리를 강조하고 있어서 평소보다 더 관능적으로 보였다.

'……엄청나게 힘줬어.'

더불어 포마드 머리 스타일 탓인지 훤한 이목구비와 시원스러운 눈매가 유난히 도드라졌다.

"누구 애인인지 참 잘생겼어요?"

나도 모르게 넋을 빼고 있자 이시도르가 눈웃음을 머금고 물었다.

"참 나."

어이없어서 피식 웃자 그가 다정하게 말했다.

"이제 좀 웃네."

내가 데뷔탕트를 앞두고 꽁꽁 얼어붙은 게 그의 눈에는 보인 모양이다. 이시도르는 내 긴장을 풀어 주기 위해 무도회 시작 시간보다 일찍 이곳에 온 게 틀림없었다.

“나는 적이 많은 편이니까, 내심 신경 쓰였나 봐.”

“나는 가끔…… 당신의 편이 이 세상에 나 혼자였으면 좋겠다는 생각을 하는데, 너무 이기적인 발상인가요?”

고백하듯 달콤한 목소리로 말한 이시도르가 문득 멀리 있는 조각상을 보며 슬쩍 눈살을 찌푸렸다.

“티에리 경은 파트너를 두고 왜 아까부터 우리 주변을 서성거리시나?”

“비스콘티 공작님의 얼굴은 오늘따라 유독 이기적이군요. 물론 데보라 공녀님도 한 떨기 장미처럼 아름답…….”

이시도르가 바로 그의 말을 잘랐다.

“내 애인은 곧 고모님을 만날 예정이라 시간이 많지 않거든.”

“아오, 그래. 본론만 말하지. 데보라 공녀에게 고맙다는 말을 하러 왔네. 어머니께서 방금 집에 잘 도착하셨다는 소식을 전하셨거든.”

“집에 도착하시다니? 오르고 공작 부인께서는 오늘 무도회에 미야 영애의 샤프롱으로 나오시는 거로 알고 있는데.”

“마물을 맞닥뜨린 충격이 크셨나 봐. 몸살과 근육통 때문에 꼼짝도 못 하시겠다더군.”

‘그럼 미야의 샤프롱은 누가 서는 거지?’

의아해하는 중 티에리의 검은 눈과 마주쳤다.

“여하튼, 오늘 공녀의 기사 덕분에 어머니께서 무사할 수 있었어요. 이 은혜는 오르고 가문의 이름을 걸고 앞으로 반드시 갚겠습니다.”

티에리가 내 손등에 입을 맞추려 하자마자 이시도르가 곧바로 그의 입을 틀어막았다.

"죽고 싶어?"

"읍읍!"

"그 입, 다시는 나불대지 못하게 해 주지."

두 미남이 벌이는 몸개그를 구경할 때 황족들과 인사를 하기 위해서 잠시 자리를 비웠던 바슬레인 후작 부인이 혀를 차며 등장했다.

"데보라 공녀. 어서 들어가죠."

"네. 부인."

붉은 융단이 깔린 계단을 올라가자 데뷔탕트를 앞둔 영애들이 대기하는 파우더 룸이 나왔다. 그 안에는 무도회가 열리기를 기다리는 영애와 귀부인이 삼삼오오 모여 있었다.

'원래 이렇게 썰렁한 분위기인가?'

설마 나 때문은 아니지?

영애들은 나와 눈이 마주치자 슬그머니 고개를 내리며 딴청을 부리면서도 바슬레인 후작 부인을 동경 어린 눈으로 힐끗거렸다. 사교계에서 가장 명망 높은 부인다운 인기였다.

'나까지 괜히 어깨에 힘이 들어가네.'

"조용해서 좋군요."

바슬레인 후작 부인이 우아하게 잔을 들고 왔다. 나는 그녀가 건네는 음료를 들고 의자에 앉았다.

"오늘, 데보라 공녀의 인생에서 아마 가장 많은 귀족을 소개받을 거예요."

그녀는 내 옷깃을 매만지면서 다정하게 운을 뗐다.

"그동안 나는 영애들에게 겸양의 미덕을 발휘하라고 말해 왔어요. 물론 거들먹대지 않고 겸손한 자세로 임하는 것은 몹시 중요하지만, 공녀에겐 그런 뻔한 충고는 하지 않을게요."

"……."

"아마 공녀만의 방식으로 잘 해낼 테니까."

"적어도 아가트 님의 얼굴에 먹칠하는 일은 없도록 하겠습니다."

내 말에 그녀가 부채를 펄럭이며 웃었다.

"난 얼굴에 금칠하는 일만 남았어요. 공녀가 제안한 사업의 반응이 폭발적이에요. 요즘 후작님 입꼬리가 귀에 걸렸답니다."

"잘됐네요."

그녀와 대화를 나누는 중 익숙한 얼굴이 다가왔다.

"데보라 공녀."

"황녀님."

영애들 사이에서 가장 인기 있는 비비엔 황녀의 등장에 파우더 룸이 한차례 술렁거렸다.

"서로 이름 부르기로 했잖아. 서운해, 데보라."

"비비엔 님. 오셨습니까?"

"그래."

그녀는 내게 자신의 머리 색과 닮은 사파이어 팔찌를 건네며 시원스럽게 웃었다.

"이건 내 데뷔탕트 선물."

"감사합니다."

내가 바로 팔찌를 착용하자 그녀가 멋쩍은 듯 콧잔등을 찡긋거리더니 내 어깨를 가볍게 두드렸다.

"오늘도 아름답군. 그럼 이따 보자고."

"네, 황녀님."

황녀가 나가자마자 후작 부인이 영문 모를 소리를 했다.

"공녀는 볼수록 은근히 인기가 많네요. 내 조카가 왜 그렇게 긴장하는지 알겠어……."

"이시도르 경이야말로 인기가 대단하죠."

"흐음. 이런 데서는 눈치가 없네. 그나저나 이제 시간이 거의 다 됐어요. 공녀."

데뷔탕트 시간이 다가오자 파우더 룸은 점점 어수선해졌다. 사교계 데뷔를 앞두고 긴장했는지 땀을 뻘뻘 흘리는 영애도 있고, 안색이 눈에 띄게 나빠진 영애도 있었다.

나도 저 영애들 못지않게 긴장했는데, 거울에 비친 내 얼굴은 평소와 다를 게 없었다.

'매번 느끼지만, 이 얼굴은 진짜 최고야.'

옷매무시를 단정하게 한 나는 바슬레인 부인과 함께 복도로 나왔다. 그리고 얼마 후 맞은편 파우더 룸에서 지긋한 나이의 귀부인과 함께 나오는 미야 비노슈를 목격했다.

'저 귀부인은 누구지?'

"오르고 공작 부인 대신 아론 가문의 부인이 샤프롱을 서기로 한 모양이군요."

최근 신전에서 밀어주고 있고 프랑소아 후작의 후원을 받는다지만, 이렇게 빨리 대타를 구하다니…….

수상한 그녀를 천천히 관찰하다 미야의 푸른 눈과 정면으로 마주쳤다. 그녀는 곧장 몸을 홱 돌려서 아래로 내려갔고, 나는 여린 뒷모습을 조용히 응시하다가 계단 난간 아래로 시선을 내려 홀을 구경했다.

무도회장 안에 데뷔탕트에 초대받은 귀족들이 속속들이 등장하고 있었다. 그리고 귀족들은 여신 같은 분홍색 머리를 길게 늘어뜨린 미야에게 많은 관심을 보이는 것 같았다. 그녀의 근처로 다가가 말을 거는 사람들이 심심치 않게 보였으니까.

백작, 후작 순으로 무도회장에 들어와 홀을 채웠고 이윽고 공작과 그 직계들이 하나둘씩 등장했다. 그리고 나 역시 바슬레인 후작 부인과 함께 계단 아래로 내려갔다.

그때였다.

내가 마지막 계단을 밟기도 전에 시모어 남자들이 우르르 내 쪽으로 몰려들었다. 나는 삐질 식은땀을 흘렸다.

"저기."

"데보라 시모어……."

데보라 공녀가 사냥을 준비하는 뱀처럼 스르륵 계단을 내려올 때부터, 홀에 모인 귀족들의 신경은 온통 그녀 쪽으로 쏠려 있었다. 데보라 시모어가 이번엔 어떤 보석을 착용했을지, 무슨 기행을 벌일지 호기심이 고개를 치켜들었기 때문이었다.

위에서 내려다보는 구도 탓인지 공녀는 더욱 고압적으로 느껴졌다. 늘씬한 몸매가 드러난 머메이드 라인의 드레스 덕에 키는 더욱 커 보였고, 치마 밑부분에만 달려 있는 긴 플레어 장식은 마치 화려한 독사가 움직이는 것처럼 보이게 만들었다.

독을 품은 짐승일수록 더 아름답다고 했던가. 오늘은 대단한 장신구를 하지 않았지만, 이 때문에 뚜렷한 이목구비가 더욱 도드라져서 그녀는 귀족들의 시선을 움켜잡았다.

이윽고 시모어 공작과 천재로 소문난 쌍둥이 후계자가 그녀에게 다가갔다. 차가운 외모로는 둘째가라면 서러운 인물들이 한곳에 모이자 범접하기 힘든 분위기와 강렬한 존재감을 풍겼다.

시모어 공작이 빙결 마법을 캐스팅한 것도 아닐 텐데, 저들이 서 있는 곳만 설원 한복판처럼 추워 보였다.

"저 사람들은 피도 파란색일 것 같군."

"그나저나, 정말 다들 면면이 화려하군."

"그러게요. 로자드 님의 활약은 말할 것도 없고, 벨렉 님은 마탑에서 세 손가락 안에 손꼽히는 연구원이고……."

"저렇게 냉정한 표정으로 대체 무슨 이야기를 하는 거지?"

여기저기서 쏟아지는 경외와 두려움의 시선 속에서 시모어 공작은 멋지게 성장한 딸을 바라보느라 여념이 없었다.

"데보라. 너도 이제 사교계에 발을 들이게 되었구나. 언제 이렇게 다 큰 건지."

"긴장한 기색도 전혀 없고, 누구 동생인지 몰라도 참 대단하네."

벨렉이 은근한 칭찬을 건넸고, 로자드는 얇은 입술을 끌어 올리며 짧게 덧붙였다.

"네가 여기서 가장 예쁘다."

"그건 당연한 거고."

"오라버니들. 이제 콩고물 떨어질 일 없거든요?"

"네가 제일 눈에 띄는 걸 어쩌라고."

"벨렉. 네가 오랜만에 옳은 말을 했구나. 누구 딸인지, 정말 눈이 부셔. 그러니 긴장하지 말거라."

그들이 팔불출 같은 말을 툭툭 무심하게 내뱉는 사이 황족들이 홀 안으로 들어왔다. 마침내 성인이 된 영애들이 가장 고대하던 데뷔탕트 무대의 막이 올랐다.

"2황비 전하를 뵙습니다."

내가 맨 처음 소개받은 사람은 2황비로, 엄밀히 말하면 황태후와 황후가 공석인 황실에서 가장 직급이 높은 부인이었다.

다만 차기 황제로 밀 수 있는 아들이 없어서인지 권력에 관심이 없는 대신 주신에 대한 신실한 믿음을 가진 사람이라고 바슬레인 후작부인이 미리 귀띔했다.

"반갑네, 공녀. 시모어답게 그대는 장미처럼 화려하군."

다소 성의 없는 2황비의 인사말에 나는 잠시 고민하다가 입을 뗐다.

"장미는 그것이 가진 색마다 꽃말과 의미가 천차만별이죠."

"……으음. 그건 그렇지. 굳이 따지자면 공녀는 붉은 장미일세."

"황비 전하를 직접 뵈니, 새하얀 장미가 그 누구보다 잘 어울리는 분이라는 생각이 들었습니다."

지루함이 담긴 2황비의 눈에 순간 이채가 돌았다. 2황비는 꽃을 좋아할 뿐 아니라 젊은 시절엔 생화로 머리 장식을 할 만큼 꽃을 다루는 데 능했다.

'보통 귀족 영애는 보석으로 된 장신구를 하는데 그런 점이 2황비를 돋보이게 했지.'

신전 내부 갈등으로 인해 잠시 황실로 도피했던 교황을 2황비는 존경의 의미가 담긴 흰색 장미를 달아 환영했고, 그 모습에 교황이 몹시 감동한 일화가 있었다.

"전하의 새하얀 장미를 보고 신전 내부 권력 다툼으로 인해 심신이 지친 교황께서 얼마나 큰 위로를 받았을지 짐작되지 않습니다."

활약했던 일을 되짚어 주자 기분이 좋은 듯, 2황비가 눈가를 휘며 부채를 팔랑였다.

"워낙 케케묵은 오래전 일이라 잘 모르는 귀족 영애들이 많은데, 공부를 참 많이 했군요, 공녀. 나는 그대에 대해 잘 모르고 있었던 것 같고……."

"저야말로 모르는 게 많습니다. 그때의 이야기를 더 듣고 싶습니다."

"호호. 나 때는 말이야……."

'라떼는 못 참지.'

초반 지루한 내색을 했던 2황비는 한번 말문이 트이자 몹시 수다스럽게 변했다. 심지어 내게 황녀들을 소개해 주었고, 나중에 티 파티에 초대하겠다는 말도 남겼다.

"스타트를 기대 이상으로 잘 끊었어요, 공녀. 정말 자랑스러워요."

날 붙잡고 즐겁게 추억을 회상하던 2황비가 자리를 뜨자, 바슬레인 후작 부인이 뿌듯한 얼굴로 말했다.

"후작 부인께서 제게 많은 것을 가르쳐 주셨으니까요."

그녀는 틈날 때마다 내게 가문과 인물에 얽힌 다양한 사건을 들려주었다. 멘토의 중요성과 더불어, 왜 아가트 님이 인기 있는 샤프롱인지 새삼 그 이유를 깨닫게 되었다.

"2황비 전하께서 저리 즐거워하는 모습은 처음 보는군요."

"미슬로 후작님을 뵙습니다. 올해 파트리스 미슬로 경이 적기사단 부단장으로 승진했다는 이야기를 들었습니다. 축하드립니다."

2황비와 성공적인 대화를 나눈 이후에는 근처에 있던, 황족의 피가 섞인 방계 인물들과 인사를 나눴다.

"오호, 시모어의 공녀는 눈썰미와 기억력이 좋군요."

"그러게요. 놀라운데요. 왜 2황비님께서 공녀를 안 놓아주셨는지 알겠어요."

'음?'

그들은 자신이 누군지 소개하기도 전에 내가 먼저 알은체를 하고, 심지어 가문 최근 소식까지 거론하자 한차례 술렁거렸다. 방계이긴 하지만, 여하튼 황족이라 타인을 통해 소개를 받아야 하는데 그 번거로움을 줄여서 편하다고도 말했다.

'뭐지……? 당연히 전부 다 외우는 건 줄 알았는데.'

가만 생각해 보니 저들의 초상화를 모두 수집해 이름과 가문을 대조하면서 달달 암기하는 영애가 많을 리 없다. 공부의 완성을 자연스럽게 암기라고 생각하는, 대한민국 주입식 교육의 폐해를 실감하면서 나는 남몰래 눈물을 삼켰다.

'다행히 진짜 쓸데없는 짓은 아니었어.'

웬만한 귀족들과 가문의 최신 정보를 모두 머리에 쑤셔 넣어서, 상대와 대화할 때 어색하게 끊기는 일 없이 순조롭게 넘어갈 수 있었다.

하지만 그도 잠시였다. 어디선가 나를 저격하는 듯한 대화가 귀에 들어왔다.

"데뷔탕트를 앞두고 제법 많이 준비한 듯하지만, 진정 고상한 레이디라면 신분이 낮다고 함부로 부채로 때린다거나 연회 주최 대상의 면을 망치는 행동은 하지 않겠죠."

원로원 세력 중 하나인 세리그 공작이 비아냥대는 말투로 날 깎아내렸다.

세리그 공작은 에마뉘엘의 아버지로, 내가 지난번 딸을 망신 준 일로 나에게 이를 갈고 있다고 전해 들었다. 그래서인지, 그는 평범한 귀족들 파티에 난입해 마르코 남작의 뺨을 때리며 깽판을 놓았던 사건을 귀족들에게 슬쩍 상기시키고 있었다.

'내가 왜 이 이야기 안 나오나 했다.'

딸인 에마뉘엘을 공개 석상에서 단단히 망신 줬으니, 세리그 공작이 내게 좋은 감정을 품고 있을 리 만무했다. 하지만 그 일을 벌이지 않았더라도, 빙의 전 데보라의 행실로 트집을 잡았을 것이다.

"데뷔탕트 같은 큰 연회든 소규모의 연회든, 언제 어디서나 한결같아야 진정한 겸양의 미덕을 갖춘 레이디라고 할 수 있죠."

그는 내가 다가가도 아랑곳하지 않고 말을 이어갔다.

"세리그 공작님을 뵙습니다."

나는 그를 서늘한 눈초리로 바라보며 피처럼 새빨간 부채를 들어 올려 만지작거렸다. 부채로 남작을 두들겨 팬 사건을 똑같이 상기시켜 주자 그의 입술이 살짝 경련했다.

"저도 세리그 공작님 말씀에 깊게 공감합니다."

"음?"

"그래서 더더욱 앞에서는 청렴한 관료인 척하면서, 뒤에서 바람을 피우는 이중적인 마르코 남작을 참아넘길 수가 없더군요."

"그, 그래도, 부채로 사람을 때리다니. 너무 무도하지 않소?"

"지금 외도를 한 자를 옹호하시는 겁니까?"

내가 주변에 있는 귀부인들 들으라는 듯이 큰 목소리로 말하자 세리그 공작의 표정이 구겨졌다.

"고, 공녀! 말버릇이 그게 뭔가."

"설마 그 막돼먹은 자를 감싸실 줄은 몰라서 저도 모르게 목소리가 커졌습니다."

"내가 언제!"

"데보라 공녀, 설마 세리그 공작님의 말씀의 의도가 그런 것이겠소? 비약이요. 단지, 모든 일에는 정도와 선이란 것이 있는데, 공녀는 그것을 지키지 않기에 문제가 되는 것이오."

그때 레몽 후작이 끼어들었고 나는 순진한 척 고개를 기울였다.

"제가 겉과 속이 다른 자를 응징한 것은 선을 넘은 것이고, 윌리엄 레몽이 동급생의 논문을 베낀 건 선을 지킨 것입니까?"

"고, 공녀!"

나와 말을 섞을수록 치부가 드러나면서 상황이 악화되자 그들은 표정이 굳었고, 나는 예의 바르게 고개를 숙였다.

"한결같은 태도로 살라는 가르침 감사합니다. 마음 깊이 새기겠습니다."

늘 이렇게 위아래 없는 또라이로 한결같이 살겠다는 뜻을 담아 정중하게 말한 나는 근처에서 웃음을 참고 있는 이시도르와 눈이 마주쳤다.

이시도르는 시모어와 이해관계가 충돌하는 가문의 가주, 부인, 그 자제들이 가진 약점을 내 손에 무기처럼 쥐여 주었다. 어차피 평행선을 그리는 관계라면, 굳이 잘 보이기 위해 가면을 쓰고 알랑거릴 필요가 없다.

'이게 데보라의 방식이지.'

어차피 사람은 이해득실에 따라 그때그때 유리하게 움직일 수밖에 없다. 저들의 입장에서는 황제파이자 마탑주의 딸인 나를 깎아내리는 것이 이익이기에 내가 착하고 공손하게 굴어도 태도를 바꾸지 않을 것이다.

'그럴 바에야, 내게는 정보라는 무기가 있다는 걸 보여 주는 게 훨씬 효과적이야.'

독사를 건드리면 안하무인으로 문다는 걸 계속 학습시켜 줘야지. 그래야 아까처럼 함부로 떠들지 못할 테니까.

'그나저나 미야 비노슈는 어떤 이해관계 때문에 신성력을 베풀면서 성녀 행세를 하는 걸까.'

귀족들 사이에서 미소 짓고 있는 미야를 바라보던 나는 쌍두사가 그려진 부채를 가볍게 만지작거렸다.

그녀의 목적이 무엇이든, 나 역시 내가 가장 많이 얻을 수 있는 방향으로 움직이는 게 당연했다. 그리고 재력가와 권력가들이 모인 이 장소는 내 사업을 확장하기에 가장 좋은 무대이기도 했다.

나는 내 먹잇감인 데비온 후작 부인을 향해서 천천히 걸어갔다.

"뵙게 되어 기쁩니다. 데비온 후작 부인."

"나도 반가워요, 공녀."

내가 가까이 다가가자, 데비온 후작 부인은 얼떨떨한 표정과 얇게 떨리는 목소리로 응수했다.

데비온 가문은 시모어나 바슬레인에 비하면 역사가 짧은 신흥 귀족이었다. 그리고 오랜 기간 존재해 온 가문 출신들은 대체로 역사가 짧은 가문을 아래로 치는 경향이 있었다.

평판이야 어찌 됐건 일단 나는 개국공신 가문의 공녀. 아직 소개받지 않은 명문가 귀족들이 널려 있는 상황에서, 데비온 후작 부인은 나와 인사할 차례가 이토록 빨리 올 줄 예상 못 한 모양이었다.

데비온 후작 부인 근처에 있던 이들도 놀란 얼굴로 나를 바라보는 건 매한가지였다. 끼리끼리 모이는 건 어디서나 마찬가지라, 그녀 주변 사람 역시 최근 크게 세를 불리고 있는 신흥 귀족 가문의 인물들이었다.

그들은 왜 내가 데비온 후작 부인에게 먼저 다가왔는지 궁금해하는 기색이었다.

'그야, 이쪽이 훨씬 더 내게 도움이 되니까.'

"데보라 공녀는 옷맵시가 정말 아름답군요. 조만간 미려한 라인의 머메이드 드레스가 유행하겠어요."

데비온 후작 부인은 표정 관리를 하며 애써 침착하게 말했다.

"칭찬 감사합니다. 원하시면 제가 이용하는 의상실과 연결해 드리겠습니다."

"고, 고마워요."

헬렌의 의상실은 최근 수도에서 가장 잘나가서 예약조차 받지 않았기에 데비온 후작 부인의 얼굴에 숨길 수 없는 기쁨이 드러났다.

"그런데 데비온 후작께서 오늘 참석을 못 하신 걸 보니, 일이 정말 바쁘신 모양이군요."

나는 주변을 둘러보면서 말했다.

"예. 행사가 많은 이맘때엔 황실 행정실이 유독 바빠진답니다."

"직접 뵙고 감사 인사를 드리고 싶었는데 아쉽군요."

"감사 인사요?"

데비온 후작은 황실 행정부 소속 고위급 간부였다. 아르망 사업 초창기에 그의 승인이 있어서 시계탑 설치가 가능했다.

'마상 시합 때 이온 음료를 반입할 수 있게 도움을 주기도 했고. 이래저래 신세를 많이 졌지. 데비온 후작은 내가 상단주라는 걸 몰랐겠지만.'

"힘써 주신 데비온 후작님 덕분에 호룬 지구 광장 두 곳에 유익한 기부 시설물을 세울 수 있었습니다."

"어머나. 공공 시설물을 기부했다니! 솔선수범하여 좋은 일을 했군요. 공녀가 진행한 유익한 일에 데비온 가문이 도움이 되었다니, 정말 기쁜 일이에요."

데비온 후작 부인은 내 기부를 큰 소리로 알리면서도, 자신이 속한 가문을 함께 추켜세우는 것을 잊지 않았다.

'역시, 이분을 고르길 잘했어.'

나는 아가트 님의 말을 떠올리며 속으로 히죽댔다.

"데비온 후작 부인은 황실 공직자 부인들 중 영향력이 큰 편이고 가문을 홍보하는 데 가장 적극적이죠."

악명을 떨치던 내가 기부를 했다는 사실이 경악스러웠는지 주변에 있던 귀족들이 빠르게 관심을 갖기 시작했다.

"멋지군요. 그런데 어떤 시설물을 기부하셨나요? 공녀님."

"호룬 지구 여신의 분수대와 마탑 분수대 앞에 정시면 울리는 큰 시계탑을 기부했습니다."

"……."

내 말에 정적이 깔렸다.

표정만 봐도 뻔했다. 어이없고 황당하겠지.

"공녀님. 분수대 앞 시계탑은 단 하나고 그 시설물은 아르망에서 기부했다고 알고 있습니다."

어떤 영애가 내 말에 곧장 반박하자마자 나는 대수롭지 않다는 투로 말했다.

"내가 그 아르망의 주인입니다."

처음, 데뷔탕트가 시작될 때만 해도 귀족들은 미야 비노슈에게 가장 큰 관심을 보였다.

"저 레이디가 향화의 영웅이라는 그……."

"맞아요. 드레스도 멋지네요. 보석 대신 흰 레이스를 여러 겹 겹쳐서인지 더욱 고결해 보여요."

몰락 귀족 출신이라는 말이 무색하게 미야 비노슈는 흠잡을 곳 없는 예법을 선보였다.

하지만 그뿐이었다. 사교계는 신성력을 시연하는 곳이 아니고, 미야 비노슈 수준의 처세술을 보이는 영애는 이 자리에 많았다. 그보다 매사 심드렁한 태도를 보이던 2황비가 데보라 공녀와 오랫동안 이야기하는 모습이 귀족들을 놀라게 만들었다.

"의외로 데보라 공녀가 말재주가 좋은가 봅니다?"

"나도 모르게 계속 말을 내뱉고 있었네. 끊임없이 흥미로운 주제를 꺼내더군. 그뿐 아니라 내 아들이 승진한 사실부터 시작해 우리 가문의 초대 가주 이름까지 알고 있었네."

데보라 공녀와 대화를 나눴던 미슬로 후작이 말했다.

"바슬레인 후작 부인이 괜히 사교계통이 아니죠. 공녀가 훌륭한 사프롱 밑에서 제대로 배운 모양입니다."

화술도 의외였지만 삐그덕거릴 것만 같았던 바슬레인 후작 부인과 데보라 공녀가 합이 잘 맞는 것도 참 뜻밖이었다.

"샤프롱이 아무리 훌륭해도 세대 차이가 나는 윗사람과 오랫동안 대화를 이어 나가려면 순발력과 재치, 다양한 배경 지식이 필요하네."

"그건 그렇죠."

그 이후에도 데보라 공녀는 전혀 예상치 못한 모습을 보였다.

'왜 다른 가문을 소개받는 걸 건너뛰고 데비온 후작 부인과 이야기를 나누는 거지?'

'거만한 공녀는 역사가 짧은 가문을 대놓고 경시한다고 들었는데…….'

끊임없이 호기심을 자극하는 데보라 공녀 때문에 그녀를 주목하는 사람이 점점 많아졌다. 그리고 공녀가 기부 활동을 했다는 것을 밝히는 순간, 온도가 올라가던 물이 갑자기 넘치며 확 끓어오르듯이 반응이 폭발했다.

"데보라 공녀가 있는 쪽은 왜 저리 야단법석입니까?"

"공녀가 공익을 위해 공공시설을 기부했답니다."

"기부?!"

데보라 공녀와 선행. 빠른 거북이라는 말을 들은 것처럼 어색하게 느껴졌다.

"이상하군요. 기부한 시설물 앞엔 기부자 이름이 쓰여 있는 푯말이 있는데 그 사실이 여태 안 알려지는 게 말이 됩니까?"

"데보라 공녀가 운영하는 상단 이름으로 기부한 모양입니다."

"상단을 운영해요?"

이 부분도 귀를 의심하게 만들었다.

"네. 데보라 공녀가 시계탑을 기부한 아르망의 주인이라는데요……."

"아카데미도 졸업하지 않은 어린 나이에 그렇게 큰 가게를 운영하는 게 말이 됩니까?"

"쉬이 믿기지 않는군요."

"나도 놀랐네. 내 딸은 정말 알면 알수록 천재적인 아이지."

"헉, 시모어 공작님?!"

"왜 그러나? 꼭 귀신이라도 본 것처럼."

"귀, 귀신이라뇨! 정말 공녀님은 놀라운 분이군요."

늘 과묵한 얼굴로 찬바람을 날리던 시모어 공작의 난입에 귀족들은 뜨악했다가, 그의 무심한 자랑에 호응해 주기 시작했다.

"데보라 공녀가 드디어 숨겨 둔 카드를 꺼냈군요."

타이밍도 좋아서 바슬레인 후작 부인은 후련한 얼굴로 말했다.

이제야 데보라 공녀가 남부 영지에서 해낸 일을 다른 귀부인에게도 이야기할 수 있게 되었다. 저평가된 그녀의 진가를 알리고 싶어서 그간 얼마나 입이 근질거렸는지 모른다.

"바슬레인 후작 부인께선 공녀가 아르망을 운영한다는 것을 이미 알고 계셨나요?"

"내가 괜히 공녀를 영지에 초대했겠어요? 나와 공녀는 보기보다 깊은 사이랍니다."

'시모어와 비스콘티에 이어서, 바슬레인까지 공녀를 아끼다니.'

'어떻게 이리 하루아침에 위상이 바뀔 수가 있단 말인가.'

그날 데뷔탕트에 참석한 가주와 귀부인들은 행사 내내 공녀가 있는 방향을 힐끗거렸다. 그녀와 대화할 타이밍을 잡기 위해서였다.

'또, 또, 데보라 시모어!'

비스콘티 공작을 이용하지도 않았는데 또다시 데보라 공녀를 중심으로 걷잡을 수 없이 분위기가 흘러가자 미야의 안색이 창백해졌다. 신실하다는 2황비는 정작 자신과 5분도 채 대화하지 않았는데 저 여자는 무슨 짓을 했는지 티 파티 초대까지 받았다.

'왜 성녀인 나를 주목하지 않는 거야?'

애초에 피를 떠올리게 만드는 저 붉은 눈이 싫었는데, 그간 켜켜이 쌓인 열등감까지 고개를 들자 속이 뒤집혔다.

'왜 내가 갖고 싶은 건 전부 다 가지고 있으면서, 기부했다는 소리를 지껄이며 착한 척 가식까지 떠는 건데?'

미야는 내내 입술을 짓씹으면서 손바닥이 아플 정도로 세게 주먹을 그러쥐었다.

데뷔탕트가 마무리되고 황실에서 돌아오자마자 나는 곧바로 침대에 털썩 누웠다.

"피곤하다."

행사 내내 신경을 곤두세워서 탈력감이 밀려온다. 마법을 가업으로 삼는 가문의 공녀인 내가 상단을 운영한다고 밝히는 것에 대한 부담감이 있어서 더욱 긴장했던 모양이다.

하지만 남부 무역로까지 뚫은 마당에 상단을 운영한다는 것을 계속 숨길 수도 없는 노릇이다.

'내가 상단주라는 소문을 다른 사람이 내는 건 더 별로고.'

소문이라는 건, 어떤 의도를 가진 사람이 시발점이냐에 따라 뉘앙스가 천차만별로 달라진다.

'그러니 내 입으로 말하는 게 낫지.'

더불어 데비온 후작에게 공개한 건 그녀가 내 기부 활동을 미화할 거라는 확신이 있었기 때문이다.

'시모어에게 공개적으로 감사 인사도 들었고 의상실도 소개받은 데다가, 무엇보다 그래야 제 남편의 공도 더욱 커지니까.'

데비온 후작 부인과 친한 신흥 귀족들이 앞으로 좋은 여론을 만들어 주면 좋겠다고 생각하면서 이불 속으로 들어갔다.

'그나저나 내일 사냥 대회가 있는데, 너무 피곤해서 잠이 안 오네.'

사냥 대회에서는 생태계를 교란할 정도로 개체 수가 늘어난 여우를 잡을 모양이었다.

물론 무력은 쥐뿔도 없는 내가 참석하는 행사는 아니었다. 사냥 대회 참석자는 대부분 영식들로 평소 호감이 있거나, 도움을 받은 영애에게 사냥감을 선물했다.

선물받은 사냥감이 많다는 건, 그간 인맥과 덕을 잘 쌓았다는 뜻이었다.

'나랑 전혀 관계없는 행사군.'

고백하러 온 남자를 고자로 만들었다는 소문만 무성하고, 그간 영식들에게 딱히 잘해 준 기억이 없어서 아무런 기대감이 없었다.

'아. 이시도르가 한 마리 선물하겠구나.'

나는 데뷔탕트 내내 내게 다정한 미소를 지어 주었던 이시도르의 상냥한 얼굴을 떠올리면서 눈을 지그시 감았다.

"나도, 누님한테 여우 주고 싶었는데……."

나이가 어려서 데뷔탕트에 참석 못 하는 데다 사냥 대회 출전 자격도 없다며 우울해하는 엔리크를 보면서 나는 입을 콱 틀어막았다. 귀가 축 처진 새끼 고양이 같았으니까.

"오구구, 엔리크 너무 기특해. 누나는 마음만으로도 충분해."

"누나……."

내가 머리를 마구 쓰다듬자 엔리크가 어리광부리듯이 내 허리를 꼭 끌어안았다.

"쥐방울이 나가 봐야 새끼 여우밖에 더 잡겠어? 집에서 딸기 사탕이나 먹고 있어."

"나 애로우 계열 마법을 제일 잘한단 말이에요!"

사냥 대회에 나갈 참인지 사냥복 차림을 한 벨렉이 깐족대면서 지나갔고, 엔리크가 눈을 매섭게 치켜떴다.

'어후, 저 초딩이 엔리크가 딸기를 좋아하는 건 어떻게 알았지?'

벨렉이 아닌 척 엔리크를 귀여워하는 것 같다고 생각하면서, 나는 보들보들한 은색 머리칼을 쓰다듬었다.

엔리크는 고사리처럼 작은 손으로 나를 마차까지 에스코트해 주었고, 얼마 후 나와 벨렉, 로자드를 태운 마차 행렬이 황성으로 출발했다.

사냥 대회는 초대 황제의 이름을 딴 로랭숲에서 열렸다.

숲 앞에 설치된 커다란 천막에는 사냥을 나가지 않는 영애들을 위한 테이블이 마련되어 있었고, 근방에는 여우 몰이를 위해 훈련시킨 사냥개들이 맴돌았다.

얼마 후, 대회 출전자들이 말을 몰고 하나둘씩 모습을 드러내기 시작했다. 이시도르가 등장하는 순간에는 여기저기서 감탄사가 터졌다.

그는 길게 내려오는 군청색 사냥용 코트를 차려입어서 날렵한 몸이 더욱 돋보였고, 황금빛으로 반짝이는 앞머리가 바람에 흩어져 평소보다 앳된 인상을 주었다.

"비스콘티 공작님은 나날이 아름다워지시는군요."

"향화 때 저분의 활약을 본 영애들은 마치 천사가 강림한 것 같다고 말했었죠."

"그나저나 본래 사교계 활동을 잘 안 하는 분으로 알고 있는데요."

"이유가 뭐겠어요."

"설마 오늘 사냥도 데보라 공녀 때문……?"

"흠! 목소리가 커요."

'그래, 목소리가 크다.'

이시도르의 등장에 나까지 힐끔거리는 영애들이 많아졌다. 그리고 소문에 쐐기를 박듯, 황태자와 함께 있던 이시도르가 새카만 말에서 훽 내려와 내가 앉아 있는 곳으로 성큼성큼 다가왔다.

"오늘도 아름답네요. 공녀."

그가 눈웃음을 치며 말했다.

부담스러울 정도로 쏟아지는 시선에 얼어붙어 있는 나를 보고 역시 시모어답게 차갑다는 속닥임이 귀에 들려왔다.

'그거 아닌데.'

"여우를 많이 잡을 수 있도록 행운과 축복을 빌어 주세요."

"다치지만 마."

나는 진심으로 말했다. 이시도르의 늑골뼈가 부서진 날을 떠올리면 자다가도 간담이 서늘해졌으니까.

"분부대로 따르죠. 내 여왕님."

그가 장난스럽게 내 손등에 입술을 맞대자 여기저기서 탄식과 비명이 들려왔다.

한편 나는 여왕이라는 호칭에 당황했다. 사냥감을 가장 많이 받은 영애는 '수확의 여왕'이라고 불리기 때문에 이시도르의 말에 괜히 머쓱해진 것이다. 당장 내게 여우를 줄 사람은 이시도르 말고 없어 보였으니까.

'아버지처럼 나이 지긋한 분들은 사냥에 참여하지 않고, 벨렉이나 로자드는 정 많은 혈육은 절대 아니니 스킵…….'

"여우, 많이 들고 올게요."

곧 사냥 대회의 시작을 알리는 나팔 소리가 들려왔다. 나는 화끈거리는 손등을 만지작거리면서 그가 사라진 방향을 바라보았다.

그때까지만 해도 나는 제국에서 두고두고 회자될 여우 사태를 예상조차 못 하고 있었다.

로랭숲에 자리 잡은 회색 여우는 여우라는 말이 무색하게 맹수처럼 잔인했다. 그래서 대회에 참석한 영식들은 친한 이들끼리 팀을 짜서 훈련된 사냥개를 앞세운 뒤 사냥터를 돌아다녔다.

자칫 방심하면 갑자기 튀어나온 여우 때문에 낙마 사고가 날 수도 있었고 혼자 사냥하는 것보다 사냥개를 끌고 여우를 몰이한 뒤 함께 처리하는 게 효율적이기 때문이다.

"근데, 왜 이렇게 여우가 없어?"

누군가 불만스러운 투로 내뱉었을 때 수풀을 누비던 사냥개가 컹컹 짖었다.

"오. 저기 있나 보군."

"가 보지."

하지만 영식들이 발견한 건, 새카맣게 탄 여우 시체뿐이었다.

"이번에도 허탕이야?"

"민가와 농가를 쑥대밭으로 만들 정도로 여우 숫자가 많다면서, 왜 내 눈에는 도통 보이질 않나?"

"당연하지. 여기 있던 여우들은 비스콘티 공작이 전부 쓸어 갔거든."

근처 호숫가에 누워 빈둥거리던 티에리가 다가와서 상황을 설명했다.

"티에리 경. 그게 무슨 뜻입니까?"

"우리 백기사단 부단장님이 데보라 공녀를 여왕님으로 만들어 주려고 작정했더군. 이동 마법을 쓰면서 칼질을 하니 딱 4초 만에 여우 무리가 전멸하던데."

티에리가 기가 막힌다는 표정으로 말했고 영식들은 기함하면서 혀를 내둘렀다.

"역시 마검사……."

"그나저나 티에리 경께선 이 와중에 세 마리나 잡았군요."

여태 한 마리도 못 잡은 영식들의 얼굴에 부러움이 스쳐 지나간다. 영식들은 미관상 영애들에게 사냥한 여우의 꼬리만 잘라서 선물했는데, 티에리의 허리춤에는 벌써 꼬리 세 개가 대롱대롱 매달려 있었다.

"그야 비스콘티 공작님을 피해 다니면서 사냥했으니까."

"……그런데 티에리 경은 어떤 영애에게 그 여우 꼬리를 선물할 생각입니까?"

"헨리 경부터 말하면 나도 말해 주지."

"아, 저는 미야 비노슈에게 선물할 생각이었습니다."

"호오. 그 영애에게 호감이 있나?"

엉덩이에 묻은 잔디를 탁탁 턴 티에리가 말 안장에 올라타며 물었다.

"수많은 이의 목숨을 구한 성녀님이니 가문의 홍복을 위해서라도 여우를 챙겨 드리는 게 도리 아니겠습니까?"

헨리의 대답에 티에리는 속으로 코웃음 쳤다.

'웃기지도 않는군. 그보다는 원로원의 이익을 위해서겠지.'

원로원에서는 향화 때 일방적으로 활약한 시모어와 비스콘티의 위상이 치솟는 것을 원치 않아, 신전과 합세해 미야를 띄워 주며 두 가문을 견제하려 했다.

"성녀라기엔 뭔가 이상하던데."

티에리가 눈을 가늘게 뜨며 중얼거렸다.

"이상하다뇨?"

"그 여자. 하늘숲에서 마물이 나타났을 때 겁쟁이처럼 손 놓고 있더라고. 신전에서 하도 대단하다고 떠받들기에 놀라운 신성력을 보여 줄 줄 알았는데 실망스러웠지."

"정말입니까?"

"그래. 내 어머니를 구하고 마물을 물리친 건 데보라 공녀의 기사단이었어. 향화 때 미야 비노슈가 대단한 힘을 발휘했다는데, 난 영 못 믿겠네."

"티에리 경. 추기경께서 검증한 신성력인데 그런 발언은 좀 위험하지 않습니까?"

"아니, 전혀."

그때 다른 목소리가 불쑥 끼어들었다.

"그 자리에 있던 사람들 모두 미야 비노슈가 직접 신성력을 발휘하는 것은 보지 못했네. 사방이 온통 검은 안개로 뒤덮여 있었거든."

대화 중에 황태자가 나타나자 영식들은 말에서 모두 내려와 부복했다.

"황태자 전하를 뵙습니다."

"보아하니 그대들은 여우를 한 마리도 못 잡은 모양인데, 이리 수다를 떨고 있을 시간이 있나? 그러다 빈손으로 돌아가겠네."

황태자의 허리춤에도 여우 꼬리가 다섯 개나 있었기 때문에 영식들은 자존심이 상한 얼굴로 말에 다시 올라탔다.

"걱정해 주셔서 감사합니다, 전하. 그럼 사냥감을 들고 다시 뵙겠습니다."

황족 앞이라 애써 분을 삼킨 그들은 말을 타고 곧장 숲 안으로 내달렸고 티에리는 딱하다는 기색으로 혀를 내둘렀다.

"허어. 저쪽으로 가면 안 되는데……. 운도 더럽게 없지."

"왜지?"

"이시도르 못지않은 괴물이 둘씩이나 들어갔거든요."

하필 저들이 선택한 방향이 경쟁적으로 여우를 학살하고 있는 시모어 쌍둥이가 향한 길목이라서 티에리는 안타까운 얼굴로 혀를 찼다.

'아니, 대체 저게 뭐야?'

이시도르가 다정다감하게 웃으면서 나를 향해 손을 흔들었다. 그의 뒤에는 수북하게 쌓인 회색 털이 나풀거리고 있었다.

정도가 과해서 날 부러워하는 영애조차 없었다. 다들 제 눈을 의심하면서 부채로 얼굴을 반쯤 가린 채 경악할 뿐이었다.

'나 이러다 진짜 여왕까지 먹는 거 아냐?'

이시도르의 일당백에 뜨악하고 있는 중 집구석 쌍둥이가 동시에 도착했다.

"제기랄, 비스콘티 공작보다 내가 사냥한 여우가 적잖아!"

이시도르의 수레에 쌓인 여우 꼬리를 눈으로 헤아리면서 벨렉이 원통한 얼굴로 중얼거렸다. 로자드는 그런 벨렉을 보며 뿌득, 이를 갈았다.

"그러게, 너만 내 뒤를 졸졸 따라다니지 않았어도 지금의 두 배는 잡았을 거다."

"네놈이야말로 내가 서 있는 곳마다 뱀 새끼처럼 다가와서 여우를 죄다 낚아챘으면서."

"뱀 새끼? 형한테 말본새하고는."

"꼴랑 10분으로 형 대접받고 싶어? 쪼잔한 자식."

유치한 입씨름을 하는 쌍둥이 뒤에 있는 여우 꼬리 개수도 만만치 않았다.

'여우가 전생에 재네 셋한테 대체 무슨 죄를 지었길래…….'

꼬리만으로 모피 코트 수십 벌은 족히 만들 수 있을 것 같다고 생각하면서 망연히 앉아 있을 때, 사냥 종료를 알리는 뿔피리 소리가 숲에 길게 울려 퍼졌다. 영식들이 꼬리를 들고 하나둘씩 등장해 저마다 마음에 둔 영애에게 사냥한 여우를 선물하기 시작했다.

“받아요. 전부 공녀님 거예요.”

이시도르는 사냥해 온 여우 꼬리 더미를 통째로 선물했고 나는 그의 어깨에 묻은 털을 떼어 주며 얼떨떨하게 대답했다.

“고마워.”

이제 모두의 관심은 집구석 쌍둥이들에게 쏠렸다. 둘의 선택에 따라서 역전이 될 수도 있었기 때문이다.

‘쟤네 둘은 누구한테 주려나?’

“데보라, 안 받고 뭐 해?”

“벨렉과 내가 잡은 걸 합치면 비스콘티보다 많다.”

‘왜 갑자기 가문 간의 경쟁이 된 건데?’

심지어 티에리와 황태자까지 내게 꼬리를 건네고 갔다.

‘설마 내가 진짜 우승?’

대회 심판 여럿이 다가와서 내 앞에 쌓인 꼬리를 세기 시작했다. 그렇게 나는 졸지에 제국 역사상 가장 많은 여우 꼬리를 받은 영애가 되었다.

데보라 공녀가 전무후무한 개수의 사냥감을 받았다는 소문에 사교계에는 또 한차례 파란이 일었다.

“수확의 여왕은 인맥이 넓고 인덕이 많은 영애가 차지해 왔던 호칭인데…… 이래도 되는 건가?”

“생각해 보니 공녀가 인망이 없다고는 할 수 없어. 인맥 하나하나가 주옥같으니까. 본래 양보다 질 아니겠나? 도마뱀 백 마리보다 드래곤 한 마리가 백번 나은 이치야.”

"비스콘티, 오르고, 황태자…… 그러고 보니 거를 곳이 없군."

데뷔탕트를 가장 성공적으로 마친 것에 이어 사냥 대회의 여왕까지 되자 황성 어디를 가나 데보라 공녀에 관한 이야기뿐이었다. 게다가 대부분이 호평. 그것이 4황비를 머리끝까지 분노케 했다.

"넌 대체 제대로 하는 게 뭐야?"

짜악–!

거친 파열음과 함께 흑마법으로 유지되고 있는 프랑소아 후작의 매끄러운 얼굴에 균열이 생겼다. 4황비가 화를 이기지 못하고 그의 뺨을 후려친 것이다.

"왜 내 아랫놈들은 하나같이 이리 멍청하게 구는 건지! 신전부터 원로원까지 미야를 성녀로 밀어주는 상황인데, 데뷔탕트 주인공으로 만드는 게 뭐가 그리 어렵다고!"

프랑소아 후작은 벌벌 떨면서 몸을 엎드렸다. 흑마법사들은 계약한 악마의 힘과 지위에 따라 서열이 고착화되어 있었고 고위급 악마의 계약자에게 본능적인 공포를 느끼며 복종했다.

"정말 죄송합니다."

"입만 나불대지 말고 대책을 말해. 마담 오펠리아의 최후를 그새 잊어버린 건 아니겠지?"

프랑소아 후작은 검붉은 피가 얼룩진 제단을 겁에 질린 얼굴로 바라보다가 필사적으로 머리를 굴렸다.

'이를 어쩐다.'

추수 감사절은 아무런 소득 없이 벌써 중반으로 접어들고 있었다. 신성처럼 떠오르던 미야가 중앙 사교계의 기대를 충족시키지 못한 채 데보라 공녀에 밀려 흐지부지 묻히면 곤란했다.

'제길, 그 시모어 공녀는 사사건건 방해가 되는군. 소름이 끼칠 정도야…….'

진땀을 흘리던 후작이 문득 고개를 치켜들고 입을 열었다.

"그래도…… 미야에게는 데보라 공녀에게 없는 무기가 있습니다."

"뭐지?"

"백성들의 지지입니다."

"그래서?"

"미천한 것들의 목소리도 커지면 무시하기 힘든 게 사실입니다. 아닌 척하지만, 황태자조차 액운이 꼈다는 소문에 휘둘리고 있죠."

후작이 눈을 날카롭게 빛냈다.

"귀족적이지만 냉혹한 공녀와는 전혀 다른, 소탈하고 친근한 성녀……. 이런 그림은 어떻습니까?"

뻔하고 노골적이라도, 대립 구도를 만들어 소속감과 적대감을 동시에 심어 주면 미련한 아랫것들은 감정 이입을 하면서 부화뇌동하기 마련이다. 공녀는 사치스럽기로 유명하니 더욱 선동하기 쉬웠다.

"게다가 마침 시기도 좋습니다. 추수 감사절은 고위 관료들이 직접 내려와 민생을 살피는 시기. 미야 영애의 백성들을 향한 헌신과 봉사를 알릴 수도 있습니다."

백성들의 여론을 업고 고위 관료들이 그녀에 대해 긍정적인 평가를 해 주면 금상첨화였다.

"마지막 기회다. 이번에는 성공해야만 해. 난 인내심이 그리 많지 않아."

"네. 주군."

프랑소아 후작은 이번 일이 간단하다고 생각했다. 지난번 주교 앞에서 신성력을 시연했던 것처럼 윗사람들의 동선에 맞춰 봉사하면 그만이니까.

하지만 프랑소아 후작의 그림은 선 하나를 긋기도 전에 암초에 부딪혔다. 도무지 예측할 수 없는 데보라 공녀의 행보 때문이다.

"빌어먹을! 아르망 재단은 또 뭐야?!"

"지금 저자들은 뭐 하는 건가?"

민생을 살핀다는 목적으로 가신들과 함께 현장을 나와 마을을 살피던 재상은 마을 주민들이 바글바글 모여 있는 광경을 보며 물었다.

"제가 알아보고 오겠습니다, 각하."

얼마 후, 상황을 파악한 가신이 보고했다.

"아르망에서 만든 재단에서 양질의 찻잎을 기부 중인 모양입니다."

"아르망이라면 서문에 있는 디저트 가게 아닌가? 업무를 하다가 피곤하면 커피를 한 잔 마시기 위해서 그곳에 가끔 들르곤 했네."

재상은 한산한 시간이면 산책도 할 겸 보좌관과 함께 이따금 아르망에 들렀다.

"그곳에서 기부를?"

"예. 직원들이 찻잎이 든 봉투를 나눠 주는 중인데 향 좋은 차를 마실 수 있게 되어서 마을 주민들이 기뻐하고 있습니다."

국가에서 구휼로 곡식을 푸는 경우는 많지만, 사치품으로 분류되는 찻잎을 나눠 주는 예는 없다시피 했다.

그런 와중에 차는 모두가 선호하는 품목인 데다 리본으로 묶여서 예쁘게 포장되어 있었기 때문에 추수 감사절 선물을 받은 기분이 드는 모양이었다. 그동안 순찰을 나가면 우울한 분위기를 풍기는 지역이 많았는데 이곳은 활력이 돌았다.

"훌륭한 일을 하는군. 기부 활동이라니."

재상이 흐뭇한 얼굴을 하고 있을 때였다. 저 멀리 어떤 남자가 황급하게 뛰어왔다. 아르망이 찻잎을 기부할 수 있도록 허가해 주고 옆에서 관리하고 있던 행정실 사무관이 재상이 떴다는 말에 헐레벌떡 나타난 것이다.

"위대하신 재상님을 뵙습니다."

"백성들에게 의미 있는 나눔을 하는 광경을 뿌듯하게 지켜보고 있었네. 아르망을 운영하는 상단의 주인이 누구인가? 그자의 노고를 치하하고 싶군."

아르망의 주인은 품위 있는 중년의 거상임이 틀림없다고 생각하고 있을 때, 사무관이 입을 열었다.

"데보라 시모어 공녀입니다."

"음?"

추수 감사절 내내 각종 업무에 치였던 그는 데뷔탕트 날 벌어진 일을 전혀 모르고 있었다.

1초 후, 그의 눈이 크게 벌어졌다.

"시모어의…… 공녀? 내가 똑바로 들은 거 맞나?"

망나니라는 말을 간신히 삼키며 재상이 누차 물었고 행정관은 다시 쐐기를 박았다.

"네, 각하. 아르망은 데보라 공녀가 운영합니다."

"데보라 공녀는 시모어 공작님의 고명딸 아닌가? 시모어 핏줄이 상단을 운영해?"

"모두가 놀랐습니다. 시모어 공작님조차 나중에 알게 된 일인 것 같더군요. 곱씹을수록 정말 대단한 영애지요. 어린 나이에 저런 큰 상단의 주인인 것도 놀랄 노자인데, 지금처럼 훌륭한 일을 많이 합니다. 지난여름에 데비온 후작이 동문 시계탑 설립을 적극적으로 추진한 것도 이미 공녀에게서 공공시설물을 기부하겠다는 약조를 받아냈기 때문이었죠."

"허어. 그렇군. 용의 자식은 용이지. 그래도 역시 시모어는 시모어라는 건가……."

뒤통수를 치는 반전에 얼떨떨해하면서 재상은 혀를 내둘렀다.

그리고 그 후, 재상은 아르망 재단이 자선 행사를 하는 광경과 무려 세 번이나 맞닥뜨렸다.

"대체 금화가 얼마나 많길래 저 많은 기부 물품을 감당하는 건지, 정말 대단하군요."

"감탄했어. 데보라 공녀가 진정한 애국자로군. 귀족 청년들의 귀감이 되고 있어. 이 일을 많은 이들이 알았으면 좋겠네."

재상이 몹시 감동한 얼굴로 말했다.

추수 감사절 시기엔 각종 모임과 행사가 많아서 각종 소식을 옮기는 이들이 많았다. 게다가 공녀의 선행을 널리 알리라는 재상의 명령까지 떨어져서 아르망 재단의 기부 활동은 들불보다 빠른 속도로 퍼져 나갔다.

잘한 게 있으면 응당 티를 자주 내 주어야 하고, 생색은 오래도록

내야 한다는 진리를 나는 잘 실천하는 중이었다.

'이미지 세탁이 잘 되어 가고 있군.'

공작가 개망나니에서 노블레스 오블리주를 실천하는 돈 많은 CEO로.

'나쁘지 않아.'

내가 아르망의 주인이라는 것을 밝히는 시점을 데뷔탕트 행사 날로 정한 건, 데비온 후작 부인을 끌어들이고 싶었던 것도 있지만 무엇보다 데뷔탕트와 추수 감사절이 붙어 있기 때문이었다.

"추수 감사절에 높으신 분들이 직접 민생 순회를 해?"

"좋은 일을 윗분들에게 홍보하기 가장 좋은 시기죠."

이시도르가 태연하게 말했다.

기왕 상단주로서 전면에 나서기로 한 거, 지역 사회에 공헌하는 착한 기업을 운영한다는 이미지를 만들고 싶어서 나는 이번 자선 캠페인에 많은 돈을 투자했다.

'그리고 재상님 가시는 걸음걸음마다 기부 활동을 벌이도록 지시해 뒀지.'

알아서 잘하리라고 믿으며, 걱정은 접어 두고 방에서 엔리크와 게임을 하고 있을 때였다.

똑똑, 노크 소리가 들리더니 사용인들이 난데없이 내 테이블 위에 편지를 산더미처럼 놓아두고 갔다. 그동안 내게 오던 편지는 수식 강의 초청에 관한 게 대부분이었기 때문에 내심 뜨악했다.

"다 누나 편지예요?"

"……그런가 보네."

"역시 누나가 세상에서 제일 제일 멋있어요!"

엔리크가 내 앞으로 쌓인 초대장을 보며 눈을 반짝거렸다. 나는 개중 하나를 골라서 뜯어보았다.

[데보라 공녀님이 받은 아카데미 수석 장학금을 어린이 교육 재단을 위해 사용했다는 소식을 들었습니다. 공녀님과 생산적인 대화를 나누고 싶은데 시간이 괜찮으시다면 차 모임에……. (하략)]

정상적인 모임 초대 편지를 모두 읽은 나는 편지지를 테이블에 내려놓았다.

'이시도르가 아카데미 장학금을 기부했다는 것도 소문을 낸 모양이네.'

내 위상을 높이고 입지를 굳히는 유리한 소문이었다. 다만 추수 감사절 행사가 채 끝나지도 않았는데 소문이 이렇게까지 빨리 사교계에 퍼져 나간 게 놀라웠다.

'너무 생색을 냈네.'

"누님. 난 가 볼게요."

편지를 전부 읽어 보고 답장을 쓰려면 바쁠 거라 생각했는지 엔리크가 자리에서 일어났고, 나는 은색 머리칼을 가볍게 헝클어뜨렸다.

"난 엔리크랑 게임하면서 케이크를 먹고 싶었는데."

"……사실 나도 누나랑 케이크 먹고 싶어요."

엔리크는 수줍게 자리에 앉았고 다시 체스 게임이 시작되었다. 데뷔탕트 날부터 자꾸 머리를 떠도는 생각에, 나는 체스에 집중하지 못하고 새하얀 비숍을 든 채로 생각에 잠겼다.

'미야 비노슈와 균열이 연관되어 있다는 건, 오르고 공작 부인 습격 사건으로 확실해졌고…….'

나는 비숍을 움직여 말 모양의 나이트를 툭 쓰러뜨렸다.

'목적성이 있다는 건, 균열을 만드는 존재가 있다는 거겠지.'

짜고 치는 고스톱도 아니고, 균열을 일으키면서까지 미야 비노슈를 무대의 주인공으로 만들려는 이유가 뭐야?

'혹시 흑마법사들의 신성력이 있는 아이를 납치한 건 성녀라는 주인공이 둘이면 곤란하기 때문인가?'

내 추측대로라면 균열을 일으킨 존재는 흑마법사가 틀림없는데, 놈들이 악마와 대척점에 있는 성녀를 만들어 내려는 이유가 뭔지 모르겠다.

이다음 수가 잘 보이지 않아서 미간을 좁히던 중, 엔리크가 작은 손으로 케이크를 떠서 내게 내밀었다. 머리를 떠도는 추측들로 마음이 무거웠는데, 달콤한 생크림을 머금자 기분이 조금 나아졌다.

'일단은 추수 감사절 행사나 잘 마무리하자.'

내일 있을 황실 무도회로 추수 감사절 행사는 얼추 마무리된다. 그리고 약속대로 다음 날, 이시도르가 에스코트를 하기 위해 시모어 타운 하우스로 찾아왔다.

"추수 감사절 에스코트는 가족도 할 수 있는데……."

불만스러운 얼굴로 궁얼거리는 시모어 남자들을 뒤로하고 나는 황실로 출발했다.

여타 황실 무도회와는 달리 추수 감사절 무도회는 많은 귀족에게

초대장을 전달해서 그 해에 열리는 무도회 중 가장 큰 규모를 자랑했다. 비교적 한미한 가문 귀족들에겐 말로나 듣던 명사나 황족, 명문가 가주들을 볼 수 있는 자리이기도 했다.

"저기, 비스콘티 가문의 마차군요!"

비스콘티의 인장이 달린 마차가 등장했을 때부터 공기가 미묘하게 바뀌면서 주변에 있는 귀족들이 상기된 얼굴로 웅성거렸다.

문이 열리고 제국에서 가장 젊고 한 떨기 장미처럼 아름다운 공작이 마차에서 내렸다. 새하얀 장갑을 낀 그의 손을 잡고 내려온 사람은 데보라 공녀였다.

몽환적인 보랏빛 머리칼을 위로 틀어 올려 높게 묶은 그녀는 잘 벼린 칼처럼 날카로워 보였다. 사교계 소식에 느린 지방 영주와 귀족들이 부드럽게 웃는 이시도르와 상반된 그녀의 냉혹한 표정을 보면서 내심 혀를 찼다.

"허어, 저 거만함은 여전하군."

"말조심하십시오, 백작."

"어차피 우리끼리 하는 이야기인데, 저기 까마득히 높으신 시모어의 공녀님께 들리기나 하겠습니까?"

다 같이 욕하는 여론이면 누구 하나가 말을 보태도 티가 안 나기에 공녀의 고압적인 태도와 사치스러운 장신구는 매 추수 감사절마다 사람들의 입에 팝콘 씹듯이 오르내렸다.

올해는 요란하기보다는 중성적이고 시니컬한 느낌을 풍겼지만.

"시모어의 망나니도 이제 옛말입니다."

"무슨 뜻입니까?"

"데보라 공녀의 위상이 달라졌다 이 말입니다. 올해 데뷔탕트의 주인공이 바로 공녀였는데……. 하긴, 못 들었으니 그런 말씀을 하시는 거겠죠.”

“흠흠. 가문에 일이 많다 보니…….”

“시모어 후계자들이 데보라 공녀를 사냥 대회 여왕으로 만들기 위해 회색 여우의 씨를 말렸다고 합니다.”

“…….”

“자칫 입을 잘못 놀리면 여우처럼 가문이 풍비박산 날 수도 있으니 귀를 열고 다니십시오.”

수긍하는 척 입을 다물어도 내심 과장된 소문이 아닐까 하고 생각하는 이들도 있었다. 이미 깊게 뿌리 박힌 선입견은 떨치기 쉽지 않기 때문이다.

하지만 연회장에 들어오던 재상 내외가 먼저 공녀에게 다가가는 충격적인 광경이 벌어졌다. 어린 영애에게 나이 지긋하고 높은 관리가 먼저 말을 거는 경우는 많지 않았기 때문에 여기저기서 경악이 담긴 시선이 쏠렸다.

“재, 재상님께서 즐거워 보이십니다…….”

“재상께서는 공녀가 운영하는 가게를 종종 이용하신다고 들었습니다.”

무뚝뚝한 재상이 공녀와 대화하다가 활짝 웃는 모습에 한차례 술렁임이 지나갔다. 곧이어 내로라하는 관료들이 데보라 공녀와 인맥을 만들기 위해 주변을 빙 에워싸서, 나중엔 공녀의 보라색 머리카락조차 구경하기 힘든 상황이 되었다.

그리고 그 일은 겨우 시작일 뿐이었다.

‘흐음. 오늘 무도회는 선곡이 난해한데? 박자도 너무 빠르고.’

“흠, 목이 타는데 샴페인을 마시러 갈까요?”

"네! 그, 그럽시다. 레이디."

황실 오케스트라는 매해 가장 유명한 작곡가가 편곡하는 곡을 받아 왔는데, 개중 무용수나 출 법한 고난이도 춤곡이 적혀 있는 악보가 실수로 섞여 들어간 탓에 춤깨나 춘다는 이들조차 당황했다.

연회장 정중앙에서 춤을 추다가 스텝이 엉키거나 치마를 밟으면 너무 눈에 띄기 때문에 춤을 추던 귀족들은 슬그머니 물러났다.

'아니, 다들 슬금슬금 들어가면 어떡해? 황제 폐하께서 위에서 지켜보고 계시는데…….'

무도회를 관리 감독하는 대신은 이러다 정말 홀이 텅 빌 것 같아서 식겁하다가, 얼마 후 눈앞에서 펼쳐진 광경에 입을 떡 벌렸다.

그간 데보라 공녀의 춤 실력은 그녀를 상대해 주는 파트너가 마땅치 않았기 때문에 잘 알려져 있지 않았다. 공녀가 봄꽃 축제 때 선보인 춤 실력은 비스콘티 공작이 올해의 꽃이 되며 흐지부지 묻혔기 때문에, 그녀가 춤을 기차게 춘다는 것을 오늘 처음 알게 된 사람들이 대다수였다.

"세상에."

"굉장하군……."

"너무나도 아름다워요. 마치 백조와 흑조가 함께 어울리는 느낌이군요."

물론 흑조 쪽이 공녀였다.

빠른 박자에 맞춰 절도 있고 유려한 스텝을 밟는 공녀와 그런 그녀를 능숙하게 리드하는 공작의 모습에 귀족들은 대화하는 것도 잊고 공연 구경하듯 그 광경을 넋 놓고 바라보았다.

'와……. 미리 춤 연습 안 하고 왔으면 큰일 날 뻔했네.'

사교댄스 교사가 대충이라는 단어를 모르는 사람처럼 열정적으로 진도를 나갔기 때문에, 나는 이런 종류의 빠른 원무곡도 여러 번 연습했었다. 하지만 내가 아무리 운동 신경이 좋더라도 이시도르와 미리 합을 맞춰 보지 않았다면 아마 스텝이 엉켜서 여러 번 삐그덕댔을 것이다.

"후우."

역시 황궁 무도회. 클래스가 높군.

춤이 어려웠던 것과 별개로 재미있기는 하다. 상대방의 호흡, 내 손을 꽉 부여잡은 손의 열기, 서로의 몸이 움직이는 타이밍이 맞을 때의 그 묘한 쾌감에 푹 빠진 채 정신없이 춤을 추던 나는 음악이 끝나자마자 숨을 깊게 몰아쉬었고, 이시도르는 내 허리를 감싸면서 설핏 매력적으로 웃었다.

"연습한 보람이 있는 것 같기도 하고……."

내 중얼거림에 이시도르는 눈을 부드럽게 휘었다.

"보람뿐이겠어요? 모두가 당신을 주목하고 있어요."

"음?"

뒤늦게 나는 홀 중앙에 사람이 그리 많지 않다는 것을 깨달았다. 마치 나와 이시도르가 단독 공연을 한 느낌이 들 정도였다.

'뭐, 뭐야…….'

"브라보!"

"정말 잘 어울려요. 합이 환상적이었어요."

잠깐의 정적이 흐른 뒤, 내 주변에 있던 귀족들이 대뜸 크게 박수를 치기 시작했다. 휘파람까지 불면서 환호하는 사람도 있어서 나는 창피함에 목덜미가 불타는 듯한 느낌을 받았다.

"왜 저러는 거야?"

왜 우리 둘만 관종처럼 이렇게 중앙에 덩그러니 있는 거냐고. 내가 속닥대며 묻자 이시도르가 어깨를 으쓱했다.

"빠르고 난해한 곡은 아무나 소화를 못 해서 피하는 사람이 많아요. 춤을 추다가 넘어지면 그보다 더한 망신이 어디 있겠어요."

"이렇게 많은 사람이 참석하는 무도회에 아무나 소화 못 하는 곡을 연주한다고?"

"그러게요. 덕분에 귀찮은 날파리들만 더 꼬이게 생겼네."

이시도르가 보란 듯이 내 뺨에 가볍게 입을 맞췄고 나는 그의 손등을 가볍게 문질렀다.

"난 안 친한 사람이랑 춤 추고 싶은 마음, 추호도 없거든?"

한 파트너를 독점하고 다른 영식의 춤을 거절하는 건 예의가 아니긴 한데, 난 원래 대단한 예의를 탑재하지는 않았으니까.

"흐음. 나는 안 친한 사람이겠군."

그때 황태자와 5황녀가 근처로 다가와서 나는 움찔 놀랐다.

"황태자 전하를 뵙습니다."

"비스콘티 공작과 그대의 춤, 잘 봤어."

"꼭 밤하늘에 나풀거리는 나비를 보는 것 같더군."

옆에서 맞장구치면서 비행기 태워 주는 5황녀 때문에 머쓱해졌다.

"공녀에게 한 곡 청하고 싶긴 하네만, 친우와의 관계도 중요하기 때문에 감상만 남기고 가지."

그는 사람 좋게 말한 뒤, 원로원 일당이 서 있는 방향으로 걸어갔다. 다음 곡이 시작되기 전, 황태자는 의외로 미야 비노슈에게 춤 신청을 했고 나는 미야를 에스코트하던 3황자와 눈이 마주쳤다.

'3황자. 하늘숲에서 마물이 나타났을 때 미야를 구하러 왔었지.'

연중된 소설 뒤편에 나오는 사람이 바로 3황자인 모양이었다.

'나가리된 다른 어장남들과는 달리 둘 사이는 잘 되어 가고 있는 건가?'

나도 모르게 3황자를 마주 보고 있는데, 돌연 시야가 이시도르에 의해 가로막혔다.

"테라스에 나가서 바람 쐬지 않을래요?"

"그래요, 공작님."

나는 미야 비노슈와 황태자가 있는 쪽을 잠시 바라보다가, 테라스 쪽으로 걸음을 옮겼다.

미야가 보기에도 데보라 공녀의 춤은 눈을 뗄 수가 없을 정도로 현란했기에 속이 점점 더 나빠졌다.

'시모어의 공녀니 어릴 때부터 온갖 좋은 춤 교사가 붙었겠지. 몰락 귀족인 나와는 달리…….'

그간 자신을 성녀라 추켜세워 주는 이들에게 둘러싸인 채 고양감에 취해 있던 미야는 또다시 아래쪽으로 하염없이 밀려나는 감각을 느꼈다.

'나도 춤 연습을 더 많이 할걸. 예법 같은 건 티도 잘 안 나는데.'

초조하게 입술을 말아물고 있을 때, 티에리와 친분이 있는 영식들이 그녀에게 다가왔다.

"미야 영애. 그대의 고결한 신성력에 대해서는 익히 들었습니다."

"감사합니다."

"겸손하시군요. 그런데 궁금한 점이 있습니다. 왜 하늘숲에 마물이 나타났을 때, 그 검은 안개를 물리친 힘을 발휘하지 않았습니까?"

미야는 창백한 얼굴로 부채를 움켜쥐었다.

그녀는 상처에 성혈을 부어 루시페르가 타락하기 전의 힘을 흡수했으며, 환부에 손을 대는 방식으로 상처를 치료했다. 그리고 대부분의 신관이 그런 식으로 신성력을 발휘해 그간 의심을 받은 적이 없었다.

"그, 그 힘은 그렇게 자주 발산할 수 있는 종류의 것이 아닙니다."

"흐음. 그렇군요."

"역시 티에리 경 말대로 성녀라기엔 좀……."

"소문이 과장된 건가?"

그들이 뒤에서 쑥덕이는 소리가 들렸다. 3황자가 옆에서 자신을 도와주길 바랐는데 그는 공녀의 춤을 구경하는 데 여념이 없었고, 그 춤을 본 뒤로는 심드렁한 태도를 보이고 있었다.

그때였다. 황태자가 다가와서 미야에게 춤 신청을 했다. 뜻밖의 제안이라 미야는 황태자를 보며 큰 눈을 느리게 깜빡이다가 그의 손을 쥐었다.

황태자의 춤 신청을 받는 건 영광된 일이기에 귀족 영애들의 부러운 눈빛이 닿았다. 필라프 몬테스와 함께 다닐 때 느껴봤던 그 시선이었다.

어느 순간부터 그녀는 성녀 행세를 하면서 묘한 우월감을 느끼고 있었다.

"모두가 성녀라고 입을 모으는 그대에게 춤 신청을 안 할 수가 없더군."

황태자가 특유의 서글서글한 얼굴로 말했다.

"그나저나 생각할수록 대단해. 그대는 정식 신관이 아니라서 마물이 습격한 제단과 멀리 떨어져 있었을 텐데, 거기까지 신성력이 미치다니 말이야."

"시연한 저조차도 그런 힘을 발휘한 건 기적이라고 생각하고 있습니다. 주신의 은총과 안배겠지요."

"그렇군."

황태자는 미심쩍은 기분을 삼키며 미야를 바라보았다. 신성한 힘의 발원지는 분명 제단 쪽이었던 것 같은데, 멀리 떨어져 있었다는 말에 그녀가 달리 반박하지 않았으니까.

한편, 고양감을 느끼면서 춤에 집중하던 미야는 몸을 빙글 돌리다가 황태자의 제안에 뒤늦게 번쩍 정신이 드는 것을 느꼈다.

"시, 신성력 시연회요?"

미야가 도둑이 제 발 저린 것처럼 발을 삐끗했다.

"……그래. 그대가 향화에서 보여 주었던 힘을 모두의 앞에서 다시 펼치면 균열로 인해 침체되었던 분위기가 좋아지지 않을까 싶어서."

"좋은 제안 감사합니다만, 제가 부족함이 많습니다. 그 힘은…… 신성력이 많이 소모되어서 자주 사용할 수 없습니다."

프랑소아 후작이 성혈을 모으는 건 쉽지 않다고 누차 말했기 때문에 미야는 다급히 말했다.

"성녀인데, 힘을 원할 때 사용하지 못한다는 뜻인가?"

비난하는 듯한 목소리에 미야는 마른침을 삼켰다.

"치유력은 언제든 사용할 수 있습니다."

"그 정도는 다른 신관들도 다 하는 거라고 생각하는데."

'다 한다고?'

미야는 굳는 입매를 어찌하지 못했다. 피고름을 흘리는 지저분한 환자들을 맨손으로 만지는 게 얼마나 고역인데, 그런 일을 자신 말고 누가 한다고.

"뭐, 그대의 선행은 익히 알고 있네. 검은 안개 때문에 그대가 힘을 발휘하는 모습을 보지 못한 귀족이 많고, 의심하는 이들도 많이 생겨서 기회를 만들어 주려는 것뿐이야. 준비가 되면 말하게."

"네……."

어느새 부드러운 선율의 관현악곡이 끝이 났다. 미야는 미련 없이 멀어지는 황태자의 뒷모습을 창백해진 낯으로 바라보았다.

쿡쿡, 바늘로 찌르는 듯한 통증이 속을 아프게 한다.

아까 전 말을 건 영식들도 그렇고, 주변 귀족 모두 자신이 성녀가 맞는지 가늠하면서 쑥덕대는 것 같은 착각이 일었다. 다시금 초라한 낭떠러지 밑으로 굴러떨어질 것 같아서 그녀는 떨리는 손으로 드레스를 꾹 움켜쥐었다.

황궁 테라스는 라이팅 마법이 걸린 작은 마력석을 촘촘히 엮은 새하얀 조명들로 별을 뿌린 것처럼 빛나고 있었다. 나는 이시도르와 함께 테라스 복도를 걸어가며 곳곳에 놓인 장식품을 구경하다가 정원 쪽으로 나왔다.

무도회장 앞엔 큰 규모의 분수대가 있었다. 그 주변으로는 추수 감사절 시기에만 개방되는 정원을 구경하기 위해 산책하는 귀족들이 곳곳에 보였다. 대체로 부부나 연인으로 보이는 남녀 커플이었다.

'딱 데이트하기 좋은 장소네.'

"저쪽으로 갈래요?"

그는 내 손에 조심스럽게 깍지를 꼈고 나는 살짝 올라오는 미소를 삼키면서 그의 손을 맞잡았다. 그간 데뷔탕트 준비 때문에 바빠서 이렇게 평범한 산책조차 즐길 기회가 많지 않았으니까.

한창 미로 같은 정원을 거닐고 있을 때, 어딘가에서 말소리가 들려왔다.

"데보라 공녀가 이용하는 의상실로 바꾸고 싶다고?"

"네. 자기가 인맥을 잘 이용해 봐요."

"자기야. 데보라 공녀의 옷은 아무나 소화할 수 있는 게 아닌…… 악! 농담이야! 농담! 그런데 공녀의 의상실을 자기가 따라갈 정도로 유행이 된 거야?"

남자가 여자의 눈총에 급히 말을 돌렸다.

"작년까지만 해도 데보라 공녀가 뭘 입든 사교계에서는 관심 없었죠. 하지만 최근엔 달라요. 공녀를 거만하다고 생각하던 나만 해도 당당하고 세련됐다는 느낌을 받고 있으니까요."

"내 경험상 사람은 잘 변하지 않는데, 데보라 공녀에게 무슨 일이 있던 거지?"

"아마도…… 비스콘티 공작 때문이 아닐까요?"

"신빙성 있군. 나도 달링 때문에 변했으니까."

딱히 궁금하지 않는데도 끊임없이 귀로 들려오는 지나치게 살가운 대화 때문에 나는 더는 정원 안으로 진입하지 못하고 백스텝을 했다.

한편 이시도르는 처음 이곳에 들어왔을 때와는 사뭇 다른 심각해진 얼굴로 내 뒤를 따라오고 있었다.

"왜 그래?"

"그러고 보니 공녀와 나는 서로를 너무 딱딱하게 불러 왔던 것 같아서요."

그는 저 커플이 말했던 자기라는 단어에 꽂힌 게 틀림없었다.

"……지금이 어때서? 난 괜찮은데."

달링이라니, 입에 담는 순간 혀에서 닭살이 올라올 것 같았지만 이시도르는 아닌 모양이었다. 그가 이슬이 맺힌 장미처럼 촉촉해진 눈으로 나를 바라보며 입을 열었다.

"내 달링은 왜 이렇게 예뻐서 날 불안하게 만들어요."

"제발……."

저런 말을 해도 소름이 돋긴커녕, 로맨스 장인이라고 불렸던 배우처럼 절절하고 담백하다는 것이 함정이었다.

'저 얼굴이 다 했다.'

이시도르가 말하니 들을 만하긴 한데, 문제는 내가 저 몽글몽글한 단어를 내뱉기를 바라며 그가 여우처럼 꼬리를 살랑거리고 있다는 것.

"나도 해 주세요. 자기야."

"……나는 그런 거 잘 못 해."

"내 달링은 그런 점도 사랑스럽고 귀여워요."

"아, 제발. 그만 좀 하라고!"

나는 파리 쫓듯 그의 어깨를 퍽퍽 때렸고 그는 얻어맞으면서도 즐거워 보이는 얼굴로 끊임없이 자기야와 달링을 돌림노래처럼 불러댔다.

"자기가 좋아서 가끔 미칠 것 같은데 내가 이상한 건가요?"

"나는요, 자기를 위해서라면 별도 따다 줄 수 있어요."

온갖 닭살스러운 대사는 덤이었다.

'아오. 이 능구렁이가 가만 보니 내 반응을 즐기고 있었네.'

퍼뜩, 이시도르의 페이스에 말렸다는 것을 깨달은 나는 오기가 치밀어서 그의 팔짱을 덥석 끼고 입을 달싹였다.

"자……."

"……?"

내가 진짜 할 줄은 몰랐는지, 이시도르의 의아한 시선이 꽂힌다.

"자기야…… 좋아해."

부드러운 목소리를 짜내 간신히 말을 맺었을 때, 맞닿은 그의 팔에 움찔 힘이 들어갔다.

"읏!"

돌연 그가 나를 확 당겨 안고는 입술을 여러 번 포갰다. 사람들이 다니는 곳이라는 게 신경 쓰여서 밀어내자 그가 상기된 뺨을 거칠게 문지르면서 한숨을 내뱉었다.

"굉장히 위험한 거였네요. 그 호칭."

"……."

"밖에서는 하면 안 되겠어요."

"안에서도 안 할 거거든."

"그래도 한 달에 한 번 정도는……."

춤 때문에 올라온 열을 식히러 나왔을 뿐인데, 이시도르 때문에 더 더워졌다. 화끈대는 뺨을 부채질하면서 다시 연회장 안으로 돌아간 나는 우리 쪽으로 다가오는 황태자와 마주쳤다.

"비스콘티 공작."

"예, 전하."

"자네와 긴히 할 말이 있네."

잠깐 자리를 비켜 주느라 혼자 있는 사이, 3황자가 다가왔다. 파트너인 미야는 온데간데없이 혼자인 모습에, 나는 미심쩍은 얼굴로 그를 바라보았다.

"손에 와인도 없는데 왜 그리 경계하는 눈으로 바라보지? 춤 잘 봤네, 데보라 공녀. 멋지더군."

"제 파트너의 리드가 워낙 훌륭했던 탓이죠. 대부분의 영식은 시도도 못 해 보고 나가떨어질 겁니다."

그가 내 치마에 와인을 쏟았던 불유쾌한 사건을 상기시키길래, 나는 그가 결투 신청에도 검 한번 안 잡아보고 꽁무니를 뺐던 사건을 에둘러 거론했다. 못 알아들었는지 3황자는 씩 웃을 뿐이었다.

"겸손하기까지. 다음에 내가 시도할 기회가 있길 바라네."

3황자는 빈말인지 진담인지 모를 소리를 한 뒤 다른 영애가 있는 쪽으로 걸어갔다. 나는 왠지 모를 찜찜한 기분으로 그가 시시덕대는 모습을 바라보다가 몸을 틀었다.

무도회는 후반부로 접어들었고, 나와 이시도르는 적당한 시간에 연회장에서 나왔다. 시모어 타운 하우스로 다시 데려다주기 위해 날 에스코트한 그는 마차 안으로 들어가자마자 은밀하게 운을 뗐다.

"황태자가 미야 비노슈를 의심하고 있습니다."

"……."

"수상한 점을 발견한 모양입니다. 황태자는 동물적인 감각을 가졌고 마나의 흐름과 사람의 기척에 민감합니다."

'……하긴, 끝까지 모두를 속일 수는 없겠지.'

그 일은 미야가 벌인 게 아니니까. 나는 잠시 머뭇거리다가 입을 뗐다.

"나는, 미야와 결계의 균열 사이에 상관관계가 있다고 생각하고 있어."

선량한 영애와 끔찍한 균열이 상관관계가 있다는, 어찌 보면 황당무계하게 들릴 수도 있는 내 말을 이시도르는 진지하게 경청했다.

"타이밍이 늘 잘 맞아떨어졌어. 균열이 일어난 후엔 미야의 입지가 높아질 만한 상황이 벌어졌지."

내 말에 그가 날렵한 턱을 가볍게 문질렀다.

"지난겨울, 필라프 몬테스가 비스크 신전에 들렀을 때 균열이 일어난 것이 우연이 아니라는 뜻이군요."

"응."

필라프는 손이 귀한 집안의 3대 독자이고 이시도르와는 달리 중앙 사교계 활동에 적극적이었다. 목숨을 구해 줬을 경우, 가장 많은 답례를 얻어낼 수 있는 인물인 것이다.

"이번 하늘숲에서 균열이 있었을 때도, 오르고 공작 부인이 다쳐서 미야가 그녀를 치료했다면 데뷔탕트 때 더욱 빛을 발했겠지."

잠자코 있던 이시도르가 입을 열었다.

"우연이라고 하기에는 타이밍이 아주 공교롭긴 합니다만, 공녀의 오라버니인 로자드 경 역시 균열로 전쟁 영웅이 될 수 있었어요. 수혜를 본 사람이 미야 영애뿐이라고 단언하기 힘들어요."

"……."

원작에서 로자드는 수식이라는 무기가 없었고 오히려 다리 부상을 당해 미야에게 신세를 졌다. 내 개입으로 인해 달라져 가는 현 상황과 소설 원작을 대조해 가면서 나는 확신을 얻었지만, 이시도르가 봤을 때 내 말은 단순한 심증으로 보일 것이다.

"데보라."

입을 잘게 달싹이던 중 그가 내 이름을 다정하게 불렀다.

"당신이 그토록 확신하는 눈빛을 하는 다른 이유가 있어요?"

"……."

이시도르의 예리한 지적에 속이 철렁 내려앉았다. 처음 말을 꺼냈을 때 내 이야기를 털어놓아야 할지도 모른다고 생각했음에도 내심 비밀을 드러내는 걸 피하고 싶었는지도 모른다.

그가, 마스터라는 사실을 밝히기를 오랫동안 주저했듯이.

"……."

긴장으로 젖은 손을 쥐었다 펴면서 망설이는 나를 바라보던 그가 엄지 끝으로 눈가를 덧그렸다.

"나는 공녀의 눈이 좋아요. 통찰하는 듯한 시선을 마주하고 있으면 매번 무슨 생각을 할까, 궁금해져요. 난 뼛속까지 이기적인 놈이라서 남이 뭘 생각하든 관심 없었는데……."

그는 천천히 말을 이었다.

"처음엔, 당신이 어떤 생각을 하고 있는지 무슨 비밀을 가졌는지 궁금했어요. 스스로를 유능한 정보원이라고 자부했는데 내가 가진 정보와 실제 마주한 공녀가 너무 달라서 자존심이 상하기도 했고요."

"……."

"하지만 지금은 내 호기심을 채우는 것 따위 중요하지 않아요. 당신이 어떤 비밀을 가지고 있느냐보다 당신의 기분과 행복이 더 중요해요. 당신의 정체가 악마라고 해도 나는 당신을 지금처럼 신뢰하고, 지지하고, 또 열렬하게 좋아할 거예요."

"……아무리 그래도 그렇지. 악마라니."

너무 극단적이라서 나도 모르게 피식 옅은 웃음이 나왔다.

"공녀님이 악마라서 내 영혼을 영원히 소유하려는 게 목표라면 그건 꽤나 끌리는데요. 여기, 심장을 가져가면 더 좋고."

그가 내 손을 가슴께로 가져가면서 말했고, 나는 한숨을 삼켰다.

이시도르에게 내 비밀을 어떤 식으로 말해야 할까. 이곳은 한때 내가 본 소설 속 세계였다고 곧이곧대로 설명하면 이시도르가 소설 속 등장인물일 뿐이라고 말하는 것 같아서 나는 한동안 머뭇거렸다.

'맞닿은 체온이 이렇게 따뜻한데, 다정한 마음이 느껴지는데, 단순한 활자 속의 인물일 리가 없어.'

그리고 나 역시 외로웠던 지난 삶이 아닌 이시도르가 있는 이곳을 나의 세계로 받아들인 지 오래였다.

나는 잠시 입술을 감쳐물었다가 떼어냈다.

"나는…… 나일라의 기억을 가지고 있어. 케케묵은 기억이 수면에 떠오르기 시작한 지는 얼마 안 됐고."

이시도르는 의외로 '자기야'라고 말했을 때만큼 놀란 기색은 아니었다. 큰 부상을 입은 그를 신성력으로 살려냈기 때문이겠지.

"……성녀의 현신."

그가 나직하게 중얼거렸다.

"글쎄. 사람들은 나일라를 위대한 성녀이고 여신이라 추앙하지만, 그녀는 강한 신성력을 가졌을 뿐 평범한 사람이었어."

도리어 윤도희만큼 어리숙하고 눈치가 없어서 이시도르와 똑같이 생긴 남자에게 매번 휘둘렸다.

"그리고, 나는…… 제국의 초창기뿐 아니라 제국의 미래를 엿본 적이 있어. ……이 이야기는 나중에 더 해 줄게."

허무맹랑한 말에 기막혀할 법도 한데 그의 눈빛은 진지했다. 어쩌면 이시도르가 그동안 내게 절대적인 신뢰와 믿음을 주었기에 나도 그에게 내가 가진 비밀을 조금씩 털어놓고 있는 건지도 모른다.

"내가 본 미래에서는 미야 비노슈가 성녀의 현신이라고 불렸고, 올해의 꽃이 되어 바슬레인 후작 부인을 샤프롱으로 선택해. 균열은 하늘숲이 아닌 다른 장소에서 일어나고."

"……."

"아마 비스콘티와 바슬레인에 빚을 지우기 위함이겠지. 몬테스에게 그랬던 것처럼."

"균열을 누군가의 의지로 조종할 수 있다는 뜻이군요."

이시도르는 심각한 얼굴로 손가락을 톡톡 두드리다가 입을 뗐다.

"신관을 사칭해 아이를 납치할 정도로 성녀를 찾는 데 열을 올렸던 흑마법사들이 정작 미야 비노슈에겐 어떤 위해도 가하지 않았죠."

"맞아."

"그래서 나는 미야 비노슈의 뒤에 흑마법사와 엮인 음험한 무언가가 있을 거라 추측했어요. 하지만 균열까지 일으킬 수 있을 줄은……."

그간 신관들은 균열을 여신이 세운 결계의 약화로 인해 일어난 것이라 여기며 결계를 보수하려 노력했었다. 전혀 잘못 짚은 셈이었다.

"……그런데 흑마법사들이 미야를 성녀로 만들려는 목적이 뭔지 잘 보이지 않아. 사실 미래를 다 보지 못했거든."

하필 작가가 연중을 때려 버려서…….

나는 다시금 작가를 욕하면서 관자놀이를 꾹꾹 눌렀다.

문득 손가락을 톡톡 두드리던 이시도르가 입술을 비뚜름하게 비틀었다.

"사람이 저지르는 일은 늘 똑같아요. 미야 비노슈를 성녀로 만들었을 때 가장 큰 이득을 보는 자가 배후겠죠."

〈악녀라서 편하고 좋은데요?〉 4권에서 계속